유럽문학을 읽다!! 고전에서 현대작품까지

유럽문학
오디세이

지은이 **김정자**

전남여고를 졸업하고, 한국외국어대학교와 동 대학원에서 독일문학을 전공했다. 독일 마인츠대학교에서 수학하고, 한국외국어대학교에서 박사학위를 받았다. 영국 캠브리지대학교 연구교수를 지냈다. 한국독어독문학회 부회장, 한국독일언어문학회 회장, 그리고 목포대학교에서 어학연구소장과 교양과정부장 등을 역임했다.
공역 『독일문학사』, 공저 『파우스트, 그는 누구인가?』, 논문 「토마스 만의 『부덴브로크일가』에 나타난 몰락과 생에 관한 연구」, 「괴테의 『빌헬름 마이스터의 수업시대』에 나타난 여인상 연구」, 「페미니즘 시각에서 드로스테 휠스호프 문학 다시 읽기」, 「괴테의 셰익스피어 수용」 등이 있다.
1981년 이래로 목포대학교 독일언어문화학과 교수로 재직 중이다.

유럽문학 오디세이

© 김정자, 2011

1판 1쇄 발행_ 2011년 03월 30일
1판 2쇄 발행_ 2011년 07월 30일

지은이_김 정 자
펴낸이_양 정 섭
꾸민이_김 미 미

펴낸곳_작가와비평
     등 록_제2010-000013호
     주 소_경기도 광명시 소하동 1272번지 우림필유 101-212
     블로그_http://wekorea.tistory.com
     이메일_wekorea@paran.com

공급처_(주)글로벌콘텐츠출판그룹
     대 표_홍 정 표
     기획·마케팅_노경민 김현아 주재명
     경영지원_최 정 임
     주 소_서울특별시 강동구 길동 349-6 정일빌딩 401호
     전 화_02-488-3280
     팩 스_02-488-3281
     홈페이지_http://www.gcbook.co.kr

값_13,500원
ISBN_978-89-955934-5-5 03800

European Literature Odyssey

유럽문학을 읽다!! 고전에서 현대작품까지

유럽문학 오디세이

김정자 지음

작가와비평

오늘날 책읽기는 왜 더 중요해지는가?

문학은 작품을 중심으로 하여 그것을 생산하는 창작자와 그것을 읽고 삶속에 적용시키는 독자와 관계를 맺는다. 나아가서는 작품의 의미와 메시지를 전달하고 해석해 주는 해석자와 관계를 갖는다. 문학작품을 읽고 해석하는 일은 독자이자 동시에 해석자로서 문학의 길을 산책하면서 문학의 풍경을 읽어내는 일을 말한다. 문학의 풍경은 작가와 작품이 이 세상 독자에게 전달하고자 하는 어떤 메시지이며, 그들이 감당했던 역할과 사명, 그리고 미학적 구조에 대한 표출이다. 우리는 문학의 길 위에서 그 전경(前景)과 후경(後景)을 감상하면서 다독(多讀), 다작(多作), 다상(多想) 혹은 다상량(多商量)의 능력을 배양한다.

급변하는 대중문화와 다중매체의 시기인 오늘날에도 왜 책읽기는 우리에게 더욱 중요해지는 걸까? 책읽기는 우리에게 많은 복합적 지식을 쌓게 하고, 그것을 바탕으로 다양한 상상력과 비판력을 길러주며 동시에 창의적 문제 해결에 이르게 하기 때문이다. 책읽기는 무엇이 인간의 고뇌와 곤경을 극복할 수 있게 해주는지, 어떻게 해야 잘 살아 가는 것인지, 그 지혜와 방법을 알게 해준다. 책읽기는 우리의 삶의 문제들에 대한 해답을 찾는 생산적인 활동이다. 요즈음 대학에서는 교육이 지나치게 직업과 기술 교육 위주로 흘러가는 문제점들에 대한 대안으로 창의적 사고와 소통의 능력, 도덕적 감수성이라는 인간성 교육을 내세우고 있다. 그 대안은 다양한 책읽기를 통하여 사고력과 비판력, 그리고 높은 창조력을 기름으로써 궁극적으로 인간과 세상에 대한 좋은 관계를 이끌어내는 데 있다.

독일에서는 작가를 가리켜 신의 목소리를 전달해 주는 사람이라고 했다. 이는 인간이 본디 신의 모습과 비슷한 형상으로 창조되었는데, 신의 모습과 닮은 우리 인간이 점차 신으로부터 멀어짐에 따라 신과의 교통을 상실하고, 신의 뜻을 이해할 수 없게 되었다는 것이다. 작가는 인간에게 잃어버린 신의 모습, 신의 목소리를 중재해 주어야 한다. 그럼으로써 작가는 인간으로 하여금 신의 모습에 닮아 감을 획득하게 하는 높은 사명을 띤다고 본 것이다. 이것은 곧 본디부터 지니고 있었던 신성과 인간다움을 회복하는 일이며, 문학의 역할이 무엇인가에 대한 답이기도 하다. 문학의 역할은 인간 삶의 참 목표와 참모습이 무엇인가 하는 여러 가지 원형들과 그 구조물들을 제시하는 것이다.

문학은 있는 그대로의 현실의 재현이 아니고, 신의 목소리를 해석하고 대변해야 하기 때문에 위대한 문학일수록 난해해진다. 명작은 놀라운 상상력과 창조력과 지적 능력의 결합체로서 사상과 비유의 폭이 넓고, 그만큼 깊고 넓은 가치를 포괄하고 있는 까닭이다. 어떤 명작들은 쉬우면서도 훌륭할 수 있고, 어떤 것들은 비극적이면서도 아름다울 수 있고, 또 어떤 것들은 소박하면서도 따뜻한 인간미를 강조할 수 있다. 이러한 명작, 또는 고전들은 지나간 시대의 훌륭한 작품만을 의미하지 않고, 시대와 장르를 뛰어넘어 인간의 본질에 대한 철학적 성찰을 획득한 작품이다. 그래서 21세기에도 고전은 탄생한다. 어쨌든 위대한 문학은 대부분 어렵고 해석을 필요로 하는데, 이것은 학문으로서 문학을 하는 사람의 몫이고, 동시에 이 글을 읽는 독자의 역량강화의 문제이다.

오랫동안 필자는 대학에서 취미와 직업으로서의 글 읽기와 강의를 했다. 여기 모인 이 글들은 필자 나름대로 명작들을 이해하는 몇 가지 방식들이 뒤섞여 어우러진 직업적 강의록이자 취미활동의 독서록이다. 굳이 정의하자면 지식과 생각과 느낌을 동원해서 쉽게 풀어 쓴 명작해설서라고나 할까. 오래된 강의 노트를 정리하면서 출처를 적어놓지 않아서 원전을 밝히지 못하는 부분도 있다. 이 책의 많은 부분들은 필자의 논문들과 독일어판 독일문학사들과 영문 해설서, 국내판 비평들을 참고했음을 밝힌다. 부족한 점이 많지만 이 글들을 독자들과 함께 공유하면, 그리고 이 책을 읽는 사람들이 이러한 주제와 제목들에 대해 나름대로의 독해 방식을 추가할 수 있다면, 독자들이 명작을 이해하고 감상하는데 도움과 안내가 되지 않을까 싶은 생각으로 이 작업을 했다.

이 책은 유럽문학의 출발인 그리스에서부터 중세 유럽의 중심 문학권인 영국, 프랑스, 독일, 그리고 현대에 이르기까지의 그들 나라의 문학작품들을 문학사의 흐름에 따라 엮어 보았다. 유럽은 오늘날의 독립된 민주국가 모습을 형성하기까지 오랫동안 민주주의의 발전과 세계 역사와 문화의 중심에 서 있었다. 18세기 이후 근대적 국가의식이 확고해지기까지 유럽은 오랜 역사 동안 한 문화권에서 움직였다. 일이차 세계대전을 거치며 유럽은 문명과 문화의식의 커다란 부침을 거치기도 했다. 그리고 현대에 와서 유럽은 유럽연합을 이루었고, 유로화로 경제적 통합을 이루었으며, 이제 유럽합중국을 향해 나아가고 있다.

　역사적으로 비슷한 사상과 문화적 배경을 가지고 있는 유럽의 문학작품들을 함께 묶어 연구하는 일은 유럽의 선진 문화의식과 오랜 역사 동안의 인간에 대한 탐구를 가능케 한다. 나아가 문학의 상호 수용성과 시대적 배경, 학문적 체계와 사유방식, 그리고 우리나라 문학에 끼친 영향을 알게 할 뿐만 아니라 작가들의 문학적 특성과 독자들의 세계에 대한 글로벌 인식을 형성하는 데 기여할 것이다. 물론 앞에서 말한 개개인의 지식체계 형성과 창의적 사유방식, 인간의 삶에 대한 성찰의 획득이라는 문학 고유의 이해와 감상의 목적을 결코 잊지 않으면서 말이다.

2011년 3월
김 정 자

유 럽 문 학 오 디 세 이

목 차

Part 01

그리스 신화와
고대문학

신화, 신들과 영웅들의 이야기

고대문학은 신화와 설화에서 출발한다. 신화는 아직 역사적인 기록이나 인간 삶에 대한 문헌들이 존재하지 않은 선사시대 인간들의 삶을 알려주는 소중한 자료들이기 때문이다. 신화는 고대의 인간들이 자기 자신과 자신을 둘러싼 우주와 자연현상에 관하여 던진 깊이 있는 질문에 대한 해답을 이야기로 풀어 놓은 것이다. 우주의 탄생과 기원, 자연 현상, 그리고 각 나라의 생성 발전에 관하여 놀라운 상상력과 창작력을 발휘하여 창조해낸 거짓말 같은 이야기이다. 신들과 영웅들의 이야기인 신화는 입에서 입으로 구전되고 문자로 정착되기도 함으로써 한 민족에게 전해져 내려온다. 또한 신화나 설화는 전하고 노래하는 사람에 따라 여러 가지 다른 이야기로 변형되기도 하기 때문에 한 가지 사건에 대해서 여러 개의 버전이 존재할 수도 있다.

고대인들은 온갖 환상과 상상력을 동원하여 미지의 자연과 인생에 대해 있을 법한 이야기들을 만들어 내었다. 천지창조와 우주만물의 현상, 또는 인간의 생로병사(生老病死)에 이르기까지 품었던 의문들을 상상력과 창조력을 동원하여 이야기로 풀어내었다. 번개나 천둥은 왜 번쩍거리며 소리치는지? 바람은 어디서 불어오며, 태양은 왜 그렇게 빨갛게 빛나며 또 밤이 되면 어디로 사라지는지? 고대인들은 아폴론신이 아침에 깨어나서 황금마차를 타고 동쪽에서 서쪽으로 움직이는 모습이 태양이 되어 동쪽에서 서쪽으로 이동한다고 생각했다. 우리 조상들은 비가 뿌렸다가 금방 햇볕이 나오는 그런 날엔 호랑이가 장가간다고 생각했다. 칠석날 비가 내리면 은하수 강가에서 견우와 직녀가 흘리는 눈물이라고 상상했다. 또 까마귀 머리는 칠석이 되면 왜 벗겨지겠는가! 크고 작은 설화나 전설, 또는 신화는 한 민족의 삶의 모습들이 상상력을 통해 만들어 낸 꿈같은 이야기들이다. 이 꿈들은 아름답기도 하고 추악하고 악랄하기까지 한 인간 상상력의 충격적인 산물이다.

　이러한 상상력의 극치는 그리스 인들로 하여금 그리스 최고의 지혜의 여신 아테나를 아버지 제우스의 머리를 뚫고 태어나게 하는 데서 잘 드러난다. 아테나는 태어날 때부터 완전히 성숙한 모습을 하고 나왔다고 한다. 허무맹랑한 이 여신의 탄생신화는 그러나 지혜를 최고의 가치로 간주하고 있는 그리스 신화의 한 맥락을 이룬다. 동시에 지혜는 당연한 모성의 출산에서보다는 그것을 넘어서는 어떤 높은 것, 신성한 것, 머리로부터 나올 수 있다는 은유의 표현이다. 시간의 역사를 시작한 크로노스는 하늘의 신인 아버지 우라노스가 대지의 여신인 어머니 가이아를 괴롭힘으로 가이와와 짜고 아버지 우라노스를 제거한다. 그리하여 크로노스는 하늘과 땅을 분리시키고, 사계절의 변화를 인식시킨다. 그러나 크로노스 또한 아들에 의해 죽임 당할까 봐 두려워 아들 제우스를 해하려고 했고, 몰래 살아난 제우스는 아버지 크로노스를 죽였다. 티탄족들을 평정한 제우스는 올림포스 신족의 시대를 열며 올림포스 신들의 제왕으로 등극하고, 인간들과 함께 평화롭고 아름다운 시대를 열어가는 그리스 문명의 개척자로 그리스 인들의 숭앙을 받는다.

　이러한 신화의 이야기는 무궁무진하여 그리스인들은 역사상 가장 탁월한 신화창조의 민족이라고 평가받는다. 한두 가지만 더 얘기해 보자. 그리스 신들 중 최고의 미남, 문예의 애호가이자 예언의 능력과 균형 잡힌 몸매를 가진 이상적인 남성상 아폴론은 많은 여신들의 마음을 빼앗고 또 버렸지만, 요정 다프네의 마음만은 뺏을 수가 없었다. 영원한 처녀로 남고 싶었던 다프네는 그녀의 아름다움에 반한 아폴론이 달려들 때마다 멀리 달아났고, 아폴론이 그녀를 붙잡으려는 찰라 그녀는 페네오스(다프네의 아버지)의 강물에 대고 기도를 올렸다. "아버지, 저를 도와주세요! 만약 저 강물 속에 어떤 신성이 있다면 너무나도 호감을 샀던 내 이 모습을 바꾸어 없애주세요!"[★1] 그녀의 기도가 채 끝나기도 전에 엷은 나무껍질과 나뭇잎, 질긴 뿌리들에 감싸여 그녀는 그대로 나무가 되고 말았다. 월계수가 된 다프네! 그녀를 못 잊어 아폴론의 머리엔 언제나 월계수가 꽂혀 있었고, 그의 화살 통에는 월계수가 감겨 있었다. 믿을 수 없는 고대의 이러한 신화적 이야기들은 부자갈등이나 아버지 거세의 욕구, 승리의 월계관 이상의 강한 상징성을 띠면서 우리의 삶에 침투되어 있다.

신화는 재귀한다

문명의 최첨단 시대를 살아가고 있는 우리에게 신화는 믿을 수 없지만 상상 가능한 이야기들이고, 믿고 싶지 않지만 여전히 나타나고 있는 인간 욕망의 표출이다. 오랫동안 우리는 지나치게 이성 중심의 탈신화적 유럽문명의 시대를 거쳐 왔다. 이성과 실용만을 추구하며 꿈과 욕망 같은 것들을 불신하고 폐기시켜 버렸다. 그러나 끊임없이 되풀이되는 세월의 흐름 속에서 인간은 항상 같은 잠재력을 지닌 채 존재해 왔고, 외면하고 폐기시켜 온 감성의 응어리 같은 것들이 포화상태가 되어서 꿈으로 환상으로 다시 분출되어 인간의 의식 속에 있는 것을 표출시킨다. 화산이 폭발하듯이 고대의 신화는 분출하여 거센 힘으로 오늘날 우리 곁으로 몰려 들어오고 있다. 신화는 이제 "더 이상 지각과 합리에 종속되는 무가치한 환상이 아니라, 신화는 영속적으로 실재하는, 인간의 상상계를 자극시키는 꿈과 환상의 실재체로 작용한다."★2)

세기전환기의 정신분석학자 프로이트(1856~1939)는 미묘한 근친상간이나 부자갈등의 심리적 근원을 신화 속에서 추적했다. 인간의 육체와 정신의 상관관계를 경험 이전의 신화적 양상에서 해명하려는 시도들은 인간의 심리분석과 피폐해진 인간 삶의 환부에 대한 치유를 가능케도 한다. 그의 제자 융은 살인이나 간통, 반항심과 정신질환 같은 근원적 심리를 '원형무의식'의 반영으로 해명했다. 융은 현대인의 무의식 속에서 고대인의 경험과 일치하는 놀라운 '원형 무의식'을 볼 수 있다는 것이다. 태고의 자연과 강물이 그대로 오늘날까지 우리 삶속에 함께 있듯이 변화된 현재의 시대에도 그 기본 형상들은 함께 있다. 고대인들이 창조해냈던 신화와 전설의 형상들은 오늘날 비슷한 모습으로 인간의 무의식 속에 잠재되어 반복적으로 나타난다. 사라지는 듯 했다가도 다시 나타나는, 적어도 잠재되어 있는 형상들은 '집단 무의식'이 되어 현재까지 전해오고 있다. "신화는 재귀한다."(질베르 뒤랑) 이것이 왜 오늘날 다시 신화가 중요해지는가에 대한 답이다.

정신분석학적 발견들, 인간의 상상력과 상징의 이미지와 그 힘의 발견 등과 같은 흐름을 타고 오늘날 신화 속 인물들과 형상들이 우리 곁으로 다시 돌아오고 있다. 도덕과 지성의 힘으로 억눌려 있는 현대인의 의식 저 깊은 곳에 가라앉아 있는 인간의 원시적 욕망이 살아 움직이는 것이다. 인간의 원시적 욕망이나 공포심, 탐욕 같은 인간의 부정적인 정서는 사회화 과정을 거쳐서 극복될 수 있지만 여전히 무의식의 밑바닥에 자리 잡고 있기 때문에 도덕과 이성의 방패를 거둬버리면 언제든지 표출될 수 있다. 그리하여 요즈음 우리 사회의 막장 드라마에 나오는 인물들은 신화 속 주인공들의 모습을 연상시키기도 한다. 부끄러워 말하기조차 흉물스런 그런 모습들은 신화에서나 가질 법한 인간의 선의와 악의, 또는 다면성을 과감하게 드러냄으로써 '원형무의식'의 해방에 이르고자 하는 심리적 반영이며 포스트모던적 현상이다. 이와 같이 "어제의 신화는 다시 힘을 회복하여 오늘의 인식구조의 기초를 세우고 있을 뿐만 아니라, 최첨단의 과학의 시대에도 신화는 최선으로도 최악으로도 얼마든지 조작해 사용할 수 있는 하나의 실재체인 것이다."[★3]

신화의 무시간성

신화는 인간 삶의 원형으로서 끊임없이 시대를 떠나서 우리 곁으로 재귀한다. 신화는 시간을 초월하고 시대를 뛰어넘어 절대적인 가치와 이상을 표방하기 때문이다. "예술과 마찬가지로 신화의 가치는 인간이 처해 있는 사회와 삶과 문화와 떨어져서 결코 증명될 수 없고, 인간이 사는 시대를 떠나서 증명될 수 없다."[★4] 즉 신화는 한 순간이 아니라 어느 시대에나 유효한 절대적 '실재체'이기 때문에 신화의 효력은 무시간적이다. 서사시에 그려진 신화 속의 인물들은 언제나 한 모습으로 나타난다. 그들은 시간의 제한을 받지 않기 때문이다. 신화 속에서 '언제'라는 말은 무의미하다. "서사시는 삶을 모방하되 단순한 일상성 속에서가 아니라 어떤 이념적 완전성 속에서 포착된 삶을 노래한다. 서사시에 시간이 배제되어 있는 것은 그것이 아름다운 표상 속에서 삶을 이상화하기 때문이다. 즉 인간이 이상화하는 어떤 인물들이 시간의 흐름을 떠나서 표상되기 때문이다."★5) 그리하여 신화 속의 어떤 인물은 영원히 청년의 모습인가 하면, 어떤 인물은 언제나 지혜로운 백발의 노인의 모습으로 나타난다는 것이다. 그것은 그들이 물리적 시간에 따라 나이를 먹는 것이 아니라 자기의 역할에 따라 정해진 나이에 머무르기 때문이다.

"신화는 단순한 사실을 초월하는 것으로서 그 자체의 리얼리티를 지닌다. 경험상 증명될 수 없는 리얼리티를 전달하는 옛날이야기들은 인생의 목표와 그 목표를 달성하는데 수반되는 위험들을 깨닫게 하는 동시에 그것이 속한 문화권의 세계관을 드러낸다."★6) 신화는 문명 이전의 고대인들이 생각하고 상상하고 겪었던 세상 체험 이야기이다. 오늘날 과학과 문명의 시대에 살고 있는 우리들은 더 이상 이러한 이야기들을 믿으려 하지 않지만, 인간본성을 탐구할 수 있는 상징체계로서의 신화들은 과학 이상의 진실성, 또는 '실재체'로서 우리 삶과 깊은 연관을 갖고 있다. 이렇게 해서 신화는 한 민족 문화와 예술의 바탕을 이룰 뿐만 아니라, 한 민족의 종교, 철학, 과학, 문학 또는 정치에 이르기까지 그 뿌리와 원형이 되고 있다.

신들의 계보

고대 그리스인들의 문학적 재능과 상상력은 세계 역사상 가장 뛰어나다. 문화사에서 살펴보면 다른 어떤 나라보다도 그리스인들이 만들어낸 신화체계는 더 탁월하기 때문이다. 그리스 인들은 그들이 섬기던 올림포스 신족시대 이전의 세상의 출현 내지 우주의 기원 같은 신화도 만들어 내었다. 소위 티탄족의 시대로 티탄족은 제우스 이전에 세계를 지배하던 크로노스와 그 일족이다. 더 거슬러 올라가면 세상 최초에 존재했던 무질서(카오스)와 하늘을 지배한 우라노스, 그리고 대지를 다스리는 여신 가이아가 존재했다. 우라노스와 가이아는 서로 결합했고, 가이아는 많은 자식들과 많은 대지의 식물들을 생산해 내었다. 그중에서 막내아들이 크로노스이며 크로노스는 시간의 역사를 시작했다. 크로노스가 어떻게 해서 아들 제우스에 의해서 제거되었는지는 앞장에서 얘기한 그대로이다.

바야흐로 올림포스 신족시대가 열리고 그리스 신화는 신들의 제왕 제우스를 중심으로 해서 올림포스 산에서 살았던 12신들의 이야기와 그들과 티탄 족의 후예들, 그리고 영웅인 인간들이 함께 살았던, 함께 펼쳤던 이야기들을 구성하고 있다. 어디까지나 12신들이 중심이 되며, 그들은 제우스, 헤라, 포세이돈, 데메테르, 아폴론, 디오니소스, 아테나, 아프로디테, 헤르메스, 아르테미스, 헤파이스토스, 아레스이다. "티탄족과 싸워 이긴 제우스는 형제들과 손잡고 올림포스 산을 거점으로 올림포스 신족 시대를 열어간다. 올림포스 세대는 티탄세대와는 달리 덩치와 힘이 아니라 머리와 지략으로 다스린다. 이들은 자연의 야성보다는 인간의 이성을 닮은 신들이다. 티탄에서 올림포스로의 세대교체는 자연과 신을 바라보는 인간의 시각 변화, 자연신에서 인격신으로의 진보를 반영하기도 한다. 이는 그리스 신화의 특성을 인본주의와 합리주의로 말하는 것과 맥을 같이한다."[★7] 이와 같이 그리스 신화에 나타나는 신들의 모습에는 인간의 본성이 그대로 담겨져 있다. 신들과 영웅들은 신성과 인성이 뒤섞여진 모습으로 서로 하나 되어 사랑하고 싸우고 시기질투하고 복수하고 또 죽기도 한다. 고대 그리스인들은 '인간적인 신' 앞에서 인간의 욕망과 한계를 있는 그대로 받아들이고 삶의 모든 것을 자유롭게 누리려 했다.

신들의 땅 그리스

"고대 그리스인들의 활동 무대는 오늘의 그리스 영토인 발칸반도의 끝자락과 펠레포네소스 반도, 크레타 섬뿐만 아니라 터키 영토인 소아시아의 아나톨리아 반도 서쪽 지방을 포괄한다."*8) 고대 그리스 문명은 발전과정에서 크레타 문명, 미케네 문명, 아테네 문명으로 이어진다. 그리스 신화는 기원전 1600년에서 1100년 사이의 미케네 문명시대부터 고유한 특색을 지니게 된 것으로 추정된다. 사실상 그 이전부터 여러 문명에서 전해져 온 신화의 소재들은 끊임없는 변형과 수정을 거쳐서 기원전 8세기경 호머와 헤시오도스의 시를 통해 최초로 합쳐진다. 호머와 헤시오도스의 뒤를 이어 기원전 5세기경 아테네 출신의 극작가들이 등장하는데, 이들은 삼대 비극작가로 일컬어지는 소포클레스·아이스킬로스·에우리피데스이며, 희극작가인 아리스토파네스와 함께 고대 그리스극을 완성시킨다.

고대 그리스 문학의 전성기인 이 시기는 의회정치 발달의 면에서도 획기적인 의미를 형성하며, 아테네 전성기로 지구상에 최초로 아테네의회가 시작되는 시점이다. 이들 작가들은 구전된 신화들을 작품화하여 무대에 올림으로써 대중들과 소통하며 신화문학에 극적 생명력을 불어 넣었다. 그들은 이 시대의 정치와 사회 현상과 관련된 문학작품을 드라마라는 형식으로 창조하거나 신화적 소재와 자신의 개인적 견해를 융합하여 드라마의 예술성을 고조시켰다.

19세기 중반 미국의 신화학자이자 역사가인 토마스 불핀치는 "신화와 전설을 모르고는 깊이 있는 서양문학을 이해할 수도 감상할 수도 없다"라고 했다. 흔히 유럽 문화의 3대 요소는 그리스 신화와 기독교 정신, 게르만 신화라 한다. 이들은 각각 유럽문화의 특징을 규정하는 일부이자 싹이다. 이러한 신화와 전설은 역사적 기록은 아니기 때문에 이야기의 진실성이 확실히 보장되어 있지는 않다. 진실성의 유무를 떠나서 대체적으로 전설은 역사적 배경이 있는 이야기로서 한 영웅이나 가문, 특정의 지방을 중심으로 이루어져 있고, 신화는 놀라운 상상력과 창조력을 지닌 위대한 민족의 창조물로서 신들과 영웅들을 중심으로 이루어져 있다고 할 수 있다.

신화비평

고대 그리스인들은 신들을 모시기 위해 화려한 신전을 건설했다. 신전의 제단에 그들은 제물로 동물들을 바치고 심지어 자식까지 바치기도 했다. 그들은 신들이 인간 삶에 관여하여 함께 살아간다고 믿었으며 신들과의 사이에 자식을 두기도 했다. 그들은 신들을 찬미하는 노래도 불렀고, 신들이 만들어낸 경이로운 세계에 대해 찬미했으며, 신들에게 길흉화복을 빌었고, 심지어 신들을 시험하고 신들과 경쟁하고 또 저주하기도 했다. 그리스인들은 이러한 자신들의 삶과 희로애락을 문학적 재능과 상상력으로 그럴듯하게 매혹적으로 설명해냈고 때로는 그들의 가치관을 덧붙여서 의미심장한 이야기들을 창조해냈다.

"그들이 창조해낸 위대한 문학작품 속에는 바로 이러한 신앙이 짙게 배어 있다. 그런데 기독교가 확립된 후 고대 종교는 사멸했고, 유럽인들은 더 이상 그리스와 로마의 신을 믿지 않았다. 그러나 그들의 신화는 여전히 문학이나 언어 가운데 그대로 그 흔적이 남아 있다."[★9] 예를 들면 사이렌(시렌), 메두사, 멘토, 오이디푸스 콤플렉스, 엘렉트라 콤플렉스, 피그말리온 효과, 오디세이아. 프로메튬, 타이타닉, 자이안트, 아킬레스 건, 다이아나, 이오, 헤라, 루나, 올림피아드, 김나지움(Gymnasium, 체육학교), 뮤지엄(Museum, 박물관, 뮤즈 신들의 성전) 등등처럼 셀 수 없이 많다. 온갖 사건이나 현상들을 칭하는 이름들과 과학용어들이 그 어원을 유럽공통으로 사용하는 라틴어나 그리스어 이름에서 찾고 있듯이 신화는 언어의 뿌리이자 그 토양이다. "로마인들은 복수의 여신들을 푸리아(Furia)라고 했는데, 이것은 영어 단어 fury(분노, 격정)의 어원이다. 본래 이 말은 격렬하게 요동치는 일종의 광기를 뜻했다. 이는 어떤 사람이 자신의 행동을 통제할 수 없는 상태를 의미한다. 미국에서는 특별히 이와 같이 행동하는 여자를 일컬어 퓨리라고 부른다."★10)

호머와 3대 비극작가들이 그러했듯이 고대의 이야기꾼들은 이러한 신화들을 문학작품으로 형상화시켰다. 우리의 삶의 바탕이며 뿌리인 신화와 전설은 고대에서부터 오늘에 이르기까지 문학의 동기나 줄거리, 인물들을 제공하는 무한한 수원(水源)이다. 앞에서 말했듯이 신화와 전설의 문학적 변용(變容)은 이미 3천 년 전의 호머라는 작가에서부터 시작되었다. 그 후로도 그리스의 서사작가들은 역사상 가장 탁월한 창의력으로 문학 속에서 고대인의 삶을 증언하고 있다. 그들은 구전되던 신화를 작품의 소재로 하여 신과 인간의 문제뿐만 아니라 그 시대의 정치의식이나 가치관을 반영하기도 했다.

문학 텍스트의 신화적 내용을 살펴보는 일은 고대문학에만 국한되는 것은 아니다. 어느 문학보다도 신화적 뿌리가 넓고 깊은 유럽문학에서는 현재에 이르기까지 시대를 초월하여 끊임없는 신화적 형상들의 재구성이 찾아질 수 있다. 예를 들면 에우리피데스의 『타우리스의 이피게니에』와 『엘렉트라』에 등장하는 오레스테스와 엘렉트라의 인물상이 그것이다. 오레스테스는 아버지를 죽인 바람난 어머니와 그 정부를 증오하여 어머니와 숙부를 살해한다. 이러한 모티브는 셰익스피어의 『햄릿』 속에서 발견되며, 남동생 오레스테스를 부추겨 어머니를 죽이게 만드는 엘렉트라, 그녀의 마음속에 끓어오르는 아버지에 대한 애착의 감정은 '엘렉트라 콤플렉스'의 원형이 된다. 문학 속에 변용된 신화와 전설의 주제와 소재, 모티브와 인물들을 찾아내어 인간 삶의 원형을 찾아나서는 작업, 그러한 문학연구 방식이 곧 신화비평이고 원형비평이다. 신화비평은 신화와 전설이 문학 가운데서 어떻게 변용되고 재해석되고, 그 비유적 의미와 상징성을 띠는가를 연구하는 학문이다.

✱ 그리스 민족의 생성과 발전

✱✱ 『일리아드』

그리스 최고(最古이자 最高)의 서사시인 호머

그리스 최대의 서사시인 『일리아드(Iliade)』와 『오디세이(Odyssey)』의 작가인 호머는 그 생사의 연대가 확실하지 않은 전설적인 시인이다. 다양한 추정에 근거하여 그는 기원전 850년경에 소아시아의 이오니아 지방 출신일 것이라는 것 외에는 알려진 것이 거의 없다. "서양문학 최초의 위대한 작가로 일컬어지는 호머는 인간의 용기와 지혜, 인내와 정의를 서사시의 주인공들에게 부여하여 서양의 작가들에게 큰 영향을 주었다. 그가 쓴 작품 『일리아드』와 『오디세이』는 많은 서사시 가운데서 가장 탁월한 그리스의 민족 서사시이다."[★11]

『일리아드』는 트로이의 몰락과 동시에 그리스 민족의 생성과 발전을 그린 그리스 민족의 대서사시이다. 고대어로 '일리움(트로이)의 노래'라는 뜻의 이 작품은 소아시아(지금의 터키) 지방에 실재해 있었던, 이제 역사 속으로 사라져간 고대 국가 트로이와 그리스 연합군 간의 전쟁에 대해 노래한다. 『일리아드』는 트로이 전쟁 10년째 되는 어느 시점에서부터 시작된다. 이 작품은 "총 24장 15,693행 가량의 서사시로서 51일간에 일어난 이야기를 담은 것이다. 호머의 영웅들과 신의 싸움은 그리스의 고대에만 속하는 것이 아니라, 그 영웅주의는 현대의 현실에서 삶과 죽음을 겪고 또 인간이 실제로 겪어야 할 슬픔과 두려움과 폭력에도 통하는 초월적이며 구원적(久遠的)이며 보편적이라는데 그 의의가 있다. 그 영웅주의는 물질적 풍요나 물질적 성공보다는 정신적 풍요와 정신적 성공에 더 비중을 두고 있다는 면에서 호머의 작가적 양심은 고금을 초월한 영원적이라는 데 그 가치가 있다."★12)

고대국가 트로이는 흑해로 들어가는 입구(오늘날의 터키지방)에 자리한 아주 강력한 도시였다. 해상무역이 발달했고, 해협을 통과하는 선박들로부터 통행료를 징수했기 때문에 아주 부강한 나라였다. 그러나 10여 년 지속된 전쟁의 결과 그리스 연합군에 의해 불타버린 트로이는 땅 밑으로 사라져 버렸다. 훗날 19세기에 독일의 고대연구자 슐리만(1822~1890)이 땅 속으로 묻혀 버린 트로이를 발굴해내어 고대 트로이의 성터와 궁궐, 신전 등의 흔적들을 지도로 그려내면서 트로이는 다시 역사의 증거물로 되살아났다.

트로이 전쟁

오랫동안 정체 상태에 있던 전쟁이 10년째 접어들던 무렵 아킬레우스와 아가멤논 사이에 일어났던 언쟁의 장면으로 이 이야기는 시작된다. 아킬레우스는 욕심 많고 교활하고 지배적인 제왕격의 아가멤논에게 추종하기 어려웠다. 게다가 아가멤논은 아폴론 신의 사제인 크리세스를 불경했었기 때문에 아폴론 신의 분노를 샀고, 아폴론은 흑사병을 퍼뜨려서 수많은 용사들을 하데스(지하세계, 황천)로 보냈고, 수많은 영웅들을 개와 독수리의 밥이 되게 했던 것이다. 게다가 아킬레우스의 애인이 되어야 할 포로 아가씨 브리세이스를 아가멤논이 차지해 버렸던 것이다.

아킬레우스는 해변으로 나가 불멸의 어머니, 물의 여신 테티스에게 기도를 올렸다. 테티스는 제우스를 부추겼다. 아킬레우스는 요절할 운명을 타고 났지만, 아킬레우스가 트로이 전쟁을 승리로 이끌기 전까지는 그리스의 승리는 없게 해달라고 간청한 것이다. 그리하여 트로이 전쟁에는 아킬레우스라는 용맹한 장수가 참여해야만 이기게끔 신탁이 내려진 셈이었다. 결국 아킬레우스는 헥토르(트로이의 왕 프리아모스의 큰아들)를 죽임으로써 트로이 전쟁을 결정적인 승리로 이끌었고, 세세무궁토록 영광의 이름을 새기게 되었다. 이런 내막들은 대화와 상황 속에서 간접적으로만 암시되어져 있고, 대서사시는 수많은 사건들과 신들과 영웅들의 합작으로 이루어져 있으며 궁극에는 트로이의 몰락이 그려져 있다.

전략의 명장 오디세우스의 지혜와 권유로 가까스로 전장에 나왔던 아킬레우스는 전투를 포기하고 그의 막사에 들어가 버린다. 그러나 막상 그의 절친한 친구(또는 사촌)가 전사하자 아킬레우스는 자진하여 전투에 참가하고, 트로이의 왕자이자 프리아모스의 큰아들인 헥토르를 죽인다. 헥토르는 가정에 충실하고 신의 있는 장수로 트로이 왕국을 굳건히 지키고 있던 용감하고 지혜로운 장군이었다. 헥토르의 죽음은 트로이에는 치명적인 손실이었다.

대서사시는 그리스 왕들이 총 집합해서 연합군을 이루고 투사들과 영웅들로 활약하는 모습을 그린다. 신들과 영웅들이 서로 함께 전쟁에 관여함으로써 전략과 간계, 지혜와 용맹을 떨치는 모습을 파노라마처럼 펼친다. 그 와중에서 누가 신이고 인간인지는 구별하기 어렵다. 신들도 인간과 함께 죽기 때문이다. 아킬레우스와 아가멤논의 활약상, 트로이의 왕 프리아모스의 인간적인 모습과 큰 아들 헥토르의 가정적이고 온화한 모습, 그리고 전쟁의 불씨가 된 파리스와 헬레네의 발랄한 모습 등이 인상적이다. 배경을 이루는 인물들과 사건들의 다양함이 설명하기 어려울 정도로 복잡다단한 대서사시에는 지난 9년 동안의 전쟁 상황, 올림포스 신들(제우스, 헤라, 아프로디테, 아폴론, 아테나, 포세이돈 등)의 신탁과 전쟁관여, 장수들의 활약과 수많은 사건들이 뒷면에 혼재되어 있다.

이 책의 마지막 장면은 헥토르의 장례식이다. 아킬레우스는 시체를 찾으러 온 프리아모스 왕에게 열이틀 후 동이 틀 때까지는 해를 끼치지 않겠다고 약속하며 아들의 장례식을 허락했던 것이다. 트로이의 형제들과 전우들, 백성들이 도시로 모여들었고, 나무를 모으고 열흘째 되던 날 용감했던 헥토르의 시체를 내다가 나무더미 위에 놓고 불을 질렀다. 시민들은 모두 다 통곡하며 그칠 줄을 몰랐다. 마지막 왕 프리아모스는 운명의 허망감 앞에서 체념하듯, 비감어린 모습으로 성대한 추모행사를 주관했다. 이 장면으로 대단원의 막은 내리고, 이것은 트로이가 패망하여 불타기 직전의 장면이며, 따라서 전쟁의 끝 부분은 묘사되어 있지 않다. 그러나 우리는 그 결말을 다른 전설들을 통해서 알 수 있다. 그리고 이 이야기와 연관된 다른 전설들을 부수적으로 알고 있어야 이 책의 전체적인 내용에 대한 이해의 폭도 넓어진다.

트로이 전쟁은 10여 년 동안 지속되어 지지부진 끝이 날 줄 몰랐다. 트로이 전쟁을 배경으로 일어난 영웅들의 이야기와 사건들은 신화화되어졌으며, 이후 고대 그리스 문학의 소재가 되어 고대문학을 창조한 원동력이 되었다. 뿐만 아니라 이 인물들과 신화들은 현대에 이르기까지 시대를 초월하여 변용과 재창조를 통해 서양문학의 소재와 동기를 이루고 의미와 상징을 획득하고 있다.

파리스의 사과(불화의 사과), 미인대회

서양에서 가장 오래된 과일이 사과라고 했던가. 아무튼 성경에도 등장하는 선악과, 이브가 따 먹었다는 과일이 사과라고 한다. 사과는 서양문화에서 여러 가지 의미와 상징성을 획득한다. 이를테면, 이브의 사과, 파리스의 사과, 빌헬름 텔의 사과, 그리고 뉴턴의 사과가 그것이다. 이브가 뱀의 유혹에 빠져 따먹었다는 선악과(사과)는 지식의 나무로 인식과 자각의 열매이다. 이브는 이 과일을 먹고 처음으로 부끄러움을 인식하고 나뭇잎(무화과 잎)으로 치부를 가리고 에덴동산에서 쫓겨났다. 에덴동산에서 쫓겨나면서부터 밭을 일구고 땀을 흘려야 먹을 것을 얻게 되는 인간의 노고와 수고로움이 생겨났다. 이것은 본능에만 의존하던 인간이 생각하는 존재로 변화했고, 생각하는 존재는 땅을 갈아가면서 문명을 일으켜 만물의 영장으로 발돋움 할 수 있었다는 이야기다. 아이러니 하게도 인간은 부끄러움을 인식하고 자각함으로써 문명의 길로 들어섰으며, 동시에 낙원으로부터 추방당했다는 것이다.

바다의 요정 테티스는 티탄신의 딸이며, 제우스와 포세이돈이 탐낼 만큼 뛰어난 미인이었다고 한다. 운명의 여신 파테스는 제우스에게 테티스가 자식을 낳으면 그 자식은 그의 아버지보다 훨씬 강력한 인물이 될 것이라고 예언했다. 마치 크로노스가 우라노스를 거세하고, 제우스가 크로노스를 전복했던 것처럼 아버지를 죽일 것이라고 예언했다. 그래서 어떤 신도 그녀와 결혼하려고 하지 아니하자 테티스는 인간인 펠레우스와 결혼했다. 그 사이에 태어난 아들이 아킬레우스임은 앞에서 이미 말한 바이다. 테티스와 펠레우스의 결혼 연회장에는 올림포스의 모든 신들이 초대되었다. 초대받지 못한 불화의 여신 에리스(Eris)는 갑자기 나타나 잔칫상 위로 황금사과 하나를 던지고 사라졌다. 그 사과에는 '가장 아름다운 여인에게'라는 글이 씌어 있었다. 여신들은 서로 황금사과가 자기의 것이라고 주장했다. 그 중에서 제우스의 부인인 헤라, 지혜의 여신 아테나, 그리고 아프로디테가 가장 강력한 라이벌이었다. 의견차이로 옥신각신 하던 신들은 그 당시 세상에서 가장 아름다운 남성에게 판단을 맡겼다. "이 때문에 사람들이나 집단 사이에 분쟁의 소지가 있는 문제를 불화의 사과(apple of discord)라고 한다."★13)

그 당시 세상에서 가장 아름다운 남성은 파리스였다. 파리스는 트로이 성주 프리아모스의 아들이었다. 이 아이가 태어나면 트로이 성이 불타버릴 것이라는 신탁이 내려져 있었기에 이 아이는 이다산에 버려져서 자랐다. 세 여신들은 파리스의 심판을 받기 위해 구름을 타고 이다산으로 날아갔다. 자기를 가장 아름다운 여인으로 선택해 주면, 헤라는 부귀와 권세를, 아테나는 지혜를, 아프로디테는 가장 아름다운 여인을 선물로 주겠다고 약속했다. 파리스는 누구를 택했을까? 아프로디테였다. 왜냐하면 "그것은 선물이 탐이 나서가 아니라 아프로디테가 허리에 맨 띠가 '부끄러움의 띠'였기 때문이었다. 즉 여인의 미의 본질은 '부끄러움'이라는 의미이다. 이 사건을 계기로 아프로디테는 미의 여신이 되었다."★14) 파리스는 그 후에 트로이성의 왕자인 것이 판명되어 트로이 성으로 돌아가게 되었다.

헬레네와 파리스의 사랑

트로이 전쟁의 발단은 트로이의 왕자 파리스가 스파르타의 왕비 헬레네와 사랑에 빠져 헬레네를 데리고 스파르타를 떠나 트로이로 도망감으로써 시작된다. 고대 그리스 최고의 미인은 헬레네였다. 헬레네는 스파르타의 왕 틴다레우스와 왕비 레다의 딸이었다. 일설에 의하면 헬레네는 제우스가 백조로 변신하여 레다에게 접근하여 난 딸이라고 한다. 틴다레우스는 헬레네를 자신의 딸로 알고 있었다. 헬레네의 미모는 전 그리스를 떠들썩하게 했으며 그 때문에 납치당하기도 했다. 결국 헬레네는 많은 구혼자들을 물리치고 아가멤논의 동생이며 엄청난 부자였던 메넬라오스를 남편으로 선택했다. 그리고 이미 늙은 틴다레우스는 스파르타의 왕위를 사위인 메넬라오스에게 넘겨주었다.

몇 년의 세월이 흐르는 동안 헬레네는 메넬라오스와의 사이에 딸 헤르미오네를 낳았다. 권태기가 찾아들 무렵 잘생긴 트로이의 왕자 파리스가 스파르타의 궁전에 손님으로 머물게 되었다. 헬레네와 파리스는 처음 보는 순간 사랑에 빠졌다. 메넬라오스가 자리를 비운 사이 파리스는 메넬라오스의 보물 대부분을 손에 넣고 이 아름다운 왕비와 함께 트로이로 돌아갔다. 미인 콘테스트에서 아프로디테의 편을 들어주었던 파리스는 아프로디테의 도움을 받아 헬레네를 트로이 성으로 유괴할 수 있었다고도 한다.

어쨌든 헬레네의 납치는 그리스에 대한 모욕이었다. 그리스는 도시국가로서 외국의 침입에 대해서는 연합군을 형성하여 대처하곤 했다. 헬레네의 남편이며 스파르타의 왕인 메넬라오스는 즉시 그의 형이자 미케네 왕인 아가멤논에게 사자를 보내어, 그리스 전 군을 복수의 원정대에 동원시켜 달라고 촉구하였다. 그리스 도시국가 왕들이 총 집합했다. 알고 보면 트로이는 그 당시 아시아의 부유한 도시국가로서 이 전쟁에는 엄청난 전리품이 약속되어 있었던 것이다.

아울리스 섬의 이피게니에

그리스 군의 총 사령관은 아가멤논이었다. 총사령관 아가멤논을 필두로 많은 장수들이 소집되어 아울리스섬에 모여 트로이를 향해 진군하려 하였으나 바람이 불어주지 않았다. 신탁을 해 본 결과 아가멤논이 사냥의 여신 아르테미스의 사슴을 몰래 잡아서 여신이 화가 났기 때문이었다. 바람을 얻으려면 아가멤논의 딸인 이피게니에를 제물로 바쳐야 했다. 아가멤논이 아무리 패권주의적 인물로 제왕의 지휘력을 발휘하여 전쟁에 승리하고자 혈안이 되었다고 해도 설마 자기 딸을 제물로 바쳐가면서까지 했겠는가. 아가멤논은 많은 고뇌 끝에 미케네에 남아 있는 왕비 클리타임네스트라에게 편지를 보내어 용장이고 미남인 아킬레우스에게 이피게니에를 시집보내려 하니 빨리 딸을 보내달라고 했다는 것이다.

클리타임네스트라는 딸 이피게니에와 함께 아울리스섬으로 왔다. 그러나 막상 결혼이 아니라 딸을 죽이려는 것을 알고 클리타임네스트라는 분노에 떨었다. 전후 사정을 알고 난 이피게니에는 오히려 그리스와 아버지를 위하여 기꺼이 자신이 희생되겠다고 자청했다. 이피게니에가 제단에 올라가 제물로 희생되려는 찰나, 아르테미스 여신은 이피게니에의 아름다운 희생정신에 감동하여 그녀를 자신의 사당이 있는 타우리스섬으로 데려갔다. 이피게니에는 이제 아르테미스 여신의 사당에서 여사제로 봉사하게 되었다. 이러한 내용을 에우리피데스는 『아울리스의 이피게니에』와 『타우리스의 이피게니에』라는 작품을 통해 그리고 있다. 훗날 괴테 또한 『타우리스의 이피게니에』라는 작품을 썼는데, 괴테는 이 작품에서 폭력과 간계와 신들의 계획을 통해 빚어지는 비극의 틀을 벗어던진다. 괴테는 오로지 청순한 기도와 관대하고 진실한 인간애를 통해 폭군을 감동시키고 변화시킴으로써 비극에서 벗어나는 지극한 휴머니즘의 완성으로서의 이피게니에 모습을 그림으로써 고전주의적 인간상을 제시했다.

아킬레우스와 헥토르

아울리스 항에 다시 바람이 불기 시작하여 그리스 군이 출정함으로써 그리스와 트로이 간의 10년 전쟁의 대막이 올랐다. 지지부진한 전쟁에서 그리스군이 이기기 위해서는 아킬레우스가 참여해야 한다고 오디세우스는 생각했다. 그리스 최고의 명장 아킬레우스는 갓 태어났을 때 어머니 테티스에의해 스틱스(황천) 강물에 집어 넣어졌다. 바다의 신 테티스는 아들을 불사신으로 만들어 달라고 기원했다. 그때 어머니가 손으로 잡고 있었던 발뒤꿈치만은 물에 젖지 않아 창이 들어갈 수 있었다. 이것이 곧 아킬레우스의 건, 즉 약점인 것이다. 그의 어머니 테티스는 신탁을 통해 아킬레우스가 이 전쟁에 참여해서 역사에 길이 남을 큰 무공을 세울 것이지만 살아오기 어려운 운명이라는 것을 알고 있었다. 아버지보다도 더 강한 아들이 될 것이라는 신탁대로 멋지고 용감한 아킬레우스가 이 전쟁에 참여하여 헥토르(파리스의 형)를 죽임으로써 그리스군은 승리의 기선을 잡게 된다.

헥토르는 트로이 프리아모스왕의 큰아들이었다. 이 작품에서 가장 성실하고 부드러우며 가정적인 아름다운 영웅으로 등장한다.

헥토르가 패배하여 세상을 떠나자 헥토르의 아버지 프리아모스왕은 죽은 아들의 시체를 돌려달라고 간청하기 위해 아킬레우스를 찾아온다. 아킬레우스는 헥트르의 몸무게만큼의 황금을 받고 프리아모스의 간청대로 그의 시체를 돌려준다. 그 후 얼마 지나지 않아 아킬레우스도 파리스가 쏜 화살에 뒤꿈치를 맞아 전사한다. 두 사람의 위대한 전사도 죽고 파리스 또한 헤라클레스의 독화살을 물려받은 필록테테스의 화살에 맞아 사망한다. 트로이의 패색이 짙어갈 무렵 지략가 오디세우스가 세운 '트로이의 목마' 계략으로 도시 전체가 불더미에 쌓여 트로이는 잿더미가 된다. 트로이를 활활 타오르는 불기둥으로 뒤덮을 운명을 타고났다고 신탁이 내려져 있는 파리스. 그의 운명대로 트로이는 불길에 휩싸여 몰락으로 떨어진 셈이다.

트로이의 목마

트로이의 목마는 오디세우스가 세운 전략이다. 오디세우스는 속이 빈 거대한 목마를 만들어 군인들을 가득 집어넣은 다음 트로이 성벽 바깥에 세워놓았다. 남은 그리스 병사들은 인근 바닷가에 매복하고 있었다. 트로이 성 안에 시논이라는 첩자를 침투시켜 거짓 소문을 퍼뜨렸다. 목마는 아테나에게 바치는 동상일 뿐이며 만약 트로이 인들이 성안으로 들여온다면 아테나여신이 이 도시를 보호해 줄 것이기 때문에 결코 적들에게 함락되는 일이 없을 것이라고 말했다. 트로이인들은 기뻐하며 이 목마를 성 안으로 들여놓았다.

한편 아폴론을 모시고 있던 트로이의 사제 라오콘은 이런 경솔한 행동에 대해 경고를 했다. 그리스 편을 들었던 바다의 신 포세

신화공학 오디세이

이돈이 바다뱀을 보내 그와 그의 두 아들을 목 졸라 죽여 버렸다. 이미 목마를 성 안으로 들여놓은 그날 밤 트로이 인들은 방탕한 잔치를 벌였고, 잔치가 끝나고 모두들 잠이 들자 목마 안에 있던 그리스 군은 문을 열고 뛰쳐나왔다. 그들은 도시에 불을 지르고 사람들을 처치하기 시작했으며, 잠복해 있던 그리스 함대도 다시 돌아왔다. "그리스 인들이 트로이를 정복하는 데 이용하였던 목마 는 아마도 모든 시대를 통틀어 가장 유명한 전략일 것이다. 오늘날 에도 비밀 정보국이나 기업과 같은 어떤 조직에서 적이나 경쟁자들 속에 자기 쪽 요원을 침투시키는 데 성공했을 경우 이를 '트로이의 목마'라고 부른다."★15)

아킬레우스의 아들 네오프톨레모스는 그가 데려온 필록테테스 와 함께 트로이의 마지막 왕자 파리스를 죽인 다음 프리아모스 왕 마저도 죽여 버렸다. 트로이 성주의 사위인 아에네아스는 패전 후 부하들을 이끌고 이탈리아로 가서 나라를 세웠다. 그를 주인공으 로 로마의 시인 버질(Virgil)은 로마 건국을 다룬 작품 『아에네이드』 를 썼고, 이 작품은 이탈리아의 국민서사시가 되었다.

✳ 위대한 영웅 탄생의 길

✳✳『오디세이』

오디세우스의 모험

오디세우스가 트로이 전쟁이 끝나고 이타카로 돌아가는 귀향길은 다른 어떤 영웅들보다도 더 길고 험난한 여행이었다. 그의 귀향길은 10여 년이나 걸렸다. 그가 맨 처음 체류한 지역에서 만난 원주민들은 로토스(lotus)라는 과일을 먹고 있었다. 그것을 먹으면 누구나 그 맛에 빠져 온갖 세상사를 잊어버리기 때문에 그 땅에서 영원히 떠나려 하지 않는다고 한다. 로토스는 연꽃을 말하는데, 동양에서 말하는 극락에서 피어나는 꽃도 연꽃이었다. 불교에서 말하는 극락정토의 이미지가 바로 여기에서도 일치하고 있는 것이다. "이 식물을 한번 먹어 본 오디세우스의 부하들은 정말로 그 땅에서 터를 잡고 살기도 했다. 이 식물 자체는 물론 신화에서만 존재했지만, 현재 그 이름은 여러 종류의 수련(연꽃)을 가리키

고 있다."[★16)]

오디세우스가 부딪치는 수많은 모험 중에서 가장 유명한 장면은 항해 도중에 만났던 사이렌의 유혹과의 싸움이다. 오디세우스는 밀랍으로 부하들의 귀를 막아서 그들이 사이렌의 노래를 듣지 못하도록 했다. 그리고 그 자신은 미리 부하들에게 자신을 돛대에 묶어 두고 아무리 통사정을 해도 절대로 풀어 주지 말도록 했다. 사이렌들이 유혹하는 노래는 어느 누구도 거역할 수 없는 죽음으로 향하는 노래이다. 그러나 오디세우스는 그의 귀를 일부러 열어두었다. 그것은 아름다운 유혹의 소리를 즐기고자 하는, 그리고 자신의 의지를 시험하기 위한, 스스로를 테스트하기 위한 자기와의 싸움이었다. 그래서 그 자신은 그 소리를 들으면서 끝없는 유혹의 고통을 극복하고 그곳을 무사히 빠져나갔다.

사이렌들을 뒤로 하고 이제 오디세우스는 두 개의 절벽 사이를 지나가야 하는 시련을 맞게 되었다. 한쪽은 스킬라라는 괴물이 있고, 또 다른 쪽 절벽에는 카리브디스라는 괴물이 있어서 어느 쪽으로도 빠져나갈 수가 없었다. 죽음으로 통하는 절벽이었다. 스킬라는 인간의 몸통에 달린 여섯 개의 개머리 통으로 온통 시끄럽게 짖어대었다. 카리브디스는 하루에 세 번 물을 빨아들였는데, 그때마다 공포의 소용돌이가 일어나 그 소용돌이에 걸려든 모든 것들을 파괴시켜 버렸다. 오디세우스는 전략과 지혜의 장수였다. 오디세우스는 스킬라 쪽을 택했다. 카리브디스가 빨아드리는 물의 소용돌이에 배를 몽땅 잃어버리는 위험을 피하고자 한 것이었다. 그렇게 해서 오디세우스는 스킬라의 여섯 개의 머리에 각각 한 명씩, 여섯 명의 부하를 잃고 말았다.

여러 가지 모험과 위험과 시련을 뚫고서 드디어 오디세우스는 고향땅을 밟았다. 그 당시 오디세우스의 어린 아들 텔레마코스의 왕위 상속이 위협을 받고 있었다. 오디세우스가 남겨 두고 간 늙은 신하 멘토르는 텔레마코스를 도와주는 스승이었다. 그래서 오늘날 정신적인 스승이 되고 지표가 되는 사람을 멘토라 한다. 페넬로페는 왕권을 탐내는 구혼자들의 성화에 못 이겨 자신의 옷감 짜기를 접고, 오디세우스가 쓰던 화살로 과녁을 정확히 맞히는 사람과 결혼하겠노라고 말한다. 오디세우스에 필적할 만한 힘을 가진 사람이 없으리라고 믿었던 것이다. 마침내 고향에 도착하여 거지꼴로 변장한 오디세우스는 자신에게도 한 번 기회를 달라고 한다. 재미삼아 당겨 보도록 허락받은 오디세우스는 쉽게 활시위를 당겼다. 오디세우스와 텔레마코스, 그리고 몇몇 충성스러운 부하들에 의해 구혼자들은 모두 죽음을 당했다.

페넬로페의 지조 : 가부장제의 이데올로기

오디세우스는 갖가지 모험들 끝에 고향땅 이타카로 귀향했다. 오랫동안 오디세우스가 돌아오지 아니하자 이타카 섬에서는 그가 죽었다는 소문이 파다했다. 왕권을 탐낸 주위의 여러 귀족들이 페넬로페에게 구혼을 했다. 그녀는 오디세우스가 언젠가는 돌아오리라고 확신했기 때문에 청혼을 모두 거절했다. "페넬로페는 구혼자들에게 오디세우스의 늙은 아버지 라에르테스의 수의를 짜고 난 다음에는 결혼을 할 수 있을 것이라고 말했다. 그리고는 반나절 동안 수의를 짠 뒤 밤에 다시 풀어 버리기를 반복했다. 그 때문에 결코 끝나지 않을 듯해 보이는 일을 페넬로페의 옷감(Web of Penelope)이라고 한다."*17) 페넬로페는 그의 귀환을 기다리며 20여 년 동안 수절하며 살았다. 페넬로페는 인간 감성과 본성을 억압하기 보다는 해방시키면서 살았던 신화의 시대에는 보기 드문 여인상으로 오늘날까지 정숙한 아내의 상징이 되고 있다.

오디세우스의 많은 모험들 중 대부분은 여인들과의 꿈같은 시간들이었다. 키르케의 섬에서 1년을, 그리고 칼립소의 섬에서는 7년 동안을 보냈다. 의도적이든 아니든 간에 10여 년의 모험기간 중 8년을 두 여인들과의 애정행각에 보냈다는 것은 그 시대가 가부장의 삶을 당연시하고 있었다는 것을 보여준다. 오디세우스가 그렇게 여자들과 즐기고 있는 동안 페넬로페는 늙은 시아버지를 모시고 아들을 돌보며 구혼자들의 유혹을 견디며 살아왔다. 그래서 오늘날 페넬로페라는 이름은 정숙하고 지조 있는 아내의 대명사로 불린다. 그러나 정숙한 여인으로 귀감이 되는 페넬로페의 삶은 오히려 기구한 운명의 사슬에 매인 삶일 수도 있다. 이는 여자가 남편을 기다리며 지조를 지키는 것을 여자의 미덕이라고 주장하는, 또는 순결한 여성상을 강요하는 가부장제적 억압의 구조가 그 이면에 자리하고 있음을 의미한다.

『일리아드』에서 아가멤논은 왕중의 왕으로 그리스 연합군의 총사령관이다. 아가멤논은 트로이를 향해 출정하던 당시 바다에 순풍을 불어달라고 자신의 딸 이피게니에를 아킬레우스와 결혼시킨다고 거짓말을 하여 아르테미스 여신에게 제물로 바치기까지 했던 패권주의적 인물이다. 그의 지도력의 손상을 막기 위해서였다. 게다가 전쟁이 끝나고 귀향한 아가멤논은 전리품으로 카산드라(예언녀, 트로이의 공주)를 첩으로 데리고 오기까지 했다. 그의 아내 클리타임네스트라는 분노에 떨며 시동생과 짜고 아가멤논을 목욕탕에서 죽여 버렸다. 붙잡힌 트로이의 여인들을 전리품으로 이리저리 분배하는 모습은 남성우월주의의 전형적인 반영이다. 또한 남편 이아손의 몰염치한 배반과 크레온의 폭력과 권력욕에서 가부장제적 이데올로기와 만날 수 있다. 그리고 아버지의 독재에 대해 저항했던 메데아의 이야기는 사랑에 눈멀어 동생을 죽이고 아버지를 배반하고 자식들까지 죽인 악녀의 이미지로 덧칠되어 있다.

그리스 신화 속에는 크고 작은 이런 남성주의적 억압과 폭력의 이야기들이 저변에 깔려 있다. 신화가 문자로 형성되던 시대에는 이미 인도유럽어족이 그리스 반도로 이주해와 미케네 문명을 일으킨 후였다. 이들 민족은 유목민으로 철저한 부권적 사회구조를 지니고 있었고, 정복과 침략 전쟁을 일삼고 있었다. 따라서 그리스 신화에는 가부장제의 이데올로기가 뿌리내려 있음을 알 수 있다. 트로이 전쟁에서 "부권적 민족의 그리스가 아직도 모권적 체제를 비교적 많이 유지하고 있던 동양의 트로이를 초토화하고 유린한다는 사실은 이제 세계가 이런 부권적 체제로 완전하게 자리매김하게 되었다는 것을 의미한다."[18] 이로부터 유럽의 역사는 3천 년 동안 가부장제적 남성우월주의 체제를 유지해 왔음을 알 수 있다.

길고도 험난한 인생의 여정 / 위대한 영웅의 탄생

『오디세이(Odyssey)』는 트로이 전쟁이 끝나고 나서 오디세우스가 집으로 돌아가는 과정에서의 역경과 귀향한 후 그의 아내 페넬로페의 구혼자들에게 복수하는 이야기를 그린 호머의 대서사시이다. 오디세우스는 10여 년 동안 트로이 전쟁에 참여했으며 전쟁이 끝난 후 또 10여 년을 귀향을 위한 모험의 길에서 방황했다. 귀국을 위해 트로이를 떠났던 이타카 사람들 중 오디세우스는 유일하게 이타카의 땅을 밟은 단 한 명의 생존자였다. 트로이를 몰락으로 이끈 목마의 전략으로 트로이 성에 입성한 오디세우스는 포세이돈

신전을 마구 파괴하였다. 이에 바다의 신은 노하여 바다를 통한 그의 귀향을 방해했던 것이다.

전쟁이 끝나자 살아남은 그리스 전사들은 대부분이 귀향 도중 배가 난파당하는 등 온갖 고초를 겪으며 어렵사리 고향에 돌아가게 되었다. 영웅들 중에서 고국으로 돌아가기 위해서 가장 길고도 험난한 여행을 떠났던 사람은 오디세우스이다. 오디세우스의 라틴어식 이름은 율리시즈이다. 오디세우스의 길고도 험난한 여행, 즉 오디세이는 출발과 모험과 귀향의 과정으로 은유되는 인간 발전의 끝없는 여정을 나타낸다. 동시에 인간의 끝없는 도전과 응전의 정신, 시련과 그 극복의 과정을 보여준다. 그 과정은 '오디세이'라고 불리며, 이것은 신화와 고대의 시기에 어떻게든 살아남아야 되고 자신의 정체성을 보존해야 되는 위대한 영웅의 탄생을 의미한다.

고대의 산물 오디세이는 중세에 이르러 어느 면에서는 성배의 왕처럼 기독교적 덕목 실현을 목표로 나아가는 기사나 성직자의 삶의 역정을 그리는 교양소설을 발전시킨다. 즉 인격완성을 목표로 끊임없이 사회와 세계와 관계하고 문제해결에 이르는 성숙의 인간상을 탐구하는 서양문학의 큰 주제를 형성하기도 한다.

이 작품에서 오디세우스는 부하들의 어리석은 모습과 비교되며 끝없는 시련과 모험에 노출되지만 끝내 길을 잃지 않고 선한 길을 찾아 나선 위대한 인간의 전형이다. 괴테의 파우스트처럼 '선한 인간은 설혹 어두컴컴한 충동에 내맡겨지더라도 끝내 올바른 길을 잃지 않는' 거인적 존재의 전신, 즉 영웅이자 인간인 것이다. 오디세우스는 서양인의 특성을 나타낸다. 그는 "어떠한 난관도 극복하려는 의지와 지략, 거대한 자연에 대한 도전을 보여준다. 예컨대 그는 사이렌의 소리를 들으면 파멸할 것이라는 것을 알고도 마스트에 자신을 매어놓고 부하들의 귀는 막으면서 그 소리를 듣고자 한다. 죽음의 신의 음성도 들으려는, 위험을 무릅쓴 탐구적 모험가의 정신을 보여준다."[★19]

죽은 노동의 원리

근대에 이르러 마르크스에 의해 제기된 '노동의 신성성'이라는 입장의 해석을 통해보면, 오디세우스의 부하들은 이른바 '죽은 노동'의 원리를 반영한다. 오디세우스는 오늘날 자본가 내지는 지도자로 비교되고, 부하들은 노동자로 비교된다. 지배자(자본가)는 노동자의 노동 덕분에 예술을 즐길 수 있고, 예술은 지배자의 정신적 실현과 발전을 가능케 해준다. 그런데 노동자의 노동은 지배자에 의해 감각을 절단당해 버린다. 노동자의 노동은 자신의 실현이 아니라 지배자의 실현을 도와주는, 오직 착취당한 강제노동, 이른바 '죽은 노동'일 뿐이라는 것이다.

"오디세우스에게는 어떠한 죽음의 유혹이라도 극복할 수 있는 장치가 이미 주어져 있었다. 즉 귀를 막은 부하들은 사이렌의 노래를 들을 길 없이 무사히 배를 저어가고, 마스트에 몸을 묶은 오디세우스는 부하들의 노동 덕분에 맘 놓고 사이렌의 음악을 감상하고 즐길 수 있는 것이다. 노동자에겐 사이렌의 노래를 선택할 기회조차 주어지지 않으며, 오디세우스는 거스르기 어려운 유혹조차도 즐기며 지나간다는 것이다."[★20] 오디세우스는 음악의 소리를 통해 죽음의 공포를 극복하며 자신을 초월한다. 인간은 노동에 의해서 자신을 실현할 수 있는데, 자본가들은 노동의 착취를 통해 노동자들의 자기실현의 날개를 묶어버림으로써 노동자들을 꼼짝 못하게 지배해 버린다는 것이다.

✱ 질투와 복수의 화신

✱✱ 에우리피데스의 『메데아』

신화상의 메데아 : 가족과 왕을 죽인 악녀이자 독부

메데아는 신화상의 나라 콜히스 출신 공주이며 예언자로 알려져 있다. 콜히스는 그리스 동쪽 흑해 연안에 위치해 있는데, 보이아티아의 왕자가 내란을 피해 황금모피(금양모피)를 타고 그곳까지 날아왔었다고 한다. 메데아의 아버지 아이에테스왕은 그를 보호해 준 대가로 얻었던 황금모피를 소중히 간직하고 있었다. 아이에테스는 이 왕자에게 메데아의 언니를 아내로 주기까지 했지만 나중에 자신이 이방인의 손에 죽임을 당하리라는 신탁을 받고는 이 왕자를 살해한다.

한편 이올코스 나라에서는 이아손의 삼촌 펠리아스가 이올코스 왕인 이아손의 아버지를 내쫓고 합법적인 왕위 계승자인 이아손을 없애 버리려고 이아손에게 불가능하다고 생각되는 과제를 준다. 이 황금모피를 찾아오면 왕위를 물려주겠다는 것이었다. 이아손은 아르고호라는 큰 배를 만들고 그리스 각지에서 영웅들을 모았다. 무적의 헤라클레스, 가수 오르페우스 등 50명의 모험심에 불타는 영웅들을 태우고 아르고호는 콜히스 땅으로 쳐들어간다. 메데아의 아버지 아이에테스는 처음에는 이들을 환대했으나 황금모피를 요구하자 냉담해졌다. 첫눈에 이아손과 사랑에 빠진 메데아는 아이에테스왕이 걸어놓은 몇 가지 함정을 벗어나도록 이아손을 도와서 황금모피를 찾게 해준다. 아버지를 배반하고 메데아는 이아손을 따라 그리스 땅으로 도망쳐 오면서 뒤따라 추격하는 자신의 이복동생을 살해하여 시체를 토막 내고 바다 위에 버려 놓는다. 뒤쫓은 아버지의 일행은 그 시체의 토막들을 줍느라 아르고호를 놓치고 만다.

이아손 일행은 쉽게 콜히스를 탈출하여 이아손의 왕국인 이올코스로 돌아온다. 그러나 삼촌인 펠리아스는 그를 속여 왕위를 주지 않는다. 마술에 능한 메데아는 아버지를 젊게 만들어준다는 미명으로 펠리아스의 딸들을 속여 펠리아스를 죽게 만든다. 그러나 이아손은 결국 지위를 회복하지 못하고 다시 귀양을 떠나 코린토스로 향한다. 그런데 코린토스의 왕 크레온에게는 아들이 없었다. 크레온은 이아손을 사위 삼고자 하고, 이아손은 왕위가 탐나 두 아이들과 메데아를 배반하고 크레온의 딸과 결혼한다. 크레온은 메데아와 두 아이들이 두려워 이들을 추방시키려 한다.

에우리피데스의 『메데아』

에우리피데스는 이 작품에서 이아손의 배반과 크레온 왕의 폭력, 주위의 학대 앞에서 말할 수 없는 고통을 당하는 메데아의 슬픔과 분노를 묘사한다. "꺾이기 싫어하고 사납고 지독한 성미를 가진" 메데아는 "자존심에 원통한 일을 당해서 무슨 짓을 하실는지"[★21] 모른다. 메데아는 이아손을 위하여 온갖 술법을 다 동원하여 조국을 배반하고 동생을 죽이고 펠리아스까지 죽였다. 거기다가 자식까지 죽이는 비정한 여인이자 복수심에 넘치는 잔인한 악녀로 묘사된다. 그렇지만 그리스 공주와 결혼하여 권력과 안정을 도모하려는 이아손의 모습도 보기 좋게 그려져 있지는 않다. 당시 그리스 사회의 도덕기준에서 볼 때 이아손의 행동도 비판의 대상이 될 수 있었던 것이다. 그리스 사회에서 결혼의 맹세란 매우 중요하고 사회질서를 유지하는 중요한 바탕이기 때문이다. 물론 오늘날 여성주의의 입장에서 볼 때 책임과 신뢰를 저버리고 현실적인 이익과 출세만을 위해 결혼을 깨버린 이아손의 행동은 가부장제적 탐욕과 비열한 속물근성의 인간으로 치부된다.

[메데아] 이 저주받을 어미의 아가들아, 너희도 네 아비와 같이 없어져 버려라. 이 집이 깡그리 망해 버려라! (37쪽)

[이아손] 내가 지금의 왕가와 인연을 맺은 것은 색시에게 끌려서가 아니오, 앞서도 말했지만 그대를 살리고 아이들을 위해서 왕가의 피를 이은 동기간을 낳아 확실한 보호를 받아 보겠다고 생각한 것뿐이오. (51쪽)

옛 친지이자 아테네의 왕인 아이게우스 왕을 맞이하여 메데아는 아테네로 자신을 데려가 주기를 부탁한다. 아이게우스 왕에게는 아직 자손이 없었다. 물론 그리스 신화 상의 최대의 영웅 테세우스가 그의 숨겨진 자식이지만 이곳에서는 등장하지 않는다. 어쨌든 아이게우스에게 자손을 낳아드리겠다는 명목으로 아이게우스의 약속을 얻어낸 메데아는 비단 옷과 황금관을 결혼선물로 공주(크레온의 딸)에게 보낸다. 공주는 비단 옷과 관의 모양과 빛깔에 홀려 그것을 몸에 걸쳐본다. 그 순간 공주는 온 몸에 독약이 퍼지고 쓰러진다. 비명을 지르는 딸의 시신을 끌어안고 입 맞추던 아버지 크레온 또한 죽는다. 메데아는 남편 이아손에게 복수하기 위해서, 그리고 코린토스인들에게 아이들이 죽임을 당할까 두려워 아이들까지 죽인다. 귀여운 자식을 제 손으로 없앤 메데아는 '원수들이 무덤을 파헤쳐 아이들 시체에 욕을 보이지 않게 하기 위해 헤라의 신전으로 가져가서' 그 주검을 묻어 준다. 끝부분에서 말해지는 메데아의 진술이 이를 말해 준다.

[메데아] 이미 결심은 되어 있어요. 아이들을 내 손으로 없애고 빨리 이곳을 떠나는 거예요. 괜스레 우물쭈물하다 내 자식의 목숨을 더 혹독한 남의 손에 없어지게 해서는 안 되겠어. 어차피 살아서 부지 할 수 없는 아이들의 목숨. 그 목숨이 없어질 바에야 이 어미의 손에 걸리는 것이 그래도 낫겠지. (71~72쪽)

[메데아] 그 아이들은 아비의 죄에 걸려 죽임을 당한 것이에요. (76쪽)

그리고 메데아는 아테네 땅으로 가서 아이게우스와 함께 살게 된다. 모든 것을 잃어버린 이아손은 정신이 혼미해지고 아르고 선의 부서진 조각에 머리를 부딪쳐 악인답게 죽는다. 조국을 배반하고 동생을 죽이고 사랑에 눈멀어 두 자식까지 죽이고 많은 사람들을 희생시킨 악랄한 메데아의 행위는 인간의 상상력을 뛰어 넘는다. 극의 마지막 코러스가 말하듯이 하늘에 계신 신들은 인간이 생각하듯 이루지 아니하시고, 이 사연 또한 인간이 생각지 못한 일을 일어나게 했던 것이다. 이는 결혼을 파기하고 신뢰와 충성을 저버린, 탐욕스런 인간들을 응징하려는 하늘의 제신의 뜻을 암시한다. 인간은 하늘의 제신이 생각지도 못할 일을 행할 수도 있는데, 이 또한 다스려지지 않는 인간의 비이성적이며 마성적인 힘인 것이다.

[코러스] 이 세상 모든 일을 살펴보시는 / 저 올림포스 산에 계신 제우스 대신 / 하늘의 제신, 인간의 생각을 넘어 이룩하시노라. / 인간이 생각하듯 이루어지지 못하고 / 생각지 않은 것이 이루어지노니 / 이 사연 또한 그렇게 일어났노라. (78쪽)

"『메데아(Medea)』는 기원전 431년 봄 대디오니시아 제전 때 상연되었으며, 최초의 상연 때는 불행하게도 경연에서 최하위인 3등상에 머물렀는데, 현존하는 에우리피데스의 작품 중 가장 널리 알려지고 백미에 속하는 한 편임에 이의가 없다."[22] 이 작품의 소재가 된 신화는 당시 널리 알려진 이야기의 하나로 유명한 아르고호 원정의 후일담이라고 할 수 있다. 많은 이야기들 중 하늘을 나는 양탄자, 아르고 호에 탄 이아손과 영웅들의 모험, 그들이 찾아 나선 황금모피, 그리고 사랑과 복수의 화신 메데아의 마법 등과 같은 어린 시절에 한번 쯤 들었음직한 전설적 이야기들이 그것이다.

코린토스 : 시시포스, 디오게네스와 알렉산더, 그리고 사도 바울

이 작품의 직접적인 배경이 되는 코린토스는 그리스에서 가장 찬란하고 오래된 문명을 꽃피웠던 고대문명 중 하나이기 때문에 많은 신화들뿐만 아니라 역사적 사건들이 코린토스를 배경으로 발생했다. 아테네와 가까이 있는 도시 코린토스에는 아직도 그 시대의 역사와 신화의 향기가 몽글몽글 피어오르는 것 같았다. 찬란했던 문명의 발자취가 그대로 드러나 있는 넓은 유적지와 인근 마을에는 고대와 현대가 그대로 함께 숨 쉬고 있었다.

코린토스의 창시자라고 하는 시시포스 신화가 이곳이 배경이고, 고대 그리스의 견인(堅忍)주의 철학자 디오게네스가 살았다는 오두막의 흔적이 이곳에서 만져졌다. 예수의 사도 바울이 발로 쓴 선교편지와 그가 살았다는 감옥살이가 여기에서 느껴졌다. 이곳에서 오늘날 역사와 신화의 향기가 숨 쉬고 있는 코린토스 도시를 내려다보고 있는 높은 산정에서는 아직도 여전히 시시포스가 바위를 들어 올리고 있는 듯 했고, 누추한 오두막에서 살고 있었던 디오게네스의 금욕적 철학의 향기가 피어오르는 듯 했다. 3천 년의 흥망성쇠의 흔적이 묻혀 있는 코린토스 마을은 그러나 역사가 멈춘 듯 고요하고 고즈넉했다.

아득히 먼 곳에 에게해를 바라다보고 있을 것 같은 높은 산이 자리하고 있다. 코린토스 인근에서는 제일 높은 산, 그 산 꼭대기까지 시시포스는 오늘도 바위를 들어 올리고 있을 것이다. 인류가 살아 있는 한 그 고역은 지속될 것이기에. "시시포스는 타르타로스에서 엄청난 바위덩어리를 산꼭대기까지 밀어 올려야 하는 영원한 형벌을 받았다. 그가 바위를 정상까지 밀어 올리면 그때마다 바위는 산 밑으로 다시 굴러 떨어진다. 이 때문에 우리는 일을 다 마쳤다고 생각하는 순간 처음부터 무언가가 잘못 되었었다는 사실이 밝혀지고, 그래서 그 일을 처음부터 다시 시작해야 하는 일을 '시시포스의 고역'이라고 부른다."[★23] 그리고 그것은 인생이다. 우리는 이미 도달한 것에 결코 만족하지 못하기 때문에 항상 새로이 시작하고 출발해야 한다. 삶을 향한 정열은 인생에 아무것도 성취할 수 없는 것, 희망도 없는 일에 전념해야 하는 이 끔직한 형벌을 가져다 준 것이다. 신의 뜻을 거역하여 영원한 형벌을 당하고 있는 시시포스의 고통에 비할 만한 것은 프로메테우스와 탄탈로스에게 내린 형벌뿐일 것이다.

그리스 문화의 숭배자인 알렉산더(B.C. 356~B.C. 323) 대왕은 동방 원정 시에 마케도니아에서부터 코린토스에 살고 있는 디오게네스를 찾아와서 당신의 소원이 무엇이냐고 물었다. "내게 비치고 있는 저 햇빛을 가리지 말아주시오." 이것이 디오게네스의 대답이었다. 세상에 대한 욕망과 야망을 경계하며 참아내고 개처럼 단순하게 즐기며 살았던 디오게네스 앞에서 천하정벌의 야망을 잠시 던져 버리고 싶어 했을 알렉산더의 그 마음을 헤아려본다. 알렉산더와 디오게네스, 그리고 바울, 각기 '아무도 가지 않는 길'을 갔던 세 선인들의 흔적이 그대로 묻어 있는 코린토스의 옛 성터에는 아직도 여전히 끝을 알지 못하는 인생의 고통과 끝없는 존재의 무상감이 어려 있는 듯 했다. 하지만 판도라의 상자 안에 숨어 있는 마지막 희망의 빛을 붙들고 계속 바위를 들어 올려야 하는 시시포스의 모습, 그것은 인생의 부조리함이 아니라 인간의 끝없는 욕망추구에 대한 긍정과 성실과 용기 같은 것이리라.

✠ 〔그리스 신화와 고대문학〕 미주

1) 오비디우스, 천병희 옮김,『변신이야기』, 도서출판 숲, 2006, 58~59쪽.
2) 질베르 뒤랑, 유평근 옮김,『신화비평과 신화분석』, 살림출판사, 1998, 64쪽.
3) 위의 책, 64쪽.
4) Wilhelm, Perpeet, Von der Zeitlosigkeit der Kunst, In: ästhetik. Hrsg., von Wolfhart Henckmann, Wissenschaftliche Buchgesellschaft/Darmstadt 1979, p. 29.
5) 김상봉 교수 강연 참조.
6) 해리스 · 플래츠너, 이영순 옮김,『신화의 미로 찾기』1, 동인출판사, 2000, 25쪽.
7) 윤일권 · 김원익,『그리스 로마 신화와 서양문화』, 문예출판사, 2004, 48쪽.
8) 위의 책, 28쪽 참조.
9) 아시모프, 김대웅 옮김,『신화 속으로 떠나는 언어여행』, 웅진, 1999, 7~8쪽 참조.
10) 위의 책, 55쪽.
11) 김승옥,『서양문학의 흐름』, 고려대학교출판부, 2004, 14~15쪽 참조.
12) 호메로스, 김병철 옮김,『일리아드』, 혜원출판사, 2003, 436쪽.
13) 아시모프, 김대웅 옮김,『신화 속으로 떠나는 언어여행』, 249쪽.
14) 김승옥,『서양문학의 흐름』, 7쪽.
15) 게롤트 구드리히, 안성찬 옮김,『신화』(클라시커 50), 해냄, 2001, 214쪽.
16) 아시모프, 김대웅 옮김,『신화 속으로 떠나는 언어여행』, 272~273쪽.
17) 위의 책, 279~280쪽.
18) 윤일권 · 김원익,『그리스 로마 신화와 서양문화』, 432쪽.
19) 김승옥,『서양문학의 흐름』, 16쪽.
20) 벤야민&아도르노, 신혜경 올김,『대중문화의 기만 혹은 해방』, 김영사, 2009, 68~70쪽.
21) 에우리피데스 편, 여석기 외 옮김,『그리스 비극』2, 현암사, 2002, 36쪽.
22) 위의 책, 16쪽.
23) 게롤트 구드리히, 안성찬 옮김,『신화』, 92쪽 참조.

Part 02

게르만 신화와
중세문학

게르만 민족의 대이동

게르만 민족은 발트 해 연안을 본거지로 하여 로마제국의 국경인 라인 강 북동쪽 게르마니아라는 초원과 삼림지대에 흩어져 살았다. 날씨는 차갑고 습했고, 호수와 삼림으로 둘러싸여 있었다. 그들은 4세기 말 훈족에 밀려, 그리고 지리적인 지각변동에 의해 게르만 민족의 대이동이 있기까지는 역사의 중심에 나타나지 않았으며 단일 국가를 이루지 못했다. 그들은 4세기 말부터 6세기 말에 걸쳐 남쪽으로, 또는 남서쪽으로 이동해 가서 여러 개의 부족국가들을 형성했다. 이들은 북게르만, 서게르만, 동게르만으로 구분되며, "북게르만은 스칸디나비아반도, 덴마크, 아이슬란드, 그린란드에 살던 부족으로 영국, 스코틀랜드, 프랑스 북부 등으로 이동해 가기도 했다. 서게르만 족은 오늘날의 독일, 영국, 네덜란드의 직계 조상이 된다."*¹⁾ 동게르만은 헬레니즘 문화의 변경 지역까지 이동해 갔지만 더 강력했던 문화에 흡수당해 그 자취와 흔적은 사라지고 말았다. 자신들의 강력한 민족적 주체성을 확립하지 못한 소위 문약(文弱)의 결과였다. 『니벨룽겐의 노래』에 나오는 부르군트족과 고딕식 건축이란 말의 어원이 된 고트족이 대표적이다.

오늘날 게르만 민족에 관한 문헌이나 기록은 거의 찾아볼 수 없다. 단지 "그들은 루네 문자를 사용했으나 인멸되어 버렸고, 하늘의 신 보단을 섬겼으며, 신들도 운명의 지배를 받아 인간과 함께 죽는다고 보았다. 농사를 지으며 사냥을 즐겼던 게르만족은 소박하고 활발하며 강건한 기질의 전사문화를 지녔으며 성실과 명예, 용맹성,

복수 등이 중요한 가치였다."[★2]

중세의 나라 독일

게르만 민족 중 역사상 가장 중요하고 탁월한 자취를 남긴 국가는 프랑켄 제국이다. 오늘날의 아헨 지방을 중심으로 프랑켄 제국은 4세기 이래로 로마의 동맹자로 지내다가 카알 대제(742~814)에 이르러 서로마 제국 옛 영토를 회복했다. 카알 대제는 로마 황제 대관식을 치르고, 서로마 황제의 칭호를 받았다. 카알 대제는 주체성 있는 어문학 교육정책을 통해 게르만-독일 민족문화와 라틴-기독교 문화를 접목시켜 나갔다. 그는 영웅들의 자료를 수집하고 편찬하였으며, 학교를 세우고 학문을 장려했다. 카알대제는 게르만 민족성과 로마문명, 기독교 정신을 융합하여 독일적 문화를 탄생시킴으로써 카롤링 왕조의 르네상스를 이룩했다. A.D. 900년경 카롤링 왕조의 종말과 함께 프랑켄 왕국은 분리되고, 동 프랑켄은 오늘날 독일의 모체가 된다. 오토 황가의 오토 1세가 로마교황으로부터 대관식을 받은 후 신성로마제국(962~1806), 독일 제1제국이 탄생되고, 이때부터 명실 공히 오늘날의 독일이 시작되었다.

독일은 중세의 나라이다. 기독교화가 완성되면서 그들은 점차 교회로부터 독립되고 인간의 개성과 개인적인 경건함을 추구하게 되었다. 소위 중세 말의 세속화 경향이 지속되다 인본주의 시대를 맞이하는 것이다. 따라서 중세 말에는 중세 초기의 현세 부정적이며 회개와 경건의 덕목보다는 현실과 사회에 대한 긍정과 즐거움을 추구한다. A.D. 1200년경의 중세 중엽에는 문학의 중심이 중세 초기의 성직자와 교회 중심에서 기사계급과 궁정으로 옮겨진다. 이 시기의 궁정 기사문학은 독일 문학의 황금기를 이루며, 기독교 기사의 로

망스 문학과 이교도적, 게르만 전설의 영웅문학이 꽃을 피우게 된다. 궁정을 중심으로 한 기사문학은 궁정의 예법과 기사로서의 덕목을 추구하려는 경향이 강하다.

✳ 독일 민족의 일리아드

✳✳ 『니벨룽겐의 노래』

영웅문학이자 기사문학

서양의 중세문학은 원래 궁정과 기사를 중심으로 하여 궁정과 싸움, 그리고 영웅들을 중심으로 한 영웅문학과 기독교 기사들의 사랑과 모험을 중심으로 한 로망스 문학의 두 갈래로 나뉜다. 이 작품은 기사나 성직자가 썼을 것으로 추정되지만 그 서사는 고대 게르만의 기원전 현실과 5~6세기경 게르만 민족의 대이동 시기의 역사적 사건들에서 기원한다. 동시에 민족 설화집에 나오는 전설적 요소가 함께 작용한다. 이러한 사건들과 시대를 배경으로 전개되는 궁정과 영웅들에 관한 운문서사시 『니벨룽겐의 노래』는 배경과 소재의 면에서 영웅문학의 갈래에 속하지만, 시대적으로 후에 성직자가 수집하고 기록한 점에서 궁정기사문학의 산물이다. 이 작품은 동시에 독일 민족의 뿌리인 고대 게르만의 정신과 풍습, 부족의 생성과 몰락 등을 보여주는 독일 민족의 『일리아드』로 불린다.

『니벨룽겐의 노래』는 그 안에 39편의 모험담들이 통합되어 있는 방대한 서사시로 한 종족 부르군트족의 비장한 최후를 그린다. 게르만 민족의 역사적인 전통에 뿌리를 박고 있는 이 민족서사시는 다른 중세 기사문학과는 성격이 달라서 올바른 기사도 정신이나 기사들의 모험과 사랑을 그리기보다는, 오히려 음유시인에 의해 구전되어진 짧은 영웅들의 이야기를 역사적으로 종합하여 사건 당시의 현실세계를 그대로 재현시키고자 한다.

어느 민족이나 신화와 전설이 그러하듯이, 게르만 민족의 신화와 전설은 게르만 민족의 종교, 역사, 문학, 철학을 형성한다. 비록 중세 때 씌어진 작품이지만 고대 게르만 신화에서 소재를 취해 온 이 작품은 비기독교적이고 비극적이고, 동시에 게르만적이다. 유럽의 중세적 패러다임인 기독교적인 화해나 사랑의 용서 같은 법칙은 그 안에서 찾기 힘들고, 오직 강인한 충성과 잔인한 복수의 법칙이 통용된 게르만적 색채가 작품의 특색을 이룬다. 구비되어 흘러내려 온 방대한 모험담과 사건으로 이루어져 있는 이 작품에는 "신의 계명이나 미래의 행복 같은 기독교적 특징이 나타나 있지 않다. 그 안에는 궁정의 축제와 운동경기, 그리고 결혼식이 있고, 종국에 가서는 그 이면에 인생의 현실인 슬픔의 경험이 그려져 있다. 이 작품은 원시적이고 이교도적인 까닭에, 추측컨대 1198~1203년 사이 성직자에 의해 씌어졌지만, 작자 미상으로 남아 있다. 게르만인의 특유한 철저성과 견인성, 충성심과 정조관념 등이 표현되어 있으며, 34종의 필사본이 존재한다."[★3]

지크프리트의 죽음

라인강변의 보름스 지방에서는 부르군트왕국의 왕 군터와 군터의 여동생 크림힐트가 있었다. 아름답기로 소문난 절세미인 크림힐트 공주에게 구혼하기 위해서 모든 나라의 영웅들이 부르군트 왕가에 몰려들었다. 그러나 어느 누구도 이 공주의 마음을 사로잡지 못했다.

라인강 하류에 위치한 네덜란드(크산텐) 왕자 지크프리트는 용맹과 용모와 체격에서 모자람이 없는 젊은 영웅이었다. 지크프리트 또한 이 소문을 듣고 크림힐트에게 구혼하기 위해 부르군트로 이동했다. 그는 도중에 니벨룽 족의 보물을 지키는 드래곤과 싸웠는데, 그때 용의 피가 온몸을 적셔서 지크프리트는 불사신이 되었고, 등짝에 잎사귀가 떨어져 그곳에는 용의 피가 묻지 않아 그의 약점이 되었다. 영웅인 그에게는 두 가지 보물이 있었다. 보검 발뭉과 몸을 숨기는 외투가 그것이다. 지크프리트는 당당하게 부르군트 궁에 입성하고, 1년 동안 근신하면서 전투에 참여하여 부르군트 왕국을 돕는다.

부르군트의 군터 왕은 이웃나라 아이슬란트의 여왕 브룬힐트에게 구혼하려 했다. 그러나 천성적으로 유약한 그는 무력으로 그녀를 굴복시킬 수가 없었다. 브룬힐트는 세 가지 시합을 제시하고 그 시합에서 자기를 이겨야만 자신과 결혼할 수 있다고 공개 선언했다. 실제로 청혼한 많은 용사들이 그녀와의 시합에서 죽었다. 군터 왕은 자기 궁성에 머무르고 있는 지크프리트의 도움을 얻어 브룬힐트 여왕을 굴복시켰다. 마침내 군터왕은 브룬힐트와 결혼하고, 지크프리트도 크림힐트와 결혼했다.

지크프리트는 크림힐트와 함께 네덜란드로 돌아가서 왕위에 올랐다. 그 후 여러 해가 지난 뒤 두 사람은 보름스에 함께 초대되어 왔다. 여러 가지 의식에서 서로 순위를 놓고 경쟁을 벌이던 크림힐트와 브룬힐트는 교회에 착석하는 자리를 두고 작은 말다툼을 벌였다. 브룬힐트는 크림힐트에게 "너는 내 남편의 신하의 처"라고 비하하고, 이에 기분이 상한 크림힐트는 브룬힐트에게 "너는 내 남편의 첩"이라고 창피를 주었다. 그 증거로 크림힐트는 남편 지크프리트가 브룬힐트를 제압하면서 빼앗았던 정조대와 반지 이야기를 했다. 이에 자존심 강한 브룬힐트 여왕은 눈물을 흘리면서 복수를 맹세했다.

브룬힐트에게는 하겐이라는 지용을 겸비한 무장이 있었다. 그는 처음부터 지크프리트에게 경쟁의식과 적의를 느끼고 있었다. 그는 왕가와 왕비의 실추된 명예를 위해서 복수하겠다고 약속한다. 브룬힐트는 하겐을 시켜서 지크프리트를 사냥터로 유인하게 하고 그의 약점인 오른쪽 어깨자리를 찔러 죽이게 했으며, 그로부터 니벨룽겐의 보물을 빼앗았다. 그리고 지크프리트의 시체는 궁정으로 옮겨졌다. 지크프리트의 시체 곁으로 하겐이 올 때마다 시체에서 피가 솟구쳐 올랐다. 크림힐트는 하겐이 살인자임을 알게 되고, 비탄과 원한에 젖어 복수를 꿈꿨다.

부르군트의 멸망

13년의 세월 동안 여전히 복수를 계획하는 크림힐트는 헝가리 훈족 왕 에첼의 구혼을 받았다. 크림힐트가 에첼의 후비가 된 것은 남편 지크프리트의 복수를 위해서, 그리고 하겐에게 빼앗긴 보물을 되찾기 위해서였다. 그녀는 에첼왕과의 사이에 아들까지 두었지만 복수의 집념에 여전히 사로잡혀 있었다. 그리고 세월이 흐른 후 그녀는 오빠 군터 왕과 왕비 일가를 초대했다. 연회가 무르익어가면서 크림힐트는 부르군트족 근친들을 하나하나 죽였다. 용맹스런 브룬힐트도 죽고 이제 오빠 군터왕과 그 부하 하겐만이 남게 되었다. 크림힐트는 하겐을 향하여 "니벨룽겐의 보물을 돌려주면 목숨은 살려 주겠다"라고 위협했다. 그러나 하겐은 "군터 왕이 생존하는 한 죽어도 그 보물의 위치를 가르쳐줄 수 없다"고 단호히 말한다. 하겐의 이 말에 크림힐트는 자신의 오빠인 군터 왕을 죽였다. 이제 부르군트 왕국의 마지막 영웅인 하겐은 사슬에 묶인 채 눈물을 머금고 그녀를 질타한다.

> 이제 부르군트의 고귀한 왕과 그의 동생들인 기젤헤르와 게르노트도 죽었다. 그 보물의 위치를 아는 사람은 신과 나 이외에는 아무도 없다. 그러니 너 같은 악마 같은 년에게 그 보물은 영원히 숨겨져 있을 것이다.*4)

이에 격분한 크림힐트는 하겐이 차고 있던 지크프리트의 보검 발뭉을 뽑아 하겐의 목을 베고 말았으니 무려 25년에 걸친 그녀의 원한을 푼 것이다. 그러나 훈족의 왕궁에서 머물고 있는 게르만의 영웅 힐데브란트는 그렇게 용감하고 지략이 뛰어나다는 영웅 하겐이 보잘것없는 한 여인의 손에 무참하게 죽어나가는 것을 보고 잔인무도한 크림힐트의 복수에 분노하여 그녀의 목을 또한 베어버렸다. 이렇게 모든 영웅들과 관련자들은 죽음의 나라로 가고, 서사시는 막을 내린다. 불길은 죽은 영웅들의 시체를 뒤덮고, 연기가 자욱하며 핏물이 낭자하게 흐른다.

명예와 복수와 충성

처절한 복수와 패배와 죽음으로 끝나는 이 작품에는 "죽음의 나라의 사람들"이란 부제가 달려 있다. '죽음의 나라의 사람들'이라고 일컬어지는 부르군트 출신의 니벨룽겐 사람들은 단 한 사람도 빠지지 않고 모조리 죽음의 나라로 가버리고, 거대한 장편서사시는 막을 내린다.

부르군트 종족은 실제 역사 속에서 보름스 지방에 존재했는데, A.D. 450년 무렵에 멸망함으로써 역사에서 사라져 버렸다. 이 작품은 기독교문화가 지배적이던 중세 중엽에 씌어졌지만 기독교적인 윤리관과는 무관하다. 이 작품은 짤막한 노래형식의 단가들이 종합되어 긴 서사시의 형태를 취하고 있고, 게르만의 신화와 역사와 전설이 융합되어 있으며, 따라서 게르만의 민족적인 특성을 잘 드러내고 있다.

『니벨룽겐의 노래』에서는 "게르만 특유의 명예, 철저성, 견인성, 결백성, 진실성 그리고 거기에 따르는 혈족의 신뢰, 충성심과 정조관념 등의 지극히 순수 소박한 표현이 나타나 있다. 아울러 복수의 법칙이 지배하는 영웅들의 비극적이고 이교도적인 생활방식이 생생하게 담겨져 있다. 특히 명예를 존중하는 기품과 복수의 정열은 사건의 흥미를 북돋아주는 바탕이었고 일신을 파멸시킬 때까지 충성을 다하는 강한 모티브는 이 작품의 윤리적인 핵심이다."[★5]

지크프리트의 보물과 금은보화

이 작품에 등장하는 두 종류의 보물은 지크프리트 보물과 금은보화로 대변되는 보물이다. 지크프리트 보물에는 그의 초인적 능력을 보증해 주는 보검 발뭉과 마법의 외투가 있다. 천하의 대장장이에게서 지어 받았다는 무적의 검과 이것을 입으면 남의 눈에 보이지 않을 뿐만 아니라 초인적인 힘을 갖게 된다는 외투가 그것이다. 또 하나의 보물은 금은보화이다. 이 보물은 "이것을 차지할 자격이나 능력을 요구하지 않기 때문에 빼앗아 갖는 사람이 임자이고, 이 손에서 저 손으로 마구 돌아다닌다. 게르만 신화나 중세서사시에서 모든 보물은 정당한 대가를 지불하고 얻는 것이 아니라 힘이 센 존재가 난쟁이들로부터 뺏어오는 것으로 설정되어 있다. 그러나 이것에는 그것을 빼앗은 자는 결국 죽게 된다는 빼앗긴 난쟁이들의 저주가 담겨 있다."★6)

『니벨룽겐의 노래』는 죽음을 불사하는 낭만적 정서와 서사적 틀의 정교함보다는 대립과 싸움, 충성과 복수와 몰락의 구조를 보여준다. 인간의 보편적 생각이나 욕망을 적나라하게 드러내며, 야만적이고 불안정한 모습을 보여준다. 이 작품은 "감성과 이성, 문학적 구조와 언어가 팽팽한 균형을 이루는 고대 그리스 문학과는 달리 균형과 화해, 승리와 귀향의 이야기 같은 철학적 사유구조는 보이지 않는다. 사람들이 갈구하는 금은보화는 힘과 권력을 이용하여 그것을 뺏는 사람이 임자인 그러한 적나라한 인생의 모습을 보여준다. 그리고 그 궁극에는 죽음으로 인도되는 비극적 정서를 표출한다. 이러한 게르만 특유의 성격은 오늘날 삶의 기본원리이며, 영화나 게임, 만화, 판타지 소설 등이 선호하는 기본구조가 되기도 한다."★7)

『니벨룽겐의 노래』는 고대 게르만인의 전설에서 근원한 초인적 능력의 왕자가 주인공이며 게르만의 민족이동시대를 무대로 부르군트족의 운명을 전개시킨다. 동시대의 작품 『파르치발』이나 『트리스탄』이 중세 기독교 기사를 주인공으로 한 것과 단순 비교해 보아도 이 작품은 중세에 집대성된 중세문학이면서도 그 안에 게르만 신화와 전설과 역사가 어우러져 있는 가장 게르만적인 문학임을 알 수 있다. 19세기 후반 바그너(1813~1883)의 『니벨룽겐의 반지』는 이 작품의 사건들에 고대 게르만의 전설들과 제의식이 가미되고 작가자신의 철학적 성찰의 옷이 입혀져 신낭만주의문학(악극)으로 발전되어졌다. 현대 판타지 문학의 창조자라고 하는 톨킨(1892~1973)이 쓴 『반지의 제왕』은 이 작품의 영국적 패러디이자 새로운 신화창조이다.

✽ 사랑문학의 원형

✽✽『트리스탄』

이 작품은 물론 기사문학이다. 그러나 중세의 기사 서사시들이 즐겨 취급하는 기사의 모험이나 신앙, 종교문제를 취급하지 않고, 오직 사랑만을 취급하고 있다. 신원이 밝혀지지 않은 슈트라스부르크 출신의 고트프리트가 1200년경에 쓴 운문서사시인 이 작품은 유려한 필치와 음악적인 묘사로 애정묘사의 극치를 이룬 중세최고의 연애서사시이다. 주인공 트리스탄은 원래 원탁의 기사로 켈트족 전설에서 유래한다.

작품의 주 무대는 오늘날의 영국 콘월 지방을 배경으로 한 코른발 왕국과 바다 건너 아일랜드, 그리고 브레타뉴 지방의 아룬델 왕국이다. 『트리스탄』 서사시는 서문과 제1부, 제2부로 나누어져 있다. 트리스탄이라는 이름은 프랑스어 'triste(슬픔, 비애, 비수, 애수)'에서 유래했으며, 이것은 바로 트리스탄의 비극적인 민네(사랑)의 운명

을 암시하고 있다."★8)

슬픔의 아이

트리스탄의 아버지는 적장의 손에 죽고, 그 아픔 때문에 어머니는 아이를 낳다 죽게 된다. 이 비련의 주인공들 사이에서 태어난 슬픔의 아이라는 뜻의 트리스탄은 불행한 운명에 시달린다. 어린 시절 14살 때까지만 해도 유괴당해 버려졌다가 사냥꾼들을 만나 함께 생활하고 사냥꾼들의 우두머리가 되어 귀향하여 아버지를 살해한 모르간 공작을 찾아 죽여 버린다. 무예와 학식, 예술적 소양을 두루 갖춘 트리스탄은 외숙부인 코른발 왕국의 마르케 왕에게로 가서 기사가 되고, 그 왕의 후계자로 지정된다. 마르케 왕은 아일랜드 왕녀 이졸데에게 청혼을 하고, 구혼의 사자로 트리스탄이 선출된다. 아일랜드 궁정에서 청혼이 수락되고 트리스탄은 공주를 동반하고 바다 건너 자기 나라로 오게 된다.

사랑의 묘약

이졸데 공주의 어머니는 영약을 만드는 마법을 지녔다. 그녀는 나이 많은 왕과 딸 이졸데의 사랑을 위해 사랑의 묘약을 만들어 준다. 그런데 배 안에서 하녀의 실수로 트리스탄과 이졸데는 사랑의 묘약을 마시게 된다. 이전부터 사랑의 싹이 있었던 두 사람은 걷잡을 수 없는 사랑의 감정에 사로잡히게 된다. 예전에 아일랜드 왕비의 남동생이 코른발 왕국을 침략했을 때, 트리스탄은 그를 죽이고 상처를 입은 적이 있었다. 트리스탄은 자신의 이름을 바꾸고 아일랜드 궁에 머물면서 아일랜드를 위해 많은 도움을 주고 상처를 치료받았었다. 그 당시 트리스탄은 이졸데에게 학문과 음악을 가르쳐 주었었고, 이졸데는 트리스탄이 외삼촌을 죽인 장본인임을 짐작하면서도 트리스탄에게 마음이 기울었었다. 그때에 이미 사랑의 감정을 가지고 있었던 두 사람은 사랑의 음료를 마시고 불타오르는 연정은 가속화된다. 트리스탄은 공주를 왕에게 고이 모셔다 드리기는 했지만 불타오르는 연정은 어떻게 할 수 없어 불의의 관계로 이어진다. 왕에 대한 충성과 의리나 명예도 두 사람의 애정을 억제할 수 없었다.

사랑의 열광과 죽음에의 도취

숲속의 사랑의 동굴 장면에서 사랑의 도취는 극에 달한다. 두 사람의 애정 행각이 마르케왕에게 알려지고, 교묘히 빠져나간 트리스탄은 붙들리기 직전에 이웃나라 아룬델로 도망간다. 그곳에서 트리스탄은 전쟁의 무공을 세우고 어려움을 극복케 해준다. 트리스탄은 그곳의 공주 하얀 손의 이졸데와 결혼하지만, 여전히 금발의 이졸데를 사랑하고 있음을 고백한다. 트리스탄은 전장에 나가 치명적인 상처를 입고, 이 상처를 치유할 사람은 오직 금발의 이졸데뿐이므로, 사자를 보내 그녀를 오게 한다. 그녀가 달려오면 배에 하얀 돛을 달고, 아니면 검은 돛을 달아달라는 트리스탄의 염원은 끝내 절망으로 된다. 그녀는 배에 타고 있었지만 질투심이 난 하얀 손의 이졸데는 그녀가 탄 배에 검은 돛이 달렸노라고 거짓말을 함으로써 그를 절망케 하여 죽음에 이르게 한다. 뒤늦게 도착한 금발의 이졸데는 꿈에 그리던 트리스탄의 시신 위에 엎어져서 애절한 '사랑의 죽음'을 맞이한다.

기독교 신비주의와 관능적 사랑

이 작품은 순결무구한 사랑의 성스러움과 현실적 가치를 뛰어넘는, 죽음조차도 두렵지 않은 비합리적인 사랑의 영적 법칙성이 그려져 있다. 두 연인은 사랑을 지상 명령으로 여기며, 사랑의 무아경 속에서 죽음을 동경한다. 그들의 사랑은 마르케 숙부에 대한 배반이나 의리가 문제되지 않고, 전혀 양심의 가책을 느끼지 않으며, 어떤 명예나 권력이나 도덕 앞에서도 굴하지 않는다. 두 사람의 사랑은 죽음을 통해서 합일이 되고 완성되며 생명을 획득한다. 죽음에 대한 신비적 동경은 그것이 무한한 것으로의 해방을 뜻하기 때문이다. 또한 현실과 낮을 뛰어넘어 죽음과 밤을 동경하고, 죽음을 통해서 합일되는 비길 데 없이 아름다운 사랑은 기독교 신비주의와 관능적 사랑의 반영이며, 독일 특유의 낭만적 사랑의 원형을 이룬다. 사랑의 명령에 충실한, 어떤 세상의 가치 앞에서도 굴하지 않는, 죽음을 불사하는 사랑은 작품의 부제가 말하듯이 "고귀한 사랑의 심정을 전해주며, 사람들의 덕성을 높여주는 것이다."[9]

이 작품에서 연인들의 사랑의 죽음은 종교적 신비와 결부된다. 사랑의 죽음은 그리스도의 죽음과 대비되며 그들의 삶과 죽음은 살아 있는 사람들의 빵이 된다.

그들의 삶과 그들의 죽음이 우리의 빵이다.
그들은 그렇게 살고 그렇게 죽었다.
그렇게 그들은 아직 살아 있고, 그런데도 죽었다.
그들의 죽음은 살아 있는 사람들의 빵이다.[10]

64   그리고 후일담으로 두 사람의 무덤에서 각각 한그루의 나무가

자라나서 서로 가지가 얽히고설키어 무덤을 덮었다는 이야기가 전해진다. 이 세상에서 맺어지지 못하고 죽어서 서로 합일한다는 뒤엉킨 나무의 상징은 서양 문학에 많은 모티브를 제공하고 있다. 우리가 익히 아는 셰익스피어의『로미오와 줄리엣』의 사랑의 죽음 장면이 바로 그것이다. 또한 최근에 개봉된 영화 〈가을의 전설(Legend of the Fall)〉에서 형의 애인을 사랑한 우유부단한 남자 주인공 이름이 '트리스탄'이었음은 이 작품에서 그 주제를 변용시켰음을 말하는 부분이다. 금지된 사랑의 애절함, 떠나는 마음의 고귀함을 말하는 부분인 것이다.

✱ 기독교적 덕목 완성의 길

✱✱ 『파르치발』

순진무구한 소년 파르치발

파르치발은 원래 브리튼(영국)의 한 부족의 왕이자 기사인 가하무레트(영국식 이름은 펠리노어)의 아들이었다. 왕이자 기사였던 남편과 그 형제들이 전장에서 목숨을 잃게 되자 세상사에 무상함을 느낀 파르치발의 어머니는 가족의 마지막 희망인 아들만큼은 기사가 되는 것을 막기 위해 유복자를 데리고 산골로 들어가 숨어서산다. 그러나 무기나 기사도에 대해 전혀 모른 채 자라난 파르치발은 어느 날 우연히 산 속으로 들어온 기사 가반을 만나게 되면서어머니의 뜻을 저버리게 된다. 기사의 피가 흐르고 있던 파르치발은 젊고 패기에 찬 기사 가반에 반하여 기사에 대한 열망을 품고가반을 따라 아서왕의 궁전 카멜롯으로 향한다.

기사와 귀족으로서의 예법을 몰랐던 그는 곧장 기사가 되지 못하고 방랑기사로서 수많은 모험과 만남과 과오를 겪으면서 가반과 특별한 우정을 나눈다. 그는 어머니의 말대로 교회를 볼 때마다 주기도문을 암송하며, 곤경에 처한 사람의 외침을 외면하지 않는다. 특히 여성의 비명을 들을 때면 달려가 최선을 다해 도와준다. 그리고 물질을 얻으면 아낌없이 다른 사람에게 준다. 모험을 하던 중 우연히 들른 예배당 앞에서 그는 아서왕과 만나게 되고, 원탁의 기사로 합류한다.

성배 찾기 : 순수하고 정결한 성격

원탁의 기사들은 대부분 성배 찾기를 최대의 목표로 삼고 성배를 찾아 나선다. 성배를 찾는 모험에서 수많은 기사들이 목숨을 잃는다. 성배는 다윗의 후손만이 찾을 수 있기 때문이다. 또한 죄 없이 순결한 사람만이 찾을 수 있다. 파르치발은 수많은 모험과 방랑의 과정에서 기사로서의 정결함과 덕망을 잃지 않는다. 마침내 태풍에 밀려 바다 한 가운데로 나아간 그는 거대한 바위 옆 큰 배 안에서 뿜어져 나오는 성스러운 빛에 이끌려 배 안으로 들어간다. 그 곳에서 그는 성배를 발견하고 성배기사가 된다.

성배는 그리스도가 최후의 만찬에서 사용하던 잔으로, 아리마 태의 요셉이 보관하고 있다가 다음 날 그리스도가 십자가에 못 박혀 로마 병사에 의해 옆구리를 찔렸을 때 흘린 피를 받았다고 한다. 이 잔은 처음에는 천사들이 보관했으나, 루시퍼가 타락하자 신비로운 장소에 성배 사원을 지어 성배기사들이 수호하고 있었다. 모든 원탁의 기사들이 성배를 발견하기 위해 길을 떠났으나 그것을 발견한 사람은 성스럽고 고결한 기사 갤러해드와 보호트, 그리고 파르치발뿐이었다. 성배는 인간과 신의 조화를 의미하는 신비스런 상징이기 때문에 성배를 발견할 수 있는 자격이 필요했다. 파르치발이 성배를 발견할 수 있었던 자격은 그의 우직하고 순수하고 정결한 성격에 있다. 이것은 성스러운 위치에 오르기 위한 절대적인 조건이다. 물론 다윗의 후손만이 가능하겠지만. 고독하고 위험한 방랑생활과 종교적 수행 속에서도 파르치발은 결코 몸을 버리거나 타락하지 않을 수 있었기에 성배 왕이 될 수 있었던 것이다.

아르투스(아서왕) 전설, 그랄 전설, 바보동화

볼프람(1170~1220)은 5~6세기경의 게르만 전설인 파르치발의 이야기를 운문 서사시로 만들었다. 16권의 방대한 장편서사시에는 "그 핵심내용이 세 가지 요소인 아르투스(아서왕) 전설, 그랄 전설, 바보동화로 혼합되어 있다. 그런데 이 세 가지는 하나로 묶여져 유기적인 연관성을 지니게 됨으로써 서로 융합되어 합동극적 유희를 구성한다. 이 유희를 통해 우리는 독특한 독일적인 기사의 세계를 체험하게 된다."[11] 기사 가반의 모험과 방랑이 세속적 명예의 상징이라면, 파르치발의 모험과 수행은 종교적 명예의 상징이다.

파르치발은 원탁의 기사로 들어가 특정 기사단, 즉 성배 기사단의 왕이 된다. 성배는 종교적 수행을 통해서 얻을 수 있고 얻은 다음에는 정결한 태도로 지켜나가야 할 종교적 미덕을 상징한다. 성배의 왕만이 결혼할 수 있으며, 로엔그린은 그의 아들이다. 이와 같이 파르치발의 이야기는 아무것도 모르는 어린 소년이 숲을 떠나 세상에 내던져지고 기사의 영향을 받고 사람과 교유하며 종교적 수행과 모험과 방랑을 하는 길에서 자아를 깨달아가는 과정과 아서왕의 기사로 들어가 성배(그랄)를 발견하고 특정기사단, 즉 성배를 모시고 있는 기사단의 왕이 되기까지의 인생행로를 말한다.

독일의 중세문학은 원탁의 기사의 모험과 사랑이야기보다는 성배의 기사의 성스러운 종교적 수행과 그 덕목추구에 더 관심을 갖는다. 성배의 기사는 순결하고 자비롭고 성스러운 종교적 수행을 쌓은 사람으로 이미 특별히 선택된 사람이다. 따라서 성배의 이야기에는 성배를 찾기 위한 육체적 여행과 내면적 자아를 찾기 위한 자아성찰의 정신적 여정을 통해 완성된 인격을 추구하는 행위가 그려져 있다. 이점에서 바로 독일 교양소설의 개념이 생겨난다. 이 작품은 "단순한 기사문학이 아니고 세속과 신 앞에서 기사로서의 소명을 체험하는 철학적 종교적 교육소설이다. 작가는 기사로서의 행동과 그리스도 고행의 감수를 연결시켜 세계와 신을 온전히 일치시키고자 했다. 그럼에도 불구하고 이 작품은 그 안에 유머가 가득한, 모험과 방황의 아르투스(아서왕) 기사들의 이야기가 다채롭게 펼쳐지는 모험과 궁정세계의 소설이다."★12)

파르치발의 정결하고 성스러운 수행의 길은 기사로서의 예법과 절도, 도덕의식 등을 대변한다. 그리고 기독교적 덕목에 가장 우선하는 것은 자신의 교만과 무의식적 죄를 인식하는 일임을 나타내고, 봉사나 충성 그 어느 것도 이러한 덕목을 능가할 수 없으며 궁극적으로 성배를 얻는 데는 부족하다는 것을 보여준다. 이러한 깨달음에 이르는 길, 그것은 곧 자신이 구원받아야 할 존재임을 깨닫고 자신의 죄를 인식하는 겸손, 이 겸손이야말로 인간이 추구해야 할 궁극적 방향이자 인격적으로 성숙의 귀결점임을 의미한다. 이 작품은 파르치발의 성장발전에 관한 이야기이다. "한 개의 고독한 영혼이 심각한 체험 끝에 일정한 사회적 이념에 도달하고, 자기 인격을 완성하는 과정을 의미심장하게 구성한 교양소설의 효시를 이룬다."★13)

교양소설(발전소설)

"배우고 익히니 이 또한 기쁘지 아니 한가(學而時習之 不亦悅乎)."
공자의 말씀을 빌리지 않더라도 배우는 일은 가르치는 일보다 몇
배 더 행복한 일이다. 가르치는 일도 하나의 배워가는 과정임에는
틀림이 없겠지만 더 많은 부담과 책임을 실시간으로 필요로 하기
때문이다. 그러나 공부하는 일은 끝없는 자기연마의 와중에서 책임
보다는 자유와 기쁨이 더 우선하기 때문에 우리는 늘 배우고만 살
고 싶어 한다. "세 사람만 함께 해도 그 중 하나는 반드시 나의 스
승이기 마련이다(三人行 必有我師)." 우리는 인간관계에서 서로 공감
하고 소통하기를 원한다. 타인들과 내가 다른 생각, 또는 비슷한
생각을 나누고 공유하는 일, 때로는 타인들이 나보다 더 좋은 생
각을 갖고 있음을 깨닫고 나의 생각을 변환시키는 일은 인생의 발
전이다. 우리는 서로 가까워지기 위하여 무언가를 보충하고자 애
쓰고 서로의 관계를 깨뜨리지 않기 위해 애쓴다. 그것이 세상과 이
웃과의 관계맺음이라는 것을 알아가는 기쁨, 그래서 우리는 성숙
해지고 우리는 서로 사랑하게 된다. 깨달음은 자신의 삶을 보다 성
숙하게 가꿔가는 과정에서 포착되어지는 어떤 정신이나 이념 같은
것을 얻는 일이다. 동서양을 막론하고 깨달음은 삶의 체험에서 건
져 올린 어떤 확신, 또는 성찰 같은 것이다.

서양 문학에서는 주인공의 삶의 단계마다에서 성숙되어 이루어
지는 깨달음의 과정을 그린 문학형식이 일찍부터 발달했다. 이러한
소설을 교양소설이라 하는데, 이는 특별히 독일에서 발달한, 독일
적인 문학형식을 말한다. 교양소설은 사전적인 의미에서 볼 때, 어
린 시절의 초기에서부터 일정한 인격에 이르기까지의 주인공의 내
적 성숙과 외적 발전과정을 의식적이며 의미심장한 구성으로 그린

소설 형식을 의미한다. 교양소설은 주인공의 내적, 정신적 발전이 외부 세계와 문화적, 사회적 영향 하에서 조화롭게 이루어지는 과정을 중점적으로 다루고 있는 형식이다. 따라서 주인공의 어린 시절부터 인격완성의 어른으로 성장하기까지의 단계적인 변화와 발전을 나타낸다. 또한 인물이 중심이 되며 발전과정을 묘사하게 됨으로써 강한 자서전적 경향을 띠며, 형식상으로 일인칭 서술형식을 즐겨 취한다.

중세나 근대에 이르기까지 교양소설의 주인공은 시대에 따라서 성배의 왕이 되거나 빌헬름 마이스터(괴테 작품의 주인공)처럼 연극의 대가가 되거나 예술가 내지는 위대한 인물을 목표로 하여 많은 모험과 노력과 오류의 과정 끝에 인격적 완성의 단계로 올라가는 경우가 많다. 단순한 빌헬름은 작품에서 연극단장이 되어 연극을 완성하고 많은 사건들과 인간들과의 만남을 통해 인격적으로 성숙한 마이스터가 된다. 빌헬름은 어린 시절의 순수하고 단순한 행복에서부터 모험의 세상으로 걸어 나와 세상과 사회와의 관계들을 알아가고 행복한 삶의 목표를 터득하기까지의 과정을 그린 교양소설의 정점을 대변하는 인물이다.

현대는 귀족과 영웅이 사라지고 평범한 미물이 주인공이 되는 세상이다. 우리 모두가 우리 인생의 주인공이 되는 현재의 문학형식에서는 지극히 개인적인 깨달음과 행복의 의미성찰을 목표로 인격적으로 성숙해 가는, 또는 하나의 독립된 인격체로 성장해 가는 단계별 발전과정에 집중하는 문학형식이 발달한다. 현대에 이르러 우리나라의 경우 성장소설이라 부르는 문학형식이 어느 한 측면 이것에서 파생되었다고 볼 수 있다.

교양, 또는 인격형성은 인간과 세계와의 관계를 결집시켜 주는 힘의 원리가 무엇인지를 깨달아 가는 것이다. 이웃과 세상과의 관계 속에서 살아가는 방식이나 역경, 곤란을 헤쳐 나가는 힘을 찾으며, 행복하고 만족스런 삶을 찾는데 그 목표가 있는 것이다. 교양은 중세말의 인간성의 탐구과정에서 필연적으로 요청되었던 지혜나 깨달음의 발견과 같다. 이와 같은 자아발견과 인간성의 탐구에 목표를 두고 있는 교양소설의 계보는 중세 중엽의 『파르치발』에서부터 출발하여 『빌헬름 마이스터의 수업시대』에서 정점에 이르며, 현대에 이르러 헤세의 『페터 카멘친트』, 토마스 만의 『마의 산』으로 이어진다.

✱ 중세문학과 바그너의 악극

종합 예술가 바그너

바그너(1813~1883)는 작곡가이자 시인이자 연출가이다. 그는 대본을 직접 썼고 연출도 맡아 했으며 모든 예술을 총 동원하여 가극의 형식으로 통일시켜 효과의 극대화와 그것의 상승작용을 꾀했던 종합 예술가이다. 문예 이론가이자 지휘자였고 혁명가이기도 했던 그의 인생 또한 극적이고 역동적이었다. 바그너는 라이프치히에서 태어나 작센 궁정극장의 지휘자로 활동했으며, 1849년 드레스덴에서 혁명이 일어났을 때 혁명적 글들을 발표함으로써 망명생활이 시작되었다. 그가 스위스, 이탈리아, 프랑스 등지로 망명 다녔을 때 그를 도와준 바이어른 왕국의 루드비히 2세와의 교분은 널리 알려진 이야기다. 그는 광기왕 루드비히 2세의 도움으로 바이로이트에 축제극장을 설립하여 작곡과 대본, 연출과 무대장치까지 직접 연출하여 자신의 악극이론을 실현시켰다.

바그너 숭배자였던 루드비히 2세는 아버지 성이 바라다보이는 산 중턱에 멋진 성을 짓고, 망명 중인 바그너에게 그 성에서 매일 밤 그의 악극을 연주케 했다고 한다. 결혼도 하지 않고 오로지 문학과 예술에 심취해 살았던 루드비히 2세는 41세의 나이로 호수에 빠져 죽었다. 퓌센이라는 도시에, 세 개의 큰 호수가 멀리 또 가까이서 에워싸고 있는 산 언덕에 지어진 아름다운 '신백조의 성(Neuschwanstein)'은 보기 드문 낭만주의적 건축양식이다. 중세풍의 외관과 함께 그 안에 바그너 악극의 배경을 연상시킬 만한 분위기와 무대장치가 있는 이 건축은 현대에 이르러 미국에서 동화들의 박물관으로 지어진 디즈니랜드의 모형이 되었다.

음악과 예술의 상생조화

바그너는 게르만 신화와 중세적 기사와 영웅의 전설을 소재로 하여 악극(Musikdrama)이라는 장르를 창조하였다. 바그너의 악극이론은 그 당시의 가극(오페라)이 갖는 평면성과 일면성을 보완시킴으로써 새로운 형식의 종합예술론을 창시하였다. 가극은 크게 음악과 문학의 결합이다. 그때까지 이탈리아와 프랑스에서 성행했던 가극은 음악과 문학의 관계가 어느 한쪽으로 편중되어 있었다. 프랑스와 이탈리아 등 라틴 민족에서 성행했던 가극은 화려하고 감각적인 데 비해 내용과 표현의 깊이가 결여되어 있었다. 바그너는 라틴 민족의 예술에 대한 게르만 민족의 차별성과 우월성을 증명하고자 했다. 바그너의 가극은 내면성과 깊이를 추구하는 독일 민족의 특성을 드러냄으로써 독일 국민들의 민족의식과 민족정신을 고취시키고자 했다.

바그너의 악극 이론은 음악과 연극의 상생 조화를 목표로 한다. 즉 "음악과 문학이 각각 자기의 특성에 따라 감정의 예술성을 충분히 발휘해야 한다는 것이다. 문학은 언어로써 내용 진행과 사상 표현을 해야 하며, 음악은 악기와 노래로써 극의 효과를 극대화시켜야 한다. 어느 한쪽이 희생되는 것이 아니라 오히려 상호 보완하고 표리일체가 되어서 보다 큰 효과를 관객에게 일으켜야 한다는 것이다. 더 나아가 거기에 인간의 시각에 호소하는 미적 요소와 육체의 움직임을 보여주는 무용의 요소, 무대장치, 의상, 분장 등 모든 예술적 요소가 함께 상승 작용을 하면 이상적 예술이 탄생한다는 종합예술론이다."[★14]

바그너의 악극으로는 『탄호이저』(1843), 『로엔그린』(1847), 『트리스탄과 이졸데』(1859), 뉘른베르크의 명가수』(1867), 『니벨룽겐의 반지』(1874), 『파르시팔』(1882) 등이 있다. 이 모든 작품들에서 보듯이 그의 악극에는 게르만 신화와 전설, 중세적 이상이 녹아 있다. 중세는 게르만 정신이 최고조에 이르렀던 시대였다. 바그너는 악극을 통하여 독일국민들의 민족의식을 고취시키는 민족적 예술을 확립하고자 했던 것이다. 이처럼 바그너의 악극은 제재가 중세 문학에 근거하고 죽음을 통한 구원의 사상이 표방됨으로써 치열하고 기독교적이고 낭만적이며, 동시에 섬세한 상황묘사에서는 사실적이라 할 수 있다. 19세기 후반 그가 살았던 사실주의 시대에 그 근거를 두고 있는 바그너 작품은 내용의 낭만성과 중세적 소재로 인해 신낭만주의적 색채가 강하다.

『니벨룽겐의 반지(Der Ring des Nibelungen)』

1874년 발표되어 1876년 8월 첫 공연을 가졌던 『니벨룽겐의 반지』는 제1부 〈라인의 황금〉, 제2부 〈발퀴레〉, 제3부 〈지크프리트〉, 그리고 제4부 〈신들의 황혼〉으로 이루어져 있다. 작가가 25년에 걸쳐 심혈을 기울여 만든 노력의 결정체인 이 악극은 나흘 밤에 걸쳐서 상연된다. 바그너가 루드비히 2세의 도움으로 설립된 바이로이트 축제극장에 어울리는 악극을 제작하기 위하여 작곡과 대본, 연출과 무대장치까지 직접 맡아 했다. 이는 자신의 악극이론을 무대에 실현시키려는 엄청난 작업의 결과였다. 종래의 오페라가 갖는 모든 제약을 버리고 바그너는 그의 종합예술 이론을 구체화시키기 위하여 자신의 모든 예술적 수단을 발휘하였다.

바그너는 중세문학의 결정체인 『니벨룽겐의 노래』와 옛 게르만의 전설집 『엣다(Edda)』와 쮈숭가의 전설에서 그 소재를 취해 왔으며, 자신의 독창적인 사상과 성찰의 옷을 입혀 그 뼈대를 변용시켰다. 옛 신화들을 취하여 자신의 철학으로 윤색을 했다. 종합예술을 표방한 바그너적 예술의 깊이와 방대한 크기와 소요되는 많은 인원들과 무대장치 등으로 인하여 우리나라에서는 그 공연을 하기가 어려운 오페라이다. 그러나 마침내 2005년 9월, 유럽 오페라단과 관현악단에 의해 화려하고 거대한 무대장치와 악단과 무용수와 가수 등 많은 인원들이 유럽으로부터 직접 공수되어 나흘 밤에 걸쳐서 국내 최초의 공연이 이루어졌다. 참고로 로얄석 값은 25만원이었다.

『트리스탄과 이졸데』

중세 사랑문학의 금자탑인 『트리스탄』은 19세기에 와서 바그너에 의해 악극 『트리스탄과 이졸데』로 작곡되었다. "1865년 뮌헨 궁정국립극장에서 초연된 이 악극은 주로 사랑의 극치와 죽음의 찬미를 노래하는 트리스탄과 이졸데의 사랑의 장면으로 응축되어 있다. 이

오페라가 초연 되었을 당시 청중은 세 부류로 나뉘어 작품의 성공과 실패를 놓고 싸웠다. 반대자들과 열광자들이 얼마 안 되는 중간자들 앞에서 야유하고 또 박수갈채를 보냈다. 그때부터 이 작품은 결정적인 반대와 열광적인 찬탄을 야기했고, 중간자의 심판은 거의 들을 수 없었다."*15) 이와 같이 바그너는 당대에도 많은 칭찬과 공격을 동시에 받았고, 바그너 열광을 불러일으켰다.

중세의 사랑문학에서 오직 사랑의 테마로 압축된 이 악극은 제1막 '사랑의 묘약', 제2막 '사랑의 동굴', 제3막 '사랑의 죽음'으로 이어진다. 그들의 사랑은 그 극치를 감미로운 죽음에서 발견하고, 달콤한 그 순간을 영원처럼 만끽함으로써 무아지경에서 죽음으로 승화된다.

제1막의 무대는 아일랜드에서 코른발로 항해하는 배의 갑판 위에서 펼쳐진다. 음료수로 잘못 알고 마셨던 '사랑의 묘약'을 통해 두 사람이 품었던 사랑의 감정이 황홀하게 분출되는 장면이다. 오랫동안 곱게 바라다보기만 했던 두 사람의 사랑의 분출은 제2막 코른발 마르케 왕의 성안에서 절정에 달한다. 그 극치는 2막 2장의 '사랑의 동굴' 장면에서 그야말로 원초적 사랑을 나누는 장면이다. 이 장면은 달콤한 죽음에 바쳐진 에로스와 죽음의 이중주로 현실로부터의 도망, 밤과 죽음에 대한 동경을 통한 관능적 사랑의 극치를 표현한다. 관능적 사랑과 기독교적 신비주의가 녹아 있는 이 장면이야말로 사랑문학의 원형으로서의 중세문학을 이상화시킨다.

오 끝없는 밤
달콤한 밤이여!
영광스럽고 고귀한 사랑의 밤이여!

그대가 포옹하고

미소를 보낸 이들이

그대의 품에서 깨어나야 한다면

얼마나 실망할 것인가?

이제 두려움을 없애라.

달콤한 죽음이여,

그대의 품에

그대에게 바칠 테니

우리를 감싸

깨어나는 일이 없도록 해다오!★16) (2막 2장)

    제3막은 브레타뉴 지방의 트리스탄 성을 배경으로 한다. 3장 '사랑의 죽음' 장면은 중세 문학에서 그대로 따온 것이다. 이졸데는 트리스탄의 주검 위에 엎드려 "부드럽고 그윽하게 미소 지으며, 너무나도 거룩하게 눈을 뜨며 광채를 뿜는"(3막 3장)★17) 트리스탄의 시신을 바라보며 노래한다. 이졸데의 애끓는 정열, 사랑의 열광과 죽음에 대한 도취는 끝내 트리스탄의 시신 위에 엎드린 죽음으로 이어진다. 뒤늦게 달려온 마르케 왕은 두 주검을 축복한다. 그리고 막이 서서히 내린다.

✠ 〔게르만 신화와 중세문학〕미주

1) 김광요, 『독일 고대 : 중세문학』, 한국문화사, 2001, 26~28쪽 참조.
2) 박찬기, 『독일문학사』, 일지사, 1986, 17쪽, 35쪽 참조.
3) 호프만 · 뢰쉬, 오한진 외 옮김, 『독일문학사』, 일신사, 1992, 47~48쪽.
4) 김광요, 『독일 고대 : 중세문학』, 305쪽 재인용.
5) 위의 책, 308쪽 참조.
6) 안인희, 『게르만 신화 바그너 히틀러』, 민음사, 2004, 40~41쪽.
7) 위의 책, 20~21쪽.
8) 김광요, 『독일 고대 : 중세문학』, 221쪽 참조.
9) 박찬기, 『독일문학사』, 50쪽 참조.
10) 안인희, 『게르만 신화 바그너 히틀러』, 63~64쪽.
11) 김광요, 『독일 고대 : 중세문학』, 236쪽 재인용.
12) Fritz Martini, Deutsche Literaturgeschichte, Kröner Verl./Stuttgart, 1978, p. 46 참조.
13) 박찬기, 『독일문학사』, 66쪽 참조.
14) 위의 책, 334~335쪽.
15) Richard Wagner, Tristan und Isolde. Hrsg. von Wilhelm Zentner, Nachwort von Ulrich Karthaus, Reclam, 1984, p. 80 참조.
16) Ibid., p. 46.
17) Ibid., p. 73.

Part 03

근대정신의 서막

인본주의와 종교개혁(1400~1600)

유럽의 중세는 천 년 동안 지속된다. 중세 천년의 끝에 이르면 인간의 인지가 발달하고 인간의식이 싹튼다. 새로운 학문과 지식에 대한 호기심은 실제로 학문과 교양의 시대, 인문학의 시대를 연다. 이 시대가 바로 인문주의, 또는 인본주의의 시대이다. 인간들은 그때까지 내세와 피안의 세계만 바라보던 신 중심의 기도교적 세계관에서 벗어나서 인간의 개성을 다시 찾으려고 노력한다. 현세긍정의 적극적 생활을 건설하려는 사고방식과 행동양식이 인간을 지배하기 시작한다.

인본주의는 고대 그리스와 로마시대의 문화정신을 계승 발전시키려는 노력의 면에서 고대정신의 부활을 의미하기도 한다. 이는 고대의 정신이 바로 인간 중심의 휴머니즘 문화였기 때문이다. 로마의 웅변가 키케로(Cicero, B.C. 106~B.C. 43)는 일찌감치 인간성의 개념을 정의했는데, 인간성은 "인간의 여러 가지 힘들이 윤리적으로, 문화적으로 최고도로 발전되어 미학적으로 완성된 상태"를 말하며, 곧 인문학의 이상을 의미한다. 고대에 싹을 두고 있었던 인문학은 중세에 이르러 그 뿌리를 내리고 개화했으며, 그 핵심은 인간성을 위한 도덕성과 교양의 획득이다.

인본주의가 현실의 면에서 인간의 개성과 자유를 추구하고자 한다면, 종교개혁은 종교의 면에서 개인의 자유와 개성을 추구하고자 하는 노력의 일환이다. 14세기경 이탈리아의 르네상스라는 문예부흥기를 거쳐 뒤늦게 독일에서 일어난 인본주의는 문예의 면보다는 실생활의 면과 종교의 면에서 인간의 개성과 자유를 추구하는 인간중심사상이다. 그리고 16세기 전반의 인본주의는 동전의 양면처럼 종교개혁과 병존한다.

위대한 수도승 마르틴 루터(1483~1546)는 로마교황청에서 일하면서 교황청의 부패와 독선들과 부딪치게 되었다. 교황청의 귀족들과 종교 귀족에게 고하는 91개 항목의 반박문을 독일 비텐베르크 성당 정문에 내걸음으로써 루터의 종교개혁 운동은 온 유럽으로 들불처럼 번져갔다. 시대감정인 인본주의적 사상이 종교성과 결합하여 종교내의 개혁을 꾀하려는 운동으로 확산되었던 것이다. 인간성 존중과 개인의 감정 중시사상, 그리고 개인의 자유의지 추구가 종교적인 윤리관과 결합하여 종교개혁을 불러왔던 것이다.

종교개혁과 더불어 서양에서는 각 방면에서 근대정신의 서막을 알리는 징후들이 나타나기 시작했다. 그때까지 귀족이나 성직자들만이 라틴어나 헬라어로 된 성서를 읽을 수가 있었다. 백성들은 성서를 읽을 수가 없었고, 신부들이 드리는 미사의 라틴어를 이해하기도 어려웠다. 백성들은 무조건적으로 종교성에 의지했다. 루터는 독일 각지를 돌아다니며 각계각층의 백성들이 두루 쓰는 독일어를 수집하여 그 표준이 되는 언어로 1522년 신구약성서를 번역했다. "루터의 성서번역으로 가려졌던 장막이 벗겨졌다. 거대한 구약의 예언자들이나 신약의 사도들이 농부들과 수공업자들의 오두막집과 낮은 다락방 속으로 들어왔다. 성서의 민주화를 야기시킴으로써 성서는 이제 유일하게 살아남은 문학작품, 민중의 책이 되었다."[*1] 민중들은 성서번역을 통해 성서를 직접 자기들의 말로 이해하게 되었던 것이다. 이제 비로소 문학의 면에서는 시민 계층이 작품의 중심인물이 되기 시작했고, 동시에 종교성을 잃어버리고 세상의 어리석음에 빠져버린 인간을 상징하는 바보문학과 풍자문학이 유행하게 되었다. 또한 산문이 발달하고 고대적 운명이 아닌 인물의 성격이 중심이 되는 성격비극이 탄생했다.

파우스트 전설 : 악마와의 계약

르네상스와 종교개혁 시대에 독일에 실재하였다는 연금술사 파우스트는 학자이자 점성가이며 기이한 행동과 끝없는 욕망으로 세인의 관심을 끈 인물이다. 그는 기록에 의하면 "하이델베르크 혹은 마울브론 근처에서 1460~1470년경에 태어나서 독일전역을 편력하고, 비텐베르크에도 머물렀다고 알려져 있다. 1536~39년 그의 우발적인 죽음 이후, 그가 마술과 기행을 실행하고 악마와 결탁되었다는 전설이 급격히 퍼져나갔다. 그는 하이델베르크 대학에서 학사와 석사학위를 받은 뒤에 불안정한 방랑생활을 했다. 1532년 전까지는 비텐베르크에 체류하면서 신학과 의학을 연구하고, 그 후 크라쿠프로 도주하여 마술에 몰두하고, 신의 본질이나 세계의 발생 및 점성술 등을 연구하며 예언자 역할을 한다. 당시의 학자들로부터 '사기꾼'이라 멸시당하지만 마술의 힘으로 세계를 여행하고, 비행 시도를 하기도 하며, 금을 제조하는가하면, 호메로스의 주인공들을 주문으로 불러내기도 하고 술통을 타고 달리기도 한다. 그는 언제나 악마를 개의 모습으로 만들어 데리고 다니는데, 마지막에는 뷔르템베르크의 어느 여관에서 악마에게 살해되었다고 한다."[★2]

이 이야기는 당시 대학생들 간에 널리 전해졌고, 1587년에는 프랑크푸르트의 출판업자 요한 슈피스에 의해『요한 파우스트박사 이야기』라는 제목의 민중본이 간행되었다. 민중본의 주인공 파우스트는 인간으로서 모든 학문과 재주를 획득했음에도 만족하지 못하고, 우주의 신비와 최고의 향락을 맛보고자 악마와 결탁하여 정신적 육체적 향락을 누리며 호사스러운 생애를 보내다가 24년 동안의 계약기간이 끝났을 때 비참한 최후를 당하고 영혼은 지옥으로 떨어지고 만다. 이는 전통적인 기독교 속박을 벗어나려 하는, 신 중심사상과 교회의 지배에서 벗어나려고 하는 르네상스 인간상의 반영이며, 순수 독일적인 거인의 상징이다. 이 이야기는 온 유럽으로 전파되어 많은 예술가들의 작품소재가 되었고, 돈 주앙과 함께 유럽에서 가장 사랑받는 예술의 모티브가 되었다.

전통적 파우스트 전설의 핵심은 악마와의 계약을 통해 신에 불성실한 인간이 적그리스도에게 영혼을 판다는 것이다. 기독교적 세계관에서 볼 때 인간행동의 사악함과 추함은 항상 악마의 탓으로 돌려진다. 악마의 마적 힘을 빌려서 인간은 자신의 욕망을 실현시킬 수 있는 가능성을 확대하려 하기 때문이다. 따라서 "영혼을 얻기 위한 신과 사탄 사이의 줄다리기는 쾌락과 도덕, 이기주의와 인류애 사이에서 단안을 내려야 하는 인간의 지속적 고통을 상징적으로 대변한다."[*3] 따라서 이 시대의 인간상은 종교에 편안히 기대지 못하고, 인간의 능력 확대와 인간의 온갖 향락과 호기심과 욕망을 성취해보려 하지만 끝내 갈등과 고통 속에서 번뇌하는 존재로 남는다.

✲ 유혹, 지적 호기심, 그리고 파멸

✲✲『포스터스 박사의 비극적 생애』

극의 구조와 중심 내용

5막으로 이루어진 이 작품은 극의 앞뒤에 프롤로그와 에필로그를 달고 있다. "프롤로그와 에필로그는 코러스의 형태로 말해지며, 이 코러스는 나레이터(해설자)의 역할을 담당한다. 원래 고대 그리스 비극에서 유래된 코러스는 한 그룹의 인물들로 구성되며, 행위에 대해 도덕적, 종교적, 사회적인 논평을 준비한다."★4) 그러나 이 극에서 코러스는 단독인물로 나오며, 서문을 말하고, 극이 무엇에 대해 말할지를 진술하며, 3막과 4막의 처음에서 잠깐 나타나고 발문을 전달한다.

극은 포스터스 박사의 연구실에서 시작되어 로마, 콘스탄티노플의 터키궁전, 인스브루크의 독일 황궁 등의 장소를 이동하며 진행되다가 다시 그의 연구실로 되돌아와 끝을 맺는다. 각각의 장소에서 포스터스는 메피스토펠레스의 마법을 통해 그 장소와 경우에 상응하는 다양한 인물들의 환영을 불러내기도 하고, 몸을 숨기고 등장인물들을 골탕 먹이는 일도 한다.

제1막과 2막에서 포스터스는 지금까지 공부해 온 철학, 법학, 의학, 신학 등을 부질없는 지혜로 치부하고, 만족하게 해석할 수 없는 세상에 대한 의문으로 끝없는 회의감에 시달리며, 인간의 한계를 넘어선 명쾌한 지식을 추구하려는 지식욕으로 괴로워한다.

[포스터스] 철학은 불쾌하고 모호해. / 법학과 의학은 모두 보잘것없는 지혜이지. / 신학은 그 중에서도 가장 비천하고 불쾌하며, / 거슬리고 경멸할 만하며, 넌더리가 나네. / 내 마음을 앗아간 것은 마법, 바로 마법이지[★5]

그는 악마들의 제왕 루시퍼에게 24년 동안 육체적 쾌락과 욕망의 충족 속에서 살게 해줄 것과 모든 의문에 대해 통쾌한 해답을 해줄 것을 요청하고 그 대가로 계약기간이 지난 후 자신의 영혼과 육신을 악마에게 바치겠다고 서약한다. "포스터스는 루시퍼에게 자신의 영혼을 바치는 대가로 지옥과 천체와 행성 등에 대해 알고 싶어 하며, 가장 아름다운 아내를 데려다 주길 원한다. 누가 세상을 만들었는지를 알고 싶어 하며, 천국과 지옥, 구원과 믿음, 그리고 참회와 저주 사이에서 갈팡질팡하며 번민하는 모습을 보여준다. 포스터스는 악마 일행이 제공하는 여러 가지 볼거리를 구경하고 지옥에서 무사히 돌아오기를 바라지만 스스로 즐기고 자만하는 가운데 그의 양심은 둔화되고, 그는 지옥으로 점차 다가간다."[★6]

제3막과 4막에서 포스터스는 이제 악마 메피스토펠레스와 더불어 8일 동안 용의 등을 타고 트레베, 파리, 라인강, 마인강, 나폴리, 베니스, 파두아를 거쳐 로마에 도착한다. 추기경들, 주교들, 수사들, 그리고 교황의 연회장에서 마법의 힘으로 그들을 혼내주기도 하고, 사슬에 묶인 독일의 브루노를 석방시켜 인스브루크 황궁으로 데리고 온다. 온갖 진귀한 것들과 터키의 화려한 왕궁 같은 광경들을 즐기면서 포스터스는 여행을 지속한 뒤 고향으로 돌아온다.

제5막에서 다시 그의 연구실, 그의 죽음이 임박했음을 알린다. 그는 학자들 앞에서 세상에서 가장 아름다운 여인, '온 세상이 흠모하는 위엄'을 지닌 고대 그리스의 헬레네를 불러낸다. 학자들은 '자연이 만들어 낸 작품의 정화'를 보게 해준 포스터스를 축복한다. 포스터스는 헬레네의 아름다움에 빠져들고 욕망의 파멸에 빠져든다. 포스터스와 헬레네의 결합은 악령과의 결합을 뜻하며 이 극의 정점을 이룬다. 포스터스는 약속했던 24년의 시간이 다해가는 자신의 운명 앞에서 후회하고 발버둥도 치지만, 이미 그의 영혼과 육신은 악마들에 의해 갈기갈기 찢기고 지옥으로 떨어지고 만다. 에필로그에서 코러스는 신에 대한 도전의 부당함과 그 결과의 참혹함을 노래한다.

포스터스는 죽었다. 그의 소름끼치는 몰락을 바라보면,
그의 극악무도한 운명은 현명한 자들에게 훈계하는지도 모른다.
신께서 허락한 한도 이상을 행하려는,
외람된 지혜를 부추길 만큼 사려 깊고 현명한 이들에게
부당한 일들은 단지 상상만 할 것을 가르치고 있는지도 모른다.[7]

르네상스 시대의 인간상

영국으로 구전된 파우스트 민담은 말로우에 의해 1604년에 하나의 드라마로 작품화되었다. 말로우는 극문학과 시문학이 번성했던 영국 엘리자베스 여왕 시대의 극작가들 중 한 사람이다. 말로우는 1564년 셰익스피어와 같은 해에 태어나서 1593년 의문의 죽음을 당하기까지 대부분의 시간을 캠브리지와 런던에서 보냈다. 그는 셰익스피어보다 먼저 극단에 등장하여 명성을 얻었고, 일반 대중 관객을 사로잡는 감동적 희곡을 썼으며, 셰익스피어와 함께 영국 르네상스 정신을 대표하는 인물이 되었다.

말로우는 짧은 생애 동안 네 편의 작품을 썼으며, "예전이나 지금이나 항상 존재하고 있는 보편적인 문제들을 주제로 삼았다. 그 가운데서도 유혹과 죄악, 구원, 죽음이라고 하는 테마에 깊이 천착했다. 『포스터스 박사의 비극적 생애』는 유혹에 빠지기 쉬운 사악한 충동과 신의 은총에 대한 선한 갈망을 가진 인간의 양면성을 묘사한다."[★8] 말로우는 원래 자신의 탐욕 때문에 기독교 교리를 부정하는 당대의 인간상을 풍자하고 비판하고자 했던 것이다.

이 작품은 이와 같이 모든 영역의 인간지식을 다 이해하고자 갈망하는 르네상스 정신의 극적 구현이다. 말로우의 '포스터스 박사'는 자의식을 가진 힘 있는 르네상스 시대의 개인답게 현세의 모든 영역을 정복하고 향유하려 든다. 민중본의 파우스트가 루터적 종교관을 반영하여 처음부터 절망적으로 악마의 위력과 지옥의 모습에 괴로워하며 어느 곳에서도 자신감 넘치는 강한 개인으로 등장하지 않는 반면, 말로우의 포스터스는 지옥도 악마도 두려워않는 용기 있고 단호한 모습으로 악마와 결탁하여 지상의 온갖 영화를 얻으려 한다. 지상은 그에게 무한한 인식과 힘, 그리고 향유를 가능케 하는 영역이기 때문이다.

선과 악의 갈등, 그리고 파멸

말로우는 인간영혼의 양면성인 선과 악의 갈등을 반영하는 전통적 도덕극의 형식을 통해 기독교의 원리에 입각한 선악의 문제를 다룬다. 그리고 이 도덕극은 르네상스시대에 인간의 의지와 능력의 확대가 종교개혁의 원리에 적용되어 탄생한 비극적 영웅의 운명을 표현한다. 포스터스의 영혼은 끝내 헬레네의 유혹에 빠져, 하늘의 힘이 허락한 것 이상을 행하려는 유혹에 빠져 하나님의 은총으로부터 멀어진 것이다. 그에게는 구원받을 수 있는 많은 기회가 있었지만, 그는 지적 자만심으로 스스로 죄와 불신의 길을 선택한다. 포스터스의 마지막 순간은 우리 인간에게 신 앞에서 겸손할 것과 믿음에 대한 확신을 경고한다. 말로우의 포스터스는 "유혹적인 악마와의 계약으로 존재의 진지함과 우스꽝스러움과 익살스런 부조화를 야기하는 단순한 도덕적 희화화의 형태를 벗어나 후회와 가책, 오만과 불손, 열정과 마성의 뒤범벅 속에서 거대한 공포로 비상하다 마침내 몰락에 이르는 한 거인의 비극적 형태를 구현한다."[★9)]

포스터스가 인간지식의 한계를 뛰어넘어 신적 능력을 탐하다 축복과 은총을 포기하고 악마의 힘에 의지하여 온갖 향락을 누린 끝에 24년간의 계약기간이 지나 지옥으로 떨어지고 마는 비극적 결말은 인본주의적 인식과 르네상스적 영웅주의에 대한 깊은 성찰을 요구하고 있다. 이는 중세적 상상력을 뛰어넘는 새로운 사유와 능력과 자유의 르네상스 인간상에 대한 성찰을 의미한다.

✻ 인간과 세계에 대한 회의

✻✻『햄릿』

언어의 지배자 셰익스피어

말로우와 동시대의 작가 셰익스피어(Shakespeare, 1558~1616)는 오늘날까지도 유효한 보편적 인간성에 대한 문제를 제시함으로써 이미 르네상스시대에 근대적 인간성 탐구의 출발과 완성을 알린 작가이다. 셰익스피어의 작품들은 인간의 삶과 죽음 사이에서 생길 수 있는 거의 모든 문제를 다루고 있다. 그 중에서도 인간의 존재문제를 가장 포괄적으로 다루고 있는 작품이 곧『햄릿』이다. 이렇듯 무겁고도 보편적인 주제에 생동감을 부여하는 힘은 셰익스피어의 언어적 능력에 있다. "셰익스피어는 어느 누구도 따를 수 없는 언어의 지배자이다. 유머와 재치, 인간을 통찰하는 형안, 그의 폭넓은 인생경험에서 온 듯한 인간 각계각층을 모두 알고 있는 한마디의 말, 이 모든 것이 세계의 어느 작가도 흉내낼 수 없는, 셰익스피어만의

재능이다."[★10)

셰익스피어는 서양에서 아리스토텔레스 이후로 계속 지지되어 온 삼통일의 법칙을 깨뜨렸다. 한 장소에서 하루 동안에 일어난 일. 그리고 행동의 일관성을 주장하던 과거의 삼일치 법칙에서 이제 시간과 장소의 일치는 필요하지 않고 오직 줄거리의 일관성만이 중요하다고 했다. 또한 셰익스피어에 의해서 현대적 비극인 희비극과 성격비극이 개척되었다. 독일의 극작가 레싱은 셰익스피어의 연극이론을 모범으로 삼아 독특한 독일적인 희곡론을 만들어내기도 했다. 중세에 이르기까지 지속적으로 문학에서 인간의 삶을 지배하던 운명의 자리에 인물의 성격을 가져다 놓음으로써 성격비극을 완성했던 것이다.

극의 전개와 중심 내용

아버지인 덴마크의 왕이 갑작스레 죽고, 왕의 동생인 클로디어스는 왕위에 오른 지 두 달도 안 돼 햄릿의 어머니와 결혼한다. 인자하고 덕망이 높은 선왕의 갑작스런 죽음과 근친상간적인 결혼으로 인해 햄릿은 깊은 슬픔에 빠진다. 꿈결에 아버지의 유령이 나타나 숙부가 자기를 죽였음을 암시하고, 복수할 것을 지시한다. 활달하고 명랑했던 햄릿은 마음의 평정을 잃고 고민에 빠지게 되고, 갑자기 세상이 추악하게 느껴지면서 일부러 미치광이 노릇을 하며 복수를 맹세한다. 유령의 지시와 왕에 대한 의심, 그리고 숙부와 결혼한 어머니에 대한 배반감과 실망은 햄릿을 갈등하게 만드는 원인이 된다.

햄릿은 광대들을 데려다가 유령의 암시대로 극을 꾸며서 숙부와 어머니 앞에서 연극을 공연케 한다. 그것은 선왕이 정원에서 낮밤을 자고 있을 때 몰래 동생이 다가와서 왕의 귀에 독물을 부어넣는 장면을 암시한다. 숙부 클로디어스는 낯빛이 싹 바뀌면서 죄책감에 싸여 비틀거리며 그곳을 뛰쳐나간다. 햄릿은 숙부가 범인임을 확신하며 복수의 기회를 살피고, 어머니에게도 심하게 비아냥거린다.

[햄릿] 오, 너무나 더럽고 질긴 이 육신이 / 허물어져 녹아내려 이슬로 화하거나, / 영원하신 주님께서 자살금지 법칙을 / 굳혀놓지 않았으면, 오 하느님! 하느님! / 이 세상만사가 내게는 얼마나 지겹고, / 맥 빠지고, 단조롭고, 쓸데없어 보이는가! / (···중략···) / 가신지 겨우 두 달! 아니, 두 달도 채 안돼 —— / (···중략···) / 약한 자여! 네 이름은 여자로다—— / 불과 한 달, 가엾은 아버님의 시신을 / 니오베처럼 울며불며 따라갈 때 신었던 / 그 신발이 닳기도 전에—— 아니, 그녀가—— / (···중략···) / 아버지의 동생과 결혼을 했어. 한 달 안에.★11)

하지만 제3막에서 햄릿은 숙부에게 복수할 기회가 생겼어도 복수를 자꾸만 지연시킨다. 햄릿은 클로디어스 왕이 혼자 있는 순간과 부딪치면서도 그가 기도하는 순간에 그를 죽이게 되면 그의 영혼이 천국으로 올라갈지도 모른다는 생각으로 그를 살려준다. 그러다가도 바로 다음 장면에서 그는 어머니와 싸우다가 휘장 뒤에 숨어서 몰래 엿듣고 있던 폴로니어스를 왕으로 생각하고 주저하지 않고 찔러 죽이는 극단적인 행동을 한다. 햄릿은 복수의 욕망과 복수의 도덕적 정당성 사이에서 헤매면서 복수를 지연시킨다. 햄릿은 기독교적 용서와 화해의 감정, 그리고 인간적인 복수심 사이에서 갈등하고 회의하며, 이것이 그를 우유부단하게 만드는 것이다.

[햄릿] 있음이냐, 없음이냐, 그것이 문제로다. / 어느 게 더 고귀한가. 난폭한 운명의 / 돌팔매와 화살을 맞는 건가, 아니면 / 무기 들고 고해와 대항해 싸우다가 / 끝장을 내는 건가. 죽는 건――자는 것뿐일지니, / 잠 한 번에 육신이 물려받은 가슴앓이와 / 수천 가지 타고난 갈등이 끝난다 말하면, / 그건 간절히 바라야 할 결말이다. / 죽는 건, 자는 것. 자는 건 / 꿈꾸는 것일지도――아, 그게 걸림돌이다. / 왜냐하면 죽음의 잠 속에서 무슨 꿈이, / 우리가 이 삶의 뒤엉킴을 떨쳤을 때 / 찾아올지 생각하면, 우린 멈출 수밖에―― / 그게 바로 불행이 오래오래 살아남는 이유로다. / 왜냐면 누가 이 세상의 채찍과 비웃음, / 압제자의 잘못, 잘난 자의 불손, / 경멸받는 사랑의 고통, 법률의 늑장, / 관리들의 무례함, 참을성 있는 양반들이 / 쓸모없는 자들에게 당하는 발길질을 견딜 건가? / (…중략…) / 국경에서 그 어떤 나그네도 못 돌아온 / 미지의 나라, 죽음 후의 무언가에 대한 / 두려움이 의지력을 교란하고, 우리가 / 모르는 재난으로 날아가느니, 우리가 / 아는 재난을 견디게끔 만들지 않는다면? / 그리하여 양심 때문에 우리들 모두는 / 비겁자가 되어 버리고, 그럼에 따라 / 결심의 붉은 빛은 창백한 생각으로 / 병들어 버리고, 천하의 웅대한 계획도 / 흐름이 끊기면서 행동이란 이름을 잃어 버린다.★12)
(3막 1장)

　방금까지도 '양심 때문에 비겁자가 되어 버리고, 천하의 웅대한 계획도 행동이란 이름을 잃어버린다'고 회의하던 햄릿은 제3막 4장에서 어머니와 언쟁하는 가운데 장막 뒤에서 부스럭거리는 소리에 놀라 숙부 클로디어스로 잘못 알고 장막을 찔러 어머니의 심복을 죽이게 된다. 이 사람은 다름 아닌 애인 오필리어의 아버지이다. 정숙하고 아름다운 여인 오필리어는 햄릿의 약혼녀이다. 오필리어를 사랑하는 햄릿은 그녀를 일부러 조롱하기까지 하면서 냉정하고 무례하게 군다. 이는 어머니에 대한 실망과 불신과 조롱의 감정의 투영이다. 오필리어는 햄릿의 그러한 태도를 이해하려 애쓰지만 햄릿의 실수로 자신의 아버지가 살해되자 너무 상심하여 실성하고 그만 냇물에 빠져 죽게 된다.

4막 3장에서 왕은 햄릿이 폴로니어스 집안사람들로부터 복수를 당할지도 모른다는 구실을 달아 햄릿을 몰래 영국으로 유폐시킨다. 신하 두 명을 시켜 햄릿을 감시케 하고 영국 왕에게 보내는 편지에는 그 곳에서 햄릿을 죽여 버리라는 내용이 적혀 있었다.

> [왕] 그리고 영국 왕, 그대가 내 호의를 / 소중히 여긴다면——내 위력 때문에 그 중요성을 / 실감할 터이고, 덴마크의 칼자국이 / 아직도 그대 몸에 생생하며, / 스스로 두려워 과인에게 충성하니—— / 즉각 햄릿을 죽이라는 취지의 편지로 / 상세히 지령내린 내 왕명을 / 소홀히 취급하진 않을 거다. / 시행하라, 영국 왕. 그가 내 핏속에서 / 열병처럼 광분하니, 그대가 날 고쳐야 해. / 일 끝난 걸 알 때까진 어떤 행운이 다가와도 / 내 기쁨은 없으리라.★13) (4막 3장)

이 장면은 극의 중요한 전환점이다. 햄릿은 편지를 손에 넣어 자신의 이름을 지우고 그 위에 두 신하들의 이름을 적어 넣는다. 그리고 때마침 접근해 온 해적의 배로 뛰어들고, 해적은 큰 사례금을 기대하며 햄릿을 다시 덴마크 왕국으로 보냄으로써 극은 결말을 향해 치닫기 때문이다.

4막 7장은 아버지의 죽음과 변심해 버린 햄릿의 냉대로 오필리어가 미쳐서 연못 속으로 걸어 들어가 죽는 장면이다. 오필리어의 오빠 레어티즈는 아버지와 누이동생의 복수를 계획하고 햄릿과 결투할 것을 맹세한다. 덴마크에 돌아온 햄릿은 오필리어의 장례식을 목격한다.

이 극의 마지막 장면이자 대 파국은 5막 2장에서 열린다. 클로디어스왕은 레어티즈에게 아버지와 여동생의 원수를 갚게 해 줄 테니 햄릿을 없애버리라고 부추긴다. 화해의 표시로 검술 시합에 응했던 햄릿은 레어티즈의 독 묻은 칼에 상처를 입는다. 치열한 시합 끝에 두 사람은 칼을 떨어뜨렸고, 칼을 바꿔 쥔 햄릿의 칼에 레어티즈 또한 상처를 입는다. 왕비는 포도주를 마시다 죽어가면서 포도주에 독이 들었음을 폭로하고, 레어티즈도 죽으면서 클로디어스의 계략을 폭로하며 용서와 화해를 청한다. 햄릿은 독 묻은 칼을 고쳐 잡고 번개같이 클로디어스의 심장을 찌른다.

[햄릿] 왕비는 어찌 되셨소?

[국왕] 피 흘리는 것을 보고 기절했다.

[왕비] 아니다, 아니야! 저 술, 저 술! 사랑하는 햄릿, / 저 술, 저 술이! 난 독살 당했다. [왕비 죽는다].

[햄릿] 아, 극악한 짓! 문을 걸어라. / 배신이다! 범인을 찾아내라.

[레어티즈] 여깁니다, 왕자님. 왕자님께서도 살해됐소. / 이 세상의 그 어떤 약도 소용이 없습니다. / 그 몸 안엔 반시간의 생명도 안 남았소. / 배신의 흉기는 왕자님 손 안에 있습니다. / 끝이 날카롭고 독이 칠해져 있습니다. 흉계가 제 자신에게 / 되돌아온 거지요. 보십시오. 전 쓰러져 / 다시는 못 일어나오. 모후께선 독살되셨소. / 이젠 기운이 없소. 왕 ——왕의 책임입니다.

[햄릿] 칼끝에 독이라고? / 그럼, 독이여 퍼져라. [왕에게 상처를 입힌

다.]★14) (5막 2장)

신적 정의의 실현 : 새로운 질서의 회복

끝 장면에서 햄릿의 칼에 맞아 죽는 클로디어스 왕의 죽음은 햄릿의 개인적인 심판을 의미하지 않는다. 오히려 햄릿을 죽이려는 왕의 계획과 의지가 폭로됨으로써 햄릿의 심판은 개인적인 감정 차원을 넘어선다. 클로디어스는 악을 통해 권력을 탈취했고, 권력을 유지하기 위해 악랄한 폭력과 범죄를 일삼고 있었다. 뿐만 아니라 그는 동물적 욕정의 화신이다. 이러한 상황에서 클로디어스가 죽는 것은 하나님의 섭리에 따르는 일이고 신적 정의의 실현이다. 햄릿의 복수 행위는 정당방위에 해당되고 신적 심판의 대행인 셈이다. 신의 심판에 의해 죄악은 스스로 밝혀지고 붕괴되는 것이다. 햄릿은 신의 섭리를 받아들이고 이제 복수심이나 삶에 대한 집착에서 벗어나게 되며 죽음에 대한 불안감에서 해방될 수 있다.

작품의 결말에서는 클로디어스 왕도 죽고 왕비는 독살당하며, 레어티즈와 햄릿도 죽음으로 나아간다. 이렇게 대단원의 결말은 신적 정의에 의해서 파괴되는 악의 질서와 함께 햄릿과 레어티즈, 오필리어의 희생으로 도래하는 새로운 질서를 제시해 보여준다. 이 극의 마지막에서 "만일 햄릿이 보위에 올랐더라면, 참다운 왕이 되었을 테니까, 그의 서거를 기리는 군악과 군례를 소리 높여 올리도록 시신을 들어 올리고 조포를 쏘게 하라"★15)는 새로운 왕의 외침은 새로운 질서의 회복을 찬양하는 의미가 된다.

『햄릿』에서 벌어지는 많은 사건들은 개인의 갈등뿐 아니라 가족 사이의 갈등과 왕과 국가에 대한 관을 생각하게 한다. 나아가 그 시대의 기독교적 윤리관에 따른 인간 존재와 복수 개념의 대립된 가치관을 적나라하게 들추고 있다. "이 비극은 행동과 행동의 지연, 가짜와 진짜광기, 허구와 실재, 이성과 열정들의 상반되는 개념과 가치들을 대립시킴으로써 우리의 사고와 행위의 본질을 끊임없이 묻고 있다. 삶과 죽음, 정의와 불의, 진실과 허구라는 문제를 둘러싼 햄릿의 갈등과 경험은 그 시대에만 한정될 수 없는 보편성과 심미적 가치를 지니고 있다."★16) 햄릿의 경험은 시대를 떠나서 어느 시대에나, 또 누구에게나 경험될 수 있는 인간 감정의 본질이고 보편적 경험이기 때문이다.

삶과 죽음의 기로에 선 근대적 회의주의자

셰익스피어가 『햄릿』을 쓴 1601년은 엘리자베스 시대로 영국문화의 황금기였다. 이 시대의 영국은 이탈리아의 르네상스 물결이 상륙하여 번성하던 소위 르네상스 시대이다. 동시대인 말로우는 '포스터스'라는 인물을 창조하여 우주적 비밀과 근원적 지식을 얻기 위한 욕망 때문에 악마와 결탁하여 온갖 지적 호기심과 관능적 향락을 추구하다 결국 지옥으로 떨어지고 마는 르네상스 인간상을 표출시켰다. 셰익스피어 또한 '햄릿'의 인물상을 통하여 인본주의적 휴머니즘과 여전히 지배적인 기독교적 세계관 사이에서 갈등하고 회의하는 르네상스시대의 새로운 인간상을 표출하고 있다. 아직 중세적 전통이 사라지지 않은 시점에서 셰익스피어는 근대주의의 본격적인 서막을 열었다.

"있음이냐, 없음이냐(To be, or not to be), 그것이 문제로다." 이 극의 3막 1장에서 번민하며 외치는 이 유명한 구절은 흔히 "사느냐, 죽느냐"로 번역되어 우리에게 알려져 있다. 어쨌든 이 구절은 "과연 인생이란 살 가치가 있느냐 없느냐'의 문제이며, 인용의 후반부에서 자살이란 것도, 또 복수란 것도 종교적으로 금지된 행위이며, 죽은 후 저승에서 악행으로 벌 받으리라는 사실을 인식하고 판단하는 양심 때문에 행동에 옮기기 어려움을 표현한다."[★17] 햄릿에게 자살과 복수는 죄악이요, 삶은 고통으로 인식된다. 햄릿은 단순히 복수해 버릴 수 없는, 그리고 죽어 버릴 수도 없는 인생의 복잡한 문제와 삶과 죽음의 문제에 대해 깊이 성찰하고 있다. 햄릿은 시대를 초월하여 오늘날까지도 근원적인 인간의 유약함과 인간심리의 본질을 잘 표현해 주는 보편적인 인물이다. 동시에 르네상스 시대의 근대적인 회의주의자이다.

햄릿은 삶과 죽음의 기로에서 사후세계에 대한 확신이 서지 않아 갈등한다. 이는 확고한 신적 믿음과 인간적인 세상에 대한 기대 사이에서 흔들리는 르네상스 시대의 시대감정, 즉 회의주의자의 번민이다. 햄릿은 전통적 질서에 대한 믿음과 세상의 타락, 세상에 대한 회의와 인간 본성에 대한 긍정 사이에서 갈등하는 인물이다. 극단적인 자기분열 끝에 미쳐 버릴 것 같은 햄릿의 고뇌에 우리가 공감하는 것은 인간에 대한 끝없는 애정과 신뢰, 세상에 대한 끝없는 혐오와 회의 사이에서 흔들리며 고뇌하는 모습이 우리의 보편적 정서를 표현하기 때문이다. 선과 악, 허구와 실재 같은 대립과 갈등이 곧 우리 인간의 보편적 존재양식에 대한 성찰을 보여주기 때문이다. 이런 모든 것에도 불구하고 셰익스피어는 햄릿의 갈등을 개인적 판단을 통해 해소시키지 않고 신의 심판에 맡기는 신적질서에 대한 믿음을 표현하고 있다. 이는 오랜 전통의 기독교적 질서에 대한 믿음의 반영이다.

✱ 종교의 관용을 주장한 근대적 인간상

✱✱『현자 나탄』

인간성에 관심 갖는 계몽주의적 작가

레싱(1729~1781)은 가난한 목사의 아들로 태어나서 의학, 신학, 문헌학을 공부했고, 시와 연극에 대한 정열에 이끌리어 베를린으로 건너가 신문사 편집장이 되어 본격적인 작품 활동을 했다. 레싱은 시와 희곡 창작뿐만 아니라 문예 비판 활동을 함으로써 계몽주의적 문학 이론을 제시했다. 레싱은 함부르크에 국민극장이 독일에서 최초로 설립되었을 때 전속작가가 되어 생명력 있는 연극을 창조하고자 했으며 시대와 국가를 떠나 우수한 작품을 공연했다.

극작가이자 계몽주의적 이론가로서 레싱은 그때까지 통용되던 연극론인 '3통일의 법칙'을 깨고 새로운 드라마투르기를 제시했다. 즉 시간과 장소와 줄거리의 3통일 중에서 오직 줄거리의 통일만을 주장했다. 그는 종래의 프랑스극의 모범에서 벗어나 셰익스피어 극을 자신의 연극 창작의 모범으로 삼았다. 그는 고귀한 인물 대신 시민(市民)이 등장하는 시민 비극을 창시하여 종래의 비극적 결말보다는 인간의 의무와 내적 감정의 갈등을 그렸다. 그는 연극을 통하여 독일 국민의 국가의식과 근대의식을 불러일으키고 독일의 혁신을 꾀하고자 했다. 레싱은 틀에 박힌 율조를 파괴하고 산문극을 창시했다. 그러나 만년(1779)에 발표된 『현자 나탄(Nathan der Weise)』은 운문으로 씌어졌다.

5막으로 구성된 이 작품은 독일의 30년 전쟁(1618~1648) 때부터 극대화된 종교 간의 갈등을 해소하고자 하는데 그 목적이 있다. "모든 종교의 본질은 같다."★18)라는 부제가 말하듯이 이 희곡(극시)은 편협하고 고루한 종교 사상을 계몽, 타파하려는 의도에서 씌어졌다. 이 희곡을 통하여 레싱의 계몽주의적 휴머니즘은 그 정점에 이른다. 이 작품의 배경은 제3차 십자군 원정(1189~1192) 시에 예루살렘을 무대로 하고 있으며, 회교도와 유대교도 및 기독교도들 사이에 벌어지는 사건을 다루고 있다.

중심 내용

부유한 상인 나탄은 유대교도이고, 회교국의 교주 살라딘은 회교도이며, 성당기사는 기독교도이다. 나탄이 상용여행을 떠난 사이에 집에 불이 나고, 지나가던 성당기사가 나탄의 외동딸을 구해 준다. 여행에서 돌아온 나탄은 그 성당기사를 찾아 나선다. 그 성당기사는 회교국에 붙잡혀 있는 신분으로 회교주의 동생과 모습이 흡사해 죽음을 면하고 있었다. 나탄은 회교주 살라딘을 찾아가고, 살라딘은 현명한 나탄에게 유대교와 회교와 그리스도교 중 어떤 것을 진정한 종교로 생각하는지를 묻는다.

[나탄] 옛날 옛적 동방에 어떤 남자 한 사람이 살고 있었는데 이 사람은 사랑스런 조상으로부터 물려받은 귀하디귀한 보석 반지 하나를 가지고 있었습니다. …

이 반지는 신통력을 지니고 있어서, 이 반지를 믿고 낀 사람으로 하여금 신과 인간 앞에서 즐거움을 누리도록 해 주었습니다. …

이 사람은 아들자식들 중에서 가장 사랑스런 자식에게 반지를 물려주었습니다. 몇째 아들로 태어나던 상관없이 언제나 가장 사랑스런 아들이 오로지 반지의 힘으로 집안의 우두머리, 어른이 되는 것입니다. … 그렇게 해서 이 반지는 아들에서 아들로 전해 내려오던 중 마침내 세 아들을 가진 아버지의 손에 들어오게 되었습니다. 그런데 세 아들 모두가 그에게 하나같이 순종했기 때문에 그는 세 아들 모두를 똑같이 사랑하지 않을 수 없었습니다. … 착한 아버지는 마음이 혼란스러웠습니다. …

그는 비밀리에 금속 공예가에게 사람을 보내 자기가 가진 반지를 본떠서 똑같은 반지 두 개를 만들도록 하였습니다. … 아버지조차도 진짜 반지를 구별할 수가 없었습니다. 기쁨에 넘쳐서 그는 세 아들 모두에게 각각 반지 하나씩을 나누어 주고는 세상을 떠났습니다. … 아버지가 죽자마자 아들들은 반지 하나씩을 갖게 되었고, 각기 집안의 어른이라고 주장했습니다. … 이들은 반지의 진위를 조사해 보기도 하고, 서로 싸우고 고소하기도 했습니다. … 진짜 반지는 증명될 길이 없었습니다. … 증명될 수가 없었죠. - 진짜 신앙을 가리고자 하는 지금의 우리와 거의 같은 상황이었습니다.[★19]

[나탄] 그리하여 그들은 이 문제를 법정까지 가져가게 되었습니다. '자 그러면' 하고 재판장이 말을 이었습니다. '부드러운 심성과 진정한 믿음,

그리고 선행 및 신에 대한 내밀한 복종을 통해 그 신통력이 드러나도록 하라! 보석반지의 신통력이 너희들 자식과 손자들에게 나타나게 되는 날, 수천 년이 지난 그때 가서 내 그들을 다시금 이 법정으로 부를 것이다. 그때는 나보다 더 현명한 사람이 이 의자에 앉아 재판할 것이다.' 라고.[20]

나탄의 현명한 비유와 설득에 감동하여 살라딘은 나탄에게 친구가 되어 달라고 요청한다. 부유한 상인 나탄은 친구가 될 것을 서약하고, 또 회교국이 재정난에 허덕이는 것을 이미 꿰뚫어보고서 회교국의 재정의 어려움을 해소하도록 도와줄 것을 약속한다. 극의 끝부분에서 밝혀지는 사실에 따르면 나탄의 외동딸은 사실은 어떤 기독교 기사의 딸이었다. 그 기독교 기사는 전쟁 중에 종교적 수행을 떠나면서 친구 나탄에게 그 딸을 맡겼다는 것이다. 불 속에서 그 딸을 구해 준 성당기사는 사실은 이 기독교 기사의 아들이며, 살라딘은 기독교 기사의 형으로 밝혀진다.

깊이 생각하기

이와 같이 끝에 가서 밝혀지는 여러 가지 사실들은 작가가 이미 의도적으로 종교적 관용에 대해 말하고자 미리 짜 놓은 각본임을 알 수 있다. 작가는 "세 반지의 이야기를 빌어 나탄의 인물됨을 현실적이기보다는 비현실적 동화적인 인물로 만들었다. 사람들이 현자라 부르는 나탄은 상인이고, 이익을 끌어내야 함에도 불구하고 정직하고 관대하고 현명하다. 그의 현명함은 상인으로서의 그의 영리함과 부지런함을 방해하지 않는다. 나탄은 전쟁 중에 기독교인의 학살로 인해 자신의 아이를 잃고도 기독교인의 아이를 양녀로 받아들인다. 이것은 진정한 실제적 인물상이라기보다는 작가가 구상해낸 이성적이고 교육적인 인물상이다."[★21] 작가는 종교와 종파를 초월하여 진실한 인간성의 이상을 추구하려는 의도에 따라 나탄이라는 인물을 구상해낸 것이다.

나탄은 살라딘의 수수께끼 같은 물음에 보카치오의『데카메론』에 나오는 반지 우화로 대답함으로써 종교의 관용을 주장한다. 나탄은 세 반지의 이야기를 인용하여 각자가 자신이 가진 반지가 진짜임을 증명하려면 진실로 신과 인간으로부터 사랑받는 사람이 되어야 한다고 이야기한다. 각자는 신과 인간들로부터 사랑을 받고 신뢰를 받음으로써 거꾸로 자신의 반지를 진짜로 만들어야 한다는 것이다. 세 반지가 어떤 것이 진짜인지, 그리고 세 종교 중 무엇이 더 진짜인지 따질 수 없을 뿐만 아니라 무의미하다는 것이다. 세 종교는 결국 가족관계로 비유되며, 인간애로 연결되어 있음을 암시하면서 극은 끝난다.

작가는 이 작품에서 관용과, 박애, 인도주의 사상으로 표현되는 새로운 고전주의를 창조했다. 그것은 레싱의 지극히 내면적인 확신의 표현이다. "가족관계로 귀결되는 마지막 상징 가운데서 모든 논쟁이 풀려지게 되고 인간의 존재가, 인간의 삶이, 그리고 인간의 노고가 관대한 현명함에서 진정될 수 있다는 레싱의 확신의 표현이다. 그러나 이 작품의 본질적인 완성은 종결부의 외적 조화에 있는 것이 아니라 진실한 종교에 대한 감동적인 투쟁 가운데 있고, 서로 다른 개성의 공동체가 가능한 것인지의 문제 가운데 있다. 그리고 이 모든 문제 가운데 무엇보다도 관용과 정의가 요청된다."[★22]

✠ 〔근대정신의 서막〕 미주

1) 호프만 뢰쉬, 오한진 외 옮김, 『독일문학사』, 일신사, 1992, 80쪽.
2) 이인웅 엮음, 『파우스트 그는 누구인가?』, 문학동네, 2006, 17~18쪽.
3) Ralf Sudau, Goethe. Faust I und Faust II. Oldenbourg Interpretationen, München, 1998, p. 11.
4) John Butcher(Editor), Doctor Faustus. Longman Literature, London, 2001, XX(Introduction).
5) Christopher Marlowe, The Tragedy of Doctor Faustus, In: Oxford English Drama. Doctor Faustus and Other Plays, Oxford University Press, 1998, p. 190.
6) 김정자, 「파우스투스 박사의 비극 : 지적 탐욕, 향락, 그리고 파멸」, 『독일언어문학』 제30집, 2005, 119쪽.
7) Christopher Marlowe, The Tragedy of Doctor Faustus, p. 246.
8) 김정자, 「파우스투스 박사의 비극 : 지적 탐욕, 향락, 그리고 파멸」, 113쪽.
9) Ralf Sudau, Faust I und Faust II, 16쪽.
10) 김승옥, 『서양문학의 흐름』, 고려대학교출판부, 2004, 142쪽.
11) 셰익스피어, 최종철 옮김, 『햄릿』, 민음사, 2009, 24~25쪽.
12) 위의 책, 94~96쪽
13) 위의 책, 146~147쪽
14) 위의 책, 204쪽
15) 위의 책, 208쪽
16) 위의 책, 218쪽.
17) 김승옥, 『서양문학의 흐름』, 94~96쪽 참조.
18) Gotthold Ephraim Lessing, Nathan der Weise. Goldmanns Gelbe Taschenbücher Bd. 618, Einleitung von Walter Flemmer, 부제.
19) Ibid., pp. 78~79.
20) Ibid., p. 82.
21) Gotthold Ephraim Lessing, Nathan der Weise, Interpretiert von Wolfgang Kröger, Oldenbourg Interpretationen Bd. 53, München, 1998, p. 26 참조.
22) Gotthold Ephraim Lessing, Nathan der Weise, p. 10.

Part 04

질풍노도적 정열과 천재성

✻감정의 소설/시대 비판의 소설

✻✻『젊은 베르터의 슬픔』

괴테의 천재성

괴테(1749~1832)는 마인 강변의 프랑크푸르트에서 태어났다. 아버지는 귀족 출신의 왕실 고문관이었고, 어머니는 프랑크푸르트 시장의 딸이었다. 괴테는 어렸을 때부터 고대어와 근대어에 통달한 언어의 천재였다. 인류문화사에 악성 베토벤이 있다면, 시성이라는 이름은 괴테에게 돌아가야 마땅하다. 모든 문학작품을 '작가 자신의 생의 문학적 자기증언'이라고 할 때, 괴테만큼 자신의 생을 문학적으로 엄청나게 증언한 사람은 없기 때문이다. 괴테의 『바이마르 전집』은 143권으로 되어 있다고 하니 그의 폭넓고 깊은 문학세계는 시대를 불문하고 세계 문학의 영도적인 위치를 점할 수밖에 없는 것이다. 괴테는 그의 생존 시에 10세 연하의 쉴러와 함께 독일 문학의 황금기를 이끌었다. 질풍노도와 고전주의의 절정을 이끌었으며 낭만주의의 싹을 선취했다.

좋은 가문과 좋은 환경의 영향으로 사교육 분위기에서 자란 괴테는 어렸을 때부터 언어뿐만 아니라 연극과 각종 예술에 능통하고, 역사와 문학, 신학, 정치, 법률, 자연과학에도 조예가 깊었다. 괴테는 라이프치히와 슈트라스부르크에서 법률학을 공부했다. 슈트라스부르크에서 만난 "헤르더와의 교유는 청년 괴테에게 인간감정의 심연으로부터 우러나오는 참된 문학의 본질이 무엇인지를 배우게 했고, 성서와 민요, 오시안의 시, 호머, 셰익스피어 등을 배울 것을 지적해 주었다. 뿐만 아니라 자연의 본질과 그 신비에 대한 느낌과 신선한 감각을 기르게 해 주었다."[*1] 슈트라스부르크 근교 제젠하임에서 만난 청순한 처녀 프리데리케와의 사랑은 아름다운 자연과 달콤한 사랑의 서정시들을 탄생시켰다.

괴테의 여인들과의 만남은 괴테 문학에 각별한 체험이 된다. 인생의 각 시기마다 만나게 되는 여인들은 괴테의 시적 천재성을 불러일으켜 주고 그때마다 절실한 체험의 서정시들을 쓰게 했다. 그러나 창조적 영감이 사라질 즈음에는 괴테는 벌써 그 여성을 떠나 버렸다. 1772년 베츨라 고등법원에서 법률 실습을 했을 때 괴테는 당시 15세의 샬로테 부프라는 처녀를 만나게 되었다. 그러나 샬로테에게는 이미 케스트너라는 외교관 약혼자가 있었다. 괴테는 심한 정신적 타격을 입고 그곳을 떠나 고향 프랑크푸르트로 돌아와 마음을 다잡았다. 그 후 반년쯤 지나 괴테는 베츨라에서 알았던 공사 서기관 예루살렘이라는 지인이 친구의 부인에게 연정을 품고 자살하였다는 소식을 들었다. 내심 큰 충격을 받았던 괴테는 자신의 내적 체험과 이 죽음의 사건을 가미해서 1774년 이 작품을 불과 며칠 만에 써버렸다.

이 작품은 온 유럽의 독자들에게 소위 베르터 열풍을 일으켰다. 남자들은 파란 상의에다 노랑 조끼의 베르터식 복장을 하고, 여자들은 로테처럼 사랑 받기를 원했다. 실연한 남자들은 베르터처럼 자살하는 경우가 많았으니 소위 '베르터 효과'라는 말은 여기에서 비롯되었다. 나폴레옹도 전쟁 중에 이 작품을 일곱 번이나 읽었으며, 전시에 잠깐 이 책을 내려놓고 눈을 감으려다 발밑에 보이는 이상한 클로버를 발견하고 그 풀을 뜯으려고 몸을 구부리는 사이 총알이 머리 위로 날아갔다는 이야기는 전 인류에 회자된다. 그때의 네잎 클로버는 그에게 행운을 가져다주었고, '행운'이라는 꽃말은 여기에서 유래한다. 한편 우리 곁에서 늘 접할 수 있는 세 잎 클로버의 꽃말은 '행복'이라니 이 얼마나 소박한 생명력을 느끼게 하는가! 이 작품은 독일 작품으로서 전 세계에서 가장 많은 독자를 갖게 된 최초의 작품이다.

중심 내용

베르터는 호머와 오시안의 시를 좋아하고 번역도 하고, 그림도 그리고, 글도 쓰는 재주 있고 지성적인 젊은이다. 그는 복잡한 도시 생활에 염증을 느끼고 옹졸하고 편협한 인간 사회를 벗어나고 싶어 한다. 그는 평화로운 시골로 찾아가 그곳에서 자연과 접하며 마음의 위로와 정신의 정화를 찾으려 한다. 베르터가 찾은 곳은 농부들의 마을 발하임이라고 하는 시골 마을이다. 베르터는 이 지방 무도회에 참석하기 위해 우연히 로테를 마차에 태워가게 된다.

로테는 어머니를 잃고 아버지와 여덟 명의 동생들과 함께 살고 있다. 로테 집에서 로테가 여덟 명의 남매들에 둘러싸여 빵을 나눠주는 모습을 처음 보는 순간 베르터는 따뜻한 마음의 파문을 느긴다. 고상하지만 고독과 불편함 속에 뜨내기 의식에 젖어 있는 베르터는 동생들을 돌보는 시민가정의 평화로움과 안정감에 자기도 몰래 이끌리는 것이다. 다정스럽고 귀여운 처녀 로테를 마차에 태우고 무도회에 가는 동안의 다정스런 대화와 무도회에서의 소나기 장면에서 베르터는 어느새 로테에게 마음을 빼앗기고 만다.

그러나 로테에게는 이미 알버트라는 약혼자가 있다. 베르터는 행복의 절정에서 고뇌의 심연으로 떨어진다. 베르터는 발하임 주변의 산과 들을 쏘다니며 이슬에 젖은 아침과 종달새의 노래와 무성히 뻗어가는 나무들, 그늘과 누렇게 시들어가는 낙엽의 냄새에 취하며 자신의 격정을 달래면서 잠시 그곳을 떠나 로테를 잊어보려고 한다. 그러나 그는 그곳을 떠나 있으면서 더 커진 그리움으로 다시 로테에게로 돌아오게 된다. 베르터는 로테에 대한 끝없는 사랑의 분출과 격정으로 고뇌한다.

베르터가 로테를 처음 만났던 때는 봄철이었다. 그때의 파릇파릇한 로테에 대한 사랑이 이제 푸르른 나무들처럼 무성해지고, 또 누런 갈잎들처럼 짙어지며, 이제 떨어지는 낙엽들처럼 사랑도 고뇌도 무겁게 짓누른다. 남의 아내를 사랑하는 아픔과 격정은 파도처럼 온 몸과 마음을 뒤덮고 쓸쓸함은 이별의 순간을 예감하며 베르터의 전 생활을 휘감는다. 하얀 눈이 온 세상을 뒤덮고 크리스마스가 다가오는 한 겨울 베르터의 쓸쓸함과 애절함은 극에 달한다.

크리스마스이브에 베르터는 사냥을 가겠다며 하인을 시켜 로테에게서 권총을 빌려온다. 로테는 먼지 낀 권총을 손수 닦아서 하인에게 건네주며 이상한 예감으로 가슴이 떨린다. 그리고 베르터는 로테가 건네준 권총에서 로테의 따뜻한 손길을 느끼며 권총을 자신의 이마에 댄다. 베르터는 끝없는 사모의 정과 사랑의 분출, 고통과 사랑을 통해 절대자에게 이르려는 종교적 충만감 속에서 세상의 편견과 법규의 벽을 허물지 못하고 스스로 절망하며 피스톨로 자살을 하고 만다.

깊이 이해하기

이 소설은 주인공 베르터가 친구인 빌헬름에게 자기의 심정을 고백하는 편지를 엮은 서간체 소설이다. 서간문은 주인공의 사상과 감정을 진솔하게 표현할 수 있는 문학적 장치이다. "일인칭 화자의 사상이나 감정, 체험들이 독자에게 아주 가깝게 전달되어 마치 독자는 자신이 직접 체험한 것 같은 인상이 들 정도이다 이 직접성의 인상은 주로 영적 움직임의 분석들을 예술적으로 묘사하는 서간체 소설의 근거가 된다."[*2] 또한 이 소설은 주인공의 생각과 감정의 흐름을 사건보다 더 생생하게 묘사한 감정의 소설이며 심리소설이다. 심리소설은 외적 줄거리의 과정보다는 인물들의 내면생활의 단초들을 더 강조하고, 인물들의 느낌들과 정신적인 반응들을 서로 연관시켜 관찰하고 재생시키는 주관주의 소설이다.

이 작품은 심지어 자연의 사건들이나 계절의 변화, 날씨의 변화조차도 베르터의 심적 상태와 연관되어 있는 자연문학이다. 베르터가 로테를 알고 사랑에 빠질 때는 초여름이었다. 결실의 여름과 가을을 지나며 사랑은 무르익어 가지만 낙엽 지는 가을에 사랑은 이별의 슬픔과 황량함을 예감한다. 11월과 12월에는 베르터의 상심은 극에 달하고 죽음에 대한 결정적인 단안이 보고된다. 이와 같이 구조는 매우 단순하며 아름다운 자연을 배경으로 하여 주인공의 감정풍경이 음악적인 선율을 타고 고조되어 간다. "주인공의 심적 상태가 춘하추동의 자연 정경과 어울려서 하나의 인간 생명이 거대한 자연의 생명과 합류하고 있다. 그 자연의 생명은 베르터의 정열이 되어서 로테에 대한 사랑으로 분출한다. 그러나 그것은 인간사회의 법규와 제약에 의해서 단절되고 만다. 넘쳐흐르는 베르터의 무한한 생명감은 유한한 인간의 테두리를 하나의 감옥으로 치부하게되고, 그 감옥을 탈출할 수 있는 마지막 권리를 이 무한한 생명은보유하고 있다. 즉 그것은 현실에서 벗어날 수 있는 죽음을 택하는권리이기도 하다."[3]

1774년 이 소설이 발표되던 해의 편지에서 괴테는 다음과 같이썼다. "나는 한 젊은이를 묘사한다. 깊고 순수한 감정을 지닌 한젊은이가 열광적인 꿈들에 사로잡혀 사색을 통해 몰락해 가는, 불행한 열정과 끝없는 사랑을 통해 갈피를 못 잡고 권총으로 자살하고 마는 한 젊은이를 그린다."[4] 그러나 이 작품은 단순히 유부녀에 대한 사랑의 무모함, 또는 합일할 수 없는 사랑의 아픔 같은 부도덕성에 초점이 맞춰져 있지 않다. 오히려 18세기 말의 독일 봉건사회와 시민사회의 고루한 도덕과 신분의식에 대한 해방의 부르짖음이다. 베르터는 외부사회의 억압들을 스스로 벗어던지고 고립 속에 빠져든다. 사회적 환경은 그의 내면세계와 생각들과 명상들로대치된다.

빌헬름이여, 이 모든 것이 내 입을 막아버리고 만다네. 그러면 나는내 자신의 내면으로 되돌아가 하나의 세계를 발견하게 된다네! 현실과생생한 힘에 있어서보다는 오히려 예감과 어두운 욕망 속에서 말일세.그럴 때면 모든 것이 내 감각 앞에 떠오르게 되고, 나는 꿈꾸는 듯이계속하여 이 세상에 미소를 보내고 있다네."[5] (1771.5.22)

"떠나고 보니 얼마나 기쁜지 모르겠네(Wie froh bin ich, dass ich weg bin)."★6)(1771.5.4) 이미 작품의 첫 페이지에 나오는 이 문장은 사회와 베르터의 관계를 분명하게 드러낸다. 베르터가 편협한 시민사회의 요구들에 순응하지 못하고 마음의 안정을 꾀하기 위해 찾은 곳은 발하임이라는 시골 마을이다. 발하임의 실제 모델은 베츨라 근교의 가르벤하임이다. "시민사회에 대한 거부는 궁극적으로 시민사회의 억압들로부터 그를 자유롭게 해주는 자살로 몰고 간다. 베르터는 처음부터 인간을 자신의 업적과 소유의 대상으로 만드는 시민적 개인주의와 인간의 자연적인 성향의 발달을 스스로 결정해 버리는 개인의 독단에 대항한다. 베르터의 파멸은 이러한 모순적 요구들과 조화하지 못하는데 그 특징이 있다."★7)

이야기의 서술시점은 1771년 5월 4일부터 1772년 12월 23일까지 약 1년 7개월 동안의 서술기간을 갖는다. 그 사이에 베르터는 1771년 9월 3일자 서한에서 로테와 이별을 고하고 10월 20일부터는 타지에서 편지를 보내고 있다. 그리고 다음 해 여름 1772년 6월 18일 다시 로테에게로 가까이 가려는 뜻을 밝힌다. 그리고 7월~10월 베르터는 사랑의 절정에서 고통의 심연 속으로 빠져들고 11월~12월 죽음의 단안을 내리게 된다.

그 당시 독일 시민 사회에서 벌어진 예루살렘의 장례식에는 참석하는 사람이 거의 없었다고 한다. 그러나 파국적인 이 사건은 괴테를 통해 예술적으로 가공되고 재창조되어 우리를 새로운 영역으로 끌어올린다. 이 작품이 우리를 감동시키는 힘은 끝없이 신비하고 서정적인 자연과의 교감, 음향의 소리와 영혼의 풍경, 신비한 감정묘사를 통해 비극을 초월하는 카타르시스를 우리로 하여금 경험케 하는 데에 있다.

베르터는 누구이며 알버트는 누구인가? 이 작품에서는 알버트의 사려 깊은 성격과 베르터의 정열적인 성격의 대비가 되풀이되어 나타난다. "이성적인 계몽의 속물 알버트는 정열적인 베르터에게는 부정적인 인물상이다. 알버트는 봉건사회와 이성을 대표하는 인물이며, 베르터는 얽매임 없이 자유롭고 순결무구한 감정을 대표한다. 알버트는 냉정하고 온유하고 도덕적으로 더 강한가 하면, 베르터는 정열적이고 천재적이다. 이것은 베르터의 감성과 알버트의 이성의 충돌을 의미한다."[★8)]

작가는 베르터의 감성이 비록 유약하지만 이성보다 우월함을 묘사한다. 그러나 베르터를 죽게 만듦으로써 유약한 감성에 빠지기 쉬운 젊은이들에게 경고하려 했을 수도 있다. 따라서 베르터의 죽음은 이룰 수 없는 사랑 때문에 죽게 되는 신파조의 죽음으로 해석되어선 안 된다. 오히려 그것은 무엇이 세상의 삶에서 가장 소중하고 가치 있는 것인가의 문제, 그 문제에 해답을 주려는, 또는 가치 추구를 위한 이념적, 상징적, 또는 초월적 죽음이라 할 수 있다. 이는 이성이나 법규, 형식적인 도덕보다도 더 우월한 가치는 인간 내면의 깊은 곳에서부터 우러나오는 자연의 감정과 천진스런 감성이라는 것을 증명해 주는 죽음인 것이다. "규칙들이 아니라 자연적인 품성이 더 위대한 예술적 업적을 야기한다는 그 당시의 문학적인 특징, 천재성의 발휘인 것이다."[★9)]

관능적 사랑과 정신적 사랑의 일치, 그리고 저 세상에서의 합일을 꿈꾸는 베르터의 사랑은 인습과 규범, 윤리를 강요하고 있는 봉건사회의 벽을 뛰어넘어 다른 사람과 성스럽게 결합하는 것이다. 그의 죽음은 육체적인 것에서 사랑의 상징을 발견하는 에로스적 사랑과 어떤 세상의 가치도 고려되지 않는 정신적 사랑을 함께 표현한다. 그의 사랑은 이성과 인습의 한계성 속에서 절망하고 고뇌하던 현실의 벽을 무너뜨리며 저 세상에서의 합일을 꿈꾸는 종교적인 차원으로 승화된다. 신분, 법규, 형식적 도덕률을 뛰어넘어 죽음을 불사하는 사랑의 정열이 우리를 감동시킨다. 감정의 미와 죽음에 대한 동경으로 특징 지워지는 낭만적 사랑은 괴테 다음 시대의 낭만주의를 선취하고 있다.

다섯 가지 관점의 서술

1. 사랑(마음, 감정)의 소설

1771.6.16. 나는 도저히 견딜 수가 없었으며, 그녀에게로 달려가지 않을 수 없었네. 빌헬름이여, 이제 나는 다시 돌아와 저녁 식사를 하고 자네에게 편지를 쓰는 거라네. 그 사랑스럽고 명랑한 아이들, 여덟이나 되는 남매들 사이에 둘러싸인 그녀의 모습을 바라본다는 것은 내 영혼에 얼마나 환희를 안겨 주는지 모르겠네![★10]

1771.6.16. 나는 아직까지 그렇게 가벼운 스텝으로 추어 본 적이 없었다네. 나는 더 이상 인간이 아니었네. 가장 사랑스러운 여인을 팔에 안고, 주위의 모든 것이 사라질 정도로 번개처럼 나는 듯 돌아갈 때―빌헬름이여, 솔직히 고백하건대, 내가 사랑하고 갈망하는 이 여인을 나 이외의 다른 어떤 사람과도 왈츠를 추지 못하게 하리라고 맹세했다네. 내 비록 그로 인해 멸망한다 할지라도 말일세.[★11]

1771 6.16. 그녀는 자기 손을 내 손 위에 올려놓더니 "클롭슈톡!" 하고

말하더군.—나는 곧 그녀의 마음속에 떠오른 저 장엄한 송가(뇌우에 대한 고귀한 서술이 담겨 있는 Klopstock의 송시 〈봄 잔치〉를 말함—역주)를 상기해 보았지. 그러나 나는 그녀가 이런 암호로 내게 쏟아 넣은 감정의 홍수 속에 잠기게 되었네. 나는 결국 견디지 못하고 그녀의 손 위로 몸을 굽혀 환희에 찬 눈물을 흘리며 그 손에 키스를 퍼부었네. 그리고 다시 그녀의 눈길을 바라보니—아아, 고귀한 시인이시여! 당신은 이 눈길에서 당신에 대한 신적 숭배를 보실 것입니다. 저는 이제 그다지도 종종 더럽혀진 당신의 이름을 다른 사람이 부르는 소리를 결코 다시 듣고 싶지 않습니다.★12)

1771.7.16. 로테는 내게 신성한 존재요, 그녀가 있는 곳에서는 온갖 욕망이 사라지고 만다네. 그녀 곁에 있을 때, 내 기분이 어떠한지는 나도 모르겠네. 마치 내 모든 신경 속에서 영혼이 마구 뒤집히는 듯한 기분이라네.—로테는 천사의 힘을 가지고 너무나 단순하고 심오하게 피아노를 연주하는 듯한 멜로디를 지니고 있네! 그것은 그녀 육신의 노래이며, 그녀가 이 악보를 조금 타기만 해도 나는 온갖 고통과 방황과 시름을 잊게 된다네.★13)

1772.9.3. 이렇게 혼자만이, 이렇게 진정으로, 이렇게 전적으로 그녀를 사랑하고 있는데, 그녀 이외에는 어떤 누구도 모르고 아무것도 알지 못하며 아무것도 가진 것이 없는데, 어떻게 다른 사람이 그녀를 사랑할 수가 있고 또 사랑해도 되는지를 나는 때때로 이해할 수가 없다네!★14)

2. 자연 문학 : 아름다운 자연의 배경

1771.5.26. 자연만이 무한히 풍부하고, 자연만이 위대한 예술가를 창조해 낼 수 있다네. 법칙의 장점에 대해서 많은 이야기를 할 수 있겠는데, 이는 마치 시민 사회를 칭송할 수 있는 것과도 같다네. 법칙에 따라 교육받는 사람은 결코 멍청한 짓이나 나쁜 짓을 저지르진 않을 것인바, 그것은 여러 법률과 복지를 통해 자라난 사람이 결코 견딜 수 없는 이웃이 된다든가 괴팍스런 악인이 될 수 없는 것과 마찬가지라네. 그러나 뭐라고 떠들어대도 할 수 없겠지만, 온갖 법칙이란 자연의 진정한 감정과 자연의 진정한 표현을 파괴해 버리고 말 걸세![★15)]

1771.6.21. 내가 어떻게 이곳으로 와서 언덕에서 이 아름다운 골짜기를 바라보게 되었는지, 그리고 주위의 계곡이 얼마나 내 마음을 끌어당기는지 참으로 이상한 일이라네. ─ 저 편에 조그마한 숲이 있네! ─ 아아, 그 그늘 속에 내 몸을 혼합시킬 수가 있다면 얼마나 좋을까! ─ 저쪽에는 산봉우리가 있다네! ─ 아아, 그 봉우리에서 드넓은 이 지방을 내려다볼 수만 있다면 얼마나 좋겠는가! 겹겹이 계속되는 언덕과 정다운 골짜기들! ─ 아아, 나 그 속에서 길을 잃고 방황할 수 있다면 얼마나 좋을까![★16)]

1772.9.4. 그래, 그건 그래. 자연이 가을로 기울어가듯이 내 마음과 내 주위의 세계도 가을이 되어 가고 있네. 내 마음의 잎은 노랗게 단풍이 들고 주위의 나무에서는 잎들이 떨어지고 있다네.[★17)]

3. 우월한 감성으로서의 천재성

1771.5.10. 내 진정으로 향유하고 있는 달콤한 봄날 아침과도 같이, 나의 온갖 영혼은 경이로울 정도로 즐거움에 사로잡혀 있네. 내 영혼과 같은 영혼을 위해 마련된 이 지방에서 나는 홀로 인생을 즐기고 있네. (…중략…) 내 주위의 아늑한 골짜기에서 아지랑이가 피어오르고, … 풀포기 사이에서 우글거리는 작은 세계, 헤아릴 수 없을 정도로 무수히 많은 작은 벌레나 모기들의 형상을 보다 가까이 느낄 때면, 나는 자신의 모습에 따라 우리를 창조하신 전능하신 하나님의 현존을 느끼고, 영원한 환희 속에 부동하며 우리를 이끌고 보존하시는 자비로운 신의 나부낌을 느낀다네.★18)

1771.5.26. 자네가 "그건 너무 가혹한 말일세! 법칙이란 다만 제한을 가하는 것이며, 너무 우거진 덩굴을 잘라 내는 것이라네" 하고 말한다면 – 사랑하는 친구여, 그렇다면 비유를 한 가지 들어볼까? 그것은 사랑과도 같은 것일세. 한 젊은이가 어떤 처녀에게 마음이 끌려서 하루 종일을 그녀 곁에서 지내며, 매 순간순간을 그 처녀에게 완전히 헌신하고 있다는 것을 표현하기 위해 자기의 모든 힘과 모든 재산을 탕진해 버렸다고 하세. 그런데 그때 어떤 속된 인간, 즉 공직에 있는 남자가 찾아와서는 그 청년에게 "여보게, 젊은이! 사랑이란 인간적이라네. 그러니 자네는 인간적으로 사랑해야만 할 걸세! 자네 시간을 나누어서 하나는 일하는데 바치고, 나머지 휴식 시간을 자네의 연인에게 바치도록 하게. 그리고 자네의 재산도 잘 계산해서 자네가 필요한 데 쓰고 남는 것이 있어서 그녀에게 선물을 한다면 반대하지 않겠네. 그러나 너무 자주 해서는 안 되고 그녀의 생일이나 행사 때 하도록 하게." 하고 말한다면

질풍노도적 정열과 천재성

—그리고 그 젊은이가 그 말을 따른다면, 그는 유용한 젊은이가 될 걸세. 나라도 그를 관청에 취직시켜 달라고 어느 영주에게든 부탁하고 싶을 걸세. 하지만 그 젊은이의 사랑은 끝장난 것일세. 그가 예술가라면 그의 예술은 끝장난 것이고. 아아, 친구들이여! 어찌하여 천재의 흐름이란 그다지도 드물게 솟아나오고, 거대한 호수를 이루어 용솟음치며 그대들의 놀란 영혼을 뒤흔들어 놓는 일이 드물까?—사랑하는 친구들이여, 거기 천재의 흐름의 양쪽 강변에는 평범한 인간들이 살고 있으며, 그들의 조그만 정자나 튤립 화단이나 채소밭이 파괴될까 염려하여 그들은 적당한 때에 제방을 쌓고 도랑을 파서 미래에 닥쳐올 위험을 막는 거라네.[19]

4. 시대 비판의 소설 : 편협한 인습과 신분의 타파

1771.5.15. 나는 우리가 동등하지도 않고 동등할 수도 없다는 것을 알고 있다네. 그러나 위신을 지키기 위해서 소위 천민이라고 불리는 사람들을 멀리해야만 한다고 생각하는 사람은, 굴복하는 것이 두려워 적 앞에서 숨어버리는 겁쟁이와 마찬가지로 비난받아야 한다고 나는 생각하네.[20]

1771.8.12. 당신네 이성적인 양반네들께서는 '열정!'이니 '술주정!'이니 '광증!'이니라고들 하시지요. 그리고 태연하고 냉정한 태도를 보이며 당신네 도덕적인 양반들은 술주정꾼들을 비난하고, 어리석은 자들을 증오하고 있습니다. 그리고 목사님처럼 그 옆을 피해 지나가며 마치 바리새사람처럼 하나님이 당신네들을 그런 사람으로 만들지 않은 것을 감사하고 있지요. 나는 벌써 여러 번 술에 취해 보았고, 내 열정은 광증이나 별로

다를 것도 없었지만, 나는 그 두 가지 중 어느 쪽도 후회하지 않습니다. 왜냐하면 그 정도로도 나는 뭔가 위대한 일이나 불가능해 보이는 일을 해 낸 비범한 인간들을 옛날부터 주정뱅이나 미친 사람으로 불렀다는 점을 알아차렸기 때문입니다. … 고지식한 당신네들은 부끄럽게 생각해야 합니다! 현명하신 당신네들, 수치스럽게 여기십시오!★21)

1771.12.24. 이 부근에 얼굴을 나타내는 자들은 외모만 번지르르하고 지루하기 짝이 없는 구역질나는 족속들이라네! 그들은 한발이라도 먼저 명성을 차지하려고 서로 감시하고 주의를 기울이면서, 가장 비참하고도 가엾은 정열을 그대로 드러내 보이고 있네. (…중략…) 내 마음을 가장 희롱하는 것은 불유쾌한 시민적 계급관계라네. 나도 그런 사람으로서 계급의 차이가 얼마나 필요하며 나 자신에게도 얼마나 많은 이익을 가져오는가를 잘 알고 있지만, 내가 이 세상에서 약간의 기쁨을 맛보고 희미하게 빛나는 행복을 즐길 수 있는 길을 가로막아서는 안 될 걸세.★22)

1772.1.8. 온 정신이 허례허식에 쏠려 있고, 온갖 생각과 노력이 어떻게 하면 일 년 내내 테이블에서 한 자리를 더 높여 앉을 수 있을까 하는 것만 궁리하니 대체 무슨 인간들이 그럴까! 그 이외에 할 일이 없는 것이 아니라네. 오히려 사소하고 불쾌한 일로 인해 중요한 일의 촉진이 저해되고 있기 때문에 할 일은 점점 쌓이고 있네. 지난 주일에도 썰매를 타다 싸움이 일어나서 그 즐거운 일이 온통 망쳐지고 말았다네. 사실 지위라는 것은 조금도 중요하지도 않고, 최고의 지위에 있는 자가 최고의 역할을 하는 것도 아니란 것을 알지 못하는 자는 어리석은 바보나 다름없네. 얼마나 많은 왕들이 자기 장관들의 지배를 받으며, 얼마

나 많은 장관들이 자기 비서관들의 지배를 받는단 말인가! 그럼 최고의 지위에 있는 자가 누구란 말인가? 내 생각에는 다른 사람들을 보살펴주고, 그들이 자신의 계획을 수행하는 데 온갖 힘과 정열을 발휘하도록 하는 역량이나 수완을 가진 사람이라 하겠네.★23)

　　1772.11.22. "그녀를 저에게 맡겨 주십시오!" 하고 나는 기도할 수가 없는 몸이라네. 그런데도 종종 그녀가 나의 아내인 듯 한 생각이 든다네. "그녀를 제게 주십시오!" 하고 기도드릴 수도 없다네. 그녀는 남의 사람이니까 말이야. 나는 자신의 고통을 희롱하고 있는 걸세. 그런 것조차 하지 않는다면, 그 반대의 푸념이 한없이 생길 테니까.★24)

5. 기독교적 정신

　　1772.11.15. 빌헬름이여, … 내가 견딜 수 있는 데까지 그냥 내버려 두게. 여러 가지로 지치긴 했으나 아직 끝까지 버틸 수 있는 힘은 충분히 남아 있네. 내가 종교를 숭상한다는 것을 자네도 알고 있지. 종교가 많은 지친 사람들에게 지팡이가 되고 쇠약한 자들에게는 청량제가 된다는 것을 나는 느끼고 있어. (…중략…)
　　이것은 완전히 자기 자신 속으로 억압 당하고 자신의 결함을 느끼며 끊임없이 전락하고 있는 인간이 헛되이 다 써버린 힘의 내면적 심연에서 신음하는 목소리가 아니겠나? '신이시여! 신이시여! 어찌하여 저를 버리셨나이까?' 하고 말일세.★25)

　　1772.12.23. 세상만사는 덧없는 것이지요. 그러나 내가 어제 당신의 입술에서 받은 타오르는 생명은, 지금도 내 마음속 깊이 느끼고 있는 이

생명은 영원토록 사라지지 않을 것이오! 그 여인은 나를 사랑하고 있다! 이 팔은 그녀를 포옹했었고, 이 입술은 그녀의 입술 위에서 떨렸으며, 이 입은 그녀의 입 언저리에서 말을 더듬거렸다오. 그녀는 나의 것이오! 당신은 나의 것이오! 그렇소, 로테여, 영원토록.

그런데 알베르트가 당신 남편이라니 그게 무슨 말이오? 남편이라! 그렇다면 그건 이 세상에서일 따름이겠지요.—그럼 내가 이 세상에서 당신을 사랑하고, 그의 품에서 당신을 내 품으로 빼앗으려 하는 것은 죄악일까요? 죄악이란 말이오? 좋소. 나는 스스로 그에 대한 벌을 가하겠소, 나는 천국과도 같은 환희 속에서 그런 죄악을 맛보았으며, 내 마음속에 생명의 힘과 향유(香油)를 빨아들였소. 당신은 이미 이 순간부터 나의 것이오! 나의 것이오! 오, 로테여! 내가 먼저 가겠소! 나의 아버지 곁으로, 당신의 아버지 곁으로. 나는 아버지께 이 일을 호소할 것이며, 아버지께선 당신이 올 때까지 나를 위로해 줄 것이오. 당신이 오면 나는 나는듯이 당신에게로 달려가서 당신을 안을 것이오. 그리고 영원한 포옹 속에 무한한 신의 면전에서 당신과 함께 머무르겠소.

나는 꿈을 꾸는 것이 아니오. 망상을 하는 것도 아니오. 무덤에 가까워지니 내 정신은 점점 더 밝아지고 있소. 우리는 함께 있게 될 것이오! 우리는 서로 다시 만나게 될 것이오! 당신의 어머니도 만나게 될 것이오. 나는 당신의 어머님을 뵙고 나서, 아아, 당신 어머님께 내 마음을 전부 털어놓겠소! 당신 어머니는 당신 모습 그대로이겠지요.[26]

1772.12.23. 나는 당신 아버지에게 짤막한 편지를 써서 내 시신을 지켜달라고 부탁했소. 교회 묘지에는 들로 향한 뒤쪽 구석에 보리수나무가 두 그루 서 있는데 나는 거기에 잠들고 싶다오. 아버지께서는 그렇게 하실 수 있으며, 친구인 나를 위해 그렇게 하실 것이오. 당신도 그

렇게 간청해 주시오. 나는 경건한 기독교 신자들에게 그들의 시신을 이 가련하고 불행한 자의 시신 곁에 묻으리라는 점을 기대하지는 않소. 아아, 차라리 나는 어느 길가에나, 어느 한적한 골짜기에 묻어 주기를 바라고 싶소. 목사나 레위 족속(직접 예루살렘 성전에서 제사장의 직분을 맡은 사람들을 통틀어 이르는 말―역주)의 승려가 축복을 하며 색다른 내 비석 앞을 지나가고, 사마리아인들도 그 앞에서 눈물을 흘려 줄 수 있도록 말이오. (…중략…)

로테여, 나는 이 옷을 입은 채로 묻히고 싶소. 당신이 이 옷을 어루만져 성스럽게 했으니 말이오. 당신 아버지께도 그렇게 해 달라고 부탁했소. 내 영혼은 이미 관 위에서 맴돌고 있소. 내 주머니를 뒤져서는 안 될 것이오. 색이 바랜 이 연분홍 리본은 내가 아이들 가운데 있는 당신을 처음 보았을 때 당신이 가슴에 달고 있었던 것이오. (…중략…) 이 리본은 나와 함께 묻어 주시오. 그것은 내 생일날 당신이 보내 준 것이었소! 나는 이 모든 것을 얼마나 탐냈었던가!―아아, 나는 내 인생길이 이곳으로 통하리라곤 생각지 못했다오!―편히 사시오! 원하건대, 제발 편안히 살기를 바라오!―권총은 이미 장전되어 있소.―열두 시 종을 치는 구려! … 로테여, 안녕히! 안녕히 계시오!★27)

✲자유와 이상에 불타는 정의감

✲✲『군도』

자유와 정의의 외침 쉴러

자연적 생명력과 감정, 정열의 작가였던 쉴러(1759~1805)는 속박과 형식을 파괴하는 천재성의 작가였다. 그의 작품에는 질풍노도적 정열과 자유와 자연에 근거한 정치적, 사회적, 이상적, 도덕적 세계가 나타나 있다. 군의관으로 여기저기 옮겨다니는 아버지 때문에 쉴러는 어머니 밑에서 여성적으로 키워졌다. 다섯 살에 이사 간 로르히는 유서 깊은 곳으로 역사적인 분위기와 모저 목사의 설교는 그에게 최초의 교양이 되었고 그의 일생에 커다란 영향을 끼쳤다. 2년 후에 루드비히스부르크로 이사하여 라틴어 학교를 우수한 성적으로 졸업했다

이후 쉴러는 슈투트가르트에 있는 카알학교에 입학하였다. 카알학교는 비르템베르크 영주인 카알 오이겐 공작이 영국(嶺國)의 장래

를 위해 관리와 사관의 자제 중 유망한 청소년을 선발하여 엄격하고 노예적인 교육을 시켰다. 쉴러는 원래 목사가 되고 싶어했지만 문학부가 없었기에 의학부에서 공부했다. 오이겐 공작은 독재와 폭군형의 군주로 카알학교 또한 학생들에게 자유를 억압하고 문예서적을 읽지 못하게 했다. 그럴수록 쉴러의 문학에 대한 정열과 자유에의 갈망은 더욱 커져갔다. "당국의 눈을 피해가며 쉴러는 셰익스피어, 레싱, 클롭슈토크 등을 탐독했다. 특히 괴테의『젊은 베르터의 슬픔』같은 질풍노도적 작품과 루소의 자연주의사상은 젊은 날의 쉴러에게 자유와 자연이라는 모토를 가져다주었다."[★28]

쉴러는 1777년 카알 학교 재학시절에 이 작품을 쓰기 시작해서 1780년 졸업과 동시에 발표했다. 그는 이 작품에서 사회개혁과 윤리적 질서의 완성이라는 테마에 집중했으며, 두 모순적 요소에 갈등을 느끼기 시작했다. 동시에 그는 가난과 범죄단들이 횡행했던 그 시대의 가난과 폐해를 그리고자 했으며, 영주 오이겐 공의 독재를 고발하고자 했다. 그는 계속 영주 오이겐 공(公)을 비난하는 시를 썼다. 오이겐 공은 쉴러가 군의관인 자신의 근무지 슈투트가르트를 무단이탈했을 때 체포령을 내렸다.

공국을 탈출하여 전국 각지를 방황하면서 쉴러는 물질적 곤궁과 정신적 공포에 떨었다. 여기저기 지인들 집에 숨어 살았던 쉴러는 말라리아에 걸려 고생하기도 하고 우울하고 괴로운 나날을 보내다가 1787년 바이마르로 건너갔다. 쉴러는 그곳에서 괴테와 친교를 나누었고, 괴테의 추천으로 역사학자로서 예나대학 교수가 되었다. 그러나 얼마 안가 중병에 시달리며 학교도 그만두게 된 쉴러는 칸트 연구와 저술과 강의에 몰두했다. 과로와 중병과 생활고에 시달리면서도 그는 후원금으로 10여 년을 더 살아서 인류문화에 빛나는 업적을 남겼다.

"쉴러는 짧은 일평생을 가난과 질병과 고난 속에서 살면서도 항상 높은 이상과 이념을 바라보고 매진했으며, 자유와 정의와 인류애를 위해 싸웠다. 그런 의미에서 괴테는 그를 구세주와 비유하여 그리스도적 소질의 소유자라고 찬양했다. 두 시인은 본질적으로 차이가 있었으나 그들이 서로 상대방의 부족한 점을 보충하여 돈독한 우정과 자극으로 훌륭한 작품들을 창조해 낼 수 있었다. 특히 만년의 괴테는 쉴러가 먼저 죽었을 때 "나 자신의 절반을 잃었다"라고 한탄했다."★29)

줄 거 리

주인공 카알 모어는 착하고 열정적이며 용감하고 이상적인 감성을 지닌 젊은이다. 반면 동생 프란츠 모어는 모략에 뛰어나며 목적을 위해서는 수단 방법을 가리지 않는 음흉한 사나이다. 형 카알은 다른 도시에서 공부를 하고 있으며 자유분방한 젊음을 구가하다 술집에서 여자로 인한 사고 때문에 벌금형에 처해지고 쫓겨 다니는 신세가 된다. 카알이 부잣집 딸을 겁탈하고 그녀의 애인마저 살해하고 달아났다는 모함을 들은 아버지 모어 백작은 카알에게 부자관계를 끊겠다는 내용의 답장을 쓰도록 동생 프란츠에게 시킨다. 아버지에게 용서를 비는 편지는 동생에 의해 중간에서 가로채인 것이다. 카알은 이복동생 프란츠의 간계에 의해서 아버지로부터 쫓겨나게 되고, 그의 애인 아말리아와도 헤어진다. 아버지와 동생에 대한 배신감과 슬픔에서 카알은 전 사회와 인류에 대해 분노하고 증오심에 불탄다. 카알은 주먹과 실력으로써 부정한 사회에 대해 보복할 것을 결심하고 도적단을 결성한다.

그는 배반당한 쓰라린 마음과 정의감에서 분별없이 그의 운명 속으로 뛰어든다. 그는 반항적인 젊은이들을 모아 강도생활을 하면서 두목이 되어 고위층의 권력남용과 부정부패, 독재와 폭정, 잘못된 관습에 대해 반항한다. 그는 권력자와 부자의 범죄행위를 징계하고 궁정과 사회의 상황들을 변경해 보고자 약탈과 방화, 살인 등 갖가지 만행을 저지른다. 그러나 처음에는 정신없이 뛰어 든 자신의 범죄행위가 사회의 정의와 개선이라는 미명하에 병든 명예심에서 잘못 이끌어지고 있다는 것을 점차 느끼기 시작한다. 또한 그는 자신이 긍정했던 자유가 방자와 부당함으로 인도될 뿐만 아니라 손상당한 신적 세계질서를 이런 방법으로 구제할 수 없다는 것을 인식하지 않으면 안 되었다.

그러나 그 무리들에서 손을 뗄 수 없게 운명은 그를 몰고 간다. 카알의 운명은 2막 3장에서 그의 부하 롤러가 영웅적 죽음을 통해 승리를 거두었을 때 그가 동료 롤러의 머리에 대고 영원한 충성을 맹세함으로써 더욱 결정적으로 발전된다. 그가 선을 목적으로 시작했던 일은 동료들의 폭행과 잔학성 때문에 폭력과 타락으로 떨어지고 만다. 그는 자신이 세상을 개선한 것이 아니라 세계를 파멸시킬 수 있다는 것을 알아야만 했다. 카알은 그의 방법이 정당하지 못하고, 개선의 의지와 격정만으로는 세상을 교화시킬 수 없다는 것을 깨닫게 된다.

3막 2장에서 카알의 내적 위기는 더욱 깊어진다. 지쳐서 투쟁에서 돌아오는 가운데 그의 마음속에서는 인간존재에 대한 절망감이 고개를 든다. 동료들과의 맹세에 대한 의무감, 그리고 자신의 행동에 대한 반성 등이 서로 엇갈린다. 이제 카알은 더 이상 도망이나 귀향 같은 것은 생각하지 않으려 한다. 한 귀족 코진스키가 절대군주의 부하들에 의해 그의 고향과 신부를 빼앗겼다고 이야기했을 때, 그는 즉시 출발을 준비한다. 코진스키의 신부 이름이 아말리아였기 때문이다. 그는 고향에서 사랑했던 소녀에 대한 생각이 엄습해 왔으며, 그 순간에 그는 프랑켄으로 쳐들어 갈 것을 명령한다.

카알은 숲속에서 야영을 하던 중 캄캄한 밤중에 무덤 같은 지하실에 갇혀서 신음하고 있는 그의 아버지를 발견한다. 아버지는 큰 아들이 죽은 줄로만 알고 있었고, 프란츠가 아버지를 유폐시켰다는 것을 알게 된 카알은 이제 모든 운명의 실타래가 풀리는 것을 느낀다. 그 순간에 아말리아가 나타나고, 또 아버지는 아들을 알아보고 자기 아들이 추방당한 도둑이며, 발견되면 죽는다는 것을 알게 된다. 아버지는 절망한 나머지 숨을 거두고, 아말리아는 도둑들을 버리고 떠나자고 한다. 그러나 도둑들은 그를 배반자라고 하며 보헤미아 숲에서 맺었던 카알의 맹세를 고집한다.

아말리아를 절망에 처넣지 않고, 또 자신이 더 이상 범죄를 저지르지 않으려면 이제 남은 출구는 단 하나다. 그는 도둑들의 손으로 애인을 죽이고 싶지 않아서 애인을 자기 손으로 죽인다. 그것은 피는 피로, 희생은 희생으로 갚는 일이며, 그가 맹세한 서약을 파기할 수 있는 유일한 방법이다. 그는 윤리적 세계에 자기희생을 통해 속죄하며, 그 자신의 운명의 실타래를 풀어헤친 것이다.

아, 나는 어리석은 사람이다. 나는 이 세상을 폭력으로 말미암아 아름답게 할 수 있고, 국법을 유린함으로써 국법을 바로 잡을 수 있다고 생각한 것이 아닌가!…. 아직도 내가 할 수 있는 일은 더럽혀진 국법을 다시 보상하고 어지럽혀진 질서를 다시 회복하는 일이다. 그렇게 하기 위해선 희생이 필요하다. 그것은 이 질서가 침범될 수 없는 존엄한 것이라는 사실을 모든 인간 앞에 전개해 보여주는 것이다. 그리고 그 희생은 바로 나 자신이다. 나는 그 질서를 위하여 죽지 않으면 안 된다.[★30]

카알은 자진해서 국법의 심판 앞으로 나아가며 자신의 생을 마감한다. "그 인간은 도움을 받을 수 있다(Dem Mann kann geholfen werden)."[★31] 이 마지막 문장은 이 작품의 멋진 종결이다.

도덕적 행위와 결합된 정치적 자유

이 작품의 "주제는 사회악에 대한 도전, 압제, 인습에 대한 반항, 자유와 이상에 불타는 젊은 정의감 등에 있다."[★32] 5막으로 구성되어 있는 이 드라마는 형제 갈등의 테마를 중심으로 절대주의적 부패와 권력의 횡포에 저항하는 한 사나이의 운명을 묘사한다. 동시에 영주 오이겐 공의 탄압 정치와 그 압제에 무력하게 굴복하는 동시대인의 비인간성에 대해서 신랄하게 비판한다. 형제갈등의 개인적 관계에서 사회적 관계로 발전된 쉴러의 관심은 주인공 카알로 하여금 아버지와 동생 프란츠에 대해서가 아니라, 사회와 국가 내지는 인류에 대해 반항하게 한다. 쉴러는 이 작품에서 정치적 자유의 이상은 인간의 도덕적이고 미적인 행위를 통해 도달될 수 있음을 말하고 있다.

인간의 윤리성은 세계의 조화를 위해 봉사함에 있다. 카알은 그것을 위해 나쁜 방법을 선택했고, 어둠의 기구들을 가지고 하늘의 빛을 더럽혔다. 그는 더 높은 정의의 팔이 그에게 이를 때까지 기다릴 수도 있었고, 자살할 수도 있었다. 그러나 그는 자유로운 윤리적 행위를 통해 질서를 회복할 것을 선택한다. 신을 무시한 불협화음의 상태에서 세계의 조화는 획득되지 못하기 때문이다. 그는 자의로 조화를 위해 죽는 것, 즉 그에 의해 잘못 움직여진 치유되지 못한 질서의 회복을 위해 희생자로서 그 질서의 권위를 누구도 다치지 못하도록 전 인류 앞에 펼쳐 보일 것을 결심한다.[★33]

이 극의 결말에서 자발적인 희생을 통해 자신이 저지른 비행과 죄악을 가차 없이 심판하는 용기를 보여주는 카알의 모습은 그 시대 질풍노도기의 아이콘인 천재성의 인간상이다. 반항과 투쟁의 과정에서 생겨나는 정열적인 힘은 질풍노도기의 생활감정이며, 그 시대가 추구하는 천재적 인간상의 구현이다. 그러나 소크라테스가 '악법도 법이다'라고 하면서 국가의 법질서를 지켰듯이 카알 또한 이 질서가 침범될 수 없는 존엄한 것이라는 것을 보여주기 위해 스스로를 희생할 수밖에 없다. 카알은 국법과 질서의 회복을 위해 스스로를 심판함으로써 죄악과 무질서로 가득한 현실 세계의 제약에서 벗어나 더럽혀지지 않는 도덕적인 세계로 발을 내디딘다. 이는 진실하고 위대한 목적을 위해서 끊임없이 투쟁하는 인간, 즉 천재의 승리이자 곧 비극인 것이다.

질풍노도(1770~1786)의 천재적 인물 베르터와 카알 모어

질풍노도운동은 보고 듣고 생각하고 경험한 것들에 의지해서만 인생과 세계에 대한 관계를 해명하고자 하는 합리주의적 세계관에 대한 반발로서 18세기 후반 괴테와 쉴러 등의 젊은 정열이 폭풍노도처럼 1770년대 독일의 문단을 휩쓸었던 문학운동이다. 인간의 이성에만 편중하여 인간 감정의 근원을 돌보지 못하고 무미건조한 형식과 외면적 도덕률을 강조하는 계몽주의적 사고에 대해 진실로 독일적인 생명과 개성을 해방하려는 문학의 개혁운동이다.[★34)

괴테와 쉴러의 젊음이 폭발적으로 분출된, 십여 년의 짧은 기간 동안 독일 문학사를 장식했던 질풍노도운동은 독일에서 폭발하여 고전주의를 거쳐 18세기 말부터 19세기 초에 전 유럽을 풍미했던 낭만주의의 선구를 이룬다. 유럽에서 낭만주의 예술이 사회의 속박과 진부한 사고방식에서 벗어나 개인의 정신적인 관심사를 표현하며, 개성이나 기분, 환상 같은 것을 중시하며 영원불멸의 아름다움을 추구하는 것과 맥을 같이한다. 질풍노도운동은 루소의 '자연으로 돌아가라'라는 명제를 표방한다. 그것은 전통에 대한 반항과 형식과 법칙을 벗어나려는 자유분방함을 특징으로 하며, 오성을 기반으로 하는 물질문명 사회의 타락과 해독을 경고하는 점에서 훗날의 낭만주의 정신을 선취한다.

질풍노도운동이 추구하는 "새로운 인간상의 중심점에는 개인적, 사회적, 정치적, 예술적 관계의 면에서 자유의 이념이 자리 잡고 있다. 군주의 자의와 독재의 억압에 반대하여 인간의 권리와 평등사상이 요청되고, 개개인은 그의 본질과 성향에 맞는 개성을 발전시키고 펼쳐 보일 권리를 갖고 있다. 그리하여 예술가는 모든 창조성을 평준화하고 천재성을 질식케 하는 법칙의 제한과 구속에서 해방된다. 천재는 오성과 이성의 위에 서고, 천재는 가슴과 감정의 시인이며, 비합리성의 중개자요, 신의 전성관이다."[★35)

질풍노도운동은 이와 같이 비합리주의적 감성을 중시하며 비판과 논리 대신 직관과 예감, 감동과 활동적인 생을 중시한다. 질풍노도문학은 따라서 독일 민족의 독자성과 독창성을 모국어로 표현하고, 자연문학을 중시하며 민요를 수집하고 민요의 정신을 중시 여긴다. "참된 문학은 민족 근원의 소리이며, 민족 가운데서 가장 근원적이고 근본적으로 솟아오르는 자연의 하사품이다."(헤르더) 이 시기의 작가들은 셰익스피어와 호머에서 자연문학의 모범, 민족과 자연에 가장 근접되어 있는 작가를 본다.

무엇보다도 질풍노도의 중요한 개념은 천재성에 있다. 천재성은 내부의 감동에서부터 자연 발생적으로 우러나오는 넘쳐흐르는 창조력을 의미하며, 절대적인 힘과 정신이 우리의 내부에 들어와 휘저었을 때 내부에서부터 자연적으로 요동치며 우러나오는 창조력을 말한다. 범인들은 감동의 지속이 약하고, 천재는 강하다. 강하고 지속적인 창조력만이 인간을 보통사람과 구별되는 천재로 만든다. 천재는 범인들이 애호하는 물질적 가치보다는 인간본연의 가치에 천착하며 넘쳐흐르는 에너지로 이 세상을 인간애가 지탱해 나갈 수 있는 발전적 방향으로 인도한다. 이 세상에 3%만이라도 천재가 존재하면 세상은 그렇게 타락하지 않을 수 있다고 한다. 그와 같이 강한 힘과 창조력으로 인류는 지속적인 발전이 가능하다.

괴테의 『젊은 베르터의 슬픔』은 젊은 쉴러에게 커다란 영향을 끼쳤다. 베르터는 이 세상에 태어나서 인류의 선하고 아름다운 마음에 커다란 영향을 미쳤으며, 감정의 근원, 즉 진실한 마음의 세계를 발전시키는데 큰 역할을 한 위대한 창조적 인물이다. 분노와 증오, 복수와 열광, 감정의 응어리들이 생생한 몸짓 속에서 울분을 토하고 극적인 리듬과 순수한 대화적 성격을 유지하는 카알의 언어는 정열적이고 불행한 우울과 민감한 감성과 강한 행위의 욕구 사이에서 동요하는 베르터의 언어와 별반 다르지 않다. 아버지 질서와 세계질서에 도전하여 사회를 개혁해 보려는 카알의 모습과 편협한 전통과 인습에 도전하여 신분사회를 타파하고자 하는 베르터의 모습 또한 상당히 비슷하다. 형식과 법칙보다도 더 우월한 감성을 주장하며, 거칠지만 고상하게 영혼의 질서를 지키고자 하는 베르터와 카알의 모습은 오늘날의 우리에게는 더더욱 신선한 충격으로, 또 가슴 뭉클하게 하는 감동으로 다가오는 불멸의 천재상이다.

✠ [질풍노도적 정열과 천재성] 미주

1) 박찬기, 『독일문학사』, 일지사, 1986, 142~143쪽 참조.
2) Bahners · Eversberg · Poppe(Hrsg.), J. W. Goethe. Die Leiden des jungen Werthers, Königs Erläuterungen und Materialien, Bange Verl, 1977, p. 61.
3) 박찬기, 『독일문학사』, 148쪽.
4) Glaser · Lehmann · Lubos, Wege der deut. Literatur, Eine geschichtliche Darstellung, Ullstein GmbH. Verl, 1980, p. 127.
5) 괴테, 이인웅 옮김, 『젊은 베르테르의 슬픔』, 세창출판사, 1996, 169쪽.
6) 위의 책, 158쪽.
7) Bahners · Eversberg · Poppe(Hrsg.), Goethe, Die Leiden des jungen Werthers, p. 57.
8) J. W. von Goethe, Die Leiden des jungen Werther, Interpretiert von Edgar Hein, Oldenbourg Interpretation Bd. 52, 1997, pp. 57~58.
9) Bahners · Eversberg · Poppe(Hrsg.), Goethe, Die Leiden des jungen Werthers, p. 10.
10) 괴테, 이인웅 옮김, 『젊은 베르테르의 슬픔』, 180쪽
11) 위의 책, 188~189쪽.
12) 위의 책, 192~193쪽.
13) 위의 책, 213쪽.
14) 위의 책, 278쪽.
15) 위의 책, 172쪽.
16) 위의 책, 195쪽.
17) 위의 책, 279쪽.
18) 위의 책, 164쪽.
19) 위의 책, 172~173쪽.
20) 위의 책, 164쪽.
21) 위의 책, 227쪽.
22) 위의 책, 255~256쪽.
23) 위의 책, 257쪽.
24) 위의 책, 296~297쪽.
25) 위의 책, 294~295쪽.
26) 위의 책, 348~349쪽.
27) 위의 책, 357~359쪽.
28) 박찬기, 『독일문학사』, 192쪽 참조.
29) 위의 책, 179쪽, 216쪽 참조.
30) Friedrich Schiller, Die Räuber. Goldmann Klassiker mit Erläuterungen, Goldmann Verl, 1993, pp. 136~137.
31) Ibid., p. 137.
32) 박찬기, 『독일문학사』, 193쪽.
33) 김정자, 「쉴러의 'Räuber'에 나타난 천재성 연구」, 『목포대학 논문집』 4집, 1982, 371쪽.
34) 박찬기, 『독일문학사』, 129쪽 참조.
35) Glaser · Lehmann · Lubos, Wege der deut, Literatur, p. 119.

Part 05

인류의
보편적 이상

✲ 자연과 자유에 근거한 인간애의 승리

✲✲ 『빌헬름 텔』

줄거리와 중심 내용

우우리, 슈바이츠, 운터발덴은 대대손손 자유와 정의를 숭상해 온 스위스 연방주들이다. 푸른 초원과 마을들, 소방울 소리가 정겹게 들려오는 평화롭고 목가적인 산골마을에 합스부르크 왕가의 총톡 게슬러가 쳐들어온다. 총독은 민중을 억압하고 가혹한 부역을 강요한다. 귀족과 마을 사람들은 봉기하며 자연 공동체를 지킬 것을 맹세하고 투쟁한다. 조상들의 경건한 태고적 관습이 아직도 통용되는 이 땅에서 총독의 폭정이 날로 심해지자 스위스 인들은 뤼틀리 산정에서 함께 모여 총궐기를 다짐한다. "수천 년에 걸쳐 대대손손 부지런히 일을 한 대가로 이 땅, 이 오래된 숲을 얻게 되었는데, 이제 외국 통치자들의 종들이 들어와 우리의 땅에서 우리를 옥죄고, 우리를 능멸"하고자 하는 데 대해 슈타우프파허는 "폭력에 맞서 소중한 우리의 보물을 지켜야 하고, 우리의 아내와 자식들을 지켜야 함"을 주장하며 총 궐기할 것을 선언한다.[★1]

우·우리 주의 빌헬름 텔은 가정의 평화와 가족의 사랑을 지키려는 순박한 농민이자 사수이다. 주인공 텔은 처음에는 동향인들의 계획에 동의하지 않는다. 슈타우프파허가 그를 봉기에 끌어들이려 할 때 텔은 말한다.

폭력으로 다스리는 자는 생명이 짧은 법이오. 각자 집에서 조용히 지냅시다. 평화로운 사람에게는 평화가 기꺼이 찾아오게 되어 있소.[★2]
(1막 3장)

텔은 순박한 사람으로 결코 정치적으로 사고하는 사람이 아니다. 그러나 자연과 인간이 파괴되는 끔찍한 상황 앞에서 텔은 자연스레 저항하게 된다. 총독은 장대에 모자를 걸어놓고 오가는 사람들에게 경례를 시켜 왕가의 권위에 굴종을 유도하고 잦은 부역과 학대를 일삼는다. 텔은 총독의 모자에 경례를 하지 않고 지나쳤다는 이유로 체포되어 아들 머리위에 사과를 올려놓고 백보 앞에서 그것을 쏘아야 했다. 텔은 두 개의 화살을 준비하고 아들 머리 위의 사과를 명중시킨다. 그는 내적 독백을 통해 독재자를 죽이기로 결심한 것이다.

자식의 머리를 과녁으로 삼아야 하는 사람은 적의 심장을 쏠 수도 있는 법이다.
가련한 아이들, 죄없는 아이들과
성실한 아내를 난 네 분노의 희생물이

되게 하지는 않을 것이다. 총독아! 내가 활시위를

당겼을 때, 그리하여 내 손이 떨고 있을 때,

(…중략…)

그때 난 마음속으로 다짐했지.

하나님만이 듣고 계신 무서운 다짐을. 내 다음 화살의 첫 과녁은 너

의 심장이 될 것이라고.★3) (4막 3장)

빌헬름 텔은 왜 두 개의 화살을 준비했느냐는 총독의 질문에 "만약 내가 실수해서 내 아들을 쏘았다면 두 번째 화살은 실수 없이 총독님을 쏘아 맞혔을 것입니다."★4)라고 말한다. 총독은 그를 종신 감금시키기 위해 결박시켜 호수를 건너가게 되었다. 폭풍우가 일어 배가 위험해졌을 때 텔 이외에는 배를 저을 수 없었다. 배가 큰 바위 곁을 지나칠 때 텔은 그 바위로 뛰어올랐고 배를 뒤집어엎으면서 그 곳을 탈출하게 되었다. 텔은 쫓겨다니다 정당방위로 총독을 살해하고, 민중들은 반란을 일으켜서 스위스의 독립은 쟁취된다.

정치적 이상을 실현시키는 인간성의 명령

쉴러의 마지막 작품『빌헬름 텔』은 5막 극으로 구성되어 있다. 바이마르 궁정극장에서 초연되어 대단한 성공을 거두었던 이 작품은 궁극적으로 전제정치와 자유, 그리고 정의와 불의의 문제를 다루고 있다. 동시에 극악무도한 사람 외에는 어느 누구의 피도 흘리지 않고 자유와 정의를 실현한다는 쉴러의 이상주의적 혁명을 표현한다.

스위스 산악지방의 3개 자유주 대표들이 모여서 동맹을 결의한 뤼틀리 맹세는 그 어떤 지배자도 마음대로 할 수 없는 자연 및 인

간의 권리에 대한 폭로이다.

우리는 형제애로 단결된 한 민족이기를 바란다. 어떠한 궁핍도, 그리고 어떠한 위협도 우리를 갈라놓지 못한다.★5) (2막 2장)

뤼틀리의 봉기는 인권과 평등을 지키고 억압으로부터의 해방을 부르짖는 인간성의 명령인 것이다. 텔은 처음에는 동향인들의 계획에 참여하지 않았으나 자신의 가족과 이웃을 지키려는 인간애와 자연공동체로서의 형제애를 지키기 위해 총독을 살해하게 된다. 텔의 총독 살해의 동기는 지극히 개인적인 성격을 띠고 있긴 하지만, 그의 행위는 정치적인 의미를 지닌다. 그의 행동으로 인해 봉기가 일어나고, 이 봉기는 피를 흘리지 않고 성공을 거두기 때문이다.

어떤 힘도 자연과 자유에 근거한 인간애를 억압할 수 없다. 가족과 민중의 사랑과 평등을 목표로 하는 투쟁이야말로 인간의 의지와 행위를 성공으로 이끄는 활동력과 힘을 주고, 이것은 곧 독립을 쟁취하는 원동력이 된다. 쉴러의 정치적 이상은 도덕적 명령이 이 세상의 평등과 박애를 실현시키는 원동력임을 말하고 있다. 스위스의 자유를 위한 투쟁에서 성공을 거둔 것은 정치적인 행위에 의한 결과이지만, 권력과 칼에 의한 힘이 아니라 자연을 지키고 자연공동체를 지키려는 의지와 행위의 성공인 것이다. 곧 도덕적인 힘의 발로이다. 이 봉기에서 정치적 목표는 자연공동체로서의 형제애를 지키고자 하는 인간애의 명령과 도덕적인 세계 질서의 목표와 일치하기 때문이다.

가족과 민중의 사랑과 평등

1804년 쉴러(1759~1805)의 달력에는 "텔을 끝냈다"라는 기록이 적혀 있었다. 총독 게슬러를 죽임으로써 스위스를 오스트리아의 지배에서 해방시켰다는 전설적 인물 빌헬름 텔의 전설적인 이야기는 여러 가지 버전으로 존재한다. "1304~1308년 사이의 오스트리아 압제에 대항하는 스위스 독립투쟁의 이야기 중에서 주요한 전설적인 모티브는 텔의 사과 쏘기, 게슬러의 모자, 그리고 뤼틀리 맹세이다. 쉴러는 자주 날짜나 사실 그리고 역사적 사건들의 연대를 잘못 표기하면서 진지한 역사기록의 의도를 부정한다. 오히려 그는 그러한 실제적인 이야기보다는 진지하게 인간의 태도를 이상화시킨 관점으로서의 이야기를 그리고자 하며, 그의 문학을 위해서 예술의 자율적 실제성을 더 강조한다."★6) 쉴러의 모든 드라마는 역사적 사실을 배경으로 한다. 하지만 역사적 사건보다는 인물의 성격과 행위를 중심으로 우러나오는 교훈적 가치, 또는 이상을 중요시한다.

희곡의 마지막 부분에서 브루넥 부인이나 루덴츠 같은 귀족들이 귀족 특권을 버리고 자유와 평등을 위한 투쟁의 공동체에 가담하고 모든 하인들의 해방을 선언하는 점은 그 시대 13, 14세기에는 상상할 수 없는 인권과 인간애에 대한 인식의 표출이다. 이는 물론 쉴러의 창작적 가공일 뿐만 아니라, 이 작품을 통해 민중의 봉기와 민중이 역사의 주체가 되는 근대사의 시작을 알리고 있다. 진실로 민중의 진정한 요구만이 개혁을 가져올 수 있다는 풀뿌리 민주주의의 이상이다. 전혀 정치적인 사람들이 아닌 순박하고 오직 평화를 사랑하는 사람들이 결집하여 투쟁을 할 때 더 큰 힘이 생겨남을 말하고 있다. 도덕적 논리에서 나오는 도덕적 목표가 이 세상의 평등과 박애를 실현시키는 힘이 됨을 작가는 말하고 있는 것이다.

가족과 민중의 사랑과 평등을 목표로 하는 투쟁, 그것이 곧 독립을 쟁취하는 원동력이 된다는 것이다.

빌헬름 텔은 정당방위였지만 어쩔 수 없이 총독을 죽이게 된 살인행위를 속죄하기 위해 스스로 희생적 죽음을 자초했다고 전해진다. 스위스 독립이 이루어진 후 어느 해 여름에 홍수에 떠내려간 아이를 구하고 죽었다고 한다. 이 또한 쉴러의 정치적 이상인 정의와 도덕의식과 일치한다고 할 수 있다. 쉴러는 한번도 스위스에 가본 적이 없었다. 다만 동시대의 선배인 괴테가 여행 중에 수집한 모든 자료들을 쉴러에게 넘겨주고 스위스의 영웅 빌헬름 텔에 대해 써보도록 권유했다는 이야기는 유명하다. 어찌되었든 위대한 영웅 빌헬름 텔은 스위스인이 아니라 독일인에 의해서 탄생되었다. 쉴러는 마치 친숙한 풍경이듯이 텔의 고향과 사당(祠堂)과 스위스 산악지방의 풍경을 그리고 있다.

✻ 인류의 보편적 이상/ 독일적 거인의 인간상

✻✻『파우스트』

노력하는 한 방황하는 인간

작품 『파우스트』는 '헌사'와 '천상의 서곡', '비극 제1부', '비극 제2부'로 이루어져 있다. '천상의 서곡'에서 악마 메피스토펠레스는 노학자 파우스트가 '하늘로부터는 가장 아름다운 별을 원하고, 지상으로부터는 갖가지 최고의 쾌락을 요구하지만 만족하지 못하며 혼미에 빠져 있는 모습'을 보며 신과 내기를 한다. 그의 영혼이 타락하여 근원으로부터 그의 영혼을 끌어내려 악마의 길로 이끌어 갈 수 있다면, 어디 유혹해보라고 신은 악마에게 허락한다. 신은 인간이 진정한 신의 아들들임을 믿고 있다.

[주님] 인간은 노력하는 한 방황하는 법이니라. / (…중략…) / 그의 영혼을 근원으로부터 끌어내어. / 네가 그를 붙잡을 수 있다면, / 어디 너의

길로 유혹하여 이끌어가 보려무나. / 그러나 넌 언젠가 부끄러이 다시 나타나 고백하게 되리라. / 선한 인간이란 어두운 충동 속에서도 / 올바른 길을 잘 알고 있다고 말이다.★7)

제1부는 소시민의 세계를 반영한다. 파우스트는 악마의 힘을 빌려 온갖 향락과 체험을 만끽하며 우주의 본체와 인간의 본질을 구명하려다가 비극으로 끝난다. 제1부에서 파우스트는 신학, 의학 등 여러 학문의 방면에서 최고의 경지에 오르지만 지나온 삶이 허무하기만 하다. 인간의 한계와 허무를 벗어나고파 죽음을 통해 인생의 한계를 돌파하려고 한다. 그가 독약이 든 잔을 입에 대는 순간 부활절 종소리에 놀라 독배를 떨어뜨린다. 이 절망의 순간에 악마 메피스토펠레스가 나타나 내기를 건다.

[파우스트] 내가 순간을 향하여, 멈추어라! / 너 정말 아름답구나! 하고 말을 한다면, / 너는 나를 꽁꽁 묶어도 좋다! / 그럼 나는 기꺼이 멸망하리라!★8)

악마 메피스토펠레스는 파우스트의 종이 되어 따라다니며 파우스트에게 관능과 향락을 체험케 한다. 마녀의 부엌에서 젊어진 파우스트는 술집으로, 관능적 쾌락의 세계로 악마에 이끌려 다니지만 전혀 즐겁지 않다. 파우스트는 순수하고 청순한 그레트헨에게서 자신이 잃어버린 것을 다시 찾고 그녀를 사랑하게 된다. 악마는 파우스트의 순수한 사랑을 원하지 않고, 그레트헨은 가족과 아이까지 죽게 만들며, 파우스트는 악의 늪에 빠진다.

제1부의 마지막 장면은 영아살해 죄로 감옥에 갇히게 된 그레트

헨을 파우스트가 몰래 찾아가서 같이 도망치자고 하는 장면이다. 하지만 신앙심이 깊은 그레트헨은 "아버지시여! 저는 당신의 것이옵니다. 구원해 주소서!"*9)라고 기도한다. 그녀는 도망가자고 부추기는 파우스트를 뿌리치며, 오로지 기도하고 회개하며 파우스트의 구원을 빌 뿐이다. 파우스트는 후회하며 도망치고, 그녀는 처형당한다. 그러나 천상의 목소리는 그 여자가 "구원되었도다"*10)라고 외친다.

이것은 그레트헨의 진실한 인간성과 속죄와 양심이 그녀의 죄악을 정화시키고 구원받을 수 있음을 말해 준다. 제1부는 괴테의 기독교 정신의 반영으로 속죄하고 기도하는 여인의 비극을 그린 '그레트헨(Gretchen) 비극', 동시에 석학 파우스트의 좌절과 몰락을 그린 '학자의 비극'이라고도 한다.

인류사회의 공익을 위한 노력

제2부는 대 세계를 반영한다. 파우스트는 공적 세계와 궁정과 상류사회를 체험한다. 고대 그리스와 중세 독일을 오가며 국가의 위기를 구하기도 하고, 고대 그리스의 최고의 미인 헬레나를 불러와 사랑하고 아이까지 낳지만 아이도 죽고 헬레나도 사라진다. 헬레나에 대한 동경은 파우스트가 미의 본질, 즉 그가 지금까지 알고 지낸 세계를 초월한 이상을 추구함을 뜻한다. 그러나 그는 현실의 한계를 뛰어넘는 미를 추구하여서 생의 의의를 발견하려 하지만 만족하지 못한다. 파우스트는 아름다운 헬레네와의 사랑과 미의 향락을 통해서도 인생의 참 의의를 발견하지 못하는, '헬레나(Helena) 비극'이라고 한다.

끝 부분에서 파우스트는 광대한 해안을 간척하고 개간하여 만인을 위해 옥토를 형성한다. 늙고 지친 몸으로, 눈까지 멀었으나 "밤이 점점 더 깊어가는 것 같은데, 마음속에서만은 밝은 빛이 빛나는 것을 느끼며"[★11] 그가 생각했던 바를 서둘러 완성하고자 한다. 이제 그는 인류 사회를 위해 습지의 땅을 개간하여 "수백만의 백성에게 땅을 마련해 주고자"[★12] 한다. 일하며 자유롭게 살 수 있는 땅, 들판은 푸르고 비옥하며, 인간과 가축들이 새로 개척한 대지에 이주해 와서 거센 파도가 밀려와도 끄떡없는 그런 이상국을 건설하고자 한다. 그는 기쁨과 만족으로 말한다.

[파우스트] 자유도 생명도 날마다 싸워서 얻는 자만이, / 그것을 누릴 만한 자격이 있는 것이다. / 그래서 위험에 에워싸여 있으면서도 여기에서는, / 아이고 어른이고 노인이고 값진 세월을 보내게 되리라. / 나는 이러한 인간의 무리를 바라보며, / 자유로운 땅에서 자유로운 백성과 더불어 살고 싶다. / 그러면 순간에다 대고 나 이렇게 말해도 좋으리라. / 멈추어라, 너 정말 아름답구나! 내가 이 세상에 이루어놓은 흔적은 / 영원토록 사라지지 않을 것이다── 이런 드높은 행복을 예감하면서 / 지금 나는 최고의 순간을 맛보고 있노라.[★13]

파우스트는 미적 향락이 아닌, 인류사회의 공익을 위한 헌신적 노력으로 지상에 유토피아를 건설하기 위해 끊임없는 노력을 경주하여 비로소 마음의 행복을 느낀다. 누런 황금 들판을 바라보며, 노쇠하고 지쳐 눈먼 파우스트는 그때 비로소 인생의 참된 의의를 발견하고 "멈추어라 순간이여, 너 참으로 아름답다"고 말한다. 그는 메피스토의 유혹에 빠져서 향락이나 물질적 욕심을 채우며 만족을 얻는 것이 아니기 때문에, 그의 영혼은 구원될 자격을 얻는다.

악마와의 계약

이 드라마의 주제는 파우스트라는 인물을 두고 신과 악마가 내기를 벌이는 대결구도에서 그려진다. 이는 악마와의 계약을 통해 신에게 불성실한 인간이 그리스도의 적에게 영혼을 판다는 전통적인 파우스트 전설의 핵심에서 따온 것이다. 하지만 이 작품에서는 파우스트는 악마에게 영혼을 맡기기로 하고 악마의 힘으로 온갖 나쁜 짓을 저지르고, 향락을 탐하며 타락했지만, 끝내 그는 육체적 향락과 지적 충족, 미의 탐닉이 만족을 주지 못한다는 것을 알게 된다. 이점이 괴테의 파우스트가 갖는 놀라운 능력의 발휘인 셈이다. 파우스트가 "멈추어라 순간이여, 너 참으로 아름답다"고 말하는 그 순간은 향락과 탐욕의 충족이 아니라 '수백만의 백성에게 땅을 마련해 주고자' 땅을 개간하고 나서의 행복한 순간이다. 죽음에 이르는 순간의 파우스트는 유혹과 시련의 극복을 위한 피나는 노력의 결과 행복에 이르는 것이다.

"어떤 쾌락이나 어떤 행복에도 만족하지 못하고, 끊임없이 변화하는 형상들만 뒤쫓아 다니더니, (…중략…) 세월 앞에 별 수 없이, 백발이 되어 여기 모래밭에 누웠구나."★14) 이런 메피스토펠레스의 말은 무기력한 공염불이다. 그는 약속대로 파우스트의 영혼을 지옥으로 끌고 가려고 한다. 그러나 파우스트의 인간적 보람과 만족을 얻기 위해 온갖 시련을 극복해낸 그 노력은 하늘도 감동한다. 동시에 속죄하는 여인 그레트헨이 천상에서 파우스트의 영혼을 위한 은총의 기도를 하고 있다. 천사들은 파우스트의 죄를 용서해 달라고 성모 마리아에게 빌고 속죄하는 여인 그레트헨의 기도에 응답하여 신비스런 천상의 합창소리를 울리게 한다. 결국 악마 메피스토펠레스는 신과의 내기에 패한 것이다.

여기에 나타난 구원의 요소들은 천사들의 노래에 나타난 바와 같이 '끊임없이 노력하는 자는 우리가 구원할 수 있다'는 정신이다. 동시에 속죄의 여인 그레트헨이 파우스트의 영혼을 위한 은총을 비는 기독교적 정신이다. 그리고 '영원히 여성적인 것이 우리를 끌어 올린다.'는 여성을 통한 구원의 정신이다. 또한 이 작품에 나타난 중요한 사상은 형성의 원리, 즉 '인간은 노력하는 한 방황하고, 방황하지 않으면 오성에 도달할 수 없다'는 파우스트 사상의 구현이다.

만인에게 적용되는 구원의 책

이 작품은 1774년 『초고 파우스트』가 1790년 『단편 파우스트』로 가필, 제작되었다가 1808년 『Faust 제1부』와 1832년 『Faust 제2부』로 완성되기까지 무려 60여 년의 세월이 걸렸다. 이 작품은 광대무변한 시공간을 아우른다. 시간적으로는 과거로부터 현재, 미래에 이르는 3천여 년을 포괄하고, 공간적으로는 지상에서부터 지옥, 천상에 이르는 전 우주를 포괄한다. 그 안에는 작가 자신의 생애 동안의 전 체험이 다양한 주제와 모티브, 문학적 수법을 통해 용해되어 있다. 우리는 "이 작품에서 만인에게 적용되는 인생관과 세계관을 맛보게 된다. 문학과 철학, 도덕과 종교, 법률과 국가, 정치와 전쟁 등 전 인류의 역사가 취급될 뿐만 아니라, 우리 모두가 직접 경험하는 인생의 자극과 감정, 사랑과 증오, 인식과 향락, 성스러움과 죄악, 아름다움과 추악함, 경건함과 미신, 범신론과 범악마론, 물질주의와 이상주의, 기독교와 그리스 신화 및 여타의 다른 종교 등 인간과 세계생활에 관계되는 모든 영역이 언급된다. 우리는 그 안에서 가혹하고 불가해하며 모순투성이의 적나라한 삶 자체를 눈앞에 볼 수 있으나, 그로 인해 몰락하지 않고, 오히려 피나도록 생과의

인류의 보편적 이상

투쟁을 벌이고, 내면적으로 자유로워질 수 있는 힘을 부여받기 때문에 더욱 『파우스트』는 구원의 책이라는 가치를 지닌다."[★15)]

독일인의 동일시와 이상화

독일인들은 괴테가 창조한 파우스트 인물을 통해 자신들의 민족적 정체성을 세우고자 했다. 그들은 근대 민족국가를 형성하고 독일 민족의 본질과 정체성을 정립하기 위해 파우스트를 전형적 독일인으로 동일시하고 이상화했다. "파우스트의 부단한 노력과 행동의 찬양, 팽창의 동력, 식민지 개간, '자유로운 땅에서 자유로운 백성과 살고 싶은' 전망 등은 독일인들이 파우스트를 그들의 이데올로기로 동일화하기에 적합했다. 이러한 전망들은 때론 행동주의적 영웅의 표본으로, 때론 제국주의적 인간의 도구화로, 때론 나치시대의 '피와 토지 이데올로기'로, 때론 동독의 사회주의 토지개혁으로 이념화되기도 한다."[★16)]

주인공 파우스트는 인간성의 완성과 그 실천적 삶을 보여주는 전 인류의 보편적 이상을 상징한다. 인간성의 완성은 정신적 이념의 세계를 벗어나서 인류 사회를 위한 활동, 공익사회 건설을 위한 활동과 노력으로 연결되어야 한다. 시대에 따라 약간씩 상이하게 수용되는 파우스트적 인물상은 궁극적으로 독일적 내면성과 활동성, 그리고 새로운 자유국가에 대한 이상주의를 결합하고 있다는 점에서 독일뿐 아니라 전 세계 인류가 지향해야 할 거인적 인간상으로 볼 수 있다.

✳ 인간의 인식과 그 실천적 삶

✳✳ 『빌헬름 마이스터의 수업시대』, 『빌헬름 마이스터의 편력시대』

연극완성에서 인간완성으로 나아가는 인생의 길

예나 지금이나 연극이야말로 한 민족의 정신적 통일을 도모하고, 시민계급의 자유로운 교양을 가능케 하는 가장 훌륭한 문화의 수단이고 문화의 광장이다. 요즈음 시청 앞 광장이나 동숭동 극장에서 열리는 연극이나 마당극, 또는 길거리 응원 등과 같은 많은 문화적 행위들이 국민들의 정신과 의식을 한데 모으고 또 고양시키는데 일조하는 것도 이와 비슷한 맥락이다. 괴테는 그야말로 민족적 이상과 정신을 구현시킬 수 있는 직접적인 문화의 수단이자 광장은 곧 연극이라고 보았다. 그리고 그 싹은 일찍이 계몽주의 시대의 레싱에서 출발하여 괴테에서 완성된다.

괴테는 1777년 『빌헬름 마이스터의 연극적 사명』의 집필에 착수했다. 이 작품은 제목 그대로 주인공 빌헬름에게 연극의 완성에 대한 사명을 부여하여 독일의 민족 극장을 세우는 데 기여하고자 했으며, 이는 평소의 괴테적 발상이었다. 괴테는 시민 계급의 자유로운 교양을 높이고 어지러운 시대적, 정치적 상황으로 피폐해진 독일인들의 민족적 정신을 결집시키는 문화적 수단으로 연극을 요청했다.

이 작품에서 빌헬름은 처음에는 상인이 되고자 했지만 유랑극단을 만나면서 연극에 매료당한다. 거기에서 부딪치는 여러 인물들과의 관계 가운데서 연극에 대한 토론, 주로 셰익스피어 연극에 대한 관점들을 토로하고 있는 장면들은 괴테의 연극에 대한 관점을 그대로 보여주는 장면이다. 그러나 괴테는 많은 세월이 흐르는 동안 이 작품을 1795년 『빌헬름 마이스터의 수업시대』라는 제목으로 바꿔 썼다. 주인공 빌헬름은 여기에서 연극적 사명을 넘어서서 인간성의 조화와 완성을 목표로 끊임없이 노력하여 대가가 되기까지의 교양 형성의 시대를 펼친다. 빌헬름이 만나고 사랑하고 방황하며 오류를 범하며 깨달아가는 전 과정은 자연스럽게 인생의 긴 과정을 반영하는 것이다. 작가는 이 작품가운데서 자신의 삶을 완성하기 위해 끊임없이 노력하는 인간상과 동시에 인간성의 이념을 실천에 옮기는 활동적인 인간상을 제시하고자 한다.

『빌헬름 마이스터의 편력시대』는 1829년에야 완성되었으니 작가의 나이 80세였다. 빌헬름은 이제 형성의 시대를 거쳐 완성된 이념을 사회에 환원시키는 인물로 발전된다. 빌헬름은 이상을 실현하기 위해 결사를 조직하여 이상적이고 민주적인 공동사회, 즉 계급과 주종관계가 없는 민주 복지 국가 건설을 위해 활동한다. "빌헬름 마이스터의 인격완성은 궁극적으로 개인성에서부터 공동체의 구성원으로 나아가는 변혁에서 이루어진다. 그 변혁을 통해서만이 인간은 인

간성이 풍부해지고 자신을 구현하는 것이다."★17)

교양 소설의 정점

두 개의 작품 '수업시대'와 '편력시대'는 인간성의 조화와 완성을 목표로 하는 인식의 과정과 인식된 이념들을 세상에 나가 활동을 통해 실천하는 인생의 길을 의미한다. '수업시대'가 인간이 이념적으로 완성되기까지의 혹독한 수업의 과정이라면 '편력시대'는 형성된 이념의 이상을 사회 속에서 구현시켜 가는 실천의 활동인 것이다. 이와 같이 완전한 인간성의 구현을 위해 끊임없이 발전해 가는 빌헬름의 형성과정을 의미심장한 구성으로 그린 이 작품은 교양소설의 정점을 이룬다.

주인공 빌헬름은 상인의 아들이지만 연극에 뜻을 두고 연극인이 되어 순회극단의 장이 된다. 그가 단원들과의 관계에서 빚어지는 사건들과 여배우들과의 사랑과 도처에서 빚어지는 사건들을 해결해 가는 과정은 빌헬름의 형성과정의 큰 핵을 이룬다. 빌헬름의 수업과 편력은 문자 그대로 배움과 실행을 의미한다. 그 과정에서 당연히 다양한 체험이 일어나고 인생의 지혜가 형성된다. 빌헬름의 어린 날부터의 체험과 많은 사람들과의 만남은 빌헬름의 정신과 인격완성에 그대로 적용된다. 특히 극단의 순회공연 중에 벌이는 연극에 대한 토론은 괴테의 셰익스피어 연극에 대한 관점을 나타낸다. 그 밖에도 괴테의 종교관, 고전적 이탈리아에 대한 동경과 인간의 낭만적 본질이 표출되어 있고, 무엇보다도 단계마다 만나게 되는 여인(女人)들의 체험 등이 복합적으로 그려져 있다.

52년의 긴 세월에 걸친 작가의 체험과 다양한 인생의 지혜와 감정이 투입되어 있는 이 작품에는 작가의 전 체험과 다양한 사상적 요소와 독립된 단편들이 삽입되어 있으므로 일관된 줄거리의 통일이나 긴밀한 구성이 결여되어 있다. 그렇지만 이 작품은 하나의 인격이 다방면에 걸쳐 발전해 나가는 과정을 세월과 함께, 또는 경험과 방랑과 함께 자연스레 보여준, 즉 인간의 내면적 발전 과정을 보여주는 교양소설의 최고봉이다.

이러한 책은 人生 그 자체와 같은 것이다. 전체의 복합 속에는 필연적인 것과 우연적인 것, 예정된 것과 완결되지 않은 것들이 때로는 성공하고, 때로는 실패된 형태로서 존재하여 있어서, 그 때문에 이 책은 오성적인, 또는 이성적인 말로선 도저히 파악할 수 없는 일종의 무한한 것을 품고 있다.[18]

형성의 원리

『빌헬름 마이스터의 연극적 사명』에서 출발하여 『빌헬름 마이스터의 수업시대』와 『빌헬름 마이스터의 편력시대』로 완성되기까지 이 작품에는 작가의 긴 인생 52년의 세월이 그대로 투영되어 있다. 당연히 그 안에는 작가가 긴 생애 동안에 체험했던 인생의 전 체험과 깨달음이 녹아 있다. 빌헬름이 완전한 인간성의 구현을 위해 끊임없이 발전해 가는 형성의 단계들은 작가 자신의 내면적 경험이자 내면적 풍경을 형성한다. 괴테는 세계와 인간들을 자기 안에 끌어들여 그들을 자신의 독특한 생활방식으로 발전시키는 것이다.

모든 사건은 주인공 빌헬름의 형성을 위해 집중된다. 빌헬름의 생의 과정은 확실한 생의 조직을 알지 못하는 인생의 수업기이다. 빌헬름이 부딪치는 많은 사건과 인물들, 많은 경험과 넓은 시야, 그리고 형태의 다양함은 수업기 자체로서의 인생의 과정에 필요 불가결한 요소들이다. 그리하여 주인공의 긴 체험의 과정에서, 사상발전의 과정에서 주인공의 형성에 필요한 오류와 혼란은 필요 불가결한 원리가 된다. 마치 인간의 전 인생의 과정에서 도전과 응전, 계획과 실천, 시행착오와 성취의 장면들이 수 없이 되풀이 되듯이, 그리고 마침내 어떤 형성의 순간을 맞이하듯이 '수업시대'와 '편력시대'는 이러한 형성의 과정을 의미한다. 『파우스트』에서 괴테가 피력했던 원리, 즉 '인간은 노력하는 한 방황하고, 방황하지 않으면 오성에 도달할 수 없다'는 중심사상이 이 작품에서도 똑같이 형성의 원리로 작용하고 있다.

낭만적 본질 : 낭만주의적 색채

논리적 의미에서 전혀 죄가 없는데도 인간과 단절되어 멸망해 가는 격렬한 운명이 있다는 것을 미뇽과 하프너가 증명해 준다. 하프너는 부친의 강요로 신부수업을 받고 있었다. 그러나 그는 스페라타를 사랑함으로써 신에 대한 광신과 육체적인 감동 사이에서 방황한다. 사랑에 빠진 그는 그녀가 자신의 아버지의 실수로 태어난 자기 누이라는 것을 알고 죄악의 운명에로 얽혀든다. 절망과 후회 속에서 비참한 방황을 하며 신의 벌에 대한 공포 속에서 그는 신을 외면하고 얼음같이 차디찬 고독 속으로 빠져든다.

눈물에 젖은 빵을 먹어보지 못하고,
근심에 찬 여러 밤을
울면서 지새워 보지 못한 사람은
그대들을 알지 못 하리, 천상의 힘들이여!
우리 인간들을 삶으로 인도하는 그대들,

이 가난한 사람을 죄인으로 만들어 놓고
게다가 또 괴로움에 시달리게 하는구나!
그래, 모든 죄는 이 지상에서 업보를 치러야지![19]

"하프너는 현대적으로 표현하면 종교나 그것의 윤리도 그에게 출구가 될 수 없는 한계상황에 처해 있다. 또한 인간적인 힘에서 나온 그의 노래나 빌헬름의 친절한 관심도 그가 처해 있는 어둠을 밝힐 순 없다."[20] 단지 은총만이 출구를 못 찾는 고독에서 그를 헤어날 수 있게 한다. 작가는 하프너를 의사의 진지한 노력으로도 치유할 수 없는 광증에 빠뜨린다. 인생에 대한 불안의 광증은 그를 자살로 몰고 간다. 하프너의 죽음은 죄 없이 죄가 되는 자의 벌이 아니라, 그것은 그의 구제다.

자기들이 이복 남매지간이라는 것을 알았을 때 스페라타는 실신하고 이성을 잃는다. 그녀는 낭만적인 바닷가 어느 섬에 유폐되어 지옥의 공포에 떨다 죽고, 아이는 다른 사람에게 맡겨진다. 미뇽은 곡마단에 유괴되어 피눈물 나는 곡예를 강요받고 곡마사들의 거짓된 세계에 대한 증오와 인간에 대한 깊은 불신을 갖는다. 그때 빌헬름이 그녀를 사서 자유롭게 해준다. 그녀는 고상하고 선량한 인간 빌헬름에게 말없이 헌신적으로 감사하는 마음으로 봉사한다. 그녀는 빌헬름을 아버지라 믿고, 그의 아이가 되고 싶다.

길게 땋아 내린 검정 곱슬머리와 부드럽고 고상한 몸매가 묘한 매력을 풍기는 미뇽은 태어날 때부터 죄가 지워지고 병약하고 신경질적이고 예민하다. 미뇽은 자기 자신을 마치 날개가 잘려진 한 마리의 새처럼 느끼고 있다. 높은 곳으로 날아갈 수도 없고, 또 가정의 영역에 만족할 수도 없다. 다만 노래 속에서만 이야기 한다. 그리

하여 빌헬름이 그녀를 떠나 빈들거리는 생활에서 벗어나 고향으로
돌아가려 할 때 그녀는 비 오듯 쏟아지는 눈물을 감추지 못하며
노래한다.

당신은 아시나요, 저 레몬 꽃 피는 나라를?
그늘진 잎 속에서 금빛 오렌지 빛나고
푸른 하늘에선 부드러운 바람 불어오며
협죽도는 고요히, 월계수는 드높이 서있는
그 나라를 아시나요?
그 곳으로! 그 곳으로
가고 싶어요, 당신과 함께, 오 내 사랑이여![21]

빌헬름의 부드러운 마음은 미뇽의 고통스런 표현에 마음이 에이
는 듯 아팠고, 그는 그녀를 버리지 않고 아버지가 될 것을 맹세한
다. "그녀의 고뇌는 동경이다. 레몬 꽃 활짝 핀 잃어버린 고향에 대
한 동경이며, 빌헬름의 애정 안에서 구제를 갈구하는 동경이다. 그
고향은 어린 시절의 잃어버린 천국과 일치하고 있다."[22] 외부세계
와 접촉하지 않고 내적으로만 고독하게 살아가는 미뇽은 무한자
에 대한 커다란 동경, 즉 유일한 최고의 것에다 모든 것을 거는 동
경을 갖고 있다. 그가 천진하게 사랑한 빌헬름에 대한 동경은 그와
의 이별에 대한 불안을 낳는다. 그리하여 테레제가 빌헬름의 신부
로서 그의 팔에 안기는 순간에 그녀의 심장은 멈춘다. 즉 죽음으
로 무한한 사랑에 이르는 것이다.

하프녀의 운명과 결부된 미뇽은 태어날 때부터 이미 비극적 운명
의 무거운 그림자에 덮여 있다. 미뇽은 낭만적이며 신비스런 존재이

다. 미뇽의 세계는 "비극, 마성, 동시에 최고의 시적 세계"이며 낭만적 본질을 드러낸다. 낭만주의의 색채를 선취하고 있다.

자기구현의 현실로서의 여성상

빌헬름의 형성단계에서 가장 큰 자극과 계기가 되며 무거운 비중을 차지하는 경험은 여성과의 경험이다. 독일에서는 고대에서부터 여성을 숭배하고 신성시하는 전통이 있으며, 여성은 신통력 또는 자연과의 친화력이 있다고 믿어 왔다. "독일 낭만주의적 철학자 리터(Ritter)는 자연에의 근접과 자연의 힘이 여자에게 어울리는 특성이라고 보았다. '여자란 대지의 연속이다. 남자는 대지 위의 이방인이지만, 여자는 대지 위의 토착인이다. 여자를 존경한다는 것은 남자의 할 일이다. 사람들은 대지를 사랑하며 대지는 다시 여자를 통해 우리들을 사랑한다.' 여기서 대지란 곧 자연이며 자연은 곧 신적인 것이다."[★23]

여인들과의 만남은 빌헬름의 발전에 큰 핵을 이루고 있다. 인생의 첫 단계에서 만나는 마리안네는 아직 세상을 모르는 철부지 빌헬름에게 꿈과 이상이 되나 현실의 가상과 허망을 안겨다 준다. 필리네는 관능적이며 경박하나 비이기적 천성은 인생의 미덕을 보여 준다. 미뇽은 세상의 온갖 가상과 허위와는 대치해 살며 무한자에 대한 동경에 살기 때문에 빌헬름에게 현실적인 질서를 줄 수가 없다. 백작부인은 빌헬름으로 하여금 상류사회의 본질에 접근할 수 있는 가능성의 폭을 시사한다. 아우렐리에는 고집스런 자기 표상 속에 살고 있으나 그녀의 도덕적인 결백성은 빌헬름을 보다 높은 정신의 세계로 몰고 간다.

빌헬름은 우연히 아우렐리에의 편협한 마음을 순화시키기 위해

의사로부터 주어진 수기 〈아름다운 영혼의 고백〉을 읽게 된다. 그 수기는 신을 향한 내면적 추구의 생활로 모든 현실적 가상과 외부적 쾌락을 수용하지 않는 경건한 신앙녀의 고백이다. 빌헬름은 이 수기에서 많은 감동을 받고 자신의 내면을 들여다보게 된다. 아무런 목적도, 그에 대한 추구도 없이 주위상황에 휘말려 이리저리 방황했던 여태까지의 모든 세계와 결별하고 새로운 이상의 세계로 들어가게 된다. 거기에는 목표가 분명하고 그에 합당한 행동을 추구해 가는 이상주의자들이 열심히 활동하고 있다.

이 세계에서 빌헬름은 맨 먼저 테레제를 만나게 되어 그녀의 분명한 이성과 명확한 행동에 경탄하며 그녀에게 구혼한다. 자기의 아이와 가정을 위한 조력자로서 그녀를 필요로 한다. 그러나 테레제에게는 올바른 행동만이 있을 뿐이지 내면세계가 없다. '아름다운 영혼'이 명상적이며 비활동적이라면 테레제는 비명상적이며 행동에 투철한 여자다.

이러한 두 여인의 종합으로 나탈리에가 등장한다. 나탈리에는 내면성과 행동을 사랑으로써 교묘히 조화시키며 자아와 타자를 포괄하는 인류애를 구현하고 있다. 빌헬름은 나탈리에를 보는 순간 테레제에 대한 사랑이 오류라는 것을 인식하게 되며 마침내 그녀와 결합을 이룬다. 나탈리에는 "외적으로나 내적으로 완전한 인간이며 도덕적인 선의 힘을 선천적으로 타고난 인간이다. 그녀의 힘은 이성의 힘이 아니라 사회와 인간에서 나타나는 모든 제한을 극복해 버리는 사랑의 힘이며 동시에 어떠한 동요도 불안도 불확실도 모른 천성이다."[★24] 주인공 빌헬름은 나탈리에의 모습을 통해 비로소 전 세계의 일원이 되어 고상한 이념을 실현할 준비를 갖춘 완전한 인격으로 형성된다.

빌헬름이 완전한 인간으로 성숙하기까지에는 여성 체험의 면에서도 많은 오류와 혼란이 필연적으로 수반된다. 궁극의 목표인 나탈리에에 이르기까지에는 많은 이름의 여성들을 거치게 되는 것이다. 이것은 곧 빌헬름의 필요불가결한 형성의 원리가 되며, 괴테 특유의 여성체험의 방식과도 일치한다. 실제로 괴테는 여인들에게서 애정뿐만 아니라 자신의 내적세계의 발전을 위한 근원적 힘을 탈취한다. 그것은 곧 괴테 자신의 무한한 인간성의 완성을 위한 천성의 요구이며 동시에 무한한 창작의 샘인 것이다. "'괴테는 그의 이상과 이념을 단지 여성의 형태 하에서만 구상할 수 있다는 점에 그의 정신의 독특함이 있다'고 한 군돌프 문학사가의 말대로 괴테에 있어서 여성이란 각 존재의 단계마다 자기구현을 위한 인간적인 현실일 뿐만 아니라 남성의 구제를 가져오는 '영원한 여성적인 것'으로 승화되기도 한다."★25)

『아름다운 영혼의 고백』

총 11권으로 되어 있는 이 책 중 제6권의 표제인 '아름다운 영혼의 고백'은 문자 그대로 영혼이 아름다운 종교적인 여인 필리스의 순결하고 경건한 마음의 자세를 그린 수기형식의 글이다. 괴롭고 지쳐 있는 주인공 빌헬름은 그녀의 수기를 읽음으로써 인내와 평화, 희망과 신뢰심을 불어넣어주는 천국의 공기를 느끼고, 고상하고 경건한 존재를 체험한다. 교양 있는 귀족가문의 출신 '아름다운 영혼'은 어린 시절부터 병상에 누운 이래 오로지 마음속에 神을 영접하고 신과 함께 생활하며, 인간적 잡음에 구애되지 않는 행동과 성격을 보여준다. 괴테는 이 여인상을 통해 조화와 균형을 갖추어 언제나 절대선을 추구하는 덕성, 즉 "건전하고도 아름답고 또 착한

품성의 마음씨, 혹은 영혼"(플라톤)을 그린다. 여기에서부터 '아름다운 영혼'이라는 고전주의적 인간상의 개념이 차용되었다.

그녀는 고아와 병든 자와 장애자들을 보살피며 자신의 사랑과 결혼에도 하나님의 자녀로서의 행동을 잃지 않기 때문에 멋져 보이는 두 남자와도 파혼에 이른다. 종교적 신념을 위해 끝내 어떤 인간적인 것과도 타협하지 않고 자신의 신앙적 삶의 태도를 지키며 오로지 영혼의 청순과 평화만을 간직하고 죽는 아름다운 여인의 모습은 절대적인 도덕성의 법칙을 요구했던 그 시대의 패러다임의 산물이다. 괴테는 "아름다운 영혼'을 완전성에 이른 평온한 영혼으로 묘사하고, 모든 외적 추구와 다툼을 지양하고 의지와 필연, 성향과 의무를 통일시키는 자아완성의 상태로 제시한다."[★26)]

세상을 파악하는 데는 인간의 경험영역만으로는 족하지 않다. 인간의 능력만으로는 인간의 내적인격의 형성을 도울 수 없고, 신의 형성능력이 필요하다. 필리스에게 나타난 삶의 척도는 그 사회와 자기착각에 빠져 있는 보통의 사람에게 나타나는 척도와는 다르다. 모든 가치는 인간과 관계한 것이 아니라 신과 관계한다. 부귀영화와 출세와 경제의 척도만으로 삶의 질을 평가하는 변화된 이 시대에도 '아름다운 영혼'의 순수한 천성은 우리에게 영혼의 쾌활함과 평화와 인내와 신뢰심을 불어넣어 준다.

고전주의(1786~1805)의 인간상 : 아름다운 영혼

고전적이라는 말은 무언가 특별하고, 모범적이고, 표준적이고, 일회적인 것이라는 의미로 최고의 요구에 상응하는 것이다. 따라서 고전주의는 조화, 균형, 절도의 정신인 고대의 모방을 의미하고, 제1급의 작품성, 또는 제1급의 시민성을 의미하기도 한다. 그리고 '고전주의 시대'라는 개념은 특히 모범적이고 표준적인 것과 뛰어난 가치가 있는 것을 창조한 시기로 해석될 수 있으므로, 각 민족 문학이 최고의 융성기에 도달한 시대를 일컫기도 한다. 따라서 고전주의자는 작품의 완벽성 때문에 후세에도 잊혀 지지 않는 작가를 뜻한다.[*27]

독일 고전주의는 고대정신과 르네상스를 모방하려는 시도와 독일적이고 기독교적 특징의 기반 위에서 꽃을 활짝 피웠다. 따라서 독일 고전주의는 ① 인본주의적 조화·균형·절도의 정신, ② 독일적·질풍노도적 주관성과 감정의 내면화, ③ 기독교적 윤리성이라는 세 가지 정신적 토대위에서 피어난 '아름다운 영혼'의 구현이다. "이러한 정신을 기반으로 해서 발달한 고전주의의 인간상은 자유와 인류애의 정신을 추구하며 신에 닮아 감을 이상으로 하는, 살아 있는 존재들 중 최고의 존재, 즉 '아름다운 영혼'으로 나타난다. '아름다운 영혼'은 '인자, 비이기적 사랑, 창조적인 에로스'로 대변되는 깨끗한 인간성과 내면적 도덕성을 추구하는 존재를 말하는 것이다."[*28]

『빌헬름 마이스터의 수업시대』의 제6권 〈아름다운 영혼의 고백〉에서 나온 이 말 '아름다운 영혼'은 인간적으로 완성된 인간의 심성, 혹은 마음씨를 말하며, 우리 인간이 지향해야 할 최고의 이상을 의미한다. 그래서 많은 작가들이 작품 가운데서 주인공에게 구현시키고자 꿈꾸는 가장 완벽한 이상의 인물상인 것이다. "'아름다운 영혼'이란 명칭은 모든 목적이 통일되고 근원적으로 창조적이며 초지상적인 형식인, 칸트 이후의 가장 숭고한 인자를 의미한다. 이러한 인자는 괴로움을 당하고 위험에 처해 있는 피조물에 대한 보편적이고 비이기적인 사랑, 보다 높은 사랑의 형식을 내포한다."★29)

괴테는 이 작품에서 완벽한 삶의 법칙과 도덕성의 법칙을 구현시키고자 애썼다. 괴테는 1786년 이탈리아로 여행을 떠남으로써 고전주의의 시작을 알린다. 1년 9개월여의 여행 중 남부 유럽 예술품에서 감명 받았던 인상, 즉 고대적 정신인 조화와 균형, 절도의 정신을 괴테는 인간 내면성의 최고의 이상으로 하여 많은 작품들을 창작해 냄으로써 고전주의적 이상을 제시했던 것이다.

✠ 〔인류의 보편적 이상〕 미주

1) Friedrich Schiller, Wilhelm Tell. Bibliothek der Erstausgaben. Hrsg, von Joseph Kiermeier-Debre. dtv, 1998, pp. 82~83.

2) Ibid., p. 38.

3) Ibid., pp. 162~163.

4) Ibid., p. 132.

5) Ibid., p. 91.

6) Ibid., p. 214.

7) 요한 볼프강 본 괴테, 이인웅 옮김, 『파우스트』, 문학동네, 2006, 14쪽.

8) 위의 책, 50쪽.

9) 위의 책, 138쪽.

10) 위의 책, 138쪽.

11) 위의 책, 362쪽.

12) 위의 책, 364쪽.

13) 위의 책, 365~366쪽.

14) 위의 책, 365쪽.

15) 이인웅 엮음, 『파우스트 그는 누구인가?』, 문학동네, 2006, 131~132쪽 참조.

16) 위의 책, 23쪽 참조.

17) Glaser · Lehmann · Lubo, Wege der deut, Literatur, p. 135.

18) 박찬기, 『독일문학사』, 178쪽 재인용.

19) 괴테, 안삼환 옮김, 『빌헬름 마이스터의 수업시대』, 민음사, 1997, 181쪽.

20) Karl Brinkmann, Erläuterungen zu Goethes Wilhelm Meisters Lehrjahre, p. 102.

21) 괴테, 안삼환 옮김, 『빌헬름 마이스터의 수업시대』, 196쪽.

22) 김정자, 「<Wilhelm Meister 의 수업시대>를 중심으로 한 괴테의 여인상 연구」, 한국외국어대학교 석사논문, 1974, 81쪽 재인용.

23) 위의 논문, 7쪽 재인용.

24) 위의 논문, 110~111쪽.

25) 위의 논문, 4~5쪽.

26) 위의 논문, 103쪽 재인용.

27) Glaser · Lehmann · Lubo, Wege der deut, Literatur, p. 121.

28) Ibid., p. 194.

29) Karl Brinkmann, Erläuterungen zu Goethes Wilhelm Meisters Lehrjahre. 3. Aufl., Hollfeld/obfr. o.J.(=Wilhelm Konigs Erläuterungen zu den Klassikern Bd. 226/227), p. 75.

Part 06

낭만적
개성의 창조

✻ 브론테 자매들의 고향, 히스 꽃의 향기

샬로트(1816~1855), 에밀리(1818~1848), 그리고 앤(1820~1849)은 브론테 가정의 세 자매이다. 그들은 나란히 영국 문학사에서 비슷하게 특별한 위치를 차지하고 있는 드문 예를 이룬다.

아버지 브론테 목사는 아일랜드에서 태어나 갖은 고생 끝에 영국으로 건너와 케임브리지 대학에서 공부한 후 영국의 벽촌인 하워스 지방에 정착하여 평생을 목사로서 일했다. 아내가 일찍 죽고 두 딸들도 어려서 죽고, 남겨진 아들 하나와 세 딸들을 홀로 길러냈다. 샬로트는 그 중에서 큰딸이었다. 남동생도 일찍 죽고, 에밀리도 30세에 죽고, 앤도 29세에 벌써 죽고, 샬로트 만이 그나마 오래 살아 39세에 죽게 된다.★1)

오직 그들의 아버지만이 84세까지 오래 살아 고향의 교회를 지켰으니 그 외로움과 고통은 어떠했을까? 우울하고 경건한 이 목사는 아이들에게 충분한 애정을 주지 못했으며, 따라서 비좁고 답답한 목사관의 자매들은 오직 날마다 집 근처 야산을 헤매는 일이 유일한 낙이었다. 그들은 자신들의 넘치는 끼를 주체하지 못하고 온 산야를 헤매었다. 집 주위에 펼쳐진 야산과 언덕과 구릉의 초원지대를 뛰어다니는 재미와 문학에 대한 비상한 흥미는 그들의 삶을 지켜주는 든든한 버팀목이었다. 목사 자녀들을 위한 기숙학교에 다녔고, 벨기에에서 불어를 공부하기 위해 잠시 체류한 것 외에는 고향을 떠나 본 적이 없는 그들에게 하워스 고향 마을의 산과 들은 그들의 문학적 감수성과 환상을 자극하는 근원이었던 것이다.

"모든 세상에서 숨어 끝없이 펼쳐지는 황무지, 찬란한 하늘과 빛나는 태양밖에 보이지 않았다."(폭풍의 언덕)

에밀리가 묘사한 대로 그들의 고향 하워스는 욕크셔 지방의 아름다운 고원지대이다. 하워스 마을 뒤쪽으로 이어지는 낮은 언덕과 계곡과 초지들, 그 위에서 한가로이 노니는 작은 돼지와 양떼와 들소들. 초지를 경계 짓는 낮은 나무 울타리와 돌담들, 그리고 무한히 펼쳐지는 키 작은 관목들, 히스나무와 풀꽃들이 한데 어우러진 풀냄새 짙은 황무지이다. 황무지, 황야하면 모래가루 휘날리고 나무라곤 거의 없는 땅에 아무것도 살 수 없을 것 같은 그런 땅을 연상하면 틀린 일이다. 얼어붙은 땅에서도 히스꽃은 피어나고 라일락 향기 가득할 수 있다. 목사관에서 10km쯤 떨어진 언덕위에 그 집은 하늘과 맞닿아 있다. 탑 위덴즈라 불리는 쓰러져 가는 집, 그곳까지 매일 쏘다니면서 에밀리는 자연을 닮은 순수한 열정과 폭

낭만적 개성의 창조

풍을 닮은 격렬한 애정을 꿈꾸었던 것 같다. 드디어 어떤 것에도 구애받지 않고 문명의 때를 벗어던진 야성의 사나이 히스크리프와 강인한 감성의 여인 캐서린을 만들어 냈다.

세 자매는 공동의 시집을 펴낸 이 후 1847년 같은 해에 『제인 에어』, 『폭풍의 언덕』, 『아그네스 그레이』를 각각 "커러, 엘리스, 액튼 벨"이라는 익명으로 출판했다. 이 출판은 대단히 성공적이어서 전국 각지에서 이 남자들(남자 이름)을 보기 위해 하워스로 몰려왔다고 한다. 연약한 세 자매들에게서 쏟아져 나오는 강렬한 열정과 함께 그 뒤에 숨겨져 있는 맑은 이지와 강인함, 이런 것들은 국내외에 커다란 반향을 불러일으켰고, 독자들에게 큰 감동이었다.

브론테 자매들은 일생 하워스 마을과 그 너머 작은 언덕들, 구릉들, 키 작은 히스나무, 억새풀 우거진 늪지대 요크지방을 떠난 적이 없었다. 세 자매가 모두 이른 나이에 죽기도 했지만, 19세기 초반 여성들에게는 먼 곳으로의 나들이는 생각지도 못했었다. 단지 앤 브론테만은 스카보로우 지방을 동경하고 좋아하여 그곳에서 살다가 죽었고 그곳에 무덤이 있다. 그 밖의 브론테 가정의 온 식구들은 일생 살았던 그들의 가정 목사관과 교회의 정원에 묻혀 있다. 브론테 자매들은 예술적 재주가 많아서 바느질, 그림그리기, 피아노 등에 탁월한 솜씨를 발휘했다. 하나뿐인 아들 브라넬은 화가였고, 비좁은 지방에서 음주와 연애로 자신을 괴롭히다 끝내 자살하고 말았다.

브론테 자매들은 똘똘 뭉쳐 매일 인근 마을이나 산야를 헤매며 먼 나라, 상상의 세계에 불을 지폈으리라. 그들은 해가 지는 줄 모르고 히스나무 숲속이나 물줄기가 흐르는 계곡의 다리에 앉아 이야기꽃을 피우거나 혼자 상상의 날개를 폈으리라. 고집 세고 감성에 충실한 캐서린은 곧 에밀리 브론테 자신이었다. 에밀리는 폭풍의 언덕을 돌진하며 자신의 한과 꿈과 열정을 삭이었으며, 인근 마을 섬유공장 아저씨에게 동화나 이야기를 들으려 자주 놀러 왔다고 한다. 언니로서의 늠름한 모습이 작품 속에서도 그대로 드러나는 제인 에어가 곧 샬로트 브론테 자신이라고 생각한다면, 샬로트는 식구들을 위해 가사를 챙기고 이웃사람들에게 동정과 봉사의 활동을 했을 것이다. 그녀의 행위와 생각들은 좀 더 높은 이념들을 위해 꿋꿋하고 온당한 생각으로 가득했을 것이다.

활동적 자아와 사회적 자아가 분명했던 제인 에어는 우리의 어린 시절에 멋있는 선진 여성의 타입이었다. 그러나 이제 영원불멸의 원초적 감성과 순수한 자연의 정열을 위해 모든 것을 뛰어넘는 캐시의 눈부신 사랑과 히스크립의 지고지순한 감성의 충만함, 이것들이 더 맘에 와 닿는다. 어쩌면 우리들이 상실해 버린, 영원히 불가능한, 그러나 갈망하고 있는 근원적인 애정의 모랄을 제시해 준 에밀리 브론테의 폭풍의 언덕에 서서 우리는 마음속으로 눈물을 흘렸다. 그때처럼 눈보라가 치거나 비바람 몰아치는, 그 음산하고 굉음처럼 몰아대는 바람과 폭풍의 언덕은 아니었지만, 삼월 말의 따뜻하고 바람도 없고 비도 없는 유례없이 따뜻하다는 봄 언덕에 올라 우리는 난데없이 가슴 시리게 눈부시게 아름다운 인간 감정의 폭과 깊이를 가늠하는 것이었다.

도덕성과 허위와 치장을 벗어 던지고 하늘과 맞닿을 듯 높은 비탈 위에 소박하게 서 있는 폭풍의 언덕, 그리고 청춘의 언덕을 지나 높지 않고 둥그스름한 히스 언덕들을 몇 개나 지나고 또 마을을 지나면 제인 에어의 장원, 폐허가 되어 버린 저택의 와이칼라 홀에 이른다. 조그만 시내가 앞으로 흐르고 뒤로는 넓은 초지들, 앞으로 올려다 보이는 언덕배기 산중턱, 그 사이에 거무튀튀한 장원은 웅장했을 예전의 위용을 가늠시키며 허허롭게 서 있다. 어쩌다 젊은 날의 바람기로 태어난 딸을 데리고 이 별장에서 살았을 로체스터씨, 고독하고 못생긴 이상한 분위기의 그를 이해하고 사랑한 제인 에어, 결혼식을 앞두고 그러나 숨겨져 있는 로체스터 부인의 발광으로 집안이 불타게 됨으로써 그 정체를 깨닫고 바깥세상으로 떠나가는 제인 에어, 훌륭한 일자리와 구혼자가 생겼어도 로체스터를 다시 찾아 돌아오는 제인 에어, 순수한 사랑에의 충성이 가슴을 미어지게 한다.

부인이 불 지른 집터에 뎅그렇게 앉아서 제인 에어를 쳐다보는 로체스터의 눈이 멀어 있었던가? 제인 에어의 발소리만 듣고도 그녀를 인식한 로체스터도 분명 제인 에어를 영혼 끝까지 사랑했음에 틀림없다. 결국 에밀리의 캐서린이 보여주는 사랑과 정열의 집념은 샬로트의 제인이 보여주는 사랑의 완성과 충성을 통해 보다 성숙한 인간성의 세계에로 들어간다. '제인 에어'가 현실에 대한 사랑의 실현을 표현한다면, '폭풍의 언덕'은 순수하고 정열적인 감성에 충실함을 그린 소설이라고 할까 싶다.

✻ 격렬한 애증과 자유분방한 감성

✻✻ 『폭풍의 언덕』

　동생 에밀리 브론테가 쓴 『폭풍의 언덕』(1847)은 내면성과 애증의
표현이 극치에 달해있다. 악마 같이 강력하고 고집스런 성격묘사는
그들 일가에 끊임없이 흘러내린 거침없는 애증의 역사를 드러낸다.
히스클리프는 고아이며 캐서린의 아버지가 타지에서 주워와 기른
아이이다. 격렬한 성격의 히스크리프와 자유분방하고 순수한 감성
의 캐서린은 이웃 마을과 멀리 떨어져 있는, 폭풍우 몰아치고 히스
냄새 흩날리는 폭풍의 언덕 위의 호젓한 농장에서 함께 자라면서
서로 사랑한다.
　너무도 싱그럽고 순박하지만 외지고 쓸쓸한 언덕배기의 삶에서
부터 벗어나고픈 욕망을 느끼며 캐서린은 아랫마을 부잣집 도련님
에게 시집을 간다. 언덕과 계곡과 황무지로 구분되어 평지에 있는
저 먼 세계, 아랫마을은 캐서린에게 새로운 세상이고 넓은 세상이

다. 광활하고 부유한 세계에 대한 동경에서 출발한 그녀의 기대와 환상은 그러나 시집가자마자 곧 깨어져 버린다. 형식에 얽매이고 답답한 시댁 사람들의 비좁은 인간성에서 캐서린은 도망가고 싶다. 캐서린의 결혼으로 상심한 히스크리프는 자취를 감추었다가 한참 후에 큰 부자가 되어 이곳으로 되돌아온다. 캐서린을 다시 찾기 위해서였을 것이다. 아이를 낳은 후 병약해진 캐서린은 히스크리프를 만나며 숨통이 터지는 생명력과 자연에 대한 갈망을 느끼지만 이미 부질없다.

[캐서린] 아, 저 바람을 쐬게 해주세요. 황야를 건너 똑바로 불어오는 바람. 저 바람을 하다못해 한숨이라도 마시게 해주세요. 저 언덕에 피어 있는 히스 속으로 뛰어들면 저는 꼭 되살아날 거예요. 다시 한번 들창을 활짝 열어 주세요.

황야에 휘몰아치는 폭풍을 닮은 히스클리프의 격렬한 애증, 캐서린의 자유분방함과 순수한 감성은 부유함이나 형식에 얽매인 인간상에 대한 경멸감과 메스꺼움을 반영한다. 숨 막히게 옭아매는 답답한 부자들에 대해 환멸을 느끼는 캐서린의 감성과 지성은 야성적 자연과 닮아 있고 한줄기 소나기처럼, 폭우가 지나간 다음의 파란 하늘처럼 신선하고 시원하다. 또한 히스크리프의 집요하고 격렬하고 잔인한 사랑의 야성은 문명에 길들여지지 않은 인간의 악마적 본성과 섬뜩하게 닮아 있다. 그럼에도 복수의 야성은 사라지고 순수하고 애절한 사랑의 원형으로 각인됨은 인간 존재의 근원적이고 본능적인 정열을 비극적으로 구현시키기 때문이다.

휘몰아치는 폭풍과 히스 냄새와 히스크리프와 캐서린은 모두가

다 자연의 산물이다. 물질적 결혼에 파멸을 선언하고 현실을 벗어난 근원적이고 본능적인 사랑은 현실과 천상세계의 결합을 꿈꿀 수밖에 없다. 즉 죽음에로의 진입이다.

[히스크리프] 캐서린, 당신은 내가 당신을 죽였다고 했소. 그렇다면 유령이 되어 나타나오. 살해당한 자는 반드시 죽인 자에게 유령으로 나타난다고 하지 않소. 언제나 내 곁에 있어 줘요. 차라리 나를 미치게 해줘요. 당신 없는 이 세상에 혼자 내버려지는 일만은 없게 해줘요. 내 생명과 같은 당신 없이는 세상을 살아갈 수 없소.

이 작품이 씌어진 시기는 영국 빅토리아조 문학의 시대로 바야흐로 사실주의가 꽃을 피우기 시작하는 시점이다. 19세기 후반부터 20세기 초까지의 사실주의 문학의 시대는 실증의 시대라고 불릴 만큼 상공업이 발달하고 물질만능의 풍조에 영혼이 매몰되어 가는 고도의 산업사회로 진입하는 시기이다. 이 시대에 아직도 꿈과 낭만과 영혼에 대한 신뢰와 인간 감정의 무한한 깊이를 추구하는 에밀리 브론테의 감성은 고도의 낭만성을 드러낸다. 인간의 마성과 인간 존재의 근원적 정열의 비극적 구현은 그 당시 사실주의 문학의 시대에도 여전히 유효한 낭만주의적 색채이다. 언어적 묘사와 표현에 있어서의 사실주의와 내면과 감정의 깊이를 추구하는 낭만주의가 잘 어우러진 작품이다.

✽ 평범한 인물의
강인하고 특별한 개성

✽✽『제인 에어』

　　1847년 출판된 『제인 에어』는 작가 자신의 실제 경험에서 얻어진 이야기다. 이 작품의 무대가 된 와이컬러 홀은 작가의 고향마을 하워스에서 10킬로 정도는 떨어져 있고, 히스 언덕과 황무지를 빙둘러서 브론테 가정으로 돌아오는 길목이기도하다. 남아 있는 형체가 너무 웅장해 한때는 거대한 저택이었음을 짐작케 한다. 어느 날 활활 불타버린 텅 빈 저택 앞에서 샬로트는 그녀의 문학적 상상력을 통해 이곳을 생생한 문학의 무대로 만들었다. 작은 돼지와 양떼와 들소들, 초지를 경계 짓는 나지막한 돌담들과 나무 울타리들, 졸졸 흘러가는 맑은 시냇물, 3월 말의 따사한 햇볕아래 로체스터 아저씨의 벤치는 아직도 여전히 온기가 느껴졌다. 벽들만 남아 있는 부서진 건물이 이제 로체스터 가정의 파티와 넓은 홀과 주방과 하인들, 그리고 다락방의 미친 여자까지 살아 있는 환상을 느끼며,

오랜만에 돌아오는 로체스터 아저씨를 기다리는 제인의 모습으로 벤치에 오래 앉아 있었다.

빅토리아 시대의 작가들은 대부분 그들 주인공을 미남 미녀와 용감한 존재 등으로 묘사하는 경향이었다. 그러나 브론테 자매의 맏언니인 샬로트 브론테는 그의 인물을 아주 평범한 인물이자 못생긴 모습으로 묘사했다. 하지만 외관상의 불쾌와 추악함은 인물들의 뚜렷한 개성과 자기 확신으로 인해서 그 빛을 잃어버린다. 못생기고 야성적인 어린 남녀가 서로 만나서 자연과 교감하며 자라고, 서서히 애정과 친밀감으로 유대되는 과정은 관계와 소통의 방식을 우리에게 시사하며 친근감과 매력을 느끼게 한다.

주인공 제인은 고아로서 일찍부터 아주머니 집에 맡겨져서 사촌들과 다투면서 자란다. 제인은 침울하면서도 고집이 세고 겉으로는 온순한 것 같으면서도 내면에는 피 끓는 정열을 지녔다. 강한 의지와 반항적 기질, 파격적 성격을 지닌 제인의 모습은 종래의 순종적이고 수동적인 여성상에서 벗어나 자신의 생각과 행동을 거침없이 표명하는 용기 있는 여성상이다.

[제인] 어떤 것에 대해 미운 마음을 품거나 자기가 억울한 일을 당했다 해서 꼬치꼬치 캐고 들거나 속상해 하면서 세월을 보내기에는 … 우리 인생이 너무 짧아.

제인 에어는 가난과 여성 압박의 시대에 자신의 내면에 귀기울이고 스스로 원하는 것을 실행할 줄 아는 당당한 여인의 모습을 보여준다. 높은 신분의 부유한 사람과의 결혼만이 행복의 유일한 수단이었던 당시의 세계관에서 볼 때 제인 에어는 마음의 진정성과 보람을 찾아 씩씩하게 나서는 당찬 여인이다. 그녀는 현실과 영합하지 않고 남들 앞에서 당당히 자신의 의견을 피력할 줄 안다. 제인은 주체적으로 사고하고 행동하며 자아실현의 의지가 강하다. 남성과 동등해지기 위해서는 주체적 사고와 경제적 독립을 가져야한다고 생각하는 양성적 사고를 가진 여성인 것이다.

[제인] 제가 가난하고 미천하고 얼굴이 못생긴 보잘것없는 여자라고 해서 혼도 감정도 없다고 생각하세요? 잘못 생각했어요. 우리 두 사람은 동등해요.

제인은 세상 개선의 의지가 강한 멋진 남성의 청혼을 물리치고 마음속에서 부르는 영혼의 목소리를 따라 로체스터의 장원으로 돌아온다. 병들고 지친 로체스터의 눈과 손이 되려는 제인 에어의 고집 센 사랑의 순수성은 희생적 사랑이 아니라 사랑의 완성을 표현하며 히스크리프의 마성적 열애의 감정과도 다르지 않다. 눈먼 로체스터의 사랑의 등불이 되는 고집 센 사랑의 순수성은 히스크리프의 거칠지만 강인한 열정과 일치한다.

[제인] 선생님만 반대를 안 하신다면 선생님의 친구가 되어 드리겠어요. 살아 있는 한 저는 선생님 곁을 떠나지 않을 겁니다.

[제인] 희생이라구요? 제가 무슨 희생을 한단 말입니까? 제가 소중하게 생각하는 사람을 껴안고 키스하고, 신뢰하는 그이와 살아가려는 이 특권이 어찌 희생이라고 할 수 있습니까?

✱ 사랑의 방랑과 시대의 아픔

✱✱『겨울나그네』

빌헬름 뮐러의 시와 슈베르트의 가곡

빌헬름 뮐러(1794~1827)는 슈베르트의 연가곡으로 더 알려진 『아름다운 물방앗간의 아가씨』와 『겨울나그네』의 노랫말들을 쓴 시인이다. 『독일인의 사랑』으로 잘 알려진 막스 뮐러는 그의 아들이다. 1821년 어느 날 슈베르트는 한 친구 집을 찾아갔다. 친구는 부재중이었고, 슈베르트는 그 방에서 친구를 기다리는 사이에 우연히 서가에 꽂힌 이 시집을 읽게 되었다. 그는 감흥에 젖어 그 책을 허락도 없이 들고 와서 저녁 내내 콧노래를 부르다가 몇 편의 시들을 악보로 옮겨 작곡하게 되었다는 이야기는 유명하다. 그지없이 순수하고 맑은 민요풍의 시들은 슈베르트를 감동시켰고, 즉흥곡의 대가였던 슈베르트는 그 감흥을 음악으로 옮겨서 전 세계의 젊은이들의 애창곡이 되게 했다.

애절한 사랑의 아픔과 방랑, 그리고 허무적 인생의 방랑을 묘사한 이 시들은 낭만주의적인 사랑의 체념과 시대적 아픔, 그리고 허무주의적 인생관을 표현한다. 이 시들은 슬픔과 몰락의 판타지를 우리 마음속에 불러일으키고, 영원한 뜨내기 인생을 절감케 하는 비극적 환상을 매개한다. 젊은 날에 이러한 비극감에 젖어보지 않은 사람이 어디 있겠는가! 고도의 경쟁시대에, 또 포스트모던 시대에 잘 먹고 잘 살기 바쁘고 사랑보다는 물질과 현실이 더 중요한 이 시대에는 맞지 않을지도 모르지만, 과거의 젊은이들은 다들 인생과 사랑에 대해 이러한 낭패감을 갖고 있었던 것 같다. 말할 것도 없이 과거의 청춘들은 지금보다 더 가난했던 시대에 더 높은 꿈과 자존감과 붙잡을 수 없는 이상에 기대어 살았었다. 그만큼 더 순수하고 자의식이 강했다. 그들은 채워지기 어려운 소망과 양보할 수 없는 자존심, 물질보다는 이상이 더 중요했었기에 항상 허망한 낭만에 기대어 살았는지도 모른다. 낭만주의의 끝자락에서 밀려오는 사실주의의 시대적 아픔을 선취했던 빌헬름 뮐러의 고뇌가 바로 그것이다.

1820년에 완성된 『아름다운 물방앗간의 아가씨』는 총 25편의 시들로 이루어져 있으며, 젊은이의 방랑의 노래로 시작된다. 꿈 많은 젊은 주인공은 물방앗간 견습공 수업을 마친 뒤 일자리를 구하기 위해 이곳저곳 방랑한다. 그는 졸졸 흐르는 시냇물을 따라 걷다가 숲속에서 한 물방앗간을 발견한다. 그는 물방앗간에 일자리를 얻고 아름다운 물방앗간집 딸과 사랑에 빠진다. 그러나 그들의 행복은 오래가지 못한다. 어느 날 갑자기 평화로운 물방앗간에 돈 많은 멋쟁이 사냥꾼이 나타난다. 아가씨는 사냥꾼에게 마음을 빼앗기고, 엄마는 결혼을 이야기한다. 젊은이는 실연의 아픔을 안고 그곳을 떠난다. 1821년에 집필을 시작해서 1824년에 완성한 『겨울나그네』는 『아름다운 물방앗간의 아가씨』의 후속편을 이루는 소위 연작시의 형태를 띠고 있다. 뮐러는 사랑과 인생에 실패하고 시대적 상실감에 절망한 한 나그네가 자아를 상실해 가며 몰락하는 과정을 스토리처럼 연결하여 그리고 있는 것이다.

사랑의 방랑과 시대의 아픔 『겨울나그네』

『겨울나그네』는 총 24편의 시로 이루어졌다. 물방앗간의 아가씨와의 사랑에서 실패한 젊은이는 나그네가 되어 다시 사랑과 고향을 작별한다. 나그네는 애인의 집 옆을 지나며 귀에 익은 개 짖는 소리에 이별을 고하며 먼 곳으로 방황한다. 문 앞에 "안녕(Gute Nacht)"이라고 적어 놓고 자신이 애인을 생각했음을 보아주기를 바라며.

> 나 방랑자 신세로 왔으니,
> 방랑자 신세로 다시 떠나네.
> (…중략…)
> 이제 온 세상은 슬픔으로 가득차고,
> 나의 길에는 눈만 높이 쌓여 있네.
> (…중략…)
> 사랑은 방랑을 좋아해-★2)

방황하는 나그네를 제 품 속으로 다정하게 맞아주는 것은 "낮이고 밤이고 쉬지 않고 방랑만을 생각하는" 졸졸 흐르는 시냇물뿐이다. "자연은 이별의 아픔에 고통 받는 나그네를 받아주는 어머니

같은 존재로 등장한다. 어쩌면 뮐러는 굶주림 속의 끝없는 방랑을 그 시대의 인간의 운명이라고 본 것 같다."[*3] 어린 찌르레기를 길들여 자기 마음을 노래하게 하고, 색색의 토끼풀로 꽃다발을 만들어 그녀의 창가에 놓아두고 싶어 하는 나그네. 눈 쌓인 들판위로 떨어져 내린 눈물은 흘러서 시냇물이 되고, 시냇물은 다시 졸졸 애인이 있는 집까지 흘러가리라. "눈아, 너는 아느냐, 나의 그리움을."(넘쳐 흐르는 눈물) 얼음과 눈을 밟으며 돌멩이에 마구 채이며 다시 한 번 그대 집 앞에 가서 서 있고 싶어 하는 나그네는 회상에 젖고 그리움과 절망에 쌓인다.

바람을 맞으며 하얗게 눈 덮인 겨울 벌판을 정처 없이 헤매는 나그네는 환상과 환청에 젖고 죽음을 향해 걸어간다. 나그네는 폭풍우 속에서 "이곳에서 그대 안식을 찾으리라"는 고향의 보리수의 속삭임을 듣는다. 이 작품의 제5곡 〈보리수〉는 안식의 노래이자 죽음의 노래이다. 어린 시절 즐겨 불렀던 동요였던 이 노래가 사실은 사랑과 희망의 노래가 아니라 죽음의 노래라는 것을 이해할 수 있을 때 진정한 이해의 폭이 넓어질 수 있다. 나를 부르는 곳, 그 그늘아래서 단꿈을 꾸고 가지마다 사랑의 말들을 새겼던 보리수의 속삭임을 폭풍우 속에서 아련히 들으면서 젊은이는 안식을 찾아 걸어가는 것이다.

꿈을 상실하고 사랑을 잃어버린 젊은이, 물가와 들판에 핀 야생화처럼 생기 있고 발랄했던 젊은이가 이제 굶주림과 추위와 절망 속에서 미쳐간다. 결국 "얼어붙은 손가락으로 손풍금을 돌리는, 그의 조그만 접시는 언제나 텅 비어 있는"(거리의 악사) 거지 악사의 모습으로 동일시된 이 나그네는 이제 더 이상 젊지 않다. 방랑자는 휘몰아치는 눈바람 속으로 걸어 들어가는 것이다. 처절한 슬픔과 고통과 쓸쓸함이 전편을 감도는 이 노래들은 과거의 젊음에게는 자신들의 처지를 완화시켜 줄 것 같은 막연한 기대이자 위로였다.

사랑에 실패했다고 해서 나그네는 그렇게 끝까지 처절하도록 비극적으로 인생을 떠도는 것일까? 이것은 그 시대의 정치 사회적 상황과 관계가 있다. 나그네는 사랑의 아픔과 시대의 아픔을 동시에 온 몸으로 절감하는 것이다. 그 당시 온 유럽은 정치적으로 혼란했으며 경제적으로는 가난했었다. 프랑스 혁명의 와중에서 자유와 평등, 박애의 이념은 극대화되었지만, 절대주의 왕정의 부패와 권력의 횡포는 극에 달했으며, 범죄와 가난과 굶주림이 지배했다. 나폴레옹에 대한 해방전쟁에서 승리한 구체제 옹호자들은 오스트리아의 정치가 메테르니히를 중심으로 반동적 복고정치를 실현시킴으로써 유럽에서 진정한 자유와 평등과 인권해방에 대한 꿈들은 사라져갔다.

뮐러는 사랑의 슬픔과 인생의 방랑, 시대의 아픔을 온 몸으로 껴안으며 방황하는 나그네의 모습을 이 시들에서 그린다. 동시에 "절망적인 정치 사회적 현실에서 벗어나 방랑하는 아웃사이더로서의 나그네의 모습"(183쪽)을 표현한다. 개인적인 사랑과 절망이 그 시대의 현실에 대한 아픔과 절망으로 연결되어 죽음으로 도망치는 아웃사이더의 모습을 그리고 있다. 죽음을 동경하는, 안식을 취하고 싶은 몰락한 나그네는 마지막 장면에서 거지 악사가 되어 폭풍우 몰아치는 벌판으로 죽음을 향해 걸어가는 것이다.

뮐러의 대중적 낭만주의

낭만주의는 1805년부터 1830년경까지 독일 문단을 지배했던 문학의 흐름이다. 낭만적(로맨틱)이란 말은 프랑스어 '로망'에서 유래했다. 낭만주의 문학은 라틴어로 씌어진 고전문학에 대해서 로만어로 씌어진 기이하고 공상적인 이야기, 중세기사의 이야기 같은 환상적이고 전설적인 이야기를 주 내용으로 한다. 낭만주의 예술은 사회의 속박과 진부한 사고방식에 대해 반항하고, 개인의 정신적 관심사를 표현하고, 개성, 기분, 환상, 꿈과 같은 마음의 움직임을 중시하며, 영원불멸의 아름다움을 추구한다. 이상의 의미에서 초기 낭만주의는 대체로 "①꿈과 동경과 예감의 신비적인 무한성, ②전통적인 형식과 법칙의 초월(Universal Poesie)을 특징으로 한다. ③강한 개성을 존중하고 개인적 감정과 기분을 중시하며, ④동양 찬미와 먼 지역에 대한 동경, ⑤중세의 기사생활과 신비한 가톨릭 신앙, 그리고 꿈과 낭만의 세계로서 독일의 중세를 동경하게 된다."★4)

낭만주의 작품은 그 내용이 애매모호하고 몽환적이고 현세 부정적이다. 현실초월과 죽음에의 동경, 무용성의 감정, 극도의 철학적 이상과 예술이론 등으로 해서 지나치게 주관적이고 철학적이고 리얼리티가 결여되어 있어 대중의 이해를 어렵게 한 감이 있다. 낭만주의자들은 예술적인 창작을 위한 예술이론의 정립에 몰두함으로써 작품생산 자체보다는 현대 예술에까지 적용되는 예술의 기본명제와 원칙을 세우는데 기여했다. 시기적으로 서로 병행해서 작용했던 고전주의와 낭만주의의 70~80년 동안에는 가장 독일적인 문학형식이 추구되었고, 독일적인 이상주의가 꽃피었다. "독일정신이 가장 순수하고, 가장 완전하게 형성되어졌고, 고전적이고 인도주의적인 인간성의 이념과 낭만적 감정의 깊이가 이때부터 가장 선한 독일적 본질로서 여겨지게 되었다. 고전주의와 낭만주의는 독일 정신사의 정점으로 표시된다. 고전과 낭만의 이 세기는 소위 칸트, 피히테, 셸링, 괴테, 쉴러, 노발리스, 클라이스트, 횔덜린, 아이헨도르프,

그릴파르처, 베토벤, 슈베르트, 슈만, 브람스 등의 세기적 정신에 의해서 형성되었다."[★5]

  이렇듯 독일 정신사의 정점을 이루었던, 난해한 예술이론과 감상과 인식과잉의 시대에 상대적으로 소박하고 사실적인 대중적 낭만주의는 그 시대의 대중들에게 엄청난 호소력을 발휘했다. 뮐러의 시들이 슈베르트에게 그렇게 큰 영감과 감흥을 준 것은 무엇 때문이었을까? "뮐러의 시작품을 연가곡 형태로 두 편이나 작곡한 슈베르트의 혼을 흔든 것은 뮐러의 시가 갖고 있는 민중적인 소박함, 즉 꾸미지 않은 단순함과 감정에 찬 음향의 그림이었다. 그리고 항상 불행하고 고통스런 삶을 살고 있던 슈베르트에게 뮐러의 시들 곳곳에 스며 있는 체념과 허무주의의 인생관이 큰 감명을 주었을 것이다."[★6] 뮐러의 시들에는 처음부터 민요조의 서정시와 음악적인 리듬과 자연의 그림, 마음의 풍경 같은 회화가 그 안에 들어 있다. 이것은 뮐러의 시들이 드러내는 낭만주의적 성격의 반영이다. 즉 서정시와 서사시, 음악과 회화 등의 한계를 벗어나는 종합예술의 경지를 추구하는 것이 낭만주의 특징들 중 하나이기 때문이다.

  뮐러의 시들은 민요조의 아름다운 서정성으로 대중적 인기를 얻었고, 슈베르트 가곡을 통해 더욱 널리 사랑을 받게 되었다. "뮐러는 예술의 역할 중의 하나는 대중에게 많은 호소력을 지님으로써 그들의 생각을 바꾸는 데 있다고 믿었다. 그는 민중의 실상을 있는 그대로 보여주고 그릇된 환상을 깨뜨려 민중의 의식을 일깨우고자 했다. 또한 낭만주의에서 사용하는 미사여구가 진정한 삶을 드러내지 못할 뿐만 아니라 틀에 박힌 언어적 표현은 시적 화자의 마음을 잘 드러내지 못한다고 보았다."[★7] 뮐러의 대중적 낭만주의는 한편으로 많은 독일의 전설과 민요, 동화, 민담 등의 정리와 소개를 통해서 더욱 꽃을 피웠다. 우리가 익히 들어온 그림 형제의 동화는 이 시대의 유산이며, 오늘날까지도 어린이들에게 창의적 사고와 낭만의 이상을 널리 전파하고 있다.

✤ 〔낭만적 개성의 창조〕미주

1) 브론테 자매 문학관 자료집 참조.
2) 빌헬름 뮐러, 김재혁 옮김, 『겨울나그네』, 민음사, 2001, 116~118쪽.
3) 위의 책, 183쪽.
4) 박찬기, 『독일문학사』, 일지사, 1986, 246~247쪽.
5) Glaser · Lehmann · Lubo, Wege der deutschen Literatur, p. 171 참조.
6) 빌헬름 뮐러, 김재혁 옮김, 『겨울나그네』, 179쪽.
7) 위의 책, 183~184쪽.

Part 07

사실주의의
이상과 현실

사실주의 문학의 일반적 특성(이상주의와 비교하여)

1830년 프랑스 혁명과 1848년 독일 혁명을 전환점으로 해서 유럽 문학에서는 낭만적이고 이상적인 경향이 사라지고 현실적이고 사실적인 경향이 대두된다. 기술과 산업화, 돈과 경제, 국가주의와 사회주의의의 새로운 힘들이 새로운 세계상을 불러온 것이다. 정치적으로 구체제가 자유주의와 충돌하고, 마르크스와 엥겔스 등의 반종교적 유물론이 대두되었다. 사실주의 시대는 민주와 자유와 평등의식과 함께 보수와 혁명의식, 진보와 몰락의식이 서로 상충하던 시기이다. 사실과 실용에 기반을 둔 학문적 사유와 국가와 사회, 종교와 인간에 관한 새로운 견해가 동시에 대두된 사실주의 시대의 정신은 고전적 이념이나 낭만주의적 꿈과 환상을 불허한다.

"총체적으로 사실주의는 일종의 '반이상주의'로 이해된다. 다시 말하면 현실 생활에서 폭넓게 동기들과 형식들을 찾아내려는 시도로 이해된다. 이상적인 것은 현실에 상응하지 않기 때문에 이상주의적 미의 규칙들이나 형식들 또한 존재해서는 안 되었기 때문이다. 단순한 것뿐만 아니라 추악한 것까지 관계하는 새로운 생과 체험이 강조된다. 누구나 바라고 예술적으로 나타나는 높고 고상한 것의 자리에 이제 '들판, 가축우리, 방과 부엌, 그리고 곳간' 같은 일상적인 것이 대신하게 된다."★1)

격동하는 세계정세와 암울하고 가난했던 그 당시의 정치, 사회적 제 현상과 관련하여 사실주의 문학은 그 이전의 문학적 특성과 비교하여 볼 때 다음과 같은 두드러진 문학적 특징을 드러냄을 알 수 있다.

①사실주의가 사실성(객관, 자연, 물질)을 중시하는 데 대해 이상주의(관념론)는 주관, 관념, 정신을 중시한다.

②사실주의가 현실을 객관적으로 묘사하는 데 대해 이상주의는 사상, 관념을 미학적으로 형상화시킴으로써 주관이 객관인 물질, 자연을 지배하던 시기이다.

③사실주의는 대중문화의 시대로 소시민적 행복과 가정적 행복을 추구하는 데 대해 이상주의는 미학적, 개성적 이상, 인간성의 완성을 추구한다.

④사실주의는 결함을 지닌 미완성의 인물, 평범한 인물을 주인공으로 하는 데 반해 이상주의는 위대한 인물이 주인공이었던 천재와 거인의 시대이다.

⑤사실주의가 사회적 역사적 인간으로서 몸담고 있는 사회 속에서 고통의 원인을 찾는 데 대해 이상주의는 인간적 완성을 목표로 하는 자신의 의지나 내적 요인에서 고통의 원인을 찾는다.

⑥따라서 사실주의 인물들은 대등한 적수인 개인과 싸우는 것이 아니라, 보이지 않는 적인 사회와 투쟁하고 이데올로기 및 구조적인 모순과 대결한다.

⑦사실주의 시대에는 종래의 시나 희곡이 아닌 소설문학의 융성기를 가져온다.

✻인과응보와 신적 정의의 실현

✻✻『유대인의 너도밤나무』

독일 최고의 여류시인

사실주의 문학의 전환기적 초석을 이룬 『유대인의 너도밤나무』는 드로스테-휠스호프가 1837년 쓰기 시작해서 1841년에 완성을 보았다. 파더본 지방의 유서 깊은 성에서 귀족의 딸로 태어난 드로스테(1797~1848)는 일찍부터 형제들과 함께 가정에서 학문적 교육을 받고 음악적인 천분과 시적인 소질을 나타냈다. 드로스테는 연약하고 매우 조용한 성격으로 결혼도 하지 않고 일생을 보냈으며, 귀족의 성과 고향의 자연에 묻혀 정규교육도 받지 않고 문학적 교류도 없는 고독한 생을 보냈다. "내적 정열과 종교적인 고투, 그리고 새로운 사실성 앞에서 그녀를 지탱해 준 확고한 지주는 전통과 인습에 근거한 그녀의 보수적 성격과 가톨릭 신앙에 기인한다."★2)

대부분의 생애를 그녀는 뮌스터 근교의 휠스호프 성과 어머니의 별장에서 보냈고, 만년에는 보덴 호수의 아름다운 도시 메어스부르크에서 보냈다. 고향의 자연과 고독에 밀접하게 접촉하며 황무지와 숲과 들판을 지나 풍뎅이 집 안에서, 때로는 토담 굴 안에서 자신만의 조그만 세계에 은거하며 그녀는 시간과 공간을 잊어버렸다. 작품들은 일상적이고 근원적인 소박함 가운데 환상적이고 마적인 요소가 그 기저를 이루며, 고향의 자연과 역사와 전설, 그리고 종교적인 체험이 그 안에 융해되어 있다.

사랑과 열정의 좌절

드로스테는 19세기까지의 전통적인 독일문학사에 수록된 거의 유일한 여성작가이다. 그것은 영국과 프랑스에 비해 여성문학의 전통이 짧고 공공연한 여성인식이 거의 없었던 독일의 시대적 상황과 연관된다. 당시의 영국 여성 작가들과는 달리 그녀의 작품에서 뚜렷한 여성성을 인식하기 어려움은 귀족출신으로서의 그녀의 가정환경에 기인한다. 드로스테는 귀족출신으로서 물질적 혜택과 여유를 누렸고, 여성적으로 부당한 대우를 받지 않았기 때문에 여성의식을 작품 속에 형상화할 욕구 같은 것은 없었을 것이었기 때문이다. 오히려 "그녀는 여성이 갖는 한계성을 과감히 떨치고 비여성적, 객관적, 보편적 이념의 추구를 위해 노력함으로써 범인류적 가치체계의 담지자로서 인정을 받을 수 있었다. 그녀는 여성적 자아에 대한 깊은 갈등보다는 애써 여성성을 외면하고 남성성과의 동등성을 통해 보편적 작가로 남을 수 있었기 때문이었다."[★3]

그러나 그녀에게도 성적, 심리적 업압과 연관된 인식과 정체성의 위기를 은밀히 내재화한 구석도 나타난다. 드로스테 문학에 갇혀져 있는 여성성, 여성의 억압은 그녀가 체험했던 두 남성과의 사랑의 억압에서 연유한다. 그녀는 스물세 살 때 괴팅엔 출신의 두 대학생과 만나게 된다. 한 사람에게는 사랑을, 다른 한 사람에게는 정열을 동시에 체험하게 된 드로스테의 이중적 사랑은 두 사람이 똑같이 그녀로부터 기만당했다고 생각하며 그녀를 떠나버림으로써 끝나버린다. 이 사건은 드로스테에게 친척들과 친구들에 대한 확고한 공동체적 유대감을 잃어버리게 하였을 정도로 큰 상처를 남겼다. 그녀의 삶은 수녀와 같았다. 세상과 격리되어 있는 고독감과 연약한 체질, 비사교적인 천성은 그녀를 더욱 문학으로 이끌었다. 그리하여 고향 베스트팔렌 지방의 자연과 풍경은 그녀의 시적 체험이 된다. 오직 문학과 함께 함으로써만 그녀의 고독은 스스로 극복되고, 그녀의 불가해하고 불투명한 현실은 극복되는 것이다.

줄거리

주인공 프리드리히 메르겔은 1783년 첩첩산중 B라는 마을에서 태어났다. 아버지는 가난한 소작인으로 난폭한 주정뱅이였고, 어머니는 40대가 되어서야 재취로 들어왔다. "관광객의 눈에 쎈세이션을 일으킬만한 그림처럼 아름다운" 이 마을은 "역사적으로 유명한 산맥의 숲과 협곡에 위치해 있다. 공장도 상업도 큰 길도 없으며, 오직 그런 곳에서만 번창할 수 있는 순수성과 제한성이 존재하는, 한마디로 좁고 가난한 산악지대이다."[★4] 오직 삼림만이 이 마을의 부를 형성해 주는 재산이 되고 있으며 도벌과 노루의 무단 사냥이 간교하게 횡행되나 이를 막을 수 있는 확고한 법적 제도도 없다. 따라서 삼림관과 도벌꾼들 사이에 싸움과 폭행이 끊이지 않는다.

빽빽한 숲과 자욱한 안개와 음흉한 산악지대에 악마가 떠돌아다닐 것 같은 황량한 마을에서 프리드리히 나이 9살 때 어느 폭풍우 치는 겨울밤 아버지가 결혼식에 참석하고 귀가하던 중 산중에서 변사한다. 12살 무렵 쓸쓸한 프리드리히 곁에 살인자로 떠돌던 외삼촌 시몬은 그의 사생아 요한네스를 데리고 나타난다. 요한네스와 프리드리히는 프리드리히 어머니도 못 알아 볼 정도로 쌍둥이처럼 닮았다. 외삼촌 밑에서 일을 도우면서 프리드리히는 몽상적이고, 외모에 신경을 쓰며 자신을 화려하게 치장하는 허풍쟁이 성향을 지니게 된다. 그는 가난한 목동생활을 하면서도 화려하고 치장하기를 좋아해 유대인 아론에게 빚을 지게 되고 마을에서 결혼식이 열린 날 빌려간 돈을 갚으라며 유대인 아론이 나타난다. 프리드리히는 마을 사람들 앞에서 망신을 당하고, 3일 후 폭풍우 치던 한 밤중에 아론은 살해당한다. 유력한 용의자로 지목된 프리드리히를 잡기 위해 영주가 그의 집을 찾았을 때 프리드리히는 이미 요한네스와 함께 도망치고 없었다. 유대인들은 용의자를 필사적으로 추적했지만, 모든 것은 수포로 돌아가고 사건은 미궁에 빠진다.

프리드리히 메르겔은 자기에게 빚 독촉하는 유대인 아론을 죽이고 단짝인 요한네스와 멀리 도망침으로써 범죄는 미궁에 빠진다. 아론이 너도밤나무 아래에서 죽었지만, 아론을 죽인 범인은 밝혀지지 않는다. 28년 후 크리스마스 전날 밤에 프리드리히는 초췌한 모습으로 고향으로 돌아오며, 자신을 요한네스라 사칭한다. 그는 얼마 후 아론이 죽었던 그 너도밤나무에 목을 매고 자살하며, 사람들은 그의 몸의 흉터를 보고 그가 진짜로 프리드리히 메르겔 임을 알아본다. 너도밤나무에는 히브리어로 "이 나무에 접근하면, 네가 나에게 행한 것만큼 너도 받으리라."(위의 책, 78쪽)고 조각되어 있다.

베스트팔렌 지방의 풍속도

독일 중등학교 교과서에도 실려 있는 『유대인의 너도밤나무』 (1842)는 작가 고향마을의 자연과 풍경을 묘사한 일상적이고 근원적이고 소박한 정조와 삼촌으로부터 들은 이야기들의 사실성과 성서적 동기를 가진 종교성을 표현하고 있다. 작가는 베스트팔렌 지방의 풍경, 황무지와 늪을 자신의 문학적 체험으로 형상화시켰다. 〈산악지방 베스트팔렌의 풍속화〉라는 부제가 말해주듯 이 작품은 고향마을의 환경묘사로 뛰어난 베스트팔렌의 풍속도를 보여주고 있다. "향토와 모든 진실한 인간성의 유전에 대한 교훈을 드로스테보다 더 아름답게 잘 나타내주는 표본은 찾아보기 어렵다. 베스트팔렌 지방과 그녀의 출신을 이해하지 않고서는 그녀의 작품은 이해하기 어렵다."[*5)]

컴컴한 삼림과 농가에서 풍기는 베스트팔렌 지방의 독특한 분위기 묘사와 마을의 환경묘사로 뛰어난 사실주의적 향토예술은 렘브란트 그림과 비교되기도 한다. 농가와 숲을 배경으로 한 순박하고 무지한 사람들의 정서, 음침하고 차가운 숲의 분위기와 자연 가운데 내재한 황량하고 마적인 요소, 벌목이 불법으로 이루어지나 법이 미치지 않는 산골 등이 살인하게 되는 심리적 환경과 분위기를 형성한다.

가차 없는 신적 정의

범죄이야기는 주인공 메르겔의 발전을 형성하는 계기의 면에서 다섯 개의 정점으로 이루어져 있다. 소년이 아홉 살 되던 해의 아버지의 죽음, 열두 살 때의 외삼촌 시몬의 출현, 그리고 열여덟 살 때의 삼림관 브란데스와의 만남, 마침내 스물 두 살의 나이로 유대인 아론의 살해, 그리고 오십 세 때의 자살이 그것이다. 이러한 사건의 정점들이 상호 반사하면서 살인의 모티브와 장소, 즉 나무의 모티브, 그리고 각명의 모티브와 연관을 맺으며 주인공의 살인과 그 보상을 조명하기 위해 서로 반사하고 있다. "하나의 사물, 즉 너도밤나무는 인간세계 안에서의 순수한 윤리적 사건을 대변하며 서 있다는 점에 이 사건의 신비성과 특수성이 있다. 왜냐하면 신비적으로 고양된 너도밤나무는 이 장소에서 일어났던 악의 상징일 뿐 아니라 동시에 심판의, 그리고 회복의 상징이다. 나무의 상징은 각명의 모티브와 연결되어 보다 높은 신의 섭리를 나타낸다."[★6)]

"이 나무에 접근하면, 네가 나에게 행한 것만큼 너도 받으리라."

히브리어로 각인된 나무의 수수께끼는 이야기의 마지막 행에서 비로소 해명된다. 신비의 나무와 각명의 모티브는 "눈은 눈으로, 이는 이로"라는 유대인의 주문대로 신적 질서의 회복이자 신적 정의의 구현이다. 즉 인간의 심판이 아닌 신적인 어떤 질서를 의미하며 신 안에 근거한 정의의 회복을 상징하는 것이다. 유대인들은 살인자에 대한 복수를 인간에게 맡기지 않고 우주 자체에 맡긴다. 이 복수는 인간의 심판이나 이해의 한계를 넘어서는, 인간의 판단영역을 넘어서는 파악할 수 없는 우주의 질서를 통해 실현된다. 드로스테는 이 작품에서 "신의 팔 안에서만 계획될 수 있는 가차 없는 정의 안에서 파괴된 윤리적 질서의 회복을 구현시키려 했다. 이러한 윤리적 질서의 회복은 도덕적 양심의 측면으로 결과하는 것이 아니라 구약성서의 인과응보의 정신을 근거로 하는 더 높은 우주의 질서를 표현한다."[★7)]

간결하고 딱 들어맞는 문체로 쓰인 이 소설의 개관적인 묘사는 사실주의적 문체의 모범을 이룬다. 주인공이 살인하게 되기까지의 심리적인 환경과 살인과 그 보상에 관해서 정확한 연대기를 가지고 서술된다. 요한네스 니만트가 아니라 프리드리히 메르겔이 범인임이 밝혀지기까지 살인자의 긴 생의 이야기가 정점에서 정점으로 이어지는 사건의 묘사는 단편(노벨레)적인 특징을 나타낸다. "묘사의 압축과 암시에서 오는 이야기의 밀도, 의도적으로 사건을 어둠속에 가려놓는 신비스런 암흑, 환상적인 것을 묘사할 때조차도 결코 시간과 공간의 범위를 넘어서지 않는 서술방식의 사실성은 이 이야기의 근본 특징을 이룬다."[★8)]

✽ 급진적 도덕주의와 온건한 자유주의의 대립

✽✽ 『당통의 죽음』

자유와 평등의 작가 뷔히너

게오르그 뷔히너(1813~1837)는 의사이자 극작가였다. 독일 다름슈타트 근교에서 태어난 그는 초기의 쉴러와 마찬가지로 자유와 평등사상 속에서 고통 받는 민중과 농민을 위해 투쟁했다. 그는 자유주의자이자 사회주의자로서 사회 비판적 경향이 강했지만, 어떤 독단이나 이데올로기에 얽매이지 않았다. 그는 늘 풍부한 인생에 대한 예지와 날카로운 사회비판 능력으로 사회개선의 의지를 드러냈다. "뷔히너는 도덕적 인간의 자율성, 즉 자유의지를 믿는 이상주의 대신에 불완전한 인간의 치부를 숨기지 않는 현실주의를 내세우며, 어느 한 특정 계급의 조작된 이상을 반영하는 고전주의 및 낭만주의 대신에 현실의 모순을 인정하는 사실주의를 택한다. (…중략…) 그는 민중작가이면서도 편협한 이데올로기보다는 인간의

영원한 과제인 사랑과 자연, 즉 아이덴티티를 상실하지 않은 인간의 참모습을 찾으려 했다."★9)

뷔히너는 억압받는 인권과 복지에 대한 이념과 조국의 자유와 통일에 대한 열망을 위해 자유주의 운동에 참여했다. 그는 『헤센 급전』이라는 격렬한 책자를 인쇄하여 배포하며 헤센 정부의 악정을 비판했다. 뷔히너는 체포의 위험을 피해 슈트라스부르크로 탈출했다. "1910년에야 함부르크에서 초연된 4막극 『당통의 죽음』은 뷔히너가 망명하기 직전 단시일 내에 완성되었는데, 그는 이 작품을 통해 슈트라스부르크로 향하는 그의 망명을 위한 대금을 충당하려고 했다."★10) 그는 늘 당국에 의해 쫓기는 몸이었다가 1836년 취리히로 건너갔으며, 그곳에서 박사학위를 받고, 취리히 대학에서 강의를 하기도 했다. 그는 스위스로 망명하여 다음 해인 1837년 취리히에서 조국의 자유와 민주가 실현되는 것을 보지 못하고 24세의 젊은 나이로 병사했다.

섬세한 쾌락주의자 당통

당통은 대단한 웅변가이며 온건한 자유주의자다. 원래 온건파인 지롱드 당원이었던 당통은 자코뱅 당에 협력하여 왕당파를 제거하는데 앞장을 선 혁명지도자였다. 그러나 온갖 열정을 기울였던 혁명이 끝없는 살육으로 이어지며 백성들의 삶도 혁명 이전의 상태보다 더 못한 상태에 접어들자 귀족적인 온건파 당통은 혁명에 염증을 느낀다. 삶 자체에 회의를 느낀 그는 자신이 쫓아냈던 왕당파처럼 사치스런 생활을 즐기고 창녀들과 어울리게 된다.

[로베스삐에르] 저 자는 혁명의 말고삐를 사창가에 매어두려고 하는구

나.★11)

당통은 섬세한 쾌락주의자이다. 쾌락주의자는 자기 마음의 천성에 따라 즐긴다. 그러나 남의 비용으로는 안 되는, 그리고 자신의 즐김으로 남을 방해해서는 안 되는 그러한 향락주의자이다.

[당통] 이 세상에는 향락주의자만 존재할 뿐이네. 차이가 있다면 조야한 향락주의자인가, 아니면 세련된 향락주의자인가 하는 점이지. 예수는 가장 세련된 향락주의자였어. 나에겐 이점이 인간들을 구분할 수 있는 유일한 증표라네. 누구나 자기 본성에 따라 행동한다네. 다시 말해 인간은 자기에게 편한 대로 행동한단 말일세.★12)

급진적 도덕주의자 로베스삐에르

당통과는 반대로 로베스삐에르는 냉엄하고 급진적인 도덕주의자다. 로베스삐에르는 당통의 귀족 취향의 생활과 행동을 부도덕한 악으로 보고 그에게 반혁명의 혐의를 씌운다. 로베스삐에르는 혁명의 주도권을 확보하기 위해 반대세력을 닥치는 대로 옥에 가두고 혁명의 적이라 부르며 사형에 처한다.

[로베스삐에르] 물밀듯이 전진해 나가는 민중들 속에서 멈춰서는 자는 그 물결에 역하는 자요, 반대하는 자나 다름없다. 그런 자는 결국 밟혀 버리게 되는 법이다. 우린 혁명의 배를 이런 자들의 얇은 계산에 맡기거나 진흙 둑에 좌초시킬 수는 없어. 이 배의 항진을 어느 손이 막으려 한다면 그 손을 잘라버려야 해.★13)

작가는 이러한 로베스삐에르보다 향락적인 자유주의자 당통에게 더 친근감과 따뜻한 인간성을 부여하고 있다. 작가는 혁명 전사로서의 영웅적 모습이 아닌 당통의 인간적 고뇌와 약점을 호의적으로 그린다. 30여 년 동안이나 한결같은 도덕의 탈을 쓰고 천하를 활보했던 로베스삐에르도 이제 자신이 엄격한 도덕 때문에 더 잔인한 인간이 되어 버렸음을 깨닫고 내심 답답해하고 절망에 이른다.

혁명의 수레바퀴

"이 드라마는 1794년 3월 24일에서 4월 5일 사이에 벌어진 사건들을 담고 있다."★14) 혁명의 수레바퀴는 그칠 줄 모르고 그것의 완수를 향해 돌진하기 때문에 공포를 유발한다. 피비린내 나는 혁명의 공포 속에서 개인의 의지나 자유는 파괴되고 무력해진다. 귀족적인 온건파 당통은 그리하여 쾌락의 면으로 빠지게 되고, 엄격한 도덕주의자 로베스삐에르는 당통을 단두대로 보낸다. 어리석은 자나 범죄자가 되는 것은 자신의 의지로는 어쩔 수 없는 일이다.

[당통] 우리의 마음속에서 간음하고, 거짓말하고, 도둑질하고, 살인한 것은 도대체 무엇이란 말인가? 우린 꼭두각시에 지나지 않아 보이지 않는 힘에 의해 끈으로 조종되는 인형이라네.★15)

로베스삐에르 조차도 알 수 없는 힘들, 혁명의 파토스에 의해 뒤에서 끈으로 조종되는 꼭두각시에 지나지 않는다. "1794년 4월 5일에 당통이 단두대의 이슬로 사라지고 극은 끝나지만, 역사는 그 후 3개월 뒤인 1794년 7월에 로베스삐에르가 죽었음을 기록으로 알려주고 있다."★16) 로베스삐에르의 정치는 민중의 복지를 목표로 하는 것이 아니라, 민중의 윤리적인 개선만을 목표로 하며, 당통은 개개인의 평등과 자유를 목표로 한다. 어쨌든 민중이 물질적으로 궁핍에 허덕이는 한, 자유와 평등은 고귀한 이상일 뿐이다. 진실로 민중이 원하는 것, 민중에게 필요한 요구만이 진정한 변혁을 가져 오게 되어 있다.

최초의 사실주의적 기록극

이 드라마에는 당통이 필연적으로 희생당하는 과정이 매우 현실 적으로 그려져 있으며, 당통에 대한 판결과 처형과정이 실제 있었 던 그대로 그려져 있다. 이 희곡의 대사 중 약 1/6이 당시의 실제 연 설문을 그대로 인용한 것이다. 이 연설문은 역사적 사실에 기초하 여 재판기록에 의하여 충실히 객관적으로 묘사했다. 그 출처는 프 랑스 국민 입법 의회 속기록을 인용했다. 또한 극의 대사 중에 민 요를 삽입하여 풍자와 위트를 통해 민중의 삶을 드러내는 점, 무엇 보다도 그의 뛰어난 언어 구성력은 새로운 사실주의 극의 특성을 강화시키고 있다. 이 희곡에 등장하는 역사적 인물 총 23명 중 15 명이 실제로 단두대에서 처형당했으니, 이는 혁명의 아이러니가 아 닐 수 없다.

프랑스 혁명사의 한 삽화

이 작품은 뷔히너가 망명 직전에 쓴 4막 극으로, 프랑스 혁명사 의 한 삽화이다. 프랑스 혁명 초기에 온건한 공화파 지롱드 당과 급진파 자코뱅 당이 혁명과업 완수를 수행하는 과정에서 서로 갈 등하는 과정을 그렸다. 무자비한 처형을 통해서라도 혁명을 완수해 야 한다고 주장하는 로베스삐에르와 온건과 타협을 주장하는 당 통의 대립을 그렸다. 이 드라마는 혁명의 두 축인 양 당파들이 자신들의 혁명의 이념을 변론하는 과정과 판결하는 과정을 그린 정치적인 극이다.

뷔히너는 혁명적 성격의 작품으로 인해 최근 우리 현대사의 정치적 상황과 맞물려 우리나라에 비교적 많이 알려진 작가이다. 그의 급진적 사회개혁의 이념은 기성극단과 대학의 연극 공연을 통해서 우리나라에 알려지게 되었고, 분단 이데올로기, 부정부패와 독재에 대한 저항 및 민주화 실현의 욕구와 잘 맞아 떨어졌다. 1835년에 발표된 뷔히너의 거작 『당통의 죽음』은 전 세계적으로 인기를 누리고 있다. 자유, 평등, 박애의 정신으로 드높은 프랑스 혁명의 정신이 유럽과 미국의 민주화 과정에 미친 영향만큼이나 이 작품은 세계인들에게 큰 영향을 끼쳤다.

프랑스 혁명의 원인은 오랫동안의 특권층을 위한 구제도의 모순에도 있지만 루이 16세의 전제정치의 실패에서 비롯된 경제 파탄에 더 직접적인 원인이 있다. 1789년 이전의 프랑스의 현실은 성직자와 귀족이 막대한 토지를 소유하고, 면세특권을 누렸다. 루이 14, 15, 16세로 이어지는 왕들의 독재와 부패, 고관들의 탐욕과 방종과 사치로 국가 재정이 파산의 위기에 처해 있었고, 그 와중에서 농민들은 굶주렸다. 1789년 7월 파리 시민들은 바스티유 감옥을 습격하고 농민들이 곳곳에서 봉기함으로써 프랑스 혁명이 시작되었다.

백성들은 처음에는 자유와 정의를 위했으나, 결국 물질적 이해관계로 치닫게 되었다. 혁명 수행의 과정에서 처음에는 급진적 도덕주의자 로베스삐에르의 공포정치로 이어지며, 이는 곧 길로틴(단두대)의 이슬, 피비린내 나는 유혈극을 불러왔다. 1793년 절대왕 루이 16세와 왕비 마리 앙뜨와네뜨가 처형당하고, 1794년 당통에 이어 로베스삐에르 자신도 단두대의 이슬로 사라졌다. 프랑스 혁명은 그 정신인 자유, 평등, 박애 사상을 실현하는 과정에서 많은 유혈과 희생을 담보로 했다. 자유와 평등의 인권 해방을 위해서 지불되는 무한한 피의 대가, 이것이 프랑스 혁명의 양면성이다.

✿ 그리움과 좌절과 체념의 전원시

∎∎∎∎∎∎∎∎∎∎∎∎∎∎
∎∎∎∎∎∎∎∎∎∎∎∎∎∎
∎∎∎∎∎∎∎∎∎∎∎∎∎∎
∎∎∎∎∎∎∎∎∎∎∎∎∎∎
∎∎∎∎∎∎∎∎∎∎∎∎∎∎

✳✳『임멘 호수』

서정과 낭만과 감상의 작가 슈토름

슈토름(1817~1888)은 독일의 북쪽 끝 홀슈타인 주의 서해안 후즘에서 출생했다. 그는 키일과 베를린에서 법률학을 전공했고 변호사가 되어 프랑스의 7월 혁명(1830년)과 독일의 3월 혁명(1848)의 와중에서 활동했다. 고향 홀슈타인 주는 그 당시 프러시아와 덴마크 사이에서 영토분쟁이 있었다. 36세의 슈토름은 덴마크에 의해 변호사 자격이 박탈되어 포츠담에서 판사생활을 하면서 애국적인 시를 통해 독립운동에 가담하기도 했다. 1864년 홀슈타인 주가 독립하여 독일로 귀속됨에 따라 그는 고향의 주지사가 되었다. 만년에 옛 애인 도리스와 재혼했으며, 판사생활을 하다가 조그만 읍에서 은거하며 주로 작품 활동에 몰두했다.

슈토름은 이 시대의 현실을 깊이 파고 들어가서 사실주의와 단편소설의 새로운 경지를 개척했다. 그는 독일 문학에서 희곡이 우위를 차지하고 있던 것을 소설의 방향으로 끌어들이는 역할을 하였다. 그의 작품은 사실적인 묘사 가운데서도 불변하는 인간성을 추구하였으며, 소재와 묘사의 사실성과 주제와 분위기의 낭만성이 함께 어우러진 특징을 지닌다.

많은 사실주의 작가들이 그러하듯이 그의 작품들에는 구체적인 고향 묘사와 가족의 일화들과 추억, 그리고 특유한 자연과 풍속 등이 묘사되어 있다. 동시에 고향 마을의 오래된 집들과 숲과 늪, 쓸쓸한 바다와 황야의 풍경 등이 그려져 있다. "파도 드높은 북해를 바라보는 회색빛 바다와 우중충한 도시 풍경이 담긴 그의 소설들은 슬픔이 깃든 감상과 시적 정조, 감미로운 우울의 정조가 서정시와 같은 아름다움을 주며, 고향 후즘의 향토적인 특색을 잘 드러내고 있다. 작품세계는 자연에 얽힌 감상과 낭만, 애수와 함께 일말의 에로티시즘이 들어 있다."[★17]

줄거리

어느 늦가을 오후 한 노인이 산책으로부터 돌아와 안락의자에 앉는다. 어두워 가는 창밖으로부터 달빛이 스며들어 벽에 걸린 여인의 초상화를 비춘다. 노인은 어둠 속에서 "엘리자벳" 하고 속삭이면서 수십 년 전의 추억에 사로잡힌다. 순결하고 아름다운 첫사랑, 고통스러우면서도 달콤한 추억에 사로잡힌다.

액자 속의 회상은 어린 시절로 돌아간다. 그 속에서 다섯 살 정도의 엘리자벳과 그 두배의 나이인 라인하르트의 어린 시절이 전개된다. 라인하르트와 엘리자벳은 학교에서, 들판에서, 어머니 집에서, 숲속에서 언제나 함께였다. 그들은 시를 채집하고 시를 지어서 읽어

보고, 숲속에서 함께 딸기를 따기도 했다. 그러나 막상 라인하르트가 대도시로 떠나기 직전 여름, 마을 전체가 딸기 따기 대회를 했을 때, 그들은 남들이 다 따오는 딸기를 발견하지 못하고 산 속 깊숙이 들어가는 바람에 길을 잃고 말았다. 그들 인생의 무결실의 테마가 여기에서 암시되는 부분이다. 라인하르트가 대도시로의 유학을 떠나면서부터 다사다망한 대도시의 삶 가운데 점차 멀어져가는 라인하르트를 엘리자벳은 안타까워한다.

라인하르트는 대학에 진학했고, 다망한 도시생활과 연구에 빠져 고향과 엘리자벳을 잊어가고 있었다. 그러나 그는 아직도 여전히 엘리자벳을 잊지 못하고 있음을 알고 고향을 방문하여 진심을 고백하려 하지만 기차시간에 쫓겨 미처 말을 못했다. 젊은 날의 고뇌와 방황을 짐작한 엘리자벳의 어머니는 엘리자벳을 라인하르트의 친구 에리히에게 시집보낸다. 고향을 잃어가는 라인하르트의 삶에서 거리에 선 집시가 생각나게 하는 분위기 묘사와 어머니의 강요로 에리히와 결혼하는 엘리자벳의 체념이 그려진다.

한참 후 결혼한 에리히의 초청으로 라인하르트는 에리히와 엘리자벳의 농장 임멘 호수로 온다. 장면은 뜻밖의 재회, 임멘 호수에서의 만남, 달밤의 호수 위에 유유히 떠 있는 수련, 아무리 붙잡으려 헤엄쳐도 멀어져만 가는 수련, 회한과 더 큰 세계로의 나아감, 열려 있는 미래, 그리고 결정적인 작별로 이어진다. 그들이 함께 할 수 있었다는 인식과 엘리자벳의 결혼이 오류였다는 인식과 함께 에리히와 엘리자벳의 또 다른 이해와 포용의 결혼 현실을 인식함으로써 엘리자벳과 라인하르트는 더욱 결정적인 체념을 하게 된다.

그리고 다시 장면은 회상을 뛰쳐나와 첫 장면으로 돌아온다. 하녀가 등불을 들고 들어와 불을 밝히고, 라인하르트는 언제나 그랬던 것처럼 다시 책을 펼치고 연구에 빠진다. 라인하르트가 노인이 되어 임멘 호수가 바라다 보이는 집에서 회상하고 있는 이 마지막 장면에서에서 우리는 그가 결혼을 했든 아니했든 간에 현재 쓸쓸하게 살아가고 있는 것으로 보아 혼자 남아 있음을 느낄 수 있다.

전원시

이 소설은 향토적 아름다움과 자연 풍경과 인간 애정이 묘사되어 있으며, 자연과 자아가 분리되지 않고 통일된, 기쁨과 행복과 슬픔의 감정까지도 아름답고 순수하게 묘사된 전원시이다. 그림책을 만드는 듯한 느슨한 장면묘사와 숲과 자연의 정신을 통해 인생의 비애와 비극적인 사랑이 감미로움과 아름다움으로 승화되어 표현된 전원시이다. "사랑의 분위기와 아름다운 정열이 표현된 이 작품은 작가 생존 시에 이미 삼십 판을 거듭했다. 장면마다의 표제어가 암시하듯이 상황은 상황으로 연결되며, 행위 하나하나는 그 주제가 개개의 상으로 정지되어 그림을 보여주는 전원시이다. '임멘 호수(Immensee)'라는 이름은 그 자체가 전원시를 의미하고, '고요한 농장'은 그 앞에서 넓고 커다란 세계가 펼쳐지는 전원시를 표현한다. 그러나 이 전원시는 단순히 밝고 사랑스러운 세계를 묘사하지 않고, 오히려 포기와 체념의 장소를 묘사한다."★18) 그러나 행복을 약속하는 이 전원시에는 행복이 실현되지 않는 그림자가 드리워있다. 잃어버린 청춘의 테마, 부당하게 빼앗겨 버린 어린 시절의 순진 무구함의 테마가 이 단편소설(노벨레)의 전편을 꿰뚫고 있다.

액자소설

사실주의적 묘사와 후기 낭만주의적 색채가 전원시풍으로 그려져 있는 이 소설은 첫사랑을 추억하는 액자소설의 형식을 취한다. 액자소설은 현재와 과거와의 단절, 즉 체념을 표현하기에 적합한 형식의 틀 소설로 노벨레적 전통에 속한다. 또한 액자 속의 사진은 아름다움과 소망, 동경, 꿈같은 것을 한 순간의 현실로 이상화시킨다. 액자 속의 사진은 어느 한 순간이 지극히 정제되어 멋진 순간으로 정화되는 이치와 같다. 이 시대에 즐겨 사용한 액자소설의 모티브는 주로 가족 간의 사랑과 이웃 간의 사랑, 어린 시절의 순진무구함 같은 그림들이다.

결혼하지 않고 늙은 라인하르트는 한 어두워 가는 가을 저녁에 지난 시절의 추억을 내면적인 시선으로 들여다본다. 라인하르트와 엘리자벳은 그들이 살고 싶어 했던 대로, 생각했던 대로 살지 못했다. 마지막 장면에서 우리는 시인이나 학자, 음악가가 되었을 노인이 홀로 외롭게 살아가는 모습을 엿볼 수 있다.

체념과 무결실

이 소설은 전체적으로 비더마이어적 체념의 자세가 깔려 있다. "그의 작품은 비더마이어 문학으로, 그것의 기본 모티브는 체념으로 규정하고 있다. 이 소설은 주인공의 행위묘사가 드물고 그보다는 정신의 움직임을 묘사하는 데에 비중을 두고 있다."[★19)] 비더마이어 문학은 사실주의의 한 경향으로, 압제정치에 항거하고 민주주의를 옹호하려는 진보적 경향의 청년독일파와는 달리 격동하는 정치 정세를 외면하고 가정적이고 소시민적인 정취에 침잠하려는 경향의 문학운동을 말한다. 1848년의 시민혁명이 실패하고 많은 시민 계급이 빠져 들게 된 무관심에 그 원인이 있다.

이 작품에는 동시대의 정치 상황, 즉 보수와 민주의 갈등과 좌절에서 오는 체념과 인간관계의 미묘함, 가족과 고향과 가정의 밀접함과 감상적 정서의 깊이가 녹아 있다. 또한 산업화와 물질화로 인해서 문학(정신)에 대한 자본(물질)주의적 삶의 승리가 엿보인다. 인생의 주도를 어머니가 하는 수동적인 삶의 자세도 나타난다. 예술가, 시인 학자보다는 대지주, 농장주, 기업가의 승리가 암시되기도 한다. "엘리자베스에게 구혼하는 마당에서도 기업가와 교양시민 사이의 경쟁은 기업가에게 유리하다. 그러나 항상 경제적으로 생각하는 갈색 외투의 에리히와 학문적이고 창조적인 성향의 라인하르트 사이에는 근본적으로 승리가 없다. 에리히는 엘리자벳을 데려다가 신부로 만들었지만, 결국 마음은 라인하르트에게 가 있었고, 엘리자벳과 에리히 사이에 아이가 없다는 점, 그리고 라인하르트가 세상을 능란하게 살아가지 못한다는 점과 사랑하는 사람 사이에 결혼이 이루어지지 못한다는 점에서 무결실이 상징화되어 있다."[★20]

비극성을 완화시키는 유머(humor, humour)

이 작품에는 늙음과 쓸쓸함, 존재의 우울함과 허망함이 묻어나는 비극적 존재감이 표현되지만 작가 특유의 유머적 감각으로 시적 분위기를 통해 그 비극성이 완화되어 있다. 여기서 말하는 유머란 그리움과 좌절과 체념의 모티브들이 우울함과 서정성, 달콤함, 에로티시즘과 결합하여 오히려 아름다움을 느끼게 만들고, 비극적 감정을 완화시켜 주는 것이다. 비극적 감정을 치열하게 비극적 모티브로 몰고 가지 않고 서정적 모티브들을 사용하여 완곡하게 아름다움을 덧칠해 주는 수법이라고 할까. 이는 단편소설 작가로서의 슈토름 특유의 문학적 기법이라고 할 수 있다.

이러한 여러 가지 특징적인 내용과 기법을 통해 슈토름은 서정적 비극성을 매개함으로써 단편소설의 개척자라는 일컬음을 얻게 되었다. 여태까지 단편소설의 특징으로 말해지던 '전대미문의 이야기'나 '결정적 전환점'의 강렬함과는 달리, 서사적이기보다는 서정적인 모티브들의 표현력을 통해 집중적인 미를 느끼게 하는 것이다. 따지 못한 딸기나 길가에 선 집시, 밤에 호수에서 헤엄치는 일, 손에 닿을 수 없는 수련의 모티브는 이 작품의 서정적 모티브들을 형성한다.

✽ 권태와 단조로움 그리고
안일과 환상이 가져다 준 파멸

✽✽『마담 보바리』

스토리보다 스타일

프랑스 문학에서 1857년은 '사실주의 시작과 동시에 그 완결을 이룩한' 시기이다. 플로베르(Flaubert)가 1857년 발표한 『마담 보바리(Madame Bovary)』는 그해에 발표된 보들레르의 『악의 꽃』과 함께 현대를 열어젖혔으며, 이후의 모든 문예사조, 즉 사실주의와 자연주의, 아방가르드와 구조주의 예술의 씨앗이 되었다. "이 작품이야말로 현대 소설의 수많은 가능성이 교차하는 지점이며 사실주의 소설의 성서로 여겨진다."[★21] 작가가 이 책을 쓰는 데 무려 4년 반이란 세월을 바쳤다는 사실은 이 책이 얼마나 치밀한 구조와 적확한 언어로 씌어졌는지를 말해 준다.

작가는 "노르만디 지방의 결혼식, 농사공진회, 주일마다 거의 한 번씩 일어나는 이웃도시의 어느 호텔에서 벌어지는 간통, 반반하지만 보잘것없는 시골 여자의 싫증과 한숨과 열에 들뜬 인사불성상태와 같은, 로마네스크한 것과는 거리가 먼 내용을 이 작품에서 다루었다."★22) 그러나 엠마라는 주인공의 일생에서 문제되는 것은 사건이나 일화가 아니고 주인공의 내면적 심리변화의 과정이다. 그리고 그 과정을 표현해내는 방식, 즉 문체가 중요해진다. 지극히 단조로운 줄거리에 심리묘사의 풍요로움과 방대함은 이 소설이 주제보다는 어떻게 그려야 할까에 더 중점을 두고 있음을 말한다. 일련의 사건들, 즉 결혼, 이사, 무도회, 첫 번째 정부, 두 번째 정부, 그리고 자살로 이어지는 엠마의 일생에서 "보다 중요한 것은 이 사건과 일화들이 단순히 주인공의 권태, 환상, 안일, 사랑, 절망, 죽음이라는 내밀한 심리적 도식의 받침대로 쓰인다는 점이다. 스타일이란 형태를 통해서 생각을 표현하는 방식이다. 플로베르에게는 사건보다 생각을 표현하는 방식, 즉 스타일이 중요해지며, 스타일은 그 자체만으로도 사물들을 바라보는 절대적인 방식인 것이다."★23)

문체의 거장 플로베르

객관성에 근거하는 플로베르의 독보적인 사실주의 문학이론은 관찰과 기록과 표현의 정확성이다. 그는 정확한 단어를 찾기 위해서 많은 시간을 소비했으며, 아무리 짧은 문장이라도 지칠 줄 모르고 고쳐가는 엄격한 방법을 적용했다. 또한 낭만주의적 내용을 묘사함에 있어서조차도 작가의 주관성과 추상성을 배제하고 객관성을 주장하였다. "플로베르가 문체의 거장이라는 평판을 받고 있는 것은 당연한 일이다. (…중략…) 그렇기 때문에 문체에는 약간 딱딱한 데가 있고, 모든 것이 신중히 계산되어 있는 것같이 보이는데, 그것은 실제가 그렇다. 그러나 또 동시에 이 문체에는 완전히 고전적인 견고함과 명료함, 그리고 충만함이 있다. 플로베르가 낭만적인 기질에 의해서 관념의 추상적인 표현 대신에 즐겨 사용하고 있는 풍경, 초상, 영상 등은 그에 있어서 비길 데 없는 부각을 이루고 있다. 낱말은 언제나 잘 선택되어 있고, 문장의 구두법은 문장의 조화가 그려진 대상에 정확히 어울리도록 배치되어 있다. 다채롭고 음악적인 문체가 여기서는 완벽함에 도달한 것같이 보인다."[★24)

플로베르의 사실주의는 결코 단순한 사실의 재현이 아니라, 이 작품에서 묘사된 평범한 간통사건은 인간의 보편적인 미망과 어리석음으로 은유된다. 이것은 찬란하면서도 간결한 표현 형식과 세밀하고 치밀한 관찰을 적용시킨 그의 스타일을 부각시킨다. 지극히 평범하고 무지몽매하기까지 한 엠마의 에로스적 욕망의 이야기가 몽상의 과정 끝에 환멸과 죽음의 파국으로 떨어지기까지의 심리변화를 지극히 치밀하고 절실하게 이끌어가는 작가의 스타일이 독자들의 특별한 공감을 유발하는 것이다.

문학을 위해서는 기꺼이 삶을 포기할 정도로 엄격하고 금욕주의적인 삶의 소유자였던 플로베르에게 "글쓰기는 공상 속에서 에로틱한 환희에 빠지는 하나의 방법이며, 권태로운 삶을 이겨내는 '영원한 대향연'이다".[★25) 그는 이 작품에서 "심리적 주체로서의 엠마의 성격과 기질이 어떻게 결정되고, 또 그녀의 성장과정과 주위환경에 의하여 어떻게 발전되는지를 보여준다. 플로베르는 보바리 부인의 환상과 성적 욕망, 결단력 부재의 유약성 등에 대한 날카로운 비판의 행위를 통해 인간 내면의 보이고 싶지 않은 어떤 부분들을 드러내보이고자 했다. 어쩌면 이것은 인간 누구나 피해가기 어려운, 곧 작가 자신의 내부에 곪아 터진 욕망을 칼날로 도려내는 행위와 같았을 것이며, 말하기 싫은 치부 같은 존재적 욕망을 해부해 보이는

행위와 같았을 것이다."[★26)]

엠마 루오는 부유한 농가의 딸로 루앙에 있는 기숙학교에서 교육을 받았다. 그 시절 읽었던 공상과 낭만의 소설 덕분에 엠마는 결혼에 대한 지극히 낭만적인 공상과 환상에 부풀어 있었다. 그녀는 농촌생활에서 벗어나고 싶어 루앙 근처 작은 시골 마을 용빌에서 개업하고 있는 의사인 샤를르 보바리와 결혼한다. 그는 자기보다 나이가 더 많지만 부유해 보이는 과부와 결혼했다가 그 부인이 죽게 되자 엠마와 재혼한 것이다. 엠마는 그러나 멀지 않아 남편의 몰취미한 성격과 답답한 시골생활에 심한 권태와 짜증을 느끼고 세련되고 열정적인 다른 삶을 꿈꾸게 된다.

따분한 시골생활이 지루해질 무렵 엠마는 딸을 낳는다. 엠마는 아들을 갖고 싶었다. 사실 사내아이를 갖게 된다는 상상만으로도 여태까지의 무력감에 대하여 희망으로 앙갚음하는 느낌을 가졌던 것이다. "남자로 태어나면 적어도 자유로울 수 있는 것이다. 온갖 정념의 세계, 온갖 나라를 두루 경험할 수 있고 장애를 돌파하고 아무리 먼 행복이라 해도 붙잡을 수가 있다."[★27)] 완고하고 육체적으로도 매력이 없는 남자와의 결혼생활에 염증을 느끼고 있던 엠마는 이웃집에 사는 레옹이라는 청년과의 사귐을 통해 신선한 공기를 호흡하는 기분이었다. 두 사람 사이에는 일종의 결속이 생겨났다. 책이나 사랑 노래의 끊임없는 교환이 성립되었다. 그녀는 레옹과 함께 어딘가 먼 곳으로 도망쳐서 새로운 운명을 시도해보고 싶은 유혹에 사로잡혔다. 그러나 실현되지 못한 꿈처럼 레옹은 그렇게 떠나갔다.

이러한 사정을 전혀 눈치 채지 못한 남편은 그의 아내를 그저 소중히 여기고 사랑할 뿐이다. 레옹의 추억은 권태가 되고 끝없는 권태 속에서 관능의 욕망은 타올랐고, 남편에 대한 혐오와 증오와 연인에 대한 그리움이 교차되었다. 엠마는 점차 우아하고 화려한 다른 남자들을 동경하고 급기야 차례로 간통하기에 이른다. 엠마는 정념의 포로가 되고, 자신에게 행복과 기쁨을 주는 남자와의 사랑을 지키려고 하지만 남자들은 그녀를 이용하기만 한다. 무질서하고 사치스런 생활로 인해 엄청난 빚을 진 엠마는 이 사실을 남편에게 폭로하겠다고 위협을 당하며 빚쟁이들에게 시달린다. 자신의 변신을 기대했던 정부들에게서 버림받은 엠마는 의지하는 모든 것이 한순간에 무너지고 마는 느낌 속에 절망에 빠져 음독자살한다. 그녀는 행복하지 않았고 한 번도 행복했던 적이 없었다. 가련한 남편은 아내가 남기고 간 딸과 함께 최선을 다해서 살아보려고 노력한다. 그러나 아내가 진 빚으로 가계는 파산 지경에 이르고 그 역시 삶에 절망한 나머지 죽음에 이른다.

보바리즘 : 현실의 변형

엠마는 현실과 꿈 사이의 갈등에서 헤매며, 공상과 환상을 통하여 현실의 부족한 점을 메우고자 한다. 작품 전체에 깔려 있는 선정적인 분위기와 관능적 사랑의 장면은 단조롭고 반복적인 일상이 가져다준 공허와 권태를 잊어버리게 만드는 현실의 변형이다. 낭만주의적 몽상과 환상이 유발하는, 엠마로 하여금 현실을 잊어버리게 만드는 현실의 변형이다. "쥘 드 고띠에(Jules de Gautier)가 명명한 보바리즘은 스스로를 있는 그대로의 자신과 다르게 상상하는 기능을 말하며, 이것은 환상이 자아내는 병이다. 이 환상은 끝없는 불만을 유발한다. 이런 성격의 인물은 이상의 안경을 쓰고 현실을 바라봄으로써 현실을 변형시킨다."[28]

보바리즘은 꿈과 환상에 젖어 현실을 무시하게 만드는 로망의 병이다. 엠마는 소녀시절 수도원에서 너무 많은 소설들을 읽었고, 그 천박한 낭만적 소설들은 엠마를 상상력 과잉과 환상과 꿈의 병에 걸리게 한다. 어린이들이 독서 편식을 하면 안 되는 이유가 여기에 있다. 엠마는 현재보다 미래나 과거에 더 집착하고, 또 지금 여기가 아닌, "저 너머"에 더 많이 집착한다.

그 시절은 얼마나 행복했던가! 얼마나 많은 자유, 희망, 얼마나 풍성한 환상에 차 있었던가! 지금은 이미 아무것도 남은 것이 없다! 그녀는 처녀 시절, 결혼, 연애, 이렇게 차례로 모든 환경들을 거치면서 갖가지 영혼의 모험들에 그걸 다 소비해 버리고 말았던 것이다.[29]

그녀를 가까이 둘러싸고 있는 모든 것, 권태로운 전원, 우매한 소시민들, 평범한 생활 따위는 이 세계 속에서의 예외, 어쩌다가 그녀가 걸려든 특수한 우연에 불과한 반면, 저 너머에는 행복과 정열의 광대한 나라가 끝없이 펼쳐져 있는 것처럼 생각되었다. 그녀는 욕망에 눈이 어두워진 나머지 물질적 사치의 쾌락과 마음의 기쁨을 혼동하고, 습관에서 오는 우아함과 감정의 섬세함을 혼동하고 있었다.[30]

엠마는 성취할 수 없는 그 무엇에 대한 욕구에 사로잡혀서 현실을 변형시켜 살고자 한다. 보바리라는 이름이 유명해져서 프랑스 전역에 알려지기를 바라면서 야심이 없는 남편을 때려 주고 싶기도 한 엠마는 현실 속에 몸담고 있으면서도 끝없는 몽상에 젖어 있다.

그녀의 몽상은 단순히 삶을 대신하는 것이 아니라 삶속에 침투하여 현실 그 자체를 변질시켜 버리는 것이다. 향락과 타락은 계속되지만 그녀는 그것을 깨닫지 못하고 수도원에서 읽은 소설책대로 사는 것이라고 생각한다.

엠마의 보바리즘은 타인의 모습을 변형시키는 것뿐만 아니라 자기 자신 또한 자신의 운명 이상이라고 착각하게 만드는 데서 숙명적이다. (…중략…) 작가는 엠마의 성격적 본질인 보바리즘을 통해서 19세기 초반을 물들었던 낭만주의를, 그리고 자신의 내부에 잔존하는 낭만주의적 기질을 유감없이 해부하여 보여줄 수 있었다. 그러기에 주인공 엠마가 어리석음과 무미건조와 권태만을 야기하는 현실을 벗어나고자 환상에 젖어 인생의 즐거움과 행복을 좇아 부유하다 허망하게 몰락해 가는 모습에 대해 플로베르는 일말의 동정도 옹호도 하지 않고 오히려 싸늘하게 비판할 수 있었다.[31]

여성적 자의식과 결단력의 결여

이 소설은 주인공 보바리 부인의 간통과 내면적 심리작용, 그리고 안일과 환상이 가져다준 일탈의 비극적 결말에 초점이 맞추어져 있다. 보바리 부인 엠마는 어렸을 때부터 읽었던 낭만적 공상소설들 덕분에 막연히 삶에 대한 환상과 행복에 대한 기대감을 꿈꿔왔다. 소설과 현실은 엄연히 다른데도 말이다. 엠마는 남편 샤를르와의 권태롭고 고통스런 결혼의 굴레를 벗어나 그녀가 꿈꾸는 행복을 위해 로돌프, 레옹과 간통하기에 이른다. 그러나 그들은, 현실의 남자들은 그녀를 배반하고 이용하기만 한다.

엠마는 사랑과 행복에 대한 동경에 젖어 다른 남자, 다른 환경이 그녀에게 행복과 기쁨을 가져다주리라 믿고 감정의 모험을 즐긴다. 엠마는 철없는 아이와 같이 감상에 부풀려져서 단 한 번도 자신의 욕망에 대해 적극적으로 대처하지 못한다. 엠마는 맑고 뚜렷한 정신과 결단력과는 담을 쌓고 있는 셈이다. 엠마는 쉽게 남자들의 유혹에 넘어가고 일탈에 빠져들며, 그 끝은 남자들의 배반이고 엠마의 죽음으로 연결된다. 엠마의 간통은 여성으로서 가지는 본성과 여성적 자존심을 팽개치는 행위와 다름이 없다. 그녀는 소위 말하면 여성적 자각과 현실인식의 능력이 뒤떨어진 여성이다. 엠마는 예쁘기는 하지만 정에 이끌리고 몽상에 젖어 현실을 분간하지 못하는, 의지와 결단력이 결핍되어 있는, 자존감이 없는 여인이다.

유혹과 사랑의 불꽃 팜므 파탈

19세기 후반에 이르기까지만 해도 여성의 성적 타락은 죽음이라는 불가피한 운명과 결합되어 있다. "여성은 태어날 때부터 순수한 것으로 그 운명이 정해져 있으므로 어떤 성적 타락이든지 간에 그것은 그들의 가장 근원적인 여성성 자체를 파괴하게 된다. (…중략…) 남성은 본래부터 성관계가 문란하도록 만들어져 있으므로 그들이 성적인 범죄를 저질렀을 경우 용서되어야 하는 반면 여성의 경우 타락이란 자신의 자아를 완전히 파괴해 버린 것과 다름없다. 여성 인물들이 냉혹한 사회의 희생자로서 다소 동정적으로 그려질 때조차도 한번 순결을 잃은 여성은 결코 죽음을 피할 수 없다."★32)

여성의 순결 이데올로기가 지배적이던 이 시기에 엠마의 마지막 운명은 불가피한 것이었다. 엠마는 뻔히 불행을 내다보면서도 유혹과 사랑의 불꽃 속으로 뛰어드는 팜므 파탈의 여인이다. 엠마는 무미건조한 시골 생활의 일상에서 탈출하고 싶어서, 볼품없어 보이고 싫증나는 소시민 생활을 벗어나고 싶어서 낭만적 몽상에 사로잡힌다. 그녀는 연인 레옹의 유혹에 넘어가 처음으로 그의 품에 안겨 불륜 속으로 뛰어드는 나비 같은 사랑을 불태운다.

마차는 천천히 달렸다. 더 거센 목소리가 성난 듯이 소리쳤고, 마차는 다시 달리기 시작하여 강둑을 지나고, 또다시 다리를 건너 광장을 통과하고, 드빌 언덕까지 갔다가 다시 길을 되짚어 왔다. 목적도 방향도 없이 닥치는 대로 헤매고 다녔다. (…중략…) 거리의 사람들은 셔터를 내린 마차 한 대가 무덤보다도 더 단단하게 문을 걸어 닫은 채 배처럼 흔들리는 이 광경에 어리둥절해서 눈을 크게 뜨고 있었다. 단 한번, 한낮 무렵 들판 한 가운데에서 마차의 낡은 은빛 램프에 햇살이 세차게 비칠 때 장갑을 벗은 손 하나가 노란 천의 작은 커튼 밖으로 나오더니 조각조각 찢은 종이조각들을 내던졌는데 그 종이조각들은 바람에 날려 마치 하얀 나비 떼처럼 멀리 지천으로 피어 있는 빨간 클로버 꽃밭위로 흩어져 떨어졌다.[33]

엠마가 레옹과 함께 마차를 빌려 타고 루앙 시내를 배회하는 사랑의 장면은 전혀 외부로 드러나 있지 않다. 그들은 마차를 타고 쾌락에 탐닉하며 그들이 꿈꾸는 환상의 세계로 달려간다. 어쩌면 그것은 파멸의 길인지도 모른다. 작가는 칼날 같은 심리해부를 통하여 전적으로 에로스에 바쳐져 있는 엠마의 환상과 심리적 변형에 대해, 그리고 끝없이 질주하는 인간 감성의 타락에 대해 엄중히 경고하고 있다. "플로베르의 소설에서는 에로스적 욕망이 거미줄처럼 끈끈하게 달라붙은 권태를 떨쳐내기 위한 몸부림인 것처럼, 죽음에 대한 욕망 역시 삶의 고뇌와 권태로부터 벗어나 완전한 평정

사실주의의 이상과 현실

을 찾기 위한 하나의 방편이다. (…중략…) 플로베르의 주인공들이 지니고 있는 이러한 죽음의 욕망에 대해 사르트르는 경쟁에서 낙오되고 모욕 받은 존재의 삶에 대한 반응이라고 지적한다."[★34]

　환상과 도취에서 비롯되는 저속한 열광이나 부도덕, 타락, 비참 등의 위험한 낭만성은 곧 죽음에의 열망과 맞닿아 있다. 어리석고 무미건조한, 권태로운 현실을 벗어나고자 환상에 젖어 인생의 즐거움과 행복을 좇아 부유하는 일은 평정을 찾고자 하는 죽음과 이웃해 있다. 도취적인 성적 욕망과 죽음에의 유혹은 동전의 양면처럼 함께 붙어 있다. 이 같은 이중적 욕구는 금지된 사랑의 모순성의 표출이며, 사회적 책임을 벗어난 에로틱한 욕망은 언제나 죽음의 욕망과 함께하고 있는 것이다.

✚ 〔사실주의의 이상과 현실〕 미주

1) Glaser · Lehmann · Lubos, Wege der deutschen Literatur, Ullstein Buch, 1980, p. 239.
2) Lotte Köhler, A. von Droste-Hülshoff. In: deutsche Dichter des 19. Jahrhunderts. Hrsg. von Benno von Wiese, Erich Schmidt Verl, 1969, p. 223.
3) 김정자, 「페미니즘 시각에서 드로스테―휠스호프 문학 다시 읽기」, 『독일언어문학』 제17집, 2002, 325쪽.
4) A. von Droste-Hülshoff, Die Judenbuche, Reclam/Stuttgart, 1963, pp. 3~4.
5) 김정자, 「A. von Droste-Hülshoff의 『유대인의 너도밤나무』에 관한 연구」, 『언어와 문화』 (목포대학교 어학연구소) Vol. 1, 1983, 132쪽.
6) Benno von Wiese, Annette von Droste-Hülshoff, In: Die Deutsche Novelle von Goethe bis Kafka, August Basel Verl./Dusseldorf, 1967, S. 174.
7) Glaser · Lehmann · Lubos, Wege der deutschen Literatur, p. 249.
8) Benno von Wiese, Annette von Droste-Hülshoff, p. 154.
9) 뷔히너, 임호일 옮김, 『당통의 죽음』, 한마당, 1990, 304쪽.
10) 김광요, 『독일 희곡사』, 명지사, 1989, 216쪽 재인용.
11) 뷔히너, 임호일 옮김, 『당통의 죽음』, 80쪽.
12) 위의 책, 79쪽.
13) 위의 책, 80쪽.
14) Georg Büchner, Dantons Tod and Woyzeck. Edited by Margaret Jacobs, Manchester University Press, 2000, p. 126.
15) Ibid., p. 101.
16) Ibid., p. 126.
17) 박찬기, 『독일문학사』, 일지사, 1986, 351쪽 참조.
18) Theodor Storm, Immensee und andere Novellen. Nachwort von Hartmut Vincon, Goldmann Verl, 1981, p. 239 참조.
19) Regina Fasold, Theodor Storm, Metzler Verl, 1997, pp. 95~96.
20) Ibid., p. 241 참조.
21) 플로베르, 김화영 옮김, 『마담 보바리』, 민음사, 2007, 506쪽 참조.
22) 미셸 레몽, 김화영 옮김, 『프랑스 현대소설사』, 열음사, 1991, 155쪽 참조.
23) 플로베르, 김화영 옮김, 『마담 보바리』, 513~514쪽 참조.
24) 랑송·튀프로, 정기수 옮김, 『랑송 불문학사』 하, 을유문화사, 1993, 187~188쪽.
25) 김연권, 「플로베르에 있어서의 에로스와 죽음」, 서울대학교 박사논문, 1991, 124쪽 재인용.
26) 플로베르, 김화영 옮김, 『마담 보바리』, 533쪽.
27) 위의 책, 131~132쪽.
28) 위의 책, 531쪽.
29) 위의 책, 250쪽.
30) 위의 책, 90쪽.
31) 위의 책, 533쪽.

32) 팸 모리스, 강희원 옮김, 『문학과 페미니즘』, 문예출판사, 1999, 61~62쪽.

33) 플로베르, 김화영 옮김, 『마담 보바리』, 355~356쪽.

34) 김연권, 「플로베르에 있어서의 에로스와 죽음」, 109쪽, 111쪽.

유럽문학 속의 여자들

Part 08

세기말의
인상주의와 페미니즘

�֍ 관능적 사랑과 성애의 허망함, 체념의 아름다움

✶✶『현자의 부인』

[줄 거 리]

주인공 나는 이제 막 박사학위를 받고 미래를 위한 재충전의 휴식을 위해 바닷가 마을에 휴양 차 왔다. 인생의 한 단면을 정리해 버렸다는 홀가분함과 마음속의 모든 찌꺼기들을 털어버렸다는 신선함으로 평온한 기분을 즐기고 있는 나에게 그 여자 프리데리케가 나타났다. 일곱 살의 사내아이를 데리고서, 부두 멀리에서부터 가까이 다가오는 그녀의 모습에서 나는 잊어버린 줄 알았던 과거의 모습을 되살렸다. 그녀는 여전히 아름다웠다. 2주 동안 이곳에 머물다가 코펜하겐에서 남편과 만날 거라는 이야기를 하고 그녀는 아이와 함께 숙소로 향했다. 언제 다시 만날 수 있느냐고 내가 물었을 때 그녀는 "이곳에서는 늘 서로 만나게 되어 있지요"라고 말하며 웃었다. 오후 내내 나는 그녀를 만나기를 고대했지만 우리는 만나지지 않았다. 밤이 되자 나는 그녀의 창문 쪽을 바라보며 지난 날의 회상에 잠겼다.

　나는 그 당시 김나지움 졸업반이었다. 전학해 온 지 얼마 되지 않은 나는 프리데리케의 집에서 살게 되었다. 그녀의 남편은 내가 다니는 김나지움 선생이었다. 선생은 가끔 집 정원의 식탁에서 오후에 책을 읽거나 과제들을 점검하거나 했다. 그녀는 커피를 타 들고 선생께 가져다드리고 그때마다 나의 창문 쪽을 올려다보곤 했다. 나는 그때 어쩌면 어머니처럼 다정한 그녀의 시선이 무엇을 의미하는지 잘 이해하지 못했다. 그러나 내가 인문고교 졸업증서를 취득하던 그 날, 이제 이 집도 마지막이로구나 생각하고 있었던 그 순간 프리데리케는 내방으로 올라왔다. 이제 떠나는 거냐고, 영원히 가는 거냐고 하면서 그녀는 느닷없이 나를 밀치며 키스를 했다. 나는 이때서야 그녀의 따스한 시선이 무엇을 의미하는지, 그리고 이 키스가 더구나 무엇을 의미하는지 알 것 같았다. 그 순간 나는 뭔가 인기척이 느껴지고 문 옆에 그녀의 남편이 서있는 것을 보았다. 그는 서서히 뒤돌아갔다. 갑자기 그녀는 얼떨떨해 있는 나를 문밖으로 떠밀며 빨리 떠나라고 소리쳤다. 나는 짐을 들고 정신없이 기차역으로 달렸고, 고향까지 달려오게 되었다. 집에 와서도 나는 가슴이 두근거렸다. 나는 죄 없이 한 가정을 파괴한 사람처럼 여겨졌다. 한 달 즈음 후에 그곳에서 가까운 친구로부터 편지가 왔을 때, 그 마을에는 아무것도 변한 게 없고, 프리데리케 내외도 예전처럼 잘 있다는 내용을 읽고서야 나는 마음이 놓였다. 한동안 나는 프리데리케에 대한 그리움을 느꼈다. 그것은 나의 슬픈 첫사랑의 기억이 되었다. 그런데 이제 7년이 지나 갑자기 이곳에서 의외의 재회를 한 것이다. 잠잠해졌던 내 마음이 갑자기 시끄러워졌다.

다음 날 아침 식사를 하는 곳에서 나는 그녀를 다시 만났다. 그
녀는 자신의 집안 이야기며 마을 이야기를 재잘거렸다. 나는 그
저 행복했다. 하지만 나는 뭔가 묻고 싶었다. 밤에 우리는 다시 만
났고, 돛단배 유람을 했다. 그녀는 그때 당신에게 떠나라고 소리쳤
던 건 진심이 아니었으며 키스도중 발자국 소리가 들려서 혹시 남
편일까 하는 두려움에 소리를 쳤지만, 남편은 몇 시간 후에나 집에
돌아왔다는 것이었다. 프리데리케의 남편은 나와 그녀가 키스한 사
실을 알고 보았음에도 불구하고 아무 말 없이 그녀를 용서해 주고
지금껏 살아온 것이었는데 그녀는 그 사실을 몰랐던 것이다. 갑자
기 섬뜩한 무엇이 그녀 주변을 감쌌다.

사람들은 용서하지 못하고도 화해할 수 있으며, 또 잊어버리지 않고
도 용서할 수가 있다(Man kann sicb versöhnen, ohne zu verzeihen,
und man kann verzeihen, ohne zu vergessen).[★1)]

그녀는 다음날 밤에 바다로 배를 타고 나가자며 9시에 만나자고
인사를 했다. 나는 아무 말 없이 인사를 해주었다. 그리고 나는 지
금 기차 안에 있다. 그녀는 해변에서 나를 기다릴 것이다. 나는 이
제 그녀를 더 이상 생생한 모습으로 기억하지 못한다. 바닷가를 이
리저리 왔다 갔다 하는 그림자 같은 모습만이 아른거릴 뿐이다. 이
글을 쓰는 동안 난 이미 멀리 떠나와 버렸다.

인간의 심층심리

1898년 단편소설집의 표제 소설로 출판된 이 작품은 매우 인기를 끌었고, 판을 거듭했다. 거기에는 『작별』, 『축제일』, 『꽃들』, 『죽은 자는 말이 없다』 등이 포함되어 있다. 작품 전체의 분위기는 매력적이고 욕심나는 한 남자의 놀람과 체념, 그리고 경박하고 아름다운 한 여자의 방자한 감상 속으로 우리를 안내한다. 동시에 그 뒤에서 관망하고 있는, 진지하고 현명한 한 남자의 사려 깊은 용서를 느끼게 한다. 이들 인물들은 각각 누구일까, 생각해보자.

여기에서는 잠재된 성애를 다스리지 않고 오히려 즐기는, 경박하지만 누구나 그럴 수 있음을 보여주는 이야기가 그려져 있다. 인간의 내면 심층심리에 자리 잡고 있는 감추어진 욕망의 세계가 드러나는가 하면, 반면 남편의 말없는 이해와 포용 앞에서 고개 숙이고 돌아서는 주인공의 모습은 대단히 아름다워 보인다. 주인공들은 서로 다르지만, 그들은 벌써 느끼고 있다. 작별 속에 아름다움이 있다는 것을.

슈니츨러는 세밀한 심리분석의 방법으로 경쾌하면서도 멜랑콜리한 비인 특유의 생활감정을 엷은 에로틱에 감싸 표현하였다. 그는 "프로이트적 심리분석의 방법을 많이 이용하여 잠재적 성욕의 문제를 다루고, 꿈과 현실, 진실과 유희가 서로 혼류되는 특수한 극적 효과를 나타낸다."★2) 작가는 조그만 사건에서부터 극적 긴장감을 유지하며 어느 누구도 그것에서 자유로울 수 없는 욕망의 세계를 묘사한다. 관능과 감성의 허망함, 민망스럽고, 얼굴을 들 수 없는, 벌거벗은 욕망의 생태를 우울과 반어와 체념의 수법으로 표현한다.

슈테판 츠바이크는 1931년 슈니츨러가 죽었을 때 한 추도사에서 표명했다.

그는 겉으로는 그와 비슷하지 않지만, 속으로는 그와 닮은 인물들을 창조하기를 좋아했다. 그는 인물들에게 자신이 두려워하면서도 체험할 수밖에 없었던 운명들을 만들어 주길 좋아했다. (…중략…) 운명들은 모두 자신만의 독특한 영혼, 즉 불안과 호기심과 회의에 가득 찬 영혼을 소유하고 있다. 그들 각자 안에, 겉으로는 지극히 낯설어 보이는 것 안에도 그것의 본질의 한 부분이 들어 있다.★3)

플로베르의 『마담 보바리』가 대책 없이 몽상의 유혹에 빠져들다가 죽음으로까지 가는 결단력 없는 인간의 치명적인 낭만성을 이야기 했다면, 여기서는 이리저리 흔들리는 여자의 에로스적 욕망의 생태를 보여주지만 끝내 멸망하지 않고 현실로 돌아서는 모습을 보여준다. 심층심리의 탐구자로서의 슈니츨러는 인간의 미묘한 심리와 서정적 분위기, 그리고 사랑과 성에 얽힌 생태를 섬세하게 눈앞에 아른거리는 모습으로 그린다. 그러나 결코 현실의 변형 속에 빠지지 않고 현실을 직시하는, 각성의 미덕을 찾는 믿음직한 인간상을 보여준다. 작가는 단지 인간의 내면현실의 밑바닥에 도사리고 있는 잠재적 성욕에 대해서 이야기하고자 할 뿐이다.

작가가 이 작품에서 나타내고자 하는 것은 인간 감성의 허망함과 체념의 아름다움이다. 우울하고 변덕스러운 생활감정을 에로틱한 색채로 감싸 표현하고 있는 이 작품에서 작가가 주장하는, 작가의 문체처럼 아른거리는 또 하나의 메시지는 에로스적 충동과 사회적 책임의식은 서로 분리 될 수 없다는 도덕적 가치의식의 표출이다. 그리고 이러한 가치감정은 인간이 파멸에 빠지지 않을 구제의 방책이기도 하다.

인상주의적 문체와 의식의 흐름 수법

의사였던 아르투어 슈니츨러(1862~1931)는 창작생활에 대한 동경에서 프랑스 문학, 주로 플로베르, 모파상을 접하고, 프로이트와도 친교를 통해 정신분석학적 치료의 현대적인 방법을 알게 되었다. 슈니츨러는 그의 심리적인 소설과 희곡에 정신생활과 성의 역할에 대한 특별한 지식을 반영하는 새로운 테마를 다루었다. 인상주의 화가들의 대두 또한 슈니츨러의 묘사방식과 예술기법에 직접적인 영향을 미쳤다. 인상주의 화가들은 외부 세계를 객관적으로 그리지 않고, 관찰자가 외부 세계에서 받은 내면적인 인상을 그리려고 했다.

인상주의 예술은 순간적인 감각에서 얻은 인상을 자연에 충실하게 그리기보다는 암시적 색채를 강조하여 내면의 풍경을 자세히 그려내는 경향의 미술 형식을 의미한다. 인상주의의 개념은 모네의 '인상'이라는 제목의 풍경화에서 기인하며, 모네와 마네, 르느와르로 대변된다. 인상파 예술가들은 빛을 통해 풍경을 재미있고 영롱한 색채로 변화시켜서 공장과 도시의 추악한 모습을 잊어버리고자 했다. 경제부흥과 산업화의 결과로 도시에 세워진 공장들과 건물들의 모습을 미화시키려는 노력의 일환이다.

슈니츨러는 퇴폐의식에 매몰되어 정신적 몰락과 황폐에 빠져 있던 오스트리아 빈에서의 세기말적 현상에 대해 온건하게 진단한다. 그는 "1900년대 빈의 정신 상태에 대한 지형도'를 그려내고, 진단하며, 그는 개인이나 사회 어느 쪽도 탄핵하지 않는다. '우리시대에는 해법이 없다. 혹시 있다면 수십만 가지의 각기 다른 해법이 있을 뿐이다. (…중략…) 다만 각자에게 중요한 것은 내면의 길을 찾는 일이다. 그러기 위해서는 가능한대로 명료하게 자기 자신을 들여다 볼 필요가 있다. 깊이 숨겨진 자기의식의 사각지대를 조명할 필요가 있는 것이다."*4) 신경과 의사로서의 슈니츨러에게는 이른바 무의식에 대한 통찰이 중요했고, 그래서 그는 주인공들의 깊이 숨겨진 의식의 사각지대를 조명하는 일에 천착하게 되었던 것이다.

그는 인상주의적 문체를 사용하여 세기말의 빈 사람들의 정신적 공허함, 피폐함 대신 미의 매혹적인 새로운 영역을 매개해 주었다. 그의 작품에는 관능과 감성의 허망함, 죽음과 권태의 분위기, 환상과 현실이 교차하는 세기말적 정서가 지배적이다. 인생을 가지고 유희하는 자, 유약한 인간들, 일시적인 사랑과 허영심에 희생되는 인간들이 섬세하고 우아한 필치로 그려져 있다. 그들의 대화와 감상적인 일, 영혼의 동요, 잠재된 성욕의 문제 등이 심리 분석적인 방법으로 약간은 우울하게, 섬세하게, 영롱한 색채와 눈앞에 아른거리는 모습으로 묘사되어 있다.

슈니츨러는 주인공의 심리나 사고, 감정의 진행과정 등을 묘사하며, 혼자서 생각하고 있는 것을 쉴 새 없이 말하고 있는 듯이 표현하는 내적 독백의 수법을 사용한다. 내적 담화라고도 할 수 있는 이 기법은 소위 의식의 흐름수법으로, 소설 『구스틀 소위』(1900)와 『엘제 양』(1924)에서 주인공의 사고, 추억, 공상 등이 무질서하게 뇌리를 스쳐 가는 대로 기록함으로써 거의 동시대에 뒤따르는 문학에 큰 영향을 끼쳤다. 슈니츨러의 문학적 기법은 제임스 조이스와 버지니아 울프로 대변되는 모더니즘의 선구적 위치를 차지한다.

✳ 가부장제와 전쟁의
폐해에서 생겨난 절망과 상심

✳✳ 울프의 지적 허무주의

울프의 모더니즘

유럽에서 가장 먼저 페미니즘이 발달한 나라가 영국이다. 1792년 울스톤크래프트는 『여성권리의 옹호』를 통해 당시 사회의 여성에 대한 잘못된 인식과 가부장제라는 억압적 사회 구조가 여성을 제물화할 뿐 아니라 비인간화한다는 것을 강조했다. 여성의 잘못된 교육과 정조 이데올로기, 성 이데올로기 타파를 주장하며 물리적이고 제도적인 명백한 억압과 차별에 대해 강력히 항거했다. 여성도 남성과 같이 독립된 인격체로서 동등한 파트너가 되고 경제적 능력과 권리를 갖고 사회생활에 참여할 수 있어야 함을 누차 강조했던 것이다.

울스톤크래프트를 출발점으로 해서 울프 이전의 여성 운동가들은 전 세계 남성들에게 도전장을 내고 목청 높여 남성의 야만성과

세기말의 인상주의와 페미니즘

231

부당성을 성토했다. 그 후 1세기도 훨씬 지난 모더니즘의 현대에 와서 울프(1882~1941)는 당연히 "그보다는 덜 명백하지만 아주 교묘하고 음험하게 여성을 얽어매고 여성을 심정적으로 압박하는 인간관계의 역학을 분석하여 여성들이 그것에 대해 저항하고 방어하는 것을 도와준다. 그럼에도 불구하고 그녀의 감수성은 부르주아 엘리트란 좁은 영역에 갇혀 버린 나머지 좀 더 커다란 사회적, 계층적 불평들을 향해 열려 있지 못했다는 비평을 받기도 한다."[★5] 그것은 울프가 지향했던 모더니즘적 요소와 관계하며, 모더니스트들의 지적 허무주의와 인생에 대한 비극적 감상성과 관계한다. 이 점은 그 당시의 모더니스트들이 공통으로 겪는 문제였으며, 동시에 그들의 문학을 어렵게 만드는 요인이 되기도 한다.

1~2차 세계대전과 유럽의 경제공황의 와중에서 활동했던 울프는 그 시대적 아픔과 고뇌인 인간의 존엄성 상실과 폐허의식을 깊이 통찰한다. 오랜 전통의 가부장제적 남성우월주의와 제국주의적 전쟁의 폐해 앞에서 울프의 여성의식은 절망하고 상심한다. 울프는 지성인으로서 뼈아픈 통찰과 아픔을 자신의 소설에서 표출하고 있다. 울프의 글은 주로 전쟁과 부권주의로 인해 생겨난 인간성의 상실과 그 고통에 관한 것이기에 전반적으로 슬픔, 절망, 체념으로 가득하다.

인간성의 상실과 전쟁의 폐해로 고통당하는 여성의식과 모더니즘의 문학적 시도는 소설 『댈러웨이 부인』(1925)에서 잘 나타난다. 이 소설은 "그녀 나름의 독특하고 사변적이며 직관적인 깨달음의 수법으로 여성의식의 깊은 곳에 깔려 있는 절망과 고독감을 표현한다. 또한 새로운 언어관과 문체의 감수성에 입각한 주관주의적 소설로 자유연상 작용, 의식의 흐름수법, 내적 담화, 공간적 몽타주 기법, 에피퍼니 등의 모더니즘 서술기법을 사용한다."[★6)] 평범한 여성이 하루의 시간이 흘러가는 동안에 겪는 이야기의 중심에는 오래 전의 과거와 연관된 회상과 기억이 자리하며, 그 오래된 기억의 정서는 현재의 고통과 우울로 이어진다. 영화 〈디 아우어즈(The Hours)〉는 이러한 내용과 분위기를 그대로 담고 있으며, 이 소설의 원래 제목이기도 하다.

그란체스터 그룹과 블룸즈베리 그룹

작가가 살았던 시대적 절망감과 유약한 정서의 민감성은 실제로 울프를 신경쇠약과 우울증과 환청에 시달리게 했다. 대학에서 강의하며 편집장까지 지냈던 아버지와 활동적이며 오지랖 넓은 어머니와 함께 어린 시절의 울프는 부유하지는 못했지만 비교적 온화하고 자유로운 분위기에서 살았다. 하지만 부모의 재혼으로 인한 많은 형제들과 기울어진 가세로 인해서 여자형제는 대학에 진학하지 못하고 남자형제만 대학에 보내졌다. 울프는 오빠가 다니는 캠브리지 대학에 놀러가서 그곳의 학문적 분위기를 접하고 오빠 친구들과 사귈 수 있었다. 이러한 교유는 울프를 정신적으로 성장시켜 준 동력임과 동시에 상실감과 아픔을 주기도 했다.

정식 대학생은 아니었지만 이미 글을 써서 알려진 울프는 이곳에서 젊은 지성인들과의 모임을 형성하면서 자신의 문학적, 사상적 모험을 확대시켜 갔다. 이들은 그란체스터 그룹과 블룸즈베리 그룹으로 울프의 문학 생활과 사생활에 지대한 영향을 끼쳤다. 울프는 그 그룹의 일원이었던 레너드와 결혼했고, 레너드는 출판사를 차려 런던 근교에 살면서 연약한 울프의 창작활동과 건강을 지켜 주었다. 그러나 울프는 어린 날 아버지가 다른 오빠의 성적 희롱으로 인해 성적 불감증에 이르게 되고 극도의 민감성으로 인해 심리적 불안까지 얻게 되었다. 남편은 의사의 처방에 따라 그녀를 잘 보호했다. 그녀는 친구들, 친척들과도 멀어졌으며 아이를 갖고 싶은 열망도 이룰 수가 없었다. 건강이 악화되고 우울증도 깊어져서 울프는 자신의 집 근처 우즈 강물에 빠져 자살하고 만다. 그녀의 나이 59세였다.

✽ 여성적 글쓰기와 양성적 마음

✽✽『자기만의 방』

울프의 페미니즘

울프는 20세기 초 아직 가부장적 이데올로기가 지배적이던 영국 사회에서 여성에 대한 남성의 모순된 우월주의와 사회적 통념에 도전했다. 그 당시까지만 해도 대부분의 여성 문학이 남성의 횡포나 가부장제의 희생물로서의 여성의 모습을 그렸던 데 반해, 울프는 "남성들의 이기심이나 소유욕, 위선 같은 간접적이고 심경적인 억압 등에 관심 갖고, 분명하진 않지만 교묘하게 여성을 압박하는 인간 관계의 역학을 분석하여 인간주의적 조화와 평등의 이념을 이끌어 냄으로써 페미니즘의 초석을 이루었다."*7) 그녀는 여성이 가져야 할 여성적 자아형성과 자기 확신, 그리고 세상과 자아와의 관계를 올바르게 이해하고 표현하는 방식 등에 깊이 천착했다. 그리하여 여성이 인생의 진실을 관조할 수 있기 위해서는 여성들에게 연 500파

세기말의 인상주의와 페미니즘

235

운드의 돈과 자기만의 방이 있어야 한다고 주장했다. 여성작가가 상업성에 물들지 않고 진정한 예술적 비전에 충실한 작품을 쓰기 위해서는 경제적 자립과 방해받지 않는 자기만의 공간이 있어야 한다는 것이다.

이 작품은 치열한 실험정신과 완벽한 언어탐구의 방식으로 여성에게 지워져 있는 사회의 불평등과 제약의 틀을 벗겨내고자 한다. 전 세계적으로 아직까지 여성들이 멸시당하고 성희롱과 구타의 굴레 속에서 빠져나오지 못한 현실에서 울프의 페미니즘은 그 교시가 뚜렷하지 않다는 불만을 사기는 했지만, 또 다른 페미니즘의 입장에서 "그녀의 소설들은 잔잔한 수면 아래 가라앉아 있는 페미니즘의 보고이다. 그녀가 남성 사가들의 대사건 중심의 역사관에 대항하여 여성의 생활 양상과 의식 중심이 대체 역사, 즉 여성 간의 애정과 우정, 유대를 제시하고 여성 자신 내부의 적, 더 교활하고 은근한 적에 대처할 필요를 강조한 점은 울프의 페미니스트적 면모를 분명히 하고 있다. 그리하여 인간의 의식과 무의식을 넘나드는 울프의 통찰력은 더욱 요청되는 무기일 수 있다."[8]

이 작품을 통해서 그동안 남성적 문학비평의 그늘에서 빛을 보지 못했던 여성작가들이 새롭게 평가받게 되었다. 20세기 여성작가들의 글쓰기뿐 아니라 그들의 작품평가에도 큰 영향을 끼쳤다. 즉 여성의 경험은 남성과 다르기 때문에 여성은 자신의 경험과 주장을 다른 방식으로 표현함으로써 여성만의 특색 있는 글쓰기를 할 수 있고, 그럼으로써 여성적 글쓰기가 평가받을 수 있다는 것이다.

양성의 조화와 영적 협동

울프는 1928년 캠브리지 대학 내의 두 여자대학에서 했던 '여성과 픽션'이라는 강연문을 수정, 보완하여 『자기만의 방』(1929)으로 펴냈다. 작가는 이 작품에서 '여성과 픽션'이라는 주제를 자신의 경험과 주장들과 융합하여 작가특유의 의식의 흐름수법을 써서 16세기에서부터 현재에 이르기까지 변화되어야 할 여성의식의 단계들을 여섯 장으로 분류해서 사색과 통찰의 낚시 줄을 걷어 올리듯 조곤조곤 이야기한다. 여섯 장 안에서 작가는 자신의 주장을 이야기 형식으로 진술하되 약간의 희화화를 통해 서정적, 사변적, 분석적 글쓰기를 제시한다. 역사적으로 여성이 왜 가난한가. 가난이 여성의 재능과 창의력에 미치는 영향은 어떠한가. 사회적 성적 억압이 여성의 창작을 어떻게 변질, 왜곡시켰는가. 남성 우월감의 배경은 무엇이며, 온갖 사회적 억압과 장애와 부단히 싸워 여성적인 자아를 어떻게 확립해야 하는가에 대해 이야기한다. 나아가 여성의 정체성에 어울리는 창작만이 여성성을 확보하는 일이며, 결론적으로 양성이 함께 조화를 이루며 서로 다름을 이해하며 서로 껴안아 함께할 때 가장 창조적인 마음, 양성성의 마음이 된다는 것을 역설한다. 그러면 백 년이 지나지 않아 여성들도 진정한 글을 쓸 수 있고, 위대한 여성작가들이 탄생할 것임을 기대하고 격려한다.

이제 우리 각자가 연 오백 파운드와 자신의 방을 가진 다면, 우리가 자유의 습관과 자신이 생각하는 바를 그대로 써 내려가는 용기를 가진다면, 인간을 서로와의 관계에서가 아니라 실재와의 관계에서 보게되고 또한 하늘과 나무를 혹은 무엇이든 간에 그것을 그 자체로서 보게 된다면, 그리고 남자와 여자가 서로 다름 안에서 서로를 넘어서서 걸림이 없이 융합하게 된다면, (…중략…) 우리 안에서 죽은 시인이 다시 태어나게 될 것이다.★9)

이 책은 이야기보다는 시적이고 고백적인 에세이에 가까운 평론이다. 작가 특유의 상징과 은유로 완곡하면서도 철두철미하게 사변적으로 표현된 이 글은 따라서 대체적으로 "페미니스트 팸플릿 혹은 페미니스트 평론"[★10]으로 간주되는, 절망과 슬픔과 체념이 깔려 있으면서도 단호한 주장과 은근한 격려도 있는 여성적 글쓰기 방식의 표현이다. "작가는 현재 일어나는 사건과 자신의 의식에서 연상되는 바를 공존시키거나 자유롭게 넘나들며 구술하며, 다원적 시각과 심층의식을 통해 풍부하고 다각적으로 주제를 발전시키고 있다. 이러한 모더니즘 기법으로 인해 이 책은 쉽게 이해하기 어려운 복합적 구조를 지닌다. 이 책이 우리에게 공감을 주는 것은 울프의 예리한 통찰력이 가부장제 사회에 대한 근본적인 물음을 철저하게 제기하기 때문이다."[★11]

내용 요약[★12]을 통해 본 여성적 글쓰기

여성과 픽션(1장)

'여성과 픽션'이라는 제목은 여성과 여성은 어떠한 존재인가를 의미할 수도 있고, 여성과 여성이 쓴 픽션을 의미하기도 하고, 혹은 여성과 여성에 대하여 씌어진 픽션을 의미할 수도 있습니다. 또는 이 세 가지가 불가해하게 뒤섞여 있는 관점을 의미할 수도 있습니다. 가장 흥미로워 보이는 마지막 관점에서 나는 별로 중요해 보이지 않는 한 가지 의견, 즉 여성이 픽션을 쓰기 위해서는 돈과 자기만의 방이 있어야 한다는 의견을 제시하고자 합니다. 나는 내가 어떻게 방과 돈에 대해 그러한 견해를 가지게 되었는지 그 과정을 설명해 보임으로써 이 문제에 접근하고자 합니다. 나는 날씨가 맑은 시월 어느 날 '여성과 픽션'에 대한 생각에 잠겨 잔디밭을 가로질러 걸어가고 있었습니다. 그러나 이곳은 대학 연구원들과 학생들만이 들어올 수 있는 공간이었지요. 나는 할 수 없이 자갈길 보도로 되돌아가 도서관으로 발길을 옮겼습니다. 도서관에서도 나는 대학 연구원을 동반하거나 소개장을 지녀야만 들어갈 수 있다고 해서 쫓겨났습니다. 이제 나는 교회 앞에 이르렀지만 들어가고 싶은 생각은 들지 않았습니다. 어쩌면 세례 증명서나 사제의 소개장을 요구할지도 모르기 때문입니다.

남자대학과 여자대학의 설립 배경(1장)

교회당은 먼 옛날 들풀이 물결치던 늪지였지요. 여기서 찬송가를 부르고 학생들을 가르치기 위해 많은 돈이 왕과 여왕, 귀족들의 돈궤에서 쏟아져 들어왔겠지요. 신앙의 시대가 끝나고 이성의 시대가 왔을 때도 여전히 똑같은 금화와 은화의 물결이 밀려들어 연구원 기금과 도서관과 실험실과 관측소가 들어섰습니다. 왕과 귀족들은 중세에 옥스브리지를 짓기 위해 많은 보물들을 들이 부었습니다. 반면 바로 옆자리 휜엄의 자리엔 오랜 투쟁과 어려움을 겪은 후에야 비로소 여성교육을 위한 삼만 파운드를 모을 수 있었습니다. 우리의 어머니들이 아버지들처럼 여성들을 위한 연구기금, 장학금을 남겨줬더라면 우리는 이곳에서 옥스브리지와 같은 권위를 누렸을 것입니다. 우리는 전문직도 누렸을 것이고, 대화의 주제는 고고학, 식물학 같은 학술적인 것이 되었을 것입니다. 그러나 우리 어머니들은 양육과 육아에 파묻혀서 경제활동의 기회를 갖지 못했고, 돈을 벌었다 하더라도 그것을 소유할 권리를 법률로 보장받지 못했습니다. 우리 어머니들은 우리에게 아무것도 제공하지 못했습니다.

옥스브리지의 오찬과 휀엄의 정찬(1장)

가난이 여성의 마음에 어떤 영향을 미칠까를 생각하며 우리는 옥스브리지 오찬회에 들어가게 되었습니다. 옥스브리지의 오찬회는 혀넙치와 자고새 요리로 시작되는 풍요로운 식사였고, 우리는 포도주잔들을 부딪치며 재기발랄한 지성적 교제를 나누었습니다. 오찬의 풍요로움과 만족스러움은 인생을 감미롭고 경탄스럽게 하였고 어떤 원한이나 불만도 하찮게 여겨지게 했습니다. 저녁이 되어 우리가 옮겨간 휀엄의 식당에서는 모든 것이 달랐습니다. 평범한 육수 스프에 푸른 야채, 감자를 곁들인 쇠고기, 이 음식은 빈곤의 삼위일체였습니다. 훌륭한 저녁 식사는 훌륭한 대화에 매우 중요하지요. 저녁식사를 잘 하지 않으면 생각도 사랑도 잘 할 수 없으며 잠도 잘 잘 수 없습니다.

여성은 남성의 우월감을 확대 반사시켜 주는 거울(2장)

여성은 지금까지 수세기 동안 남성의 모습을 실제 크기의 두 배로 확대 반사하는 마력을 지닌 거울 노릇을 해왔지요. 바로 이 때문에 나폴레옹과 무솔리니는 여성의 열등함을 아주 힘주어 강조합니다. 만일 여성이 열등하지 않다면 거울은 남성을 확대시키기를 그만두겠지요. 그것은 여성이 남성에게 절실히 필요한 이유를 설명해줍니다. 남성이 여성의 비판을 받고 안절부절못하는 것도 설명해줍니다. 여성이 남성들에게 이 책은 좋지 않다거나 이 그림은 형편없다거나 그 밖의 어떤 비평을 할 때마다 똑같이 비평하는 남성들의 비판보다도 더 큰 분노를 일으키고 더 큰 고통을 준다는 사실도 설명해 줍니다. 만일 여성이 진실을 말하기 시작한다면, 거울 속의 형체는 오그라들 것이고 삶에 대한 적응력도 감소될 것입니다.

숙모님의 유산 : 두려움과 쓰라림을 해소시키고 기질을 변화시킨다(2장)

숙모님으로부터 유산을 받은 뒤에 나는 하고 싶지 않은 일을 하지 않아도 되었고, 누구에게 아부하지 않아도 되었고, 고통과 노력으로부터 해방되었습니다. 삶의 조건이 개선되자 단지 노고와 노동뿐만 아니라 증오와 신랄함도 그치게 됩니다. 남성에 대한 연민, 아량이 생겨나고 사물을 그 자체로 생각하는 자유, 해방, 당당함이 다가왔습니다. 숙모님의 유산은 나에게 하늘의 베일을 벗겨 드러내 주었고 훤히 트인 하늘의 전망을 선사하였지요. 놀랍게도 고정된 수입은 사람의 기질을 엄청나게 변화시켰습니다. 음식과 집, 의복은 이제 영원히 나의 것입니다. 그러므로 노력과 노동만 끝나는 것이 아니라 증오심과 쓰라림도 끝나게 됩니다. 나는 누구도 미워할 필요가 없고, 또 누구에게도 아부할 필요가 없습니다. 그가 나에게 줄 것이 없기 때문이지요. 나는 스스로 인류의 다른 절반에 대해 아주 미세하나마 새로운 태도를 취하게 되었던 것이지요.

역사서를 통해 본 16세기 여성의 삶의 조건(3장)

엘리자베스 시대 영국 여성들의 삶의 조건을 〈영국사〉에서 찾아보면 '아내 구타는 남성의 공인된 권리였고 상층민이나 하층민이나 수치심을 느끼지 않고 자행' 했었지요. '부모에 의한 강제결혼과 애정 없는 결혼은 다반사였고 요람에 누워 있는 나이에 벌써 약혼이 성립되는 경우도 허다'했습니다. 남성이 쓴 픽션에서는 여성은 최고의 개성과 능력을 가진 인물로 묘사되지만, 실제로는 완전히 하찮은 존재이지요. 실제에서는 여성은 거의 읽을 줄 모르고 철자법도 모르며 남편의 재산이나 노예에 다름없었지요. 교육도 받지 못하고, 글자 쓰는 법도 모르고, 물론 자기만의 방이 없었고, 그들에겐 분명 돈이 없었지요.

시를 쓰는 마음 : 셰익스피어의 작열하는 마음(3장)

어떤 여성이 셰익스피어 시대에 셰익스피어의 희곡에 버금가는 작품을 쓴다는 것은 완전히 불가능했습니다. 셰익스피어에게 놀랄 만한 재능을 가진 누이가 있었다 하더라도 그녀는 학교에 다니지 못했고, 호라티우스와 버질을 읽을 기회도 없었고, 문법과 논리학을 접할 기회조차 없었습니다. 그녀는 연극에 소질을 갖고 있었지만, 남자들은 여자가 연기를 하는 것은 푸들이 춤추는 것과 같다고 비웃으며 여자는 배우가 될 수 없다고 단언했지요. 감독은 젊고 예쁘장한 그녀를 동정했고, 그녀는 감독에 의해 임신하게 되었습니다. 시적 재능은 그녀의 몸속에 갇혀서 열기와 격렬함으로 뒤엉켜져서 어느 겨울밤 그녀는 스스로 목숨을 끊었습니다. 16세기 런던에서 여자가 자유로운 생활을 한다는 것은 신경의 긴장과 딜레마를 의미했을 것입니다. 그녀가 살아남았다 하더라도 그녀가 쓴 것은 병적인 상상력의 소산으로 비틀리고 왜곡되었을 것입니다. 그녀의 생활과 마음의 조건들은 두뇌 속의 재능을 발휘하기에 적합한 마음 상태는 못 되었을 테지요. 창조행위에 도움이 되는 순조로운 마음의 상태는 항의와 설교, 모욕과 공포와 원한, 곤경과 불만 등의 욕구가 불타올라 소진되어 방해받지 않고 작열할 수 있는 마음, 곧 셰익스피어의 마음이었지요.

선구적 여성 작가들(4장)

17세기 레이디 윈칠시어와 마가레트 공작부인은 최고의 귀족 부인이었지만 글을 썼다는 이유만으로 반미치광이 취급을 받았고,

우울증에 시달리며 끄적거리는 욕망을 가진 블루스타킹이라는 조소를 받았지요. 에이프러 벤은 중산층 여성도 글을 써서 돈을 벌 수 있다는 증명을 해준 획기적인 인물이지요. 18세기 말엽에는 귀족 부인들뿐만 아니라 중산층 여성이 글을 쓰기 시작했습니다. 제인 오스틴과 브론테 자매, 그리고 조지 엘리어트도 이러한 여성 선구자들 없이는 글을 쓸 수 없었을 것입니다. 걸작이란 혼자 외롭게 태어나는 것이 아니라 여러 해 동안 일군의 사람들이 고통으로 생각한 결과이며, 따라서 다수의 경험이 한사람의 목소리 뒤에 존재하기 때문입니다. 모든 여성들은 웨스트민스터 사원에 묻혀 있는 에이프러 벤의 무덤에 꽃을 뿌려야 할 것입니다. 왜냐하면 그들에게 자신의 마음을 이야기할 권리를 얻어준 이가 바로 그녀였으니까요.

여성들은 왜 소설을 썼을까?(4장)

19세기 초에는 꽤 많은 여성작가들이 등장했지만, 왜 그들의 작품들은 거의 모두 소설이었을까요? 그들은 자기만의 방은 물론이요, 자신만의 시간을 반시간도 못 가졌습니다. 그들은 글 쓰는 도중에 늘 방해를 받았지요. 공동의 거실에서는 시나 희곡을 쓰기보다는 산문이나 소설을 쓰는 것이 쉬웠을 것입니다. 집중력이 덜 요구 되었으니까요. 또 그들은 외부의 권위에 복종하여 자신의 뚜렷한 비전을 변경시켜야만 했습니다. 가부장제 사회의 한 가운데에서 모든 비판에도 불구하고 자신들이 보는 대로의 사물을 움츠러들지 않고 군건히 고수한다는 것은 엄청난 천재성과 성실성을 필요로 했을 것입니다. 오로지 제인 오스틴과 에밀리 브론테만이 그것을 해냈습니다. 여성은 여성의 삶의 방식과 색조가 있고, 여성에게 적합한 문장이 있지요. 전통의 부재, 문장과 언어의 부적당함 때문에 여성은 유연한 형식의 소설을 쓰게 되었습니다. 여성들의 책은 남성들의 책보다 더 짧고 더 집약되어 있어야 하며 긴 시간 동안의 고정된 작업을 필요로 하지 않도록 꾸며져야 했습니다. 어쩌면 그들은 자신의 성의 한계를 용감하게 인정함으로써 탁월한 경지에 이를 수 있었는지 모릅니다.

시대와 환경과 여건의 변화(5장)

바야흐로 시대가 좋아져서 여성들에게 독서와 비평은 더 넓은 시야와 더 섬세함과 예민함을 부여했습니다. 여성이 오랫동안 관심 갖지 못했던 세계, 즉 지식, 모험, 예술을 바라보며 그것들을 쓸 수 있게 되었지요. 이제 여성은 자기표현의 수단으로서가 아니라 하나의 예술로서 글쓰기를 시작하고 있는지도 모릅니다. 윈칠시어 부인과 에이프러 벤, 그리고 네 명의 위대한 소설가들의 소설을 이어나가는 연속물로서 현대의 카마이클(가상의 작가)은 어떤 특징과 제한을 물려받고 있을까요? 문체의 생경함, 구조의 연속성의 파괴등과 같은 흠은 여전히 존재하고, 문장순서와 연결순서도 깨뜨려져 있지만, 그것은 새로운 창조로 나아가고 있습니다. 삶의 다른 세계, 즉 여성의 세계는 남성의 내면을 비옥하고 풍부하게 해주었습니다. 이것은 오직 반대 성만이 줄 수 있는 선물, 어떤 자극과 창조력의 부활이었지요. 남성들은 이제 더 이상 여성들의 반대당이 아닌 것이지요.

여성 간의 우정, 모녀 간의 유대, 연대의식의 표현(5장)

가끔 여자들은 여자를 좋아합니다. 옥타비아에 대한 클레오파트라의 유일한 감정은 질투였지만, 두 여자의 관계가 더욱 복잡해졌더라면 『안토니와 클레오파트라』는 더 재미있었을 것입니다. 고대의 픽션 속의 모든 위대한 여자들은 다른 성에 의해 보일 뿐만 아니라 다른 성과의 관계를 통해서만 보였지요. 그리하여 픽션속의 여성들은 놀랄 만큼 아름다우면서도 혐오스럽고, 천국 같은 선함과 지옥 같은 타락 사이를 왔다갔다 하지요. 카마이클은 작품 속에서 여자들도 남자들처럼 가정생활에 대한 관심 외에 다른 관심사를 가지고 있음을 말했습니다. "클로우는 올리비아를 좋아한다." 이러한 묘사는 아직 아무도 들어가 본 적이 없는 거대한 방에 횃불을 밝히는 것과 같습니다. 카마이클은 새로운 관계와 세계를 묘사하고, 기록되지 않은 몸짓과 말해지지 않은 것들을 포착해서 남성의 시선이 아닌 자신의 일과 모습을 그렸습니다.

차이와 다양성의 인정 : 여성으로서의 실제 리얼한 세계를 그리다(5장)
　여성에게는 여성만의 세계와 경험과 생각이 있기에 남성과는 다른 글쓰기 방식이 필요하지요. 세상의 광활함과 다양함을 고려하여 유사점보다는 차이점을 들어내고, 여성성의 다양한 세계를 관찰하고 발굴해 내야 합니다. 카마이클은 남성 작가들에 의해 짜맞추어진 기성복을 해체하고 가위로 그 옷들을 잘라 입힐 것이며 여자들을 있는 그대로 보게 될 것입니다. 성적 죄의식과 계층의 족쇄를 벗어던지고 나이의 차이도 의식하지 않는 여성성, 평범한 일상과 소외계층에 대한 관심, 기록에 넣어지지 않았던 삶의 축적, 다양한 영혼의 세계, 허영과 관대함을 밝혀낼 것입니다. 여성의 진실한 역사를 알리기 위해서 남성의 허영심, 특이함, 결함, 또는 뒤통수의 반점을 기술할 것입니다. 이렇게 되면 문학의 내용이 풍요로워지고 새로운 사실들이 반드시 발견될 것입니다.

천재성과 성실성으로 마음속의 시를 풀어내다(5장)

여성들은 오랜 역사와 전통 속에서 여성에게 부과된 많은 요구들, 충고, 금기, 질책, 경고 등의 높은 장벽을 뛰어넘어 정형화된 여성이 아니라 실제의 진실한 여성의 삶을 보여줘야 합니다. 삶의 조건이나 남성의 편견 등이 많이 호전되어 있다고는 하지만, 그래도 모든 장애물을 뛰어넘으려는 엄청난 노력을 기울여서 한 마리 새처럼 장애물을 뛰어 넘을 수 있어야 합니다. 대단한 용기와 성실성을 가지고 사회적 금기와 관습적 인식을 부단히 넘어서야 할 것입니다. 아마도 백년이 지나면, 그리하여 카마이클이 자기만의 방과 연오백 파운드를 벌게 되면, 그녀는 비난과 악담 같은 것을 쓰고자 하지 않을 것이며, 자신의 생각과 마음을 여실하게 표현할 수 있을 것입니다. 그녀는 조만간 더 나은 책을 쓸 것이고, 또 시인이 될 수 있는 날이 도래할 것입니다.

양성성의 마음 : 창조적 마음(6장)

1928년 10월 26일 아침 나는 한 소녀와 젊은이가 함께 택시를 타는 광경을 보았습니다. 내가 지난 이틀 동안 생각해 온 것처럼 한 성을 다른 성과 구별하여 생각하는 일은 힘든 일이며 마음의 통일성을 방해하는 일입니다. 이제 두 사람이 함께 만나 같은 택시를 타는 것은 그 힘든 일이 중단되고 마음의 통일성이 회복되었음을 의미합니다. 정상적이고 편안한 존재상태란 그 둘이 함께 조화를 이루며 영적으로 협동할 때입니다. 콜리지가 말하듯이 위대한 마음은 양성적입니다. 마음이 완전히 비옥해지고 제 기능을 모두 활용하게 되는 것은 바로 이러한 융합이 일어날 때 가능하지요. 순수하게 남성적인 마음은 순전히 여성적인 마음이나 마찬가지로 창조를 할 수가 없을 것입니다. 우리는 남성적 여성 또는 여성적 남성이 되어야만 하며, 창조의 행위가 완성될 수 있기 전에 우리의 마음에서 여성성과 남성성 간의 모종의 합작이 일어나야만 하는 것이지요.

연간 오백 파운드의 돈과 자기만의 방(6장)

작가가 자신의 경험을 완벽하게 전달하기 위해서는 마음 전체가 열려 있어야 하고, 자유가 있어야 하고 평화가 있어야만 하지요. 여성들에게 연 오백 파운드라는 것은 심사숙고할 수 있는 힘을 상징하며 문의 자물쇠는 스스로 생각할 수 있는 힘을 상징합니다. 여러분은 내가 물질적인 것을 지나치게 중요시한다고, 정신이란 그런 것들을 능가해야 하며 위대한 시인들은 종종 가난한 사람들이었다고 말할는지도 모릅니다. 그러나 위대한 시인을 만들어내는 데에는 지적 자유가 필요하고 지적 자유는 물질적인 것에 의존하며, 동시에 시는 지적 자유에 의존하지요. 가난은 노예만큼이나 지적 자유로의 해방을 꿈꾸기 어렵게 합니다. 여성들은 역사 이래로 줄곧 가난했고, 아테네 노예의 아들들보다도 지적 자유가 더 없었던 것입니다. 따라서 여성들은 시를 쓸 쥐뿔만한 기회도 갖지 못했습니다. 이것이 바로 내가 돈과 자신만의 방을 그렇게도 강조한 이유이지요.

실재를 추구하는 마음(6장)

나는 여러분이 여행을 하고 빈둥거리기도 하고, 세계의 미래와 과거를 사색하고, 책을 보고 몽상에 잠기며, 길모퉁이를 어슬렁거리고 상념의 낚시 줄을 강물에 깊이 드리울 수 있기에 충분한 돈을 소유하게 되기를 바랍니다. 여러분은 하찮은 주제라도 망설이지 말고 온갖 종류의 책을 써보기를 바랍니다. 여성들이 자연스럽게 써 내려가는 습관을 갖는다면 여러 가지 경험들은 틀림없이 픽션 예술에 도움이 될 것입니다. 작가는 다른 어떤 사람들보다도 이러한 실재의 현존 속에서 더 많이 살아갈 기회를 가지고 있다고 생각합니다. 그 실재를 찾아내고 모아들이고 다른 사람들에게 그것을 전달하는 것이 작가의 임무이지요. 실재가 아닌 것과 반목하며 사는 사람들, 그리고 실재를 추구하며 실재인 것 안에서 살아가는 사람들은 행복하지요. 허위의식 안에서 산다는 것은 불행이지요. 나는 다른 무엇이 되는 것보다 자기 자신이 된다는 것이 훨씬 중요하다고 말하고 있습니다. 사물을 있는 그 자체로 생각하라는 얘기입니다.

죽은 시인이 다시 태어나는 날을 위해(6장)

1866년 이후 영국에서는 여성을 위한 두개의 칼리지가 존재했고, 1880년 이후 결혼한 여성들이 합법적으로 재산을 소유할 수 있도록 허용되었으며. 1919년에는 여성에게 투표권이 주어졌지요. 대부분의 전문직이 여러분에게 개방된 지도 근 10년 되었습니다. 이제 우리 각자가 연 오백 파운드와 자신의 방을 가진다면, 우리가 자유의 습관과 자신이 생각하는 바를 그대로 써 내려가는 용기를 가진다면, 인간을 서로와의 관계에서가 아니라 실재와의 관계에서 보게 되고 또한 하늘과 나무를 혹은 무엇이든 간에 그것을 그 자체로서 보게 된다면, 우리 안에 죽어 있던 시적 천재성이 생명력을 끌어내어 태어날 것입니다. 셰익스피어의 누이였던 죽은 시인이 육체를 새로 입게 될 것입니다. 우리가 그녀를 위해 일한다면 그녀는 다시 올 것이며, 그런 일을 한다는 것은 가난과 무명 속에서라도 가치 있는 일이 될 거라고 나는 생각합니다.

✠ 〔세기말의 인상주의와 페미니즘〕미주

1) Arthur Schnitzler, Die Frau des Weisen. Erzählungen, Fischer Verl, 1997, p. 12.
2) 박찬기,『독일문학사』, 일지사, 1986, 411~413쪽 참조.
3) Arthur Schnitzler, die Frau des Weisen, p. 315.
4) 만프레드 마이, 임호일 옮김,『작품 중심의 독일문학사』, 동국대학교출판부, 2004, 134~135쪽 참조.
5) 팸 모리스, 강희원 옮김,『문학과 페미니즘』, 문예출판사, 1999, 48쪽.
6) 박종성,『20세기 영국소설의 이해』(현대영미소설학회 편), 신아사, 2002.
7) 서지문,「영미페미니즘의 대모들」,『한국영미문학페미니즘학회, 페미니즘 어제와 오늘』, 민음사, 2000, 39쪽, 48쪽 참조.
8) 위의 책, 47~48쪽 참조.
9) 버지니아 울프, 오진숙 옮김,『자기만의 방』, 솔출판사, 2004, 213~214쪽.
10) 위의 책, 220쪽.
11) 버지니아 울프, 이미애 옮김,『자기만의 방』, 도서출판 예문, 1997, 180쪽 참조.
12) 버지니아 울프, 오진숙 옮김,『자기만의 방』, 솔출판사, 2004.

Part 09

현대의 다양성과
인도주의적 이상

✳ 정신의 아름다움과 건강한 삶의 접목

✳✳ 헤세, 카프카, 토마스 만

꿈과 방랑과 예지의 작가 헤세

헤세는 1877년 뷔르템베르크 주 슈바르츠발트의 끝자락 칼브에서 태어났다. 아버지는 경건주의적 선교사였으며, 헤세는 어린 날 엄격한 아버지의 훈육에 갈등을 빚기도 했다. 헤세는 1891년 마울브론 신학교를 다녔으나 속박이 심하고 엄격한 학교교육에 적응하지 못하고 7개월 만에 그곳을 탈출 하였다. 이때의 체험은 초기작품 『수레바퀴 아래서』(1906)에 잘 반영되어 있다. 헤세는 이미 14살 때부터 "작가가 아니면 아무것도 되고 싶지 않다"는 생각을 가졌었다.

1894년 고향 칼브로 되돌아온 그는 시계공 수업을 하기도 했고, 1895년 튀빙겐에서, 그리고 1899년 스위스 바젤에서 서적상 점원을 했다. 서적상에서 많은 책을 읽고 쌓은 지적 감수성과 창작력을 발휘하여 쓴 『페터 카멘친트』가 1904년 발표되어 문필가로서의 명성을 얻었다. 이 책의 성공과 더불어 보덴제 근교의 가이엔호펜에서 자유문필가로서 활동했다. 1911년 인도로 여행하고, 1912년 스위스 베른으로 이주해 살다가 1924년 스위스 국민이 되었고, 1946년 노벨 문학상을 수상했다. 주전적인 풍조가 팽배한 당시에 평화와 반전의 글들을 발표함으로써 문단에서 고립되기도 했던 헤세는 전쟁이 끝난 후 남쪽 스위스의 몽타뇰라로 이사하여 1962년에 죽었다.

헤세는 꿈과 방랑과 고독 속에서 인생의 예지와 평화를 추구하는 작품들을 썼다. 토마스 만(1875~1955)과 거의 같은 시기에 작품 활동을 했고, 만과 마찬가지로 그 역시 노벨상, 괴테상을 수상했다. 토마스 만은 북부 독일 출신이었고, 헤세는 남부 독일 출신이었다. 북독과 남독의 기질적인 이원성이 이 두 작가들의 작품 속에서도 대조적인 색채로 드러나 있다. 산문정신이 투철하고 지성적 철학적 인간성의 깊이를 탐구한 만과는 달리 헤세는 서정적 전원적 시풍과 인간의 감성과 영혼의 깊이를 탐구하는 내면적 문학세계를 이룩하였다.

헤세는 19세기 말과 20세기의 혼돈의 시기를 살면서 고도의 산업화와 자연 착취와 전쟁의 시대에서 '자연적인 삶'의 이념을 문학 창작의 기조로 삼았다. 1차대전의 충격으로 심리적 요양치료를 받기도 했던 그는 현대 산업사회의 모순된 기술문명과 그 폐해를 비판한다. 소란한 모든 소리와 생활을 거부하고 원래적 삶으로 되돌아가려는 문화 염세주의적 색채를 띤 그의 작품은 자연과의 조화된 상태를 동경하면서 얽매이지 않는 자유로운 유랑생활에서 나온 서정시와 정치비판적, 문화비판적 에세이들, 단편, 장편소설들을 포괄한다.

초기에 헤세는 『페터 카멘친트』(1904), 『수레바퀴 아래서』(1906), 『크눌프』(1915)를 발표하여 수많은 독자들을 감동시켰으며, 슈바르츠발트의 어린 시절과 학창시절의 교육적인 위기, 관례와 사회규범에 대한 저항, 인간의 정신적 불안과 회의에서 오는 문화비판적 사고를 보여준다. 특히 『페터 카멘친트』는 작가지망생인 농촌청년 페터가 자연과 인간을 순수하게 사랑하고 삶을 보다 깊이 이해해 나가는 생의 여정을 그린 교양소설이며, 영혼과 자연의 합일이라는 테마를 우울하고 서정적으로 묘사하여 큰 반향을 불러일으켰던 최초의 작품이다.

헤세의 초기 작품들에 비해서 후기 작품들에 보이는 결정적인 변화는 서정적, 낭만적 자세로부터의 전환이다. 『데미안』(1919), 『싯다르타』(1922), 『나르치스와 골드문트』, 『황야의 이리』와 같은 작품들에서는 낭만적 색채가 지양되며, "문화 염세적인 해결이 점차 문화 속에서의 의미발견을 통해 교체되어진다."[★1] 혼란과 무질서, 가치 전도와 사상의 붕괴를 체험한 작가의 절망감이 대지나 신의 품에 안김으로써 통일의 세계, 현실을 긍정하는 믿음을 보여준다. 『동방기행』을 거쳐 『유리알 유희』(1943)에 이르면 내면의 길에 이르는 양극성이 지양되고 완전한 조화에 대한 투시와 체험이 그려진다. 『유리알 유희』의 주인공 크네히트는 삶과 죽음의 발전과정을 통하여 인간 성숙의 최고 단계인 현인에까지 다다를 수 있다는 가능성이 시사된다. 작가는 히틀러가 전 유럽을 야만적으로 이끌어 가는 데 대해서, 그리고 유럽의 무의식과 기술, 소란스러운 상태에 대해서 절망한 나머지 현대의 천박한 시대와는 거리가 먼 새로운 정신문화의 모델, 즉 수도원과 같은 카스탈리엔이라는 교육적 이상향을 창조한다.

헤세와 청소년 문학

헤세는 단순한 청소년 문학가만은 아니다. 그러나 그의 작품의 절반 정도는 "어린 시절과 학교 시절에 대한 기억들을 가공하여, 자유와 훈육 사이의 긴장과, 공동체와 개성 사이의, 호기심과 금기사이의, 본능적인 행동양식과 인습적인 행동양식 사이의 갈등을 그리고 있다."[2] 『어린이 시절』, 『라틴어 학교』, 『청춘은 아름다워라』, 『데미안』 등과 같은 그의 작품의 주인공들이 제목에서 보여주듯이 소위 사춘기의 청소년이 직면한 심리적 변화와 적응력을 문제 삼을 뿐 아니라, 그의 독자층의 절반 이상이 14세에서 30세 사이의 연령그룹에 속한다. 이점이 종종 그를 '청소년 작가'라는 담론에 휘말리게 한다.

사춘기, 그러니까 변혁과 변화와 차별화와 유연성을 위한 준비이자 필연성인 사춘기는 그에게는 일회적인 것이거나 나이에 따라 생물학적으로 고정되어진 것이 아니고 바로 생의 필연성이다.[3]

두 번째 이유는 헤세는 청소년기를 묘사할 뿐 아니라 특히 청소년들에 의해서 읽혀지고 수용되고 가공되고, 자신의 생 안으로 끌어들여진다는 것이다. 그것은 문학이 생에 작용할 수 있는 영향의 한 예다. 헤세의 대부분 작품들의 주인공은 젊은(청소년) 독자에게 동일시를 야기하고, 문학적 형태들 안에서 다시 인식되면서 그 형태들의 투쟁 안에서 자신의 문제들이 함께 감동되고 가능한 한 풀려지는 것이다.

헤세의 작품들은 49개의 언어로 번역되고, 거의 40권의 책들로 이루어져 있으며, 그의 독자들의 절반이상은 14세에서 30세까지의 연령층에 속한다. 헤세 수용은 여태까지 세 개의 정점에서 극을 이루는데, 제1~2차 세계대전 이후에는 독일에서 붐을 이루었고, 1960년대의 베트남 전쟁 중에는 미국에서 붐을 이루었다. 헤세는 미국에서 몇 년 사이에 지난 백여 년 동안 가장 많이 읽히고, 가장 많이 번역되어진 유럽 작가가 되었다. 그러나 지극히 개인적이고 또 자서전적 경향이 강한 작품들은 그 예술적 질이 많이 논박되긴 했지만, 그 작품들이 미국에서 특히 사회적으로 새로운 방향 정립을 위해 노력하는 면에 미친 탁월한 영향은 많은 연구와 다양한 숙고의 계기가 되기도 했다.

헤세는 젊은 세대에게 억압과 우울과 파국의 시기 중에 점차 증가해 가는 이익추구와 기계화의 해독에 대한 혜안을 열어주는 한 작가로 읽힌다. 동시에 그는 환각적이고 심령적인 체험의 안내자로 보는 분명한 오해도 받고 있다. 생의 상태의 전복뿐 아니라 사회적, 문명적 부패의 찌꺼기들에 대한 고발과 저항은 젊은 사람들로 하여금 1900년대의 청소년운동(Wandervogel)이 헤세의 초기 작품과 관련되어 있음을 알게 해준다. 헤세의 작품은 청소년들로 하여금 "자기 자신에게 이르는 길을 발견하는 신호로서, 기술문명의 영혼 상실을 극복하는 신호로서 이해되며, 자아의 인격 발전을 통해서 세계를 인간화하는 신호로서 이해된다."★4) 다시 말하면 청소년들에게 어떻게 살아야 하는지, 그 방식과 예지를 깨닫게 해준다.

인간의 존엄성과 지성적 산문정신 : 토마스 만

토마스 만(1875~1955)은 독일 북쪽의 유서 깊은 한자도시 뤼벡에서 부유한 상인의 아들로 태어났다. 그의 아버지는 곡물 무역상을 경영하는 거상이었을 뿐 아니라 명예 네덜란드 영사와 뤼벡 시의 참사관을 역임했다. 어머니의 선조들은 수세대 동안 식민지 브라질에서 활동적인 무역상을 했다. 만의 아버지와 어머니는 서로 다른 기질의 인물이었는데, 전형적인 시민의 상인 아버지와 정열적이고 피아노 연주를 빼어나게 하는 예술적 어머니 상은 토마스 만 작품에서 중요한 모티브가 된다.

키가 크고, 생각에 잠긴 듯 한 푸른 눈을 가진, 항상 단추 구멍 속에 들꽃을 꽂고 있는, 깔끔한 복장을 한 신사★5)

정확하고, 약간 우울한 성향이 있는, 사려 깊은 신사★6)

아름답고 검은 머리를 지닌, 불꽃같은, 뛰어난 솜씨로 피아노와 만돌린을 연주하며, 약간 경박한 성향을 지닌 어머니★7)

토마스 만 사상의 예술과 생, 또는 정신과 생의 대립의 명제 속에서 아버지적인 것과 어머니적인 것의 대립은 곳곳에서 그대로 묘사되고 있다. 관료적이고 냉정하고 고지식한 아버지와 아름답고 관능적인 어머니로 표현되는 수식어들은 서로 반대되는 두 인물의 본질을 규정한다. 토마스 만의 집안은 음악적이었다. 어머니의 피아노 연주에 토마스 만은 바이올린으로 반주를 했고, 어렸을 때부터 음악과 연극놀이에 애착을 가졌다. 바그너 연주회를 관람하고 인형극놀이에서 창작적 재질을 발휘했고, 특히 뮌헨으로 이주해서 초기 작품들이 씌어졌던, 아직 결혼하기 이전, 소위 뜨내기 시절이라고 부를 수 있었던 시기에는 매주 바그너 오페라를 즐겼다. 토마스 만이 어린 시절을 보냈던 뤼벡의 시민적 덕성의 분위기와 아버지의 죽음이후 떠나왔던 뮌헨의 허영과 방종의 보헤미안적 기질, 아버지로 대변되는 근면성과 도덕성, 어머니로 대변되는 예술성과 관능적 아름다움, 이 두 세계의 양극성과 이원성은 토마스 만 전 작품의 기저를 이룬다.

어렸을 때부터 형 하인리히 만과 세 누이들도 도대체 사업과는 거리가 먼 특성의 소유자들이었다. 자유시 뤼벡의 명망 있는 가문은 토마스 만과 하인리히 만의 대에 이르러 몰락의 길을 걷게 되었다. 일찍부터 감성적인 음악과 문학의 세계에 심취해 있던 이들 형제들의 예술가 기질과 감수성은 아버지 대의 상업정신과 시민적 활동의 의지를 상실하고 있었던 것이다. 아버지 사업의 몰락과 죽음은 토마스 만에게 그의 어린 시절의 결정적인 해체를 의미했다. 그것은 개인적으로, 또는 가문 전체의, 더 나아가 그 시대의 시민사회의 몰락의 현상을 의미했다. 그것은 세기말의 혼란, 가치전도, 정신적·도덕적 몰락의 감정과 일치했으며, 이러한 종말의 징후에서 그의 창작이 시작되었다.

열일곱 살 때 아버지가 사망하자 토마스 만은 어머니와 함께 남쪽 독일 뮌헨으로 이주하게 되었다. 그는 뮌헨 공과대학에서 잠시 수학하다가, 이탈리아 로마와 팔레스트리나로 여행하면서 장편 『부덴브로크 일가』(1897)를 쓰기 시작했다. 그 무렵 그는 『타락』(1894)과 첫 단편집 『키작은 프리데만씨』(1899)를 통해 문단의 주목을 받았다. 『부덴브로크 일가』(1901)의 성공과 함께 결정적으로 『마의 산』(1924)을 발표함으로써 그는, 예술을 통한 생의 윤리적 성취와 유럽 시민사회의 문화적 비판의식을 철학적·심리적·사실적으로 묘사한 그간의 실험적이고 독자적인 산문정신을 인정받아 1929년 노벨 문학상을 수상했다. 이는 인간의 존엄성과 정신의 고귀함을 부르짖고 민주주의와 인도주의를 주장한 작가의 인간성 이념의 승리라 하겠다.

나치즘과 독재에 항거하다 1938년 미국으로 망명하여 미국 시민권을 획득하게 되며, 2차 세계대전이 끝난 후 1952년 스위스로 돌아와 그의 생애를 마감하기까지 많은 작품들을 썼다. 『바이마르의 로테』(1939)나 『파우스트 박사』(1947) ·『선택된 인간』(1951), 『고등 사기한 펠릭스 크룰의 고백』(1954)과 같은 후기 작품들에서는 초기의 예술가 정신에 대한 논박들이 뒤로 물러나 있다. 그 대신 생에 대한 봉사와 사랑의 성취를 통해서 인간성의 이념이 구출되는, 즉 예술가와 시민의 대립이 지양되는 지점에서 그 둘이 서로 화해함으로써 생을 윤리적으로 성취시키는 "예술가의 사회적 의무의 관점"[8]이 그려져 있다.

일생 동안 토마스 만은 시민성과 예술성, 즉 삶과 예술의 대립과 갈등을 관찰하고 해부하여 투철한 산문정신으로 구체화하려 애썼다. 부계의 시민적 질서감과 모계의 예술가적 감수성이라는 출생의 이원성을 운명적으로 물려받은 그는 사상적 이원성과 함께 이를 극복, 조화시키기 위해 평생을 고뇌 속에서 투쟁했다. 그는 쇼펜하우어와 니체, 바그너의 사상을 자기 것으로 소화하여 그 사상적 깊이를 더하고, 견고한 구성과 다듬은 언어로 작품화함으로써 20세기 독일의 가장 탁월한 작가로 평가받고 있다.

빛과 출구가 보이지 않는 터널 : 프란츠 카프카

유대와 프라하와 독일
유럽의 낭만적, 문화적 고도(古都), 체코의 프라하에서 프란츠 카프카(1883~1924)는 유대 상인의 아들로 태어났다. 독일과 체코, 유대라는 세 낱말은 카프카의 생과 저술의 중요한 키워드가 된다. 그는 생애의 대부분을 프라하에서 보냈고, 독일계 김나지움에서 공부하고, 프라하 대학에서 법률학을 공부했다. 그의 생애는 단조로울 정도로 별 변화가 없었고, 여행도 하지 않았고, 교양을 위한 별다른 체험도 없었다. 카프카는 "동시대의 유명한 오스트리아 작가들인 무질이나 호프만슈탈, 릴케, 트라클 등과도 교유하지 않았다. 짧은 기간의 법률사무소 근무를 빼면 거의 한 곳에서 14년 동안 법률가로 일했다. '왕립근로자상해보험회사' 한 직장에서 근무하며 카프카는 오직 한 가지 욕구, 저녁과 밤 동안에 '글을 끄적거리는 일'을 할 수 있었다."★9) 그것은 그에게 글을 쓸 수 있는 돈과 시간을 허락했고, 특히 집으로부터의 독립, 아버지로부터의 독립을 가능케 해준 일이었다.

카프카는 특히 아버지의 속물적 기질에 대해 저항감을 가졌다. 아버지는 푸줏간 출신의 가난한 체코계 유대인으로 일생 경제적 성공과 신분 상승의 욕구만을 추종했다. 아버지는 독일계 유대인인 어머니를 맞이하여 어느 정도 가난을 모면할 수 있었다. 카프카의 폐쇄적이고 비사교적이고 소심한 성격은 어머니를 닮았고, 어머니는 아들의 성격이나 문학적 시도를 이해할 줄 알았다.

카프카는 "학교나 가정으로부터 관심을 받지 못했고, 착실하지만 태만해 보이고 수줍고 눈에 띄지 않는, 안정감이 결여되어 있는, 그리고 옷차림도 수수한 그런 아이였다."★10) 하지만 타고난 수줍음과 정의감, 냉정함과 비판적 상상력으로 인하여 그는 늘 주위의 사물들에 대해 낯선 거리감과 불안정한 감정을 지녔다. 그는 자신의 주변세계에 대해 거리감과 불안감과 냉담함으로 자신을 폐쇄시켰다. 오직 폴락과 브로트만이 겁 많고 망설임 많은 카프카를 외부세계와 연결시켜 주는 창구역할을 했다. 이후 폴락도 떠나고 브로트는 외부세계에 자기 작품을 낭독하게 해주고, 새로운 작품을 쓰도록 격려해줌으로써 1912년까지 카프카를 주위와 소통케 해주었다.

고립과 석화의 삶

1909년부터 1912년까지 카프카는 긴 여행들을 막스 브로트와 함께 하면서 사회와 인간에 대해 가까이 다가가는 느낌을 가졌었다. 그러나 "1912년 브로트와 함께 한 여행을 끝으로 그 해 가을부터 카프카는 결정적인 전환점에 이른다. 외부로부터 영향을 배제하고 차단해 버리고 고립과 석화의 국면으로 들어간다."★11) 이 무렵 그는 오직 쓰는 일에만 몰두하여 첫 번째 주저들을 탄생시키지만, 이후 1910년대에 이르기까지 그의 일기책들과 편지들에는 항상 불안이라는 말이 나타난다. "외부세계가 자신의 고유한 현실 속으로 틈입해 오리라는 불안, 죄의식을 통하여 이 내면의 자유가 파괴되리라는 불안, '살지 않은 생'에 대한 후회와 자기의 생(生)이 '무(無)'라는 불안이 되풀이해서 떠오른다."★12)

카프카는 오래 전부터 외부세계가 자신의 실재세계에 가져다줄지도 모르는 변화에 대한 두려움, 발한증과 무서운 꿈으로 전신이 허약해 있었다. 다른 사람들과 소통과 사랑을 하지 못하고 자기 생을 제대로 살지 못했다는 불안감에 시달렸다. "카프카의 자연스러운 생에 대한 동경과 그 시도는 전혀 이루어지지 못했다. 그것은 사람들이나 주위 환경에 부딪쳐서 좌초한 것이 아니라 그 시도의 성공을 전적으로 문학에 바쳐진 생에 대한 보조구성으로만 여겼던 그 자신에 부딪쳐서 좌초한 것이다. (…중략…) 쓴다는 것은 내 삶을 지탱해 주는 것이다. 쓰지 않으면 내 생이 더 좋아지리라는 생각은 하지 않는다. 그러면 그 생은 오히려 더 나빠질 것이며, 참을 수 없는 망상으로 끝나버림에 틀림없다. 쓰지 않는 작가는 넌센스와 망상을 유발하는 괴물과 같다."[★13]

1912년 이후 카프카는 어떤 교우 관계도 맺지 않고 세 번의 약혼을 파기했다. 죽기 몇 달 전 베를린으로 떠나와 생애의 마지막 반려자 도라 디아만트와 함께 지낸 시간은 어느 때보다도 행복하고 감사했다. 34번째 생일에 각혈을 세 번이나 한 이후 요양을 하기도 했던 카프카는 폐결핵의 악화로 41세 생일을 한 달 앞둔 1924년 6월에 사망하여 "그가 평생을 사랑하고 증오했던 도시, 위험스러운 다양성과 생소함이 현대적인 소외의 면모들을 지니고 있는 도시 프라하"[★14]에 있는 유대인 묘소에 묻히게 되었다.

카프카는 미완성의 단편들을 없애달라고 유언장에 적었다. 막스 브로트는 카프카의 의도와는 반대로 카프카의 유작들을 출판함으로써 우리에게 인간 카프카와 저술가 카프카의 면목을 어느 정도 알려준다. "그가 죽을 때까지 카프카는 주위의 지인들 사이에서만 알려져 있었다. 그가 죽고, 그의 장편소설들이 출간된 이후부터 서서히 이 영향권은 확대되었다. 2차 세계대전 이후에야 카프카의 세계적인 영향은 시작되었고, 사람들은 그를 프랑스 초현실주의와 실존주의의 선구자로서 인식하게 되었다."[★15]

카프카의 생애가 우리에게 잘 알려지지 않았던 이유는 1933년 히틀러가 집권한 해에서 1945년까지의 정치적 사건들과도 무관하지 않다. 1935년에 시작된 최초의 전집출판은 방해, 금지당했다. 나치가 체코를 점령하자 카프카의 세 여동생들은 아우슈비츠 강제 수용소로 끌려가 죽음을 당했고, 많은 친척들과 친구들도 비슷한 억압을 받았다. 문서와 기록들이 유실되었으며, 브로트는 1939년에 이민가지 않으면 안 되었다. 흔히 '고독의 3부작'이라고 하는 카프카의 소설은 『아메리카』(1927), 『소송』(1925), 『성』(1926)을 말하지만, 단편 『변신』은 대중들에게 가장 사랑받는 작품이다.

미로의 작가, 부조리의 작가

『관람석에서』라는 산문작품에서 카프카는 원형 서커스 극장을 돌고 있는 여배우의 끊임없이 단조로운 회전을 다음과 같이 묘사한다.

우리는, 세속의 오염된 눈으로 보면, 긴 터널 속에서 불의의 사고를 당해 갇혀 있는 여행자의 상황에 처해 있다. 그들은 처음의 빛을 더 이상 보지 못하고, 끝의 빛은 단지 미세하게 보여서, 눈은 끊임없이 빛을 보아야 하나 끊임없이 빛을 상실할 정도로 처음과 끝이 안전하지 못한 그러한 지점에 있다. 우리는 주위 사방에서 감각의 혼란과 감정의 민감성 속에서 오직 흉물을, 그리고 개인의 기분이나 상처에 따라서 혹은 황홀하고 혹은 피곤한 만화경의 유희를 보고 있다. '무엇을 해야 할까? 무엇하러 그것을 해야 할까?'와 같은 질문은 이 영역의 문제는 아니다.★**16**)

카프카의 작품이 표현하는 미궁과 출구 없는 세계, 이 때문에 카프카는 '미로의 작가'(퐁스)라고 말해지기도 한다. 확고한 지상적 질서와 초지상적 질서에서 벗어나서 카프카는 목적도 없이, 불빛도 없이 갈피를 못 잡고 있는 것이다.

카프카에게 인간은 생과 사, 내재와 초월 사이의 역설적이고 부조리한 상황 가운데 처해 있다. "그의 작품세계는 선과 악의 절대적인 대립이 결여되어 있고, 더 이상 기존의 도덕적, 사회적 질서의 범주에 의해서 규정되지 않는다. 그 때문에 거기에는 생의 불안이 지배하고 있다."[*17] 카프카의 세계는 윤리적, 법률학적, 그리고 그 밖의 질서들이 더 이상 가치 있는 것으로 생각되지 않는다. 인간의 행위를 그가 목적하지 않는 다른 방향으로 조종하는 눈에 보이지 않는 낯선 힘이 인간의 의지에 맞서서 대항하기 때문에 의지는 발전할 수 없다. 인간을 불안하게 하고 인간의 의지와는 반대로 생의 방향을 인간에게 지시하는 것은 미지의 것이며 낯선 것이며 이해할 수 없는 것이다. "까뮈(Camus)는 카프카를 부조리의 철학자로 파악한다. 인간과 세계는 서로 마주보고 서 있고 인간은 질문한다. 그러나 세계는 애매하게 침묵한다. 이것은 카프카의 본질적인 특징을 이루지만, 엄밀히 말해서 그것은 까뮈만의 견해일 수도 있다. 그러나 주어진 전제로부터 기대되는 결론이 나오지 않고 그 반대가 나오는 한 카프카의 세계는 부조리에 부합된다."[*18]

카프카 문체의 특징

비제(Wiese)는 "카프카 산문의 지속적이고 매력적인 효과는 문학비평과 미학의 전통적인 카테고리를 과도하게 거부하는 문체의 새로움과 관계가 있다고 지적한다."[*19] 그리고 펠릭스 벨취(Weltsch)는 카프카 저술의 특징적인 묘사, 즉 섬뜩하지만 의미심장한 상황들의 서술을 '카프카적인 것'이라고 정의한다. 이것은 카프카 문체의 방향과 문학적 흐름의 특징을 말하고, 카프카의 풍조를 말한다. "천리안적으로 내다본 기발한 착상들을 그는 사실적인 문체로 묘사한다. 그의 언어는 분명하고, 객관적이고, 기록적이다. 객관적인 보고처럼 서술되어진 것과 냉담한 거리를 취한다. 체험된 현실과 정신적으로 내다본 환상적인 것이 결합되어 있는데도 독자는 문체의 간극을 느끼지 못할 정도로 실제의 세계 속으로 비실제적인 것이 들어온다. 환상적인 것은 실제로 나타나고, 실제적인 것은 다시 환상으로 나타난다. 비합리성과 비현실의 영역에서도 사건들은 논리적으로 연결된다."★20) 그리하여 카프카 작품의 어떤 부분은 비극적으로 보아야 할 것인가, 혹은 희극적으로 보아야 할 것인가가 분명치 않게 된다.

카프카에 대해서는 여러 가지 해석이 가능할 수 있다. 동시에 이 사실은 그에 대한 이해를 어렵게 하고 또 그의 연구를 매력 있게 한다. 결국 우리는 뒤돌아 볼 때에 모두 동일한 목표로 통하는 여러 개의 길을 통해서 빛을 본다. 우리들은 전에 알지 못하고 지나쳤던 많은 열려진 문들을 통해서 먼 곳으로부터 빛을 볼 뿐이다. 다양한 관점들, 종교적인, 철학적인, 심리학적인, 사회학적인, 혹은 사회정치적인 관점들에서 그의 작품들을 해석하려는 여러 가지 시도들로 인해서 카프카에 대한 연구문헌은 오늘날 큰 도서관을 이룬다. 그리고 그의 작품들을 극화해서 무대 위에 올리려는 시도들도 많아졌지만 그의 소설들의 인기에 비하면 그렇게 큰 반향을 불러일으키지는 못했다. 어쨌든 그의 작품을 표현주의, 초현실주의, 허무주의, 실존주의 같은 일정한 문학적 방향으로 규정하는 것은 자칫 오류로 이끌어질 수도 있다. 또한 그의 작품과 다른 작가들과의 관련성을 추측할 수도 없다. 카프카는 독특하고 '카프카적'이다.

✱ 삶의 근원적 힘,
자아에 대한 확신과 사랑

✱✱『수레바퀴 아래서』

줄거리

　주인공 한스 기벤라트는 정직하고 건강한 소시민 요셉 기벤라트의 아들로 어머니는 병으로 일찍 세상을 떠났다. 소년은 신체적으로 연약하나 끈기와 집념과 공명심에 불타고, 그 마을에서 수백 년 동안 나오지 않았던 천재이자 재주꾼으로 늘 일등만 하는, 마을의 희망이었다. 아버지의 명예욕과 교장 선생님의 부추김, 목사에 이르기까지 과열된 교육열에 힘입어 한스는 밤늦게까지 공부해야 했으며, 또래친구나 놀이친구와는 담을 쌓고 살아야 했다. 그는 낚시질이나 토끼 기르기, 그리고 사계절의 음향과 빛깔, 그러한 것들을 즐길 여유가 없었다.

　드디어 그는 슈투트가르트 주 시험에 합격했다. 그는 마울브론 신학교와 튀빙겐 신학대학으로까지 계속 장학금으로 수업 받게 되었고, 그 다음에는 목사나 교사직으로 나가게 되어 있었다. 그는 주 시험에 합격한 후에도 마을 목사와 교장선생님의 부추김으로 과외를 받고 다음 과정을 위해 준비해야 했다. 한 달 동안의 휴식을 반납하고 꾸준히 공부한 덕분에 그는 마울브론 신학교에서도 수석을 할 수 있었다. 한스는 우등생이자 모범생으로 인정받았다.

그러나 한스는 헤르만 하일러라는 친구와의 사귐을 통해 목적지향적인 학교교육의 의미를 의문시하게 된다. 하일러는 조숙하고 반항적이며, 삶과는 거리가 먼 교육을 비판하고 학교의 억압에 대해 반항한다. 교사들은 이 우정을 방해하고자 한다. 그러나 다른 한 학생의 죽음은 이 두 사람을 더욱 결집시킨다. 한스는 자신의 뜻과 욕구를 표현하지 못하고 타의에 의해 행동을 결정해야 되는 데에 회의한다. 여태까지 공부밖에 몰랐던 자신이 의문시 되고 자신의 직업과 미래에 대한 표상이 흔들리기 시작한다. 한스는 자신의 진정한 욕구에 따르지 못하는 억압적 환경들에 저항해보지만, 생각은 행동으로 연결되지 못하고, 한스의 성적은 떨어진다. 그리고 학교와 부적응 상태에 있었던 하일러는 마울브론을 탈출한다. 한스는 혼자 남게 되고, 선생들은 그를 마치 나병환자라도 되는 양 취급한다. 한스는 우울신경증에 시달리며 수업 중에 엉엉 울어보지만 소용이 없다. 한스는 더 이상 학교생활을 버틸 수 없어서 겨우 일 년 가까이의 신학교 체재 끝에 그의 아버지에게로 돌아온다. 그럼으로써 소년의 희망뿐 아니라 아버지의 기대, 그리고 마을 사람들의 기대도 산산이 부서진다.

고향으로 돌아와서도 한스의 상태는 더 좋아지지 아니하고 점점 우울해진다. 한스는 주위와 사회의 기대 때문에, 또 학교의 업적추구 때문에 빼앗겼던 자신의 어린 시절을 되찾아보려고 노력하지만 헛되었다. 그는 신경쇠약에 빠지고 미래에 대한 조망도 사라진 상황에서 자살을 생각하기도 한다. 가을날 그는 과일즙을 짜는 데에서 알게 된 엠마라는 아가씨와 첫사랑에 빠지지만, 첫사랑의 흥분과 기대도 그녀가 그를 진지하게 취급하지 않는다는 확신만 남긴 채 무참히 깨어지고 만다.

고향 생활에 적응하고 훗날의 생업을 위해 한스는 기술자가 되기로 결심하고 탑시계공장에 들어간다. 작업장의 도제들과 동료들과 함께 사는 생활 가운데서 한스는 새로운 만족감을 느끼는 듯싶었다. 그러나 마을 사람들의 무관심과 냉대, 미래에 대한 불투명한 조망, 그리고 엠마와의 사랑의 환멸 등은 그를 다시금 가차 없는 좌절과 고독 속으로 몰아넣으며, 한스는 희망을 찾지 못한다. 얼마 되지 않아, 동료들과 일요일에 소풍을 갔을 때, 술을 너무 많이 마시고 못 피우는 담배까지 피우고 집으로 혼자 돌아오는 길에 한스는 더 이상 집에 이르지 못한다. 한스는 끝내 흘러가는 강물위에 몸을 맡겨 버린다. 다음날 아침 그의 시체는 강물에서 꺼내어진다. 그가 어떻게 해서 물에 빠졌는지는 아무도 알 수가 없다.

어린 시절의 위기와 상처

『수레바퀴 아래서』는 작가가 고향마을에서 다녔던 초등학교 상급 학년 시절의 체험과 처음으로 신학을 공부하기 위해 떠났던 마울브론 신학교의 체험이 그려져 있다. 아주 어려서부터 작가가 되겠다는 소명감을 가진 헤세는 학교와 선생과 가정에서 올바른 이해를 받을 수 없었다. 그는 마울브론 신학교에서 도망쳐 나왔고, 기술자 직업훈련을 받아야 했으나 육체적으로 맞지 않았다. 학교와 가정에 대해 반항적이었던 헤세는 가끔 신경정신과 병원에서 치료를 받아야만 했다. 이 소설에서 그는 자신이 어린 시절에 겪었던 체험의 충격과 마음의 상처를 한 소년의 이야기 속에 옮겨 놓았다.

"정신 똑바로 차려. 안 그러면 수레바퀴 아래에 깔리게 돼."[21]라는 교장 선생님의 말처럼, 사회 분위기와 교육제도, 그리고 업적 지향적인 어른 세대의 기대에 부응하지 못한 한 가냘픈 영혼은 파멸하고 만다. 1906년 발표된 이 소설의 시대적 배경과 교육적 환경이 백년도 더 지난 우리의 현실과 너무나도 유사하다. 얼마나 많은 젊은이들이 좌절하며 죽어 가는가. 작가는 20세기 초 독일사회의 가치의식과 교육제도, 기성세대의 가치관에 문제가 있음을 비판한다. 작가는 주로 제도와 학교교육, 부모와 교사와 주위 사람들의 이해 부족과 속물의식 등이 어린아이에게 어떠한 결과를 가져오는지 잘 보여준다. 자아형성의 결정적 단계로서의 어린 시절과 청소년 시절이 인간성의 형성과 내면적 욕구에 어떠한 영향을 미치는가에 대한 깊이 있는 성찰을 지시한다.

헤세는 "사회와 충돌하는 단계로서의 어린 시절과 청소년 시절을 중시하며 개인적인 자아탐구의 과정에서 필연적으로 야기되는 인간 본성과 내면적 욕구에 대한 깊이 있는 탐구와 성찰을 시도한다. 이 소설은 결코 놓칠 수 없는 인간 내면의 순수성, 즉 사춘기를 일회적이 아니고 일생을 꿰뚫는 생의 필연성으로서 이해하고 중시하고 있다.[22] 이 점은 헤세를 청소년 문학가로 분류하는 하나의 타당성을 주기도 한다. 헤세는 많은 작품가운데서 이야기하듯이 이 소설에서도 말한다.

어린 시절은 완전히 살아져야 한다. 그것은 단축되어서도 안 되고, 회복될 수도 없는 것이다.[23]

작가는 숨 막히게 인간 본성의 출구를 막아버리는 사회적 제도와 기성세대의 몰이해와 비교육적 가치관, 조잡한 생의 현실을 담담하게 묘사한다. 그럼으로써 이 소설은 역설적으로 "그 당시의 부모와 선생, 후견인들에게 한 건강하고 재능 있는 젊은이를, 그 싹을 잘라버림으로써 어린 싹을 가장 빨리 시들어 죽게 만들어서 어떻게 효과적으로 파멸시키는가를 안내해 주는 안내서일 수도 있다."[★24) 주인공의 좌절과 파멸은 작가가 기성세대, 교육자, 그리고 어린이의 조건을 고려하지 않는 비교육적 가치관에 대한 질책과 고발이다. 나아가서 그것은 순수성과 삶의 본질적 가치로서의 어린 시절과 청소년 시절을 영원한 삶의 가치로서 인정하고 추구하고자 한 작가의 의도이자 추구인 것이다.

자아에 대한 확신과 사랑

작가는 이 소설에서 사회학적, 교육학적, 심리학적, 신학적 문제들과 연관을 맺으며 실제 생활과 훈육의 면에도 깊이 천착해 있다. 어린 시절을 어린애답게 온전하게 살아보지 못한 한스의 비극은 어디에 있는 것일까? 그것은 한스의 정체성을 상실하게 만든 주위환경, 즉 부모와 선생, 목사 그리고 학교교육, 또는 제도임에 틀림없다. 하지만 작가는 사회와 교육에 대한 비판보다는 오히려 자아형성 과정에서 좌절하는 젊은이의 영혼의 아픔과 내면성에 이르기 위한 자기투쟁의 혹독한 시련에 중심을 맞추고 있다. 교육과 사회가 제도적으로 개선되어야 하겠지만, 이러한 비판보다는 젊은이의 성숙과정에서 삶의 근원적인 힘인 자아에 대한 확신과 사랑을 배워야 함을 더 강조한 것이라고 보여진다.

한스 기벤라트는 어른들의 기대감과 성취 욕구를 적절히 다스리지 못하고 공포와 몰이해와 적대감 속에서 자아 정체성을 제대로 확립하지 못한다. 그의 죽음은 자신의 순진한 정열과 의욕과 주위의 기대감에 적절히 대응하지 못한 미성숙과 자기 확신에 문제가 있다. 자아에 대한 확신과 사랑을 결여하고 있는 미숙하고 건강하지 못한 그의 정신력에 문제가 있는 것이다. 어쩌면 작가는 그의 정신적 반대 모델이라고 해야 할 하일러의 행동 방식을 우리에게 제시하고 있다고 할 수 있다. 하일러는 정열적이고 재주 있고 반항적이었다. 자유로운 영혼 하일러는 수도원을 도망쳐 나왔고, 자기의 의지가 교장의 명령이나 금지보다도 강하다는 것을 보여주었다.

그 정열적인 소년은 후에 더욱 여러 가지의 천재적인 업적과 방황을 거듭한 끝에 인생의 고뇌에 의해서 엄격하게 단련되어 큰 인물이라고까지는 할 수 없어도 의젓하고 당당하게 성장하여 훌륭한 인간이 되었다.[25]

자주적인 인간 하일러는 한스에게 구제의 가능성일 수도 있다. "작가는 재주 있고 시를 쓰는 하일러를 끌어들임으로써 문학적인 기교를 적용한다. 이 기교는 헤세가 후에도 더욱 자주 사용하게 되는데, 이는 두 친구가 작가의 양면을 구체화한다는 것이다. 즉 기벤라트가 과거의 헤세의 모습이라면, 하일러는 훗날 헤세가 인생에서 무언가가 되고자 할 때 그렇게 되어야 하는 그런 모습이다."[26]

한스 기벤라트는 하일러처럼 예술이나 운동 등의 취미에 몰입하면서 현실세계로 나아가는 삶의 궤도에 진입해야 했다. 헤세 자신이 어느 한 시기 자신의 정체성을 글 쓰는 데서 발견하고 자살의 욕구에서 탈출했듯이. 그러나 불행히도 한스는 시 짓는 능력을 갖고 있지 않다. 줄을 깎거나 나사못을 만드는 일에서도 한스는 기쁨을 느낄 수가 없다. 한스는 정체성과 적성을 찾기에는 너무 무능하고 연약한, 장애자 아닌 장애자 같은, 순진무구한 바보 같은 천성으로 그려져 있다. 비록 그가 촉망받는 어린이로 묘사되어 있지만, 홀로 서게 하지 못하는 주위 환경에 대처하기에는 너무 무기력한 존재이다. 한스는 탑시계 공장에서 친구 아우구스트나 구두방 아저씨 프라이타크와 함께 고향에 묻혀 하고 싶은 대로 하면서 진정한 자기 자신의 주인이 되어야 했다. 끊임없이 돌아가는 수레바퀴처럼 끝까지 몰아대는 타자적 생의 수레바퀴에 깔려 죽어가는 한스의 모습은 올바른 자아를 확립하기엔 너무 유약한 정체성 상실의 비극이 아닐 수 없다.

✱ 주변세계와 내면세계의 불일치

✱✱『변신』

줄거리

"그레고르 잠사는 어느 날 아침 불안한 꿈에서 깨어났을 때, 자신이 잠자리 속에서 한 마리 흉측한 해충으로 변해 있음을 발견했다."[27] 그레고르는 꿈일지도 모른다고 생각하며 자명종이 울리자 출근을 하려 시도했지만 몸이 말을 듣지 않았다. 그는 아버지가 파산한 이후 가족에 대한 의무감으로 외판원을 하면서 부모와 여동생을 부양해 왔다. 방문 앞에서 가족들은 그의 출근을 재촉하고, 출근할 시간이 지나도 그레고르가 나타나지 않자 지배인이 집으로 찾아온다. 그레고르가 힘겹게 문을 열자 지배인은 놀라 도망치고, 어머니는 기절하고, 아버지는 증오심에 불타는 표정으로 그레고르를 방안으로 몰아넣는다. 그레고르는 쫓겨 들어가면서 상처를 입는다.

그레고르의 독방생활이 시작되면서 아무도 그의 방문을 열려고 하지 않았고 여동생만이 그의 방을 드나들며 음식을 챙겨준다. 그레고르는 이제 곧 일어나게 되면 여동생이 그렇게 가고 싶어 했던 콘서바토리움에 꼭 보내야겠다고 다짐한다. 그레고르는 문 틈새로 가족들을 관찰하며 애정을 유지하려고 애쓴다. 그레고르는 그동안 하고 싶지 않았던 외판원 일을 가족들을 위해 해 왔는데 이제 어쩌면 더 다행인지도 모르겠다 싶었다. 얼마 후 어머니가 그의 방을 찾아 왔으나, 그녀는 벌레로 변한 아들의 모습을 보고 실신하고 만다. 그것을 본 아버지는 사과를 그레고르에게 던져 심한 상처를 입힌다.

그레고르는 그러나 아버지가 은행경비원으로 일하고 어머니는 삯바느질을 하고, 여동생은 점원으로 일하는 것을 보고 가슴 아프기도 하다. 가족들은 생계를 위해 더욱 바빠지고, 자신의 수발을 드는 일은 점점 뜸해지고, 무엇보다도 여동생이 그 일을 귀찮아하는 것 같다. 그에게 음식을 가져다 주고 그의 방을 챙겨주던 여동생은 그의 방안에 있는 가구들을 모두 치워버리고 하숙인을 받기 위해 모든 잡동사니들을 그의 방으로 옮겨 놓는다. 하숙인이 들어오면서 거실로 가는 문은 잠긴다. 어느 날 하숙인들 앞에서 그레테가 바이올린을 연주하고 있을 때 그레고르는 거실로 나간다. "그레고르는 연주에 매료되어 약간 앞으로 나아갈 엄두를 내어 어느새 머리를 거실에 들이밀고 있었다."★28) 하숙생들은 벌레의 등장에 너무 놀라서 계약을 해지한다.

그레테는 더 이상 벌레가 된 오빠의 모습을 감싸지 못하고 그를 없애야 한다고 부모를 설득한다. 그레고르는 점차 식욕이 감퇴되고 쇠약해지며 고독하고 불안한 생활가운데서 시름시름 앓다가 빳빳

이 죽은 상태로 발견된다. 가족들은 그의 죽음에 안도하고, 새로운 꿈과 좋은 계획에 부풀어서 전차를 타고 교외로 산책을 나간다.

　　셋이 다 함께 집을 떠났다. 벌써 여러 달 전부터 하지 못했던 일이다. 전차를 타고 교외로 향했다. 그들 모두가 탄 전차 칸은 따뜻한 햇볕이 속속들이 들어와 있었다. 그들은 좌석에 편안히 뒤로 기대고, 장래의 전망에 대해 논의했는데, 자세히 관망해보니 장래가 그렇게 암담하지만은 않다는 사실이 드러났다.★29)

정확한 실제와 무조건적 현실로서의 변신

　1916년 발표된 『변신』은 독자들의 경악을 불러일으켰다. 이 작품에서는 실제와 비실제 사이의 경계가 무너지고, 실제의 세계와 꿈에서나 상상할 수 있는 환상의 세계가 나란히 대두되어 단절되지 않고 결합되어 있다. 꿈과 환상의 체험에 대한 근본토대는 평상시의 실제적인 삶이다. 그레고르의 방안 풍경은 이해하기는 어렵지만 절대적인 정확성을 지닌 현실이다. 창조적 환상과 자유로운 유희로서의 동화의 세계와는 전혀 다르다. 동화의 세계가 현실초월의 이상으로서의 꿈과 환상을 현실 속에 불어넣어준다면, 여기에서의 변신은 헤어날 수 없는 무조건적 현실, 실제생활의 균형을 깨뜨려버리는 필연의 무대이다. 그는 실제로 독충으로 변해있고, 더 이상 그 존재에서 벗어나지 못한다. 주인공 그레고르 잠사는 이제 외판원이 아니라 사랑했던 가족들에게서조차 징그럽고 무서운 존재로 배척당하고 제거해야 할 짐승 자체이다.

　슈피로(Spiero)가 일컫듯이 이 작품은 "한 외판원의 모습에서 벽을 기어오르는 끔찍한 독충으로 변해 버리는 변형을 새로운 객관성으로 제시해 준 걸작"이다.★30) 작가는 그레고르가 독충의 존재로서의 새로운 상황들을 어떻게 적응하는지, 그리고 그의 생의 조건들을 어떻게 변화시키는지를 철두철미한 객관성으로 꼼꼼하고 정확하게 보고한다. 변신은 그의 모든 생활습관들을 깨뜨려 버린다. 그러나 독충으로서도 그레고르는 여전히 인간적인 느낌들과 감정들, 누이와 부모에 대한 사랑을 지니고 있다. 그가 독충의 모습에 적응해 가면 갈수록 가족 안에서 그는 생의 조용한 방관자로 되어 간다. 가족들은 그의 변신상태를 받아들이고 자신들의 새로운 삶을 설정한다. 그들이 새 생활에 결정적으로 적응해감에 따라 비극적으로 변해 버린 그의 존재는 점점 참을 수 없는 부담으로 되어 간다. 그레고르는 가족들의 생의 질서를 방해한다. 그레고르의 변신은 본인뿐만 아니라 주변세계에도 똑같이 어렵게 닥쳐온 불행이자 대참사이다.

소외와 고립 : 사랑과 이해와 소통의 상실

카프카의 친구이자 유작 관리자였던 "막스 브로트는 변신을 사랑이 없는, 단지 정확하기만한 자아고립의 상징으로 해석했고, 슈트리히는 이러한 접촉 부재를 카프카의 고유한 운명이라고 해석했으며, 나아가 이 고립은 근원적으로 이미 어린 시절부터 끊임없이 그를 부당함과 끝없는 죄의식으로 몰고 갔던 아버지의 과도한 지배로 소급된다고 보았다. 하루아침에 변해 버린 독충은 인간 공동체 안에서, 그리고 자신의 가정 안에서 응어리진 고립과 소외의 무서운 상징이다."★31) 카프카는 "여기에서 변신의 은유를 통해 주변세계와 질서정연하게 잘 짜인 생의 영역에서부터 개개인을 배제시키는 소외와 고립을 묘사하고자 했다는 하나의 해석이 가능해진다. 개개인은 딱딱한 생의 모서리와 생의 가장자리에 부딪쳐 좌초할지도 모르지만, 생은 계속 흘러가고, 세계는 관여하지 않는다. 개개인, 공동체에서 적응하지 못하고 이탈된 자, 고립된 자만이 몰락할 뿐이다."★32)

카프카는 단순히 돈만 버는 기계로서의 인간의 모습뿐만 아니라 삶의 막막함과 출구 없는 절망적 상황에서 고립과 죽음으로 귀착되는 존재로서의 인간의 모습을 거의 한 세기 앞서 내다본 것이다. 그레고르는 벌레로 변신하면서 인간으로서의 기능을 상실한다. 돈을 버는 능력도 사라지고 가족들의 사랑도 감사도 사라지며, 인간의 모습으로 소통도 할 수 없게 된다. 그가 사랑하는 가족들, 특히 여동생에게조차도 거부당하는 모습은 인간에 대한 애정과 소통과 이해가 단절된 소외상황을 드러낸다. 즉 인간 실존에 대한 절망감을 나타낸다.

단절된 방안에서 짐승이 되어 보호받지 못하고 무시당하고 소외당한 그레고르 잠사의 모습은 어쩌면 카프카 자신일지도 모른다. 동시에 그것은 현대사회의 서로 소외당한 인간의 모습을 은유한다. 작가는 전쟁이 짓밟아버린 인간성의 황폐함과 지나치게 업적과 성취만을 존중하며 개인의 독선 속에서 살아가는 현대 사회의 암담함과 소통과 이해의 단절을 미리 예감하며 끔찍이 소외되어 살아가는 현대인의 삶의 모습을 인간이 아닌 짐승의 모습으로 상징하고 있는 것이다. 그래서 이 작품은 흔히 실존주의, 혹은 환상적 리얼리즘으로 표기하기도 한다.

❋ 총체로서의 생,
예술성과 시민성의 화해

❋❋『토니오 크뢰거』

한노 부덴브로크의 형제 토니오

이 작품은 토마스 만이 예술가인 주인공의 모습을 빌어 예술과 삶의 문제를 구체적으로 다루고 있으며, 그의 두 번째 단편집인 『트리스탄』(1903)에 수록되어 있다. 작가 스스로도 그의 젊은 시절의 감정을 포함하는, 자기 자신에게 가장 가까운 이야기라고 말하고 있듯이 이 작품에는 토마스 만과 토니오 크뢰거의 출신배경, 어린 시절, 이탈리아 여행, 덴마크 여행 등 많은 면에서 자전적인 요소들이 포함되어 있다. 일반적인 노벨레(단편소설) 형식과는 달리 이 작품은 그 전개 방식이 스토리 위주가 아니라 작품 속에서 예술의 문제점들을 제기한다. 예술이란 무엇이며, 예술가란 어떤 존재인가 하는 예술이론을 전개시키고 있는 일종의 에세이 같은 노벨레이다.

"초기의 장편소설 『부덴브로크 일가』가 무르익은 인식의 예술가로서 예술성과 시민성의 분리를 메우지 못하는 정신화한 순수 예술가의 묘사라면,『토니오 크뢰거』는 그에 대한 이론적 논박 과정을 통해 정신의 면에서 추방되어 닿을 수 없는 먼 거리의 생에 대한 동경과 그 거리를 메우고 완화시키는 삶에 대한 애정의 예술가상을 표현한다. (…중략…) 한노는 변증법적으로 토니오를 품고 있는 숨겨진 씨앗이요, 토니오는 한노의 보다 건강한 어린 싹, 그리고 형제이기 때문이다.[★33] 토니오가 추구하는 예술가상은 한노 부덴브로크에다 강하게 구현시켰던 정신의 내면화와 몰락의 예술가상에서 벗어나 시민성을 변호하는 윤리적인 예술가상을 향해 나아간다. 토니오는 차가운 몰락의 터널을 통과하여 다시 따뜻한 생 가운데로 정립하는 예술가성의 종합적 역할을 수행한다. 토니오는 몰락의 예술가 한노의 거듭난 분신 같은 존재이다. 두 작품은 얼핏 모순인 듯싶으면서도 사실은 서로 보완해 주는 상대적 관계이다.

아름답고 비장한 예술가소설『토니오 크뢰거』는 테마 수행의 면에서 세 단계로 전개된다. 소위 "소나타 형식의 세 단계와 일치되어 발단, 전개, 반복의 세 발전단계로 토니오의 정신 발전과정을 그리고 있다."[★34] 발단(1~3장)은 어린 시절로 극적인 한스에 대한 우정과 서정적인 잉게에 대한 애정의 대비적인 테마의 배치, 그리고 어쩔 수 없는 남쪽으로의 방랑을 보여준다. 전개부(4~5장)는 예술가와 시민의 테마에 대한 논박이 전개되고, 반복(6~9장)은 귀향과 회귀를 표현하는 어린 시절의 체험에 대한 유추가 해당된다. 9장은 동시에 리자베타에게 보내는 마지막 편지로 테마를 간략하게 파악시키는 핵심적인 형식이며 화해의 울림을 울려주고 동경과 실현이 하나로 종합되는 종결의 역할을 한다.

　주인공 토니오는 신중하고 냉철한 시민기질을 가진 북쪽 출신의
아버지와 정열적인 예술가 기질을 가진 남쪽 출신의 어머니 사이에
서 태어난다. 유년시절 학교공부보다는 문학작품을 읽고, 시를 쓰
는 일을 더 즐겨한다. 급우들이 춤출 때면 한쪽에서 바라보기 일
쑤이고, 흥미도 없어서 잠이 온다. 매사에 모범적이고 쾌활하고 우
등생인 한스 한젠과 금발의 미인 잉게보르크 홀름을 짝사랑한다.
이 두 사람의 이름은 토니오에게는 일상생활의 적응력이 뛰어난 유
능한 시민임과 동시에 생을 의미하며, 정규적이고 일상적인 것으로
부터 쓸쓸히 떨어져 있는 그의 예술가적 기질과 상반된다. 그러면
서도 그는 이 두 사람에 대해 내면적으로, 서정적으로 은밀히 사랑
과 동경을 품고 있다. 이는 토니오가 생에 대해서 품고 있는 이중감
정과 일치한다.

　토니오는 일방적인 우정과 애정을 체험하고, 본질적으로 어울릴
수 없는 예술가적 기질을 자각한다. 아버지가 죽고 집안이 몰락하
자 그는 예술의 길을 찾아 예술의 상징인 남쪽으로 떠난다. 그것은
생과 일치되는 시민세계에 대한 외적 결별을 의미한다. 남쪽에서, 이
탈리아에서 그는 일상적인 것과 정상적인 것으로부터 멀리 떨어져
오직 "정신과 언어의 위력"[★35]에 몰두한다. 그 힘은 그에게 세계에
대한 통찰력을 부여해 준다. 그러나 거기에는 온정과 사랑이 결여
되어 있기 때문에 육체의 모험과 심한 향락 속에 빠지게 된다. 토니
오는 예술가이기 위해서는 삶과 거리를 유지해야 한다는 얼음처럼
차가운 정신성에 파묻혀 고독하게 된다.

　토니오는 일상적인 삶에 대한 동경과 인식의 차가운 정신성 사이
의 이율배반적인 갈등 속에서 중간지점인 뮌헨에서 중간적인 대화

상대인 리자베타를 찾는다. 그는 그녀와 함께 남과 북으로 상징되는 예술성과 시민성 사이의 다양한 문제들에 대해 토론한다. 이 장면은 이 소설의 핵심으로, 순수 지향적 예술성으로부터 인간적인 사회와 생으로의 불가피한 전환을 의미한다. 그는 여자 친구인 화가 리자베타와의 대화에서 예술성과 시민성의 고통스러운 불일치와 데카당한(decadent, 퇴폐적인) 예술에 대한 회의, 평범하고 인간적인 삶에 대한 사랑을 고백한다.

나는 목표에 이르렀소, 리자베타. 나는 생을 사랑하오. 정신과 예술의 영원한 모순으로 대치되어 있는 생이 아니라, 처참함과 위대함과 거친 아름다움의 환상으로서의 생이 아니라, 우리 비인간적인 사람들에게 비일상적으로 비치는 생이 아니라, 정상적이고 유쾌하고 우아하고 사랑할 가치가 있는 생이 우리가 동경하는 세계이오. 유혹적인 평범 가운데 있는 생 말씀이오. ★36)

이에 대해 리자베타는 예술과 삶이 서로를 인정하는 가운데 자연스럽게 공존할 수 있음을 지적하고 토니오를 예술성 속에서 "길을 잃은 시민, 그릇된 길에 접어든 시민"★37)이라고 부른다. 예술 안에서 길을 잃은 토니오는 이탈리아 세계에 등을 돌리고 북구적인 삶에 대한 향수 속에서 자신의 고향 뤼벡을 거쳐 북쪽 덴마크로 여행을 떠난다. 냉철한 북부에서 그는 삶에 대한 사랑과 동경을 재확인하고 이탈리아의 감각적 향락의 유혹으로부터 빠져 나간다.

이제 토니오는 생의 따스한 온정과 질서와 사랑을 동경하고 생의 회복을 꿈꾼다. 북쪽은 고향이자 예전부터 신뢰해 온 시민성의 세계를 상징한다. 북쪽에 머무는 동안 어린 시절에 사모했던 한스와 잉게를 만나고, 어린 시절의 사랑이 다시 깨어난다. 어린 시절의 회상이 반복되는 장면은 주인공이 차갑고 고독한 예술가성에서부터 탈출하고자 하는 욕구의 반영이며, 그가 애써 결별했던 시민사회에로의 회귀를 뜻한다. 아래층에서 벌어진 축제와 춤에 참여하지 못하고 황홀한 시선으로 몰래 훔쳐보는 주인공의 모습은 주인공의 생에 대한 수줍고 은밀한 사랑을 나타낸다. 그는 후회와 향수에 젖어 흐느끼며 생에 대한 강렬한 동경을 느낀다.

토니오는 시민사회를 이탈한 뜨내기로 순수 예술가의 존재형식 속에서 방황하다 고향과 아버지의 세계로, 질서의 세계로 되돌아와 평범하고 건강한 세계에 굳게 서게 된다. 사랑이 결여되어 있는 토니오의 정신과 인식은 사랑을 획득함으로써 죽음에 떨어지는 것을 방어하고, 그의 목적인 생을 사랑하게 된다. 마지막 장에서 토니오는 리자베타에게 보내는 편지에서 생에 대한 사랑과 시민성은 하나이며 같다는 인식을 표현한다. "27살의 토마스 만은 생과 사회에 낯설게 대치해서 예술자체의 목적에만 살아가는 문사가 아니라, 생 가운데 서있으면서도 사물의 예리한 인식을 통해 생에 물들지 않는 시인을 정신과 예술의 종합으로 본다."[★38]

왜냐하면, 만약 한 문사를 진정한 시인으로 만들 수 있는 그 무엇이 존재한다면, 그것은 인간적인 것, 생동하는 것, 일상적인 것에 대한 나의 이러한 시민적 사랑일 것이기 때문입니다. 모든 온정, 모든 선의, 그리고 모든 유머는 이 사랑으로부터 유래합니다. 그리고 나에게는 이 사랑이 '사람이 인간과 천사의 혀로 말할 수 있다 해도 이것이 없다면 단지 소리 내는 쇠붙이나 울리는 방울에 지나지 않으니라'라고 성경에 씌어 있는, 바로 그 사랑인 것처럼 생각될 정도입니다.[★39]

시민성에 대한 사랑을 고백하는 윤리적 예술가

시민성으로 되돌아가는 예술가의 이야기를 통해 정신과 생의 조화를 꿈꾸는 이 소설은 정신이 인간적인 것에 참여하는 일, 다시 말해 정신이 눈에 볼 수 있는 대상 속에 구현되는 일을 목표로 한다. 그것을 가능케 하는 수단은 곧 예술이라고 보기 때문에, 예술을 통해 작가는 정신과 생이 화해할 수 있다고 보는 것이다. 토니오는 예술가의 사명을 인식하고, 그 사명을 성공적으로 수행하기 위해서 일상적인 시민들과 같이 생활해서는 안 되고 항상 국외자로서 관찰하고 성찰하고 인식해야 한다. 그는 시민사회의 국외자로서 차가운 고독을 감내해야 하는 예술가의 숙명을 지니고, 한편으로는 시민에 대한 수줍은 동경과 사랑을 지닌다. 고독하고 차갑고 생과의 사랑이 결핍되어 있는 정신세계의 아이 토니오에게 생을 대변하고 있는 시민사회는 정상성과 우아함과 사랑스러움의 표상을 갖고, 긍정적인 가치를 갖는다. 이 두 세계가 아름답게 교차하며 은밀히 갈등하는 과정을 통해서 토니오는 윤리적인 예술가상을 성취해 가는 아름다운 예술가이자 시민으로 완성되는 것이다.

"정신과 생의 화해, 그것은 결국 생 속에 정신이 구현되어 있는 상태, 즉 조화의 상태이다. 이 조화 속에서 나와 세계 사이에 있을 수 있는 모든 긴장이 극복되며, 그것의 수단은 예술이다."[★40] 그러므로 작가에게 "예술은 생을 순화시키는 윤리이며, 윤리는 시민성이고, 시민성은 다시 생이다. 따라서 예술은 생과 시민성과 일치점을 찾고, 예술가와 시민 사이의 모순은 지양되고, 시민적 예술가, 곧 시인으로 종합될 수 있다. 그럼으로써 퇴폐적이고 고독하고 차가운 몰락은 생으로, 더 높은 생으로 상승하는 발판이 되고, 생에 품위와 사랑스러움을 선사하며, 인간성을 발전시키고 상승시키는 상징

적, 긍정적 원리로 되어진다."[★41)

　예술가의 사명과 본질에 대한 끊임없는 내적 성찰의 과정을 객관적인 반어와 비판과 응시의 수법으로 추적하는 이 작품은 제목이 '문학'이어야 한다고 말할 정도로 예술과 삶의 문제, 문학의 본질에 관한 문제에 초점을 맞추고 있다. 작가는 이 작품을 통해 세기말의 갈등에 찬 격동기에 단절되고 고립될 수밖에 없었던 예술가와 시민, 정신과 생 사이의 잃어버린 인간성의 회복을 시도하면서 이를 예술의 사회에 대한 윤리적인 책임으로까지 받아들이고 있다. 생과 시민성에 대한 사랑을 고백하는 윤리적 예술가로 성장해 있는 토니오는 결국 젊은 날의 작가 자신의 초상임은 더 말할 나위 없다. "토니오는 경건한 시민적 세계와 관능적, 예술적 세계 사이에서 항상 갈등을 느끼며 안주하지 못하고, '미의 오솔길 위에서 모험을 일삼으면서 인간을 경멸하는 오만하고 냉철한' 예술가로서가 아니라 '인간적인 것, 생동하는 것, 일상적인 것에 대한 시민적 사랑'을 간직하고 있는 예술가로서 드러나며, 이 모습은 초기 토마스 만의 이상적 예술가 상이다."[★42)

✳ 탐미적 예술성의 희화화

✳✳『트리스탄』

평화로운 풍경의 외진 숲속 요양원에 입원 중인 가브리엘레는 심한 폐결핵을 앓고 있다. 피아노 연주의 아름다운 꿈을 접고 부유한 상인과 결혼한 가브리엘레는 아들을 출산하고부터 병이 악화되었다. 요양소의 산책길에서 우연히 부딪친 가브리엘레의 모습에서 슈피넬은 그녀의 우아함과 예술적 재능을 알아본다. 그는 가끔씩 대화를 청하면서 그녀의 과거를 끌어들이고, 그 시절의 아름다움과 꿈같은 화려함과 예술, 특히 음악에 대한 동경과 사랑을 이끌어낸다.

가브리엘레는 그의 유미적이고 현학적인 대화에 말려든다. 슈피넬은 그녀가 삶의 필요에 의해서 꿈을 접고 부유한 상인과 결혼한 것에 대해 화를 내면서 그녀가 현실의 비천함으로 떨어지지 않도록 그녀에게 바그너 음악을 중재한다. 가브리엘레는 잊고 있었던 음악에의 열정이 되살아나 슈피넬의 인도대로 피아노를 친다. 슈피넬은 가브리엘레의 뛰어난 아름다움과 예술적 재능을 칭찬하며 계속 피아노를 치도록 부추긴다. 흥분과 도취 중에 연주하게 된 바그너 음악은 그녀에게 형이상학적 위로와 현실을 뛰어넘는 환상의 세계를 매개해 준다. 그리고 이 환상의 세계가 가브리엘레를 꼼짝 못하게 구속하기 시작한다.

슈피넬은 건강 때문에 금지되어 있는데도 불구하고 가브리엘레로 하여금 피아노를 연주하도록 유혹했고, 가브리엘레는 슈피넬이 유인하는 음악의 열정과 도취 속에서 점차 생에 대한 의지로부터, 남편과 아이로부터 벗어난다. 슈피넬은 미와 죽음의 도취 속에서 가브리엘레를 그녀의 가족들로부터 떼어놓고 결혼을 상징적으로 파괴시킴으로써 몰락하도록 유인한 것이다. 바그너 음악에 대한 도취는 그녀가 촛불 펄럭거리는 어둠 속에서 〈트리스탄과 이졸데〉 제 2막을 연주할 때 극에 달한다.

아. 세상만사를 초월한 영원의 피안에서 서로가 하나 될 때의 벅찬 희열이란 아무리 맛보아도 싫증나지 않나니! 고통스러운 방황을 끝내고, 공간과 시간의 구속에서 벗어나 그대의 나와 나의 그대가 하나로 녹아들어 숭고한 환희를 맛보는 것이다. 시야를 현혹시키는 낮의 심술이 그들을 갈라놓았을지언정, 마술의 샘물에서 얻은 기운으로 그들의 눈이 신령한 축복을 받고부터는 그 휘황찬란한 속임수도 밤의 어둠을 꿰뚫어보는 그들을 더 이상 속이지 못했다. 사랑에 빠져 밤과 그 달콤한 비밀을 들여다 본 사람은 빛에 눈먼 광기 속에서도 오직 하나의 그리움만을 간직하는 것이다. 성스러운 밤, 영원하고 참되고 하나 되게 하

는 그 밤을 기다리는 그리움만을……. [43]

가브리엘레는 더 이상 이졸데의 사랑의 죽음과 열정에서 오는 흥분을 감당하기 어렵다. 신비로운 이중창이 형언하기 어려운 소망을 나타내며 그들을 하나로 결합시켜 주는, 언제까지나 헤어지지 않고 경이로운 밤의 왕국에 감싸여 있기를 바라는 소망을 품는 죽음의 모티브를 연주할 때, 가브리엘레는 긴장과 불안으로 어디론가 미끄러져 달아나는 듯한 느낌, 승화된 욕망에 푹 잠겨드는 듯한 느낌에 정신이 아득해졌다.

슈피넬은 가브리엘레의 미와 예술을 남편 클뢰터얀으로부터 회복시키려고 한다. 슈피넬은 '천박한 미식가' 클뢰터얀에게 편지를 쓰지 않을 수 없었다.

당신은 그 정원이 생각나십니까? 부잣집의 회색 건물 뒤에 자리 잡은, 수풀이 우거진 오래된 정원 말입니다. 담장 틈바구니 사이로 초록색 이끼가 자라고 있고, 등꽃 색의 백합줄기들이 기울어 있는 그 한가운데 분수 주위에 일곱 명의 처녀들이 둘러앉아 있었습니다. (…중략…) 첫 번째 처녀의 머리에는 저물어가는 햇살이 반짝반짝 감돌면서 더없이 고귀한 기품을 은밀히 나타내는 듯했습니다. (…중략…) 처녀들은 노래를 불렀습니다. 솟구치는 물줄기가 올라가는 높이까지, 그러니까 지친 물줄기가 고상한 모양새로 둥글게 말리면서 다시 떨어지는 높이까지 갸름한 얼굴들을 한껏 쳐들고 있었지요. (…중략…) 당신의 눈은 그런 모습을 알아볼 수 없었고, 당신의 귀는 거기서 울려나오는 선율의 순결한 달콤함을 알아들을 수 없었던 것입니다. (…중략…) 당신이 나타나서 그 모습을 꼭 파괴해야만 했습니까? 그 대신 천박한 것, 추잡한 번민을 계속 이어가기 위해? 그것은 감동과 평화를 안겨주는 숭고한 장면이었습니다. 몰락과 해체와 소멸의 때인 저녁놀 속에서 숭고하게 승화된 장면이었습니다. 이미 너무 지치고 행동과 삶을 감당하기에는 너무나 고결한 한 가문이 그 명을 다하고 있었던 것입니다. 그들이 마지막으로 모습을 드러낸 것은 예술의 소리를 통해서였습니다. 당신은 이 소리에 눈물을 흘리지 않을 수 없었던 그 눈을 보았습니까? 그 처녀의 영혼은 아름다움과 죽음에 바쳐져 있었습니다.★44)

남편 클뢰터얀은 그 감동적인 성스러움을 보고서도 아무런 경외감이나 부끄러움도 느끼지 못한 채 그것을 보는 것만으로는 만족하지 않고, 그것을 소유하고 이용하고, 그 성스러움을 모독해야 했다는 것이었다. 그러나 행복에 대한 의지에서, 연약하고 병든 자의 건강에 대한 의지에서 가브리엘레는 사업 능력이 뛰어나고 무미건조한 클뢰터얀과 결혼했다. 그리고 그 결혼이 가브리엘레의 예술성과 미적 능력을 빼앗아 버렸다고 슈피넬은 주장한다. 유미주의자 슈피넬은 그녀의 아름다움과 예술이 물질적이고 저속하기까지 한 평범한 상인 클뢰터얀에 의해 짓밟힌다고 생각한다.

글뢰터얀은 그 편지를 받고 극도로 격앙되어 슈피넬을 찾아온다.

내 입장에서 보면 이런 글 나부랭이는 한마디도 언급할 가치가 없습니다. (…중략…) 당신은 걸핏하면 〈아름다움〉을 들먹이는데, 근본적으로 따지면 그것은 비겁함과 소심함과 질투심 이외의 아무것도 아닙니다. (…중략…) 당신이 내 집사람 머리에 허황된 망상을 심어주고 싶어 안달하고 있다면 당신은 뭔가 헛짚은 겁니다. 집사람은 그런 술수에 넘어가기엔 너무나 이성적인 사람이란 말이오! 아니면 아이와 내가 도착했을 때 집사람이 우리를 평소와는 달리 맞이했을 거라고 믿고 싶기까지 하겠지만, 그렇다면 당신의 밥맛없는 짓은 극치에 이른 셈이지. 집사람이 아이한테 입을 맞춰주지 않은 것은 조심하느라 그랬으니까. (…중략…) 나는 당신처럼 잔머리나 굴리는 얼간이는 프라이팬에다 내동댕이치고 싶어. 당신 같은 사람은 법률로 다스려야 해. 당신은 공공질서를 해치고 있거든![★45)

바로 이 순간, 남편 클뢰터얀이 슈피넬을 비난하고 있을 때, 가브리엘레는 병이 악화되어 엄청나게 많은 피를 토하고 죽었다는 전갈이 전해진다. 안정을 찾고 마음을 수습하기가 힘든 슈피넬은 조금이라도 바깥 공기를 쐬야겠다고 마음먹고는 자갈길로 걸어나간다. 마음속으로 도망치고 있다는 사실을 감추려하는 사람이 억지로 머뭇거리면서 걷는 그런 걸음걸이였다.

예술가의 사명 : 고통의 의미찾기

최초의 단편집 『프리데만』은 성공적으로 팔리지는 않았지만, 출판사로부터 두 번째 단편집을 써줄 것을 제안 받았을 정도로 동시대인들의 주목을 받았다. 똑같은 테마로 씌어진 두 번째 단편묶음은 『트리스탄』이라는 표제 하에 여섯 개의 단편들을 포함하여 1903년에 출판되었고, 놀랄 만큼 큰 반응을 얻었다. 일련의 소설들은 소위 데카당스 문학으로 예술가 소설들이며, "작가의 관심을 끄는 공통적인 테마는 생이 가야 할 길을 잘 알지 못하는 정신적인 불구와 어릿광대였다."[★46)

1895년부터 읽기 시작한 쇼펜하우어, 니체, 그리고 바그너의 음악은 작가의 초기 세계관에 중요한 영향을 끼친다. 작가는 학생시절 벌써 뤼벡 시립극장에서 『탄호이저』·『로엔그린』을 보았다. 이 음악을 연주할 때에 '작은 프리데만씨'의 운명은 다가왔고, 화려하고 무질서한 바그너의 음악 로엔그린을 들으면서 '한노 부덴브로크'는 동경어린 절망 속으로 빠져들었다. 한노는 정신화의 극치인 예술의 환타지 속에서 죽음의 열광을 경험했다. 뮌헨으로 이주한 후에도 토마스 만은 곧 〈트리스탄과 이졸데〉의 마력에 빠져드는 것을 느꼈다. 그 무렵 그는 궁정 극장에서 공연되는 이 작품의 공연을 한번도 놓치지 않았다. 이 경험은 단편소설 『트리스탄』에서 바그너 작품의 유혹적인 노래들을 주인공 가브리엘레로 하여금 피아노로 연주하도록 유인함으로써 그 분위기를 모방케 했다. 가브리엘레는 음악연주의 열정과 흥분 속에서 죽음의 도취를 경험한다.

이처럼 토마스 만의 주인공들은 비일상적이고 비시민적이며 현실에 무용한 사람들이다. 그들은 현실에 대해 비판하고 생의 무자비함과 반인간화에 대항한다. 따라서 아무리 부유하고 외적으로 행복한 환경을 가졌어도 고통을 느끼는 비극적 소질을 타고 난다. 그들은 예술을 통해 인간이 소유한 비극성의 감정을 강하게 촉발시키며, 이점에서 보통 인간과는 예리하게 구분되어진다. "작가는 이러한 주인공들에게 퇴폐할 근거를 제시하고 일상적이고 덧없는 생, 정신이 결여된 편안한 생의 인간에게 '사물들을 명명하고, 사물들을 진술시키고, 무의식적인 것을 투시시키는 사명'을 부여한다. 그것은 곧 예술가의 사명으로, 아무것도 인식할 줄 모르는 인간들에게 고통을 일깨워주고, 고통의 의미를 제시하고, 생의 어두움을 조명해주는 역할을 부여한다."★47)

반어적 기법

아이러니는 몰락과정의 이중적 의미에서 잘 나타난다. 몰락은 그 과정에서 생명력의 약화와 함께 정신적 의식의 성숙을 가져온다는 점에서 그러하다. 또한 "아이러니는 예술가가 자신의 작품과의 관계에서 가지는 객관성, 무관심, 자유스러운 태도를 말한다. 예술성과 시민성 사이를 오가며 정신과 생 사이를 어느 것 하나 버리지 않고 끈으로 이어주는 중재점이 곧 아이러니이며, 그것은 객관성과 거리와 통한다. 생과 예술이 다 경멸되고, 동시에 양편이 다 두둔되는 애매모호한 중간자의 기능을 함으로써 아이러니는 진지한 생과 예술의 문제를 여유와 유머와 웃음을 통해 약화시킨다."[★48)

작가의 초기 작품들에 나타나는 예술가상은 작가자신의 개인적이고 특수한 일면성의 예술가 존재에 대한 강한 애착과 함께 그것에 대한 경고를 반영한다. 주인공 슈피넬은 생과 진지하게 유희하지 못하고 미적세계로 도피함으로써 생의 한계성에서 자신을 비호하려는 우스꽝스러운 모습으로 나타난다. 작가가 일면성의 예술가 슈피넬에게 우스꽝스러운 모습을 부여하는 일은 신랄한 비판이라기보다는 웃음과 익살을 통해 자신의 일면적 예술가에 대한 사랑과 회의라는 반대감정의 양립을 표현한다. 이러한 내적 모순의 중간자적 화해의 수법은 초기시절 작가가 즐겨 사용한 문학적 표현형식으로 아이러니(반어) 수법인 것이다. "사랑하는 것을 약간 경멸한다는 것, 가벼운 냉소로 집착하는 것으로부터 벗어나는 일, 그것이 바로 아이러니(반어)인 것이다."[★49)

이 작품에서는 "주변의 모든 것을 정화시키고, 말로 드러내고, 의식하게 만들고 싶은 충동을 느끼는", 그러나 현실적으로 무력하고 우스꽝스럽기 짝이 없는 탐미주의자 슈피넬과 예술과는 아무 상관없이 둔감하게 현실을 살아가는, 야비한듯하지만 건전하고 당당한 시민 클뢰터얀이 대비되어 묘사된다. "작가는 너무 일면적인 두 인물의 극단성을 희극적 반어를 통해 신랄하게 비판하고, 두 극단성 사이에 놓여 있는 인격, 즉 인간성을 가브리엘레의 죽음을 통해 성취시키고 있다. 따라서 가브리엘레의 죽음은 온전한 삶속의 부활이요, 총체적인 생과의 결정적인 일치로서 긍정적인 조망을 얻는다. 생과 죽음을 똑같이 자체 안에 포함하는 총체로서의 생을 의미하는 상징이 된다."★50)

바그너 음악과 퇴폐주의

퇴폐주의(데카당스)는 통찰과 투시에 뛰어난 인간이 존재의 가치들의 무의미함을 깨닫는 데서 발생하는 심리적인 '고립과 소외의 감정'이다. 인간이 정신화하는 과정에서 필연적으로 수반되는 심리적 몰락을 의미한다. "따라서 퇴폐현상인 몰락은 인간이 본래적인 존재를 고집하기 위해 어쩔 수 없이 수반하는 소극적인 의미의 불성실 같은 염세주의를 뜻한다. 이 불성실은 생의 적극적인 성취와는 반대되는 의미로 이해된다. 몰락과 퇴폐는 인간이 지나치게 업적 내지 성취만을 추구하는 현실주의에 빠지는 일을 방어하는 소극적 인간주의를 의미한다. 나아가 현실을 더 높고 귀하게 끌어올리는 역할뿐만 아니라 새로운 인간성을 가능케 하는 창조적 역할까지도 이 개념에다 부여할 수 있을 것이다. 토마스 만에게 퇴폐와 몰락의 개념은 끊임없는 생의 갈망을 잊어버리고 보다 고상한 인간의 본질을 탐구하는 긍정적 원리로 사용된다."★51)

바그너의 음악극이 가브리엘레의 피아노를 통해 형상된 이 작품은 열광적이고 죽음에 탐닉하는 바그너의 악극 〈트리스탄과 이졸데〉의 숭배와 찬미를 시민적으로 현대적으로 옮겨놓은 풍자적 가정소설이다. 실질적인 인간 클뢰터얀과 충돌하며 그것을 고발하는 역할을 하는 유미주의자 슈피넬의 시각을 통해서 익살스럽고 풍자적으로 묘사된다. 슈피넬의 유미주의는 바그너의 음악에서 표명되고 바그너적 현상에 근거한다. 바그너 음악은 죽음과 미에 매료된 염세주의 세계와 감각적인 사색들에 열광하고 황홀해하며, 지극히 섬세한 감각세계를 이해할 줄 아는 퇴폐주의자의 예술이다. 작가는 현실을 잊어버리고 죽음에 대한 동경과 도취에 사로잡히는 바그너 음악의 모티브를 차용하여 가브리엘레를 죽음으로 유인하는 견인차로 사용한다. 병약한 주인공 가브리엘레를 예술성에 탐닉하게 함으로써 몰락으로 이끌고, 미의 마력으로 죽음에 동정을 느끼도록 부추기는 예술가 슈피넬의 희화화는 결국 "익살과 풍자를 통해 바그너적 퇴폐주의의 열광으로부터 자신을 구출하려는 작가자신의 반어적 거리요, 비판적 유보이다."★52)

탐미주의자 슈피넬의 희화화

『트리스탄』 이후에 토마스 만은 바그너에 대한 친밀한 관계를 냉각시켰다. 그것은 죽음의 원리로부터 서서히 등을 돌리는 것을 의미한다. 작품의 상대적 주인공 슈피넬은 생과 진지하게 유희하지 못하고 미적 세계로 도피함으로써 생의 한계성에서 자신을 비호하려는 우스꽝스러운 모습이다. 슈피넬은 일상적이고 목적 지향적인 삶과는 대치되어 생에 대한 구토와 혐오의 옷을 입고 나타나는 사이비 예술가이다. 즉 일면적이고 탐미적인 예술가상의 희화화이다. 이러한 모습은 윤리적으로 무방비하고 무비판적으로 예술성에 탐닉하는 일면성의 예술가성에 반대하고, 작가 자신이 스스로 탐닉했던 퇴폐주의와 염세주의로부터 벗어나려는 극복의 과정을 의미한다.

토마스 만은 일생 동안 예술의 아름다움을 건강한 삶속에 접합시켜 고귀하고 건전한 생을 구현하고자 했다. 슈피넬은 예술지상주의 인물로서 자칫 삶의 건강함을 경시하도록 하는 인물이며, 이에 대해 토마스 만은 비판적 거리를 취하고 있다. 이는 예술과 삶의 상충, 정신과 삶의 대립의 이중적 구조 속에서 어느 한 쪽으로 치우치지 않으려는 작가 자신의 예술관의 반영이며, 궁극적으로 일면성이 지양되고 양면성을 획득케 하여 정신과 삶의 조화로운 균형을 획득하려는 작가의식의 발로이다.

✖ 〔현대의 다양성과 인도주의적 이상〕 미주

1) Frenzel, Daten deutscher Dichtung, Chronologischer Abriß der deutschen Literaturgeschichte. Bd.2. dtv, 1966, p. 143.
2) Theoder Karst, Kindheit, Jugend, Schule, pp. 30~45.
3) Volker Michels, "Hermann Hesse, immer wieder Autor der jungen Generation", In: V.M.(Hrsg), Über Hermann Hesse. Bd 2, Suhrkamptaschenbuch 332, Frankfurt/M, 1977, p. 137.
4) Theoder Karst, Kindheit, Jugend, Schule, p. 31 참조.
5) Thomas Mann, "Tonio Kröger", Frühe Erzählungen, GW, 1981, p. 276.
6) Ibid., p. 316.
7) Ibid., pp. 276~277.
8) Volkmar Hansen, Thomas Mann, Sammlung Metzler Bd. 211., 1984, p. 109.
9) Klaus Wagenbach, Franz Kafka, Rowohlt Tb. Verl., 1985, p. 9.
10) Ibid., p. 30.
11) Ibid., pp. 73~74.
12) Ibid., pp. 76~77.
13) Ibid., pp. 78~79.
14) Ibid., p. 135.
15) Karl Brinkmann, Franz Kafka, Erzählungen, Königs Erläuterungen und Materialien. Hrsg. von Bayersdorf, Eversberg und Poppe, Bange Verl, 1979, p. 8.
16) Glaser · Lehmann · Lubos, Wege der deutschen Literatur, a.a.O., p. 416 재인용.
17) Karl Brinkmann, Franz Kafka, Erzählungen, p. 12.
18) Ibid., pp. 13~14.
19) Ibid., p. 9.
20) Ibid., p. 10.
21) Hermann Hesse, Unterm Rad, Suhrkamp Taschenbuch 52, 1990, p. 93.
22) 김정자, 「<헤르만 헤세의 수레바퀴 아래서>에 나타난 주인공의 존재의 위기」, 『언어와 문화』 12집, 목포대학교 어학연구소, 1998, 32쪽.
23) Th. Karst, Kindheit, Jugend, Schule, p. 38.
24) Ibid., p. 85 참조.
25) 헤세, 이재철 옮김, 『수레바퀴 아래서』(한아름문고 17), 교육문화연구회, 1995, 136쪽.
26) Michael Limberg, BasisBiographie 1. Hernann Hesse, Frankfurt/Main, 2005, p. 85 재인용.
27) 프란츠 카프카, 전영애 옮김, 『변신』, 민음사, 2005, 9쪽.
28) 위의 책, 65쪽.
29) 위의 책, 78쪽.
30) Karl Brinkmann, Franz Kafka, Erzählungen, p. 29.
31) Ibid., p. 33.
32) Ibid., p. 38.

33) 김정자, 「토마스 만의 초기 작품에 나타난 몰락과 생에 관한 연구」, 한국외국어대학교 박사논문, 1989, 147~148쪽.

34) Ute Jung, Die Musikphilosophie Thomas Manns. Diss, Köln, 1969, p. 50.

35) Thomas Mann, "Tonio Kröger", p. 292.

36) Ibid., pp. 304~305.

37) 토마스 만, 안삼환 외 옮김, 『토니오 크뢰거/트리스탄』, 민음사, 1998, 59쪽.

38) Kurt Bräutigam, Thomas Mann, Tonio Kröger, Hrsg von R. Hirschenauer, München, 1975, p. 7 참조.

39) Ibid., p. 107.

40) Ibid., p. 8.

41) 김정자, 「토마스 만의 초기 작품에 나타난 몰락과 생에 관한 연구」, 125~128쪽.

42) 토마스 만, 안삼환 외 옮김, 『토니오 크뢰거/트리스탄』, 540쪽 참조.

43) 위의 책, 390~391쪽.

44) 위의 책, 400~401쪽.

45) 위의 책, 406~410쪽.

46) Hans R. Vaget, Thomas Mann, Kommentar zu sämtlichen Erzählungen, München, 1984, p. 53.

47) 김정자, 「토마스 만의 초기 작품에 나타난 몰락과 생에 관한 연구」, 29쪽.

48) 위의 논문, 137쪽.

49) 위의 논문, 130쪽.

50) Wolfdietrich Rasch, Zur deutschen Literatur seit der Jahrhundertwende, Stuttgart, 1967, pp. 183~184.

51) 김정자, 「토마스 만의 초기 작품에 나타난 몰락과 생에 관한 연구」, 89쪽 참조.

52) 위의 논문, 37쪽 참조.

Part 10

신화탈출과
거대관념의 해체

✱ 신화의 탈출, 가부장제적 탐욕과 진실의 왜곡에 대한 비판

✱✱ 크리스타 볼프의 『메데아』

중심 내용

우리의 어린 시절, 아니 콜히스 전체가 알 수 없는 비밀로 가득 차 있었습니다. 도망자가 되어 여기 크레온 왕의 번쩍이는 도시 코린토스에 도착했을 때, 나는 이곳 사람들에게는 비밀이 전혀 없구나 생각하고 부끄러움을 느꼈습니다.★¹⁾

겉으로는 문명이 발달해 찬란해 보이는 코린토스, 그들의 도시가 범죄를 발판으로 유지되고 있다는 것을 메데아는 알아차린다. 메데아는 어느 날 연회장을 슬며시 빠져나가는 왕비 메로페의 뒤를 따라나선다. 왕비는 지하실 제단에 숨겨져 있는 어린아이의 유골 앞에서 오열한다. 코린토스의 공주 이피노에가 아버지에 의해 몰래 살해되어 안치되어 있었던 것이다. "그가 이피노에 그 애를 없애려고 했다오. 우리가 자신의 자리에 그녀를 앉힐까 두려워했기 때문이었고, 코린토스를 구하려는 일념에 우리는 실제로 그렇게 계획했었다오."[*2] 메데아는 잔인한 범죄와 무자비한 폭력과 술수가 지배하는 코린토스의 썩어빠진 궁정을 꿰뚫어본다. 메데아는 왕의 눈에 가시였다. 이피노에 공주의 살해를 고발하는 메데아를 크레온은 추방시키려 한다. "명목상의 추방 이유는 크레온 왕의 어의가 공언했듯이, 그녀가 조제한 약제와 음료를 먹고 왕의 노쇠한 어머니 건강이 악화되었다는 것이었다."(61쪽)

내가 이아손과 함께 떠난 것은 타락하고 몰락한 콜히스에 그대로 남아 있을 수 없기 때문이었다. 그것은 도망이었다. 마지막에 우리 아버지 아이에테스가 보여주었던 교만과 두려움 섞인 표정을 나는 이 크레온 왕의 얼굴에서도 보았다. 우리 아버지는 희생된 자신의 아들, 너를 위한 장례식에서 내 눈을 똑바로 쳐다보지 못했다. 크레온 왕은 파렴치하게 권력을 유지하고 있으면서도 양심의 가책을 느끼지 못한다.[*3]

메데아가 조국을 배반한 것은 이아손과의 사랑 때문이 아니라 가부장제적 아버지의 폭력을 거부하는 정치적 결단이었다. 그러나 코린토스 사람들은 그녀를 이아손 때문에 조국을 배반하고 이아손을 따라 이국으로 도망한 타락한 여인으로 폄하한다. 메데아는 점점 이아손의 성적 욕망의 도구로 전락하고 이아손의 마음에서부터 멀어진다. 크레온은 이아손에게 중책을 맡기고, 이아손은 점차 정치권력에 눈멀어 글라우케 공주와 결혼하기 위해 자식들과 메데아를 멀리한다. 메데아는 코린토스 왕국에서 은밀히 벌어지고 있는, 권력을 위한 불의와 폭력의 현장을 발견하고 "승리와 희생만이 존재하는 지구라는 이 원반 밖으로 밀려나는 일이 있더라도, 무슨 일이 있었는지를"[★4] 기어이 알아낼 생각이다.

이피노에는 글라우케 공주의 언니였다. 살인소굴로 변해가는 궁궐에서 울부짖는 어머니와 사리사욕과 부패의 원흉인 아버지는 글라우케의 일생 동안 어두운 악몽이었다. "핏기 없는 지저분한 피부와 축 늘어진 숱 없는 머리카락, 날렵하지 못한 손발"[★5]의 글라우케는 병들어 있었고 검은 수건 속에서 피어보지도 못하고 시들어가고 있었다. 글라우케는 궁궐 안에서 아버지의 강요에 의해 숨죽이며 생명력을 잃어가고 있었다. 메데아는 그녀의 처지를 동정하여 콜히스 여인만이 짤 수 있는 옷감에 금빛 레이스가 달린 푸른색 옷을 입혀주었다. "사악한 마법의 조롱이자 속임수"[★6]를 부린다는 메데아는 그러나 글라우케에게 기쁨과 욕망을 알게해주고, 어머니와 아버지의 무거운 악몽으로부터 벗어나게 해주려고 애썼고, 수영도 가르쳐주었다. 가공할만한 힘으로 빈약한 육신을 덮치는 발작이 일어나면 곁에서 그녀를 붙잡고 지켜 주었던 그 여자, 쓰디쓴 약초 달인 물을 마시게 해준 여자, 궁궐의 뜰이나 우물 근처에 다가가기만 하면 예외 없이 그녀를 덮치는 소름끼치는 두려움 앞에서도 도망쳐서는 안 된다는 것을 알려주고, 그 장소를 피해 다니는 법을 가르쳐 준 그 여자. 그러나 아이러니하게도 메데아의 남자 이아손에게서 글라우케는 난생 처음 행복을 느낀다. 아버지가 그를 보냈다는 것을 알아차리지 못하고서 아둔한 그녀의 심장은 쿵쿵 뛴다.

그가 다른 여인을 좋아하고 있으며, 앞으로도 영원히 그 여인만을 좋아하리라는 것을 나는 알고 있다. (…중략…) 난생 처음 내게 행복을 느끼게 한 사람. 아, 이아손. 그 여인은 몰락할 것이다. 그것은 거의 확실하다. 이아손은 남아 있을 것이고, 코린토스는 새 왕을 맞이할 것이다. 그리고 나는 이 왕의 옆 자리에 앉아 다 잊어버릴 것이다.★7)

콜히스 인들은 "도시를 등진 산비탈에서 데메터(대지의 여신. 풍요와 성장, 무엇보다도 농사와 곡식을 관장한다) 축제를 지내고 있었다."★8) 콜히스 여인들의 울부짖는 소리와 한 남자의 동물적인 비명이 들려왔다. 콜히스 여인들이 투론의 성기를 잘라낸 것이다. 메데아는 "코린토스를 향해 팔을 치켜들고, 남아 있는 힘을 다해 코린토스가 멸망할 것이라고 예언했다."★9) 병사들은 콜히스 인들이 페스트라는 재난과 지진과 불길한 월식을 코린토스에 불러왔다고 말하며, 투론에게 폭력을 행사한 여인들을 메데아가 사주했다고 한다. 콜히스 인들의 오두막으로 병사들이 들이닥쳐 메데아를 체포했다.

그녀는 (…중략…) 침 뱉고 주먹을 흔드는 군중들에 둘러싸여 내 도시 코린토스의 골목골목을 끌려 다닌 후, 팔을 움켜쥔 두 명의 경비병에 이끌려 남쪽 성문에서 추방되었다. 갖은 욕설과 오욕에 시달리고, 수석 사제의 저주와 경비병들의 구타에 기진맥진한 몸으로 도시에서 쫓겨난 그 여인에게 시기심 같은 것을 느꼈다면, 내말을 누가 믿으랴. 그녀가 죄 없는 희생양으로서, 마음의 온갖 갈등으로부터 자유로웠기 때문에 나는 부러웠다. (…중략…) 그녀는 사람들이 밀어 넣은 오욕으로부터 분연히 일어나 코린토스를 향해 팔을 치켜들고, 남아 있는 힘을 다해 코린토스가 멸망할 것이라고 예언할 수 있었던 것이다.★10) (로이콘)

메데아는 자신이 아르테미스 축제에서 입었던 하얀 의상을 재판이 열리기 직전 글라우케에게 선물로 넘겨주면서, 웨딩드레스가 될 것이라고 말했다. 그녀는 글라우케의 행복을 빌었고, 글라우케는 눈물을 흘리면서 고마워했다.

메데아가 추방된 날 글라우케는 갈피를 못잡고 울면서 방안을 이리저리 헤매고 다녔다. 마침내 하얀 웨딩드레스를 입고 바람을 쐬고 싶다고 말하면서 "그녀는 뜰로 나갔고, 그 뒤를 시녀와 몇 명의 경비병이 따라갔다. 그녀는 교활하게 원을 그리며 서서히 우물 가까이 다가갔다. 빠르게 몇 걸음 걸어 우물가에 선 그녀는 허공 속으로 깊이 한걸음 더 내딛었다."[11] 아무런 소리도 들리지 않았다.

동굴. 겨울의 혹독한 추위와 여름의 지독한 햇빛, 이끼와 풍뎅이, 작은 짐승과 개미로 허기를 채우는 생활. 우리는 지난날 우리의 허깨비이다. 우리는 눈이 멀었었다. 살아 있는 줄 알고 아이들 이야기를 하고, 또 해마다 그들이 자라나는 모습도 눈에 그렸었다. 그들이 우리를 대신해 복수를 해 주리라 믿었다. 그런데 내가 그들 도시의 세력권을 채 벗어가기도 전에 애들이 죽었다니.[12]

메데아는 자신의 추방직후 그들이 자신의 아이들을 돌로 쳐 죽였음을 칠년도 더 지난 후에야 알았다. 그리고 자신이 부정한 이아손에게 복수하기 위해 자신의 아이들을 죽였다고 말해진다는 사실도 알았다. 아이들이 죽고 칠 년째 되던 해 코린토스인들이 선발한 일곱 명의 귀족가문의 소년소녀들이 헤라 신전에서 죽은 그녀의 아이들을 기념하기 위해 일 년 동안 머물렀고, 지금부터는 칠 년에 한 번씩 할 예정이라는 전갈도 받았다. 이 책의 마지막 페이지에서 메데아는 고뇌하고 전율한다.

그렇다. 이렇게 끝이 난 것이다. 그들은 후세 사람들이 나를 자식을 살해한 여인이라 부르게 하려는 것이다. 그러나 언젠가 그들이 되돌아 볼 소름 끼치는 잔인함에 비하면 그런 것은 아무 일도 아니다. 우리는 결코 깨칠 줄 모르는 존재이기 때문이다. 이제 내게 남아 있는 것은 무엇인가. 그들을 저주한다. 너희 모두, 무엇보다도 아카마스, 크레온, 아가메다, 프레스본 너희를 저주한다. 너희는 추악한 삶을 살다가 비참한 죽음을 맞으리라. 너희의 울부짖음이 하늘에까지 들리고, 그래도 하늘은 꿈쩍도 안하리라. 나, 메데아는 너희를 저주한다. 이제 어디로 갈 것인가. 내가 살 수 있는 세계, 시대가 어딘가에 있을까. 물어 볼 수 있는 사람이 아무도 없다. 대답은 그것뿐이다.[★13]

왜곡된 진실과 질서의 회복

메데아의 아버지 아이에테스는 자신의 독재와 집권을 위해 메데아의 동생을 죽였다. 메데아는 조국의 부패와 독재가 싫어 이아손을 따라서 아버지 나라를 도망쳐 왔다. 그런데도 메데아의 정치적 결단은 무시당하고 사랑 때문에 조국을 배반했다고 메데아는 매도당한다. 메데아가 새로이 정착한 코린토스 궁궐도 독재와 불의는 마찬가지였다. 메데아는 자식들과 동생을, 그리고 방해 인물들을 죽이지 않았다. 오히려 메데아는 도망쳐 온 조국 콜히스보다 더 부패한 코린토스의 폭력과 탐욕을 고발하다 추방당하고, 아이들까지 죽임을 당한 죄 없는 희생양이다. 작가는 메데아의 진정한 모습을 밝히면서 오랫동안 잘못된 오해들을 드러내고 진실의 목소리들에 귀 기울일 것을 바란다.

이 소설은 메데아가 코린토스 왕국에서 불의를 발견하고 고발하며 억압당하고 먼 곳으로 유폐되기까지의 과정을 그린다. 작가는 가부장제적 탐욕과 불의에 저항하며 거칠고 악독한 악녀 역할을 맡아했던 고대의 메데아의 모습을 분별력과 통찰력과 주체성을 갖춘 지혜로운 여인 메데아로 탈바꿈시킨다. 이 작품에 등장하는 여섯 명의 화자들은 각각의 목소리를 통해 여성의 진정성이 무시당하고 진실이 왜곡당하는 사회의 부당함과 폭력과 억압으로 희생양이 되어 버린 메데아의 모습을 고뇌에 찬 성찰의 목소리로 고백하고 있다.

이 작품의 부제목이 〈목소리〉이듯이 우리는 여기에서 여섯 명의 화자의 목소리들을 듣는다. 여섯 화자들은 각기 자기 관점에서 내적 독백의 방식으로 사건들을 보고한다. 메데아와 그의 남편 이아손, 메데아의 제자 아가메다, 그리고 크레온 왕의 두 천문학자 아카마스와 로이콘, 크레온의 딸 글라우케가 등장하여 그들의 목소리로 메데아가 희생양이 되어 가는 과정을 독백조로 묘사하고 있다. 작가는 가부장적 질서와 그 폭력을 극복하고 남성과 여성들이 진정성을 가지고 각자의 방식대로 대등하게, 또 자율적이며 개성의 방식대로 살아갈 수 있는 어떤 세계를 그려내고자 한다.

우리는 한 이름을 말하면서, 수많은 벽들을 지나 그녀의 시대에 발을 들여놓는다. 그녀는 망설임 없이 긴 세월의 벽을 넘어서서 처음으로 우리의 시선에 응답한다. 자식을 살해한 여인? 그녀는 어깨를 움츠리며 시간의 심연으로부터 우리를 향해 마주 오고, 우리는 여러 시대를 지나 거슬러 올라간다. (…중략…) 언젠가는 우리 서로 만날 수밖에 없다. 우리는 모든 시대를 열 수 있는 열쇠를 가지고 있다. (…중략…) 그럴 경우 우리의 역경을 고백하는 것으로 시작해야 하리라. 수천 년이라는 세월이 심한 압제 하에서 녹아내린다. (…중략…) 무너져 내린 벽들의 소리를 들으며, 서로 힘을 합쳐 차례로 깊숙이 들어가는 수밖에 없다. (…중략…) 신비한 이름을 가진 인물, 수많은 시대가 마주치는 인물, 고통스러운 일이지만 그 인물 안에서 우리는 우리의 시대를 만날 수 있다. 거친 여인. 이제 목소리들이 들려온다.★14)

열정과 통찰과 치유의 여인

신비하고 매력적인, 동시에 모순에 찬 인물, 메데아. 그녀의 모습은 고대의 에우리피데스와 이후 다른 작가들에서 수세기 동안 모습을 달리하고, 또 달리 해석되어졌다. 사랑을 쟁취하기 위해서는 동생과 자식까지 죽이고 온갖 술책을 다 부리는 배반자이자 마법사, 치료사이자 사제, 또는 사랑과 질투의 화신 등의 수많은 형태들에서 크리스타 볼프는 불의와 폭력에 저항하는 열정적인 여인, 주체성을 갖춘 여인, 그리고 통찰과 치유의 능력이 뛰어난 예언자이자 치료사의 모습을 본다. 작가는 이 책의 첫 페이지에서부터 많은 역경들에 대한 고백을 들려줌으로써 메데아에 대한 오해들을 풀고, 현대사회의 우리가 처한 현실과 진실들을 해석해 내고자 한다. 수천 년 동안 잘못 이해되었던 메데아의 운명과 그녀의 진실을 탐색하고자 한다.

이 책의 마지막 페이지에서 작가가 말하듯이 "메데아가 저주했던 아카마스, 크레온, 아가메다, 프레스본처럼 추악한 삶을 살다가 죽음을 맞이할 때, 그 울부짖음이 하늘에까지 들려도 하늘이 꿈쩍도 아니할 정도로 비참하게 사라져간 인간들"★15)은 어느 시대, 어느 세계에서도 존재한다. 이 작품에서처럼 시대와 지역을 초월해서 이러한 인간들은 존재할 수밖에 없다.

이러한 범죄와 잔인함은 메데아가 살았던 그리스 시대에만 해당되는 것이 아니라, 인간이 모여 살아가는 곳이면 언제 어디에서나 자행되는 불의이다. 개인의 권력이나 탐욕 앞에서 전체의 희망은 쉽게 짓밟히고, 그 와중에서 누군가는 희생양이 되기 마련이다. (…중략…) 진실과 일신의 안위, 권력과 사랑 앞에서 갈등하고 결국 이기적 선택을 할 수 밖에 없는 그들의 모습은 긴 세월을 뛰어넘어 현재를 살아가는 바로 우리의 모습이다.[★16)]

사회주의적 리얼리즘에 대한 회의

크리스타 볼프(1929~)는 독일이 통일되기 이전 동독에서 동독 작가연맹의 회장을 맡았었고, 독일 사회주의통일당(SED) 당원이기도 했다. "독일 사회주의통일당은 소련을 모범으로 삼은 사회주의적 리얼리즘에 근거해서 예술가는 '현실을 그 혁명적 발전과정 속에서 묘사해야 하며 근로자를 이데올로기적으로 변화시키고 사회주의 정신 속에서 교육시키는 것'을 목표로 삼아야 한다. 따라서 작품의 주인공은 사회주의적이어야 하고 근로자들의 모범이 되어야 했다."[★17)]

이제 어디로 갈 것인가. 내가 살 수 있는 세계, 시대가 어딘가에 있을까. 물어 볼 수 있는 사람이 아무도 없다. 대답은 그것뿐이다.[★18)]

작가는 이와 같이 아무도 대답해 줄 수 없고 아무데서도 물어볼 수 없는 희망이 없는 삶과 암담한 미래에 대한 성찰을 표출한다. 이는 작가가 살았던 과거 동독인들의 존재방식과 사회주의적 리얼리즘에 대한 깊은 회의의 반영이다.

볼프는 철저한 사회주의자였지만 전체주의에 대한 모순감과 개인 주의적 성찰의 글쓰기 방식으로 서방 독자들의 지대한 관심을 끌었다. "많은 독자들은 이 작가가 중심 문제, 즉 개인이 사회주의 사회에서 어떻게 자신의 개성을 보존할 수 있으며, 자율적인 삶을 영위할 수 있고, 동시에 이 사회의 발전에 자기 몫을 해낼 수 있는가 하는 문제를 다루었다는 사실을 알게 되었다."[★19] 작가는 사회주의적 리얼리즘의 시각과는 어울리지 않은 인물들을 그려낸 것이다. 전체주의 사회에서 자유로운 삶과 개성적 삶의 방식에 대한 회의를 드러내는 인물들은 『크리스타 T에 대한 회상』(1968), 『무엇이 남아 있는가』(1990) 같은 작품 등에서 잘 나타나 있다.

여성문학 비평의 시각 : 진정한 자아표출로서의 여성성

볼프의 『메데아』(1996)는 2천여 년 동안 서구사회를 지배해 온 남성중심주의의 탐욕과 폭력, 그리고 비인간화의 과정에서 벗어나고자 노력해 온 여성주의적 시각의 표출이다. 작가는 창조적인 상상력과 예술적인 에너지를 동원하여 메데아라는 인물을 신화의 전통적인 해석으로부터 탈출시키고 서사의 고대적 의미를 전복시킨다. 이러한 작업은 이미 『카산드라』(1983)에서 출발하여 풀리지 않는 갈등과 위협적인 위험들로 억압당하는 현시대의 근원을 찾고자 하는데서 출발한다. 작가는 직면해 있는 죽음의 위협과 진실의 은폐를 표명하기 위해 이제 역사에서부터 신화로 옮겨간다.

『카산드라』에서 볼프는 선택의 여지가 없는 남성지배의 폭력을 고발한다. "카산드라는 무서운 공격과 피격의 뒤바꿈을, 정복자와 피정복자의, 그리고 그리스와 토로이의 뒤바꿈을 폭로한다. '죽임

신화탐출과 거대담론의 해체

과 죽음 사이에는 제 삼자, 곧 삶이 있다.' 예언자는 아주 먼 미래에서 하나의 인간성을 예감한다. 권력 쟁취에 제동을 걸고 생 속으로 승리를 끌어들일 수 있는 남자들과 여자들을, 인간들을 예감한다. 그것은 곧 여성적인 대안이다."★20) 이 점이 바로 볼프의 여성적 글쓰기 방식이며, 1970년대 이후 일기 시작한 여성해방 운동과 맞물린 여성문학비평의 시각이다.

"신화학자들에 의하면 그리스 신화는 부계 중심의 사회구조를 지닌 인도유럽어족이 평화롭던 모계 중심의 그리스 반도를 정복하면서 확립된 것으로, 강력한 아버지 제우스를 정점으로 한 가부장제를 받쳐주는 이데올로기다."★21) 이러한 가부장제적 이데올로기를 직시하여 볼프는 메데아를 국왕의 권력과 부패, 국왕을 둘러싼 인물들의 출세욕과 이기심, 그리고 가부장제적인 폭력과 인간의 속물근성을 과감히 거부하는 정치적 결단의 여인으로 탈바꿈시킨다. 메데아는 인간애와 통찰력이 뛰어나고 불의에 과감히 맞서는 저항과 투지의 정신을 상징한다. 그리고 바로 그러한 성질 때문에 메데아는 희생당했다.

볼프가 그린 메데아는 남성주의적 폭력과 탐욕에 저항한 여성성의 상징이며 동시에 인간성의 수호여신이다. 볼프는 "언어의 위력으로서 서사가 갖는 인간적인 것, 기억, 참여, 그리고 이해의 위력에 대한 믿음을 가졌다. 『카산드라』 발표 직후 1984년 초에 가진 한 인터뷰에서 볼프는 '더욱 분명해진 사실은 나의 글쓰기의 중요 원동력은 자기탐구이며, 그 힘이 나를 특별한 흥분의 상태로, 진정성의 느낌으로 몰아가는 중요한 원동력이다. 바로 그 때문에 나는 글을 쓴다'라고 말했다."★22)

볼프는 문학에서 '나'를 말한다는 것의 어려움을 고백한다. 그것은 내적, 외적 현실을 진정으로 수용하고 표현하는 능력에 대한 회의를 말한다. 볼프의 문학에는 "반대감정의 양립, 즉 자아파괴와 자아유지의 감정이 은유적으로 양립되어 나타난다. 한편으로는 자신들의 역사성 상실과 침묵, 존재의 부재와 결핍에 대해서 알고 있는 근대여성의 지식과 다른 한편으로는 그 지식의 고유한 욕구인 적극적인 실행의 욕구, 자기주장과 자기대변의 욕구 사이에서 반대감정이 서로 양립하는 것을 말한다. 여성들에게 글쓰기란 자신들과 남성세계 사이로 자신들을 끼워 넣으려는 수단임을 볼프는 밝힌다."[★23] 이는 여성이 어떻게 진정한 자아를 표출할 수 있는지, 어떻게 남성과 여성이 인간적인 차이와 다름을 구현하면서 살아갈 수 있는지에 대한 강한 의심과 소망의 표출이다. 이것은 동시에 자유롭고 개성적인 자아로서의 인간성의 구현으로 이어지는 볼프의 여성적 글쓰기 방식이라 할 수 있다.

✲ 음악신화와 남성주의의 해체

✲✲『피아노 치는 여자』

음악과 연극, 미술 전공의 옐리넥

옐리넥(1946~)은 오스트리아의 수도 빈에서 성장하고 활동해 왔다. 양부모 사이에 결혼 20년 만에 태어난 옐리넥은 노동자 출신의 소극적인 아버지와 부르조아 출신의 생활력이 강한 어머니 사이에서 자랐다. 아버지를 대신한 어머니는 작가를 어렸을 때부터 천재적인 음악가로 키우기 위해 혹독한 훈련과 교육을 시켰다. 그녀의 음악교육은 초등학교 시절부터 시작되었고, 중고등학교, 대학교 시절까지 빈 음악원에서 피아노, 바이올린, 비올라를 배우면서 개인 레슨까지 받았다. 그녀는 대학에서 잠시 예술사를 전공하기도 했지만, 1971년 빈 음악원에서 오르간 연주자 과정을 졸업했다. 음악가로 성공하길 바랐던 어머니의 스파르타식 교육 방법에 대한 거부감으로 그녀는 작가의 길을 택했다고 한다.

이와 같은 자서전적 경향은 작품 『피아노 치는 여자』(1983)의 배경을 이루고 있다. 작품 곳곳에 사용되고 있는 음악적인 소재와 음악적인 언어는 음악과 밀접한 연관을 갖는다. 2004년 옐리넥은 귄터 그라스 이후 5년 만에 독일어권 작가로서 노벨문학상을 수상했다. 그녀는 심리분석적인 방법과 난해함과 노골적인 성묘사의 독특한 기법으로 오스트리아로 대변되는 기존 사회체제의 위선과 비리를 폭로하고 비판했다. "옐리넥의 문학이 높이 평가받는 점은 무엇보다도 이 작가가 가진 엄청난 도전적 정신과 언어적 정열에 있다. 그녀는 분노와 항거의 목소리로 사회정치적 부조리와 남성 중심적 권력체계에 대해, 그리고 오스트리아 사람들의 신분상승적이고 권력지향적인 세속적 성향에 대해 통렬히 비판했다. 옐리넥은 자본주의 사회에서의 여성의 문제에 대해 고발하고, 기존의 사회 통념과 가부장적 권력체계를 파괴하는 도발적이고 선동적인 글쓰기로 노벨문학상을 수상함으로써 독일어권 페미니즘 문학의 대표주자가 된 셈이다."[★24)]

신화파괴와 이데올로기 파괴 : 장르해체와 포스트모더니즘

옐리넥의 글쓰기는 유럽의 1980년대 문학에서 두드러지게 들어난 포스트모더니즘적 글쓰기 방식이다. "작가의 문학적 수단은 1960년대 후반의 자료나 현실을 근간으로 한 기록물이 아니라 풍자적 과장이다. 옐리넥의 문체의 원리는 조망들과 연관성들을 현저하게 눈에 띠게 만들어주는 대조와 몽타주, 대비, 관용어의 상투적인 어법으로부터 이념적인 내용들을 끄집어내는 일이다."[★25)]

이러한 문학적 수단을 동원하여 일상의 신화와 이데올로기를 파괴하는 글쓰기 방식은 장르해체와 상호텍스트성, 제도에 대한 도전과 탈 중심주의를 그것의 특징으로 한다. 또한 상호텍스트성과 장르해체의 기법은 패러디로 대변된다. "패러디 기법은 시간적으로는 과거와 현재를 연결시키면서 동시에 그 관계를 파괴한다. 패러디는 창조적 주체성, 즉 작가의식을 불신한다. 다른 텍스트를 모방하는 것은 상호주체적 행위이고, 부르주아 이데올로기의 토대라 할 주관성을 비판하는 탈 주관적 행위이다."[★26] 따라서 장르해체나 상호텍스트성은 질서나 가치의 세계에 도전하며 종래의 진리를 뒤집는 일, 즉 신화를 파괴하는 일이다. 이러한 신화해체와 이데올로기 파괴가 패러디기법으로 샅샅이 파헤쳐지는 작가의 포스트모던적 글쓰기는 그녀의 작품을 이해하기 어렵게 만드는 요인이 되고 있다.

"옐리넥의 경우 장르를 해체하는 수단으로 자전적 요소나 전기적 사실을 주로 이용한다. 허구와 사실의 유희적 혼합을 통해 '문학은 허구다'라는 통념, 즉 신화를 무너뜨리는 게임을 즐기고 있을 뿐만 아니라, 괴테, 카프카, 릴케, 바흐만, 횔덜린, 슈베르트 등 다른 작가나 예술가가 한 말이나 작품 내용을 자유자재로 인용하거나 그들의 삶을 주인공과 연결시켜 상호텍스트적인 요소를 분명하게 밝히고 있다. 그 외에도 성경구절, 속담, 격언 그리고 대중매체에서 늘 접할 수 있는 구절들을 이용하고 있다."[★27] 작가는 이들 작품들에 나오는 문구들을 인용하면서 자신의 단어 몇 개를 치환함으로써 본래의 의미를 전도하고 그 내용을 희화화시키는 언어적 기법을 사용한다. 그녀는 이밖에도 통속문학 작품 또는 독일 민요나 가곡의 가사들까지 작품 소재로 도입해 원전의 본래적 의미를 전도시킨다.

이 꾸러미는 현미경 밑의 표본처럼 그녀 아래 놓여 있다. 이 순간이

제발 좀 머물러주면 좋으련만! 이 순간은 너무도 아름답다.★28) (괴테의 『파우스트』 가운데 한 구절을 인용했음)

　피가 흘러나오는 네 군데의 상처. 방바닥과 침대시트 위에서 이 네 개의 시냇물 지류는 강물로 합쳐진다. 눈이여 내 눈물을 따라가라, 그럼 시냇물이 너를 곧 데리고 갈 테니.★29) (슈베르트의 연가곡 『겨울나그네』 제6곡 '홍수'의 한 대목)

　그녀의 작품이 어려운 이유는 작품 속에 차용된, 또는 전도된 글귀들과 내용들에 대한 이해가 전제되어야 하기 때문이다. 그리하여 텍스트 자체뿐만 아니라 원전에 대한 의미내용을 이해하는 일이 필요하고, 그래서 엄청난 실력과 교양이 필요하기 때문이다.

음악신화의 해체

　옐리녝의 자전적 경향을 띤 이 소설에서 음악(하는 일)은 주제를 이끌어내는 가장 큰 모티브이다. 특히 작품 곳곳에 사용되고 있는 음악적인 소재와 음악적인 언어는 작가의 전공인 음악과 밀접한 연관을 갖는다. 전통적으로 우리에게 음악은 영혼을 감동시켜 정열의 카타르시와 인격순화를 가져다주는 예술이다. 우리는 음악(하는 일)이 우리의 상처받은 영혼을 치유하고 위로해 주는 일이라고 믿어왔다. 그러나 이 작품에서 피아니스트라는 이미지는 결코 긍정적인 의미의 예술가가 아니다. 오히려 어머니는 주인공 에리카를 피아니스트로 성공시켜 가정의 경제를 살리고 신분 상승을 꾀하고자 한다. 어머니에게 음악(하는 일)은 좀 더 좋은 집으로 이사를 하기 위한 수단이요, 좀 더 높은 사회적 존경과 신분의 상승을 획득하기 위한 수단일 뿐이다.

　동서양을 막론하고 음악은 영혼의 깊이를 매개하고 아름다움을 깨우쳐주는 예술이며, 엄격한 자기통제와 열정을 승화시키는 숭고한 정신활동이다. 작가는 이 작품에서 이런 일반적 인식을 벗어나 예술 내지는 예술가에 대해 우리들이 가지고 있는 이런 신화를 해체시킨다. 시대가 변하고 이성과 물질문명이 발달함에 따라 예술은 상업화되어 돈과 명예에 봉사하는 훌륭한 기술로 전락해 버렸다. 우리나라에서 음악(하는 일)이 대학에 가기 위한, 혹은 돈 벌기 위한 수단으로 되어 가는 것과 비슷한 측면이다. 현대 사회에서 음악(하는 일)은 진실로 예술적인 본래의 기능을 실현하기 위한 자기계발과 인격도야의 노력일 수 있는가? 이런 전제가 부정되는 현대사회에서 음악(하는 일)은 돈 버는 일과 출세하는 일의 지름길로 연결되고 있다. 이 작품은 이처럼 음악(하는 일)이 상업화되고 기술화되어 가는 현실에 대한 비판과 고발의 도발적 글쓰기이다. 이 작품은 음악(하는 일)이 어떻게 상업화되어서 성적인 욕망과 신분상승의 욕망과 맞닿아 엄청난 파행을 불러오는지를 심리학과 사회학적인 관점에서 파헤친다.

또 하나의 남성우월주의 : 여성적 마조히즘과 전능한 어머니상

　작가는 "전통적인 가부장제의 틀에서 흔히 나타나는 두 가지 상투적인 동기들을 파악하는데, 그것은 여성적 마조히즘과 전능한 어머니상이다."[30] 동료나 친구 같아야 할 모녀관계가 이 작품에서는 남성주의의 권력관계로 나타난다. 흔히 남성과 여성의 관계에서 나타나는 주종관계가 여성인 어머니와 딸 사이에 나타난 것이다. 아버지가 안 계신 상황에서 어머니가 딸을 훌륭한 피아니스트로 성공시키기 위해서 기울이는 모든 교육적인 노력은 거의 간섭이나 영향력을 지나 독재와 폭력에 다름 아니다. 어머니는 딸을 지배하고 통솔하는 아버지 모습을 한 대리남성이며, 딸은 어머니에게 자신의 욕망을 실현시켜 줄 수 있는 절대적인 남성인 것이다. 이 둘 사이는 서로에게 억압과 굴종과 길들이기만을 강요하는 불안정한 관계이며 전통적인 모녀상을 파괴한다. 전통적인 남성우월주의 통념을 모녀관계로 비틀어 놓은 또 하나의 남성우월주의에 대한 고발이다.

작품에서 아버지는 이미 오스트리아 북부의 한 요양소에서 국립정신병원으로 보내지고 어머니와 단둘만이 가정에 남아 있다. 아버지가 없는 집에서 딸과 어머니는 부부침대에서 같이 잠을 자고, 저녁에 함께 텔레비전을 본다. 어머니는 딸이 피아니스트로 성공하기를 바라며 '세계정상'에 올라 '천재'로 인정받기를 원한다. 딸의 성공을 곧 자신의 성공으로 여기고 있는 어머니는 딸이 피아니스트로 성공한 후에 누리게 될 부와 명예를 자신의 것으로 생각한다. 나르시시즘에 젖은 어머니는 어린 시절부터 온갖 정성과 통제를 마다하지 않고 비교육적인 훈련과 길들이기를 한다.

사춘기 때 에리카는 영구 수렵금지구역에서 살고 있는 셈이었다. 그녀는 외부의 영향을 받지 않도록 보호받고 유혹에 노출되지 않는다. 수렵금지 기간은 일하는 데는 상관없고 노는 데만 해당된다. 어머니와 할머니는 바리케이드를 쳐놓고 무기를 들고서 보초를 선다. 밖에서 놀고 있는 남자라는 사냥꾼으로부터 에리카를 보호하고, 필요하다면 현장에서 격퇴하려는 것이다. (…중략…) 그들은 에리카의 삶을 뭉텅이로 베어내 버렸고, 이웃 아낙네들은 뒤에서 험담을 늘어놓아 에리카의 삶을 한 조각씩 도려내고 있다. 삶이 꿈틀거리는 게 느껴지는 부분들은 썩었다고 간주하고 잘라내 버린다. 밖으로 싸돌아다니는 것은 말할 것도 없이 음악공부에는 해로운 일이다.★31)

어머니는 딸이 어디를 가든 그 소재를 정확히 알고 통제해야 하며, 딸이 남자들의 눈에 띠지 않도록 화려한 옷이나 치장으로 꾸미는 것을 허락하지 않는다. 에리카는 어려서부터 남들이 가진 물건을 부러워하며 자신이 갖지 못한 물건을 훔쳐다 부수기도 하고 쓰레기통에 버리기도 한다.

어머니의 강압에 의해서 에리카는 혹독하게 피아노 연습을 하면서 점차 육체의 중요성보다는 정신의 중요성만을 교육받게 된다. 에리카는 어렸을 때부터 지나치게 간섭하고 스파르타식으로 음악교육을 시키는 어머니가 싫었지만 점차 어머니가 바라는 대로 성공을 위해 남자를 멀리했고 자신의 여성성을 왜곡시켰으며 그 결과 비정상적인 사람으로 성인이 되기에 이른다. 이제 피아니스트로 성공하는 데 실패하고 음악원 피아노 선생이 된 36세의 에리카 후트의 곁에 10년 연하의 피아노제자 발터 클레머가 접근한다. 여전히 '내 아이'로 불리는 에리카를 독점하려는 어머니의 독점욕은 위협을 당한다. 강압과 통제에 의해서 고통당하고 억눌렸던 에리카의 뒤틀린 욕망은 이제 사랑하는 사람이 나타났을 때 사도 마조히즘과 관음증이라는 비정상적인 관계로 표출되기에 이른다.

에리카의 사디즘과 마조히즘의 두 경향은 곳곳에서 드러난다. 선생이라는 지위를 이용해 자기 학생들을 괴롭히는 태도, 심하게 욕하거나 인격적으로 모욕하는 행동, 그리고 자신의 몸을 베는 자해행위 등은 "자신을 자해하는 권력자로서, 그리고 고통을 감수하는 순종적인 피지배자로서의 두 가지 자아를 연출한다. 작가는 어머니와 딸의 권력관계를 통해 이러한 지배와 종속 관계가 단지 남녀 간에만 존재하는 게 아니라 부모자식간이나 여성들 사이에서도 극단적인 형태로 나날 수 있음"*32)을 보여준다. 그리하여 연하남성과의 파괴적이고 성 도착적인 행위는 그녀가 그렇게 도망가고 싶었던 어머니로부터의 자유를 획득하지 못하고 결국 파국으로 치닫게 된다.

여성적 주관성을 방해하는 사회현상에 대한 비판

이 작품은 궁극적으로 자신의 억눌린 욕망을 사디즘적인 행위와 관음증적 행동으로 표출하는 여성과 여성을 정복의 대상으로 생각하는 남성과의 폭력적인 관계, 그리고 그것의 파국을 그린다. 동시에 성과 사랑의 영역에서 여성적인 자아 찾기를 중심으로 하여 오늘날 여성적인 주관성을 방해하는 제도화된 사회구조를 폭로하고자 한다. 이러한 주제들에 대한 깊이 있는 탐색은 사회화 과정에 대한 심리분석 및 성 콤플렉스에 대한 정신분석적 묘사를 동원한다. 그리고 이러한 노골적인 성 묘사는 독자를 당혹스럽게 만들고 독자의 글 읽기를 난해하게 하고, 거부감을 느끼게 하기도 한다.

이 작품에서는 전통적으로 기대되는 모든 사회적 통념들이 철저하게 깨뜨려지고 조롱당한다. 남편 없이 혼자 힘으로 딸을 훌륭하게 키워내는 헌신적인 어머니의 모성애도 없고, 우아하고 열정이 넘치는 고상한 피아니스트도 없다. 또 잘생긴 남성과의 로맨틱한 사랑도 없다. 오직 자식을 이용해 대리만족과 경제적 성공을 거두어 신분을 상승시켜 보려는 속물적이고 이기적인 어머니만이 존재한다. 딸을 독점하려는 어머니의 과잉보호가 가차 없이 사악한 결과를 가져오는 것이 묘사되어 있다. "성도착의 마조히즘과 비뚤어진 모성에 대한 비판의 과정에서 이 작품의 특별한 특징은 비유적이면서도 구체적이며 냉소적인 서술의 거리로 사건들을 날카롭게 조명한다는 것이다. 어머니의 막강한 힘에 대한 논란은 여성문학의 전통에 속하며, 그 성스러운 힘은 대개 성스러운 모성이었다. 그러나 이 작품처럼 어머니를 통해서 추악하게 변형되는 딸, 외설문학으로 몰고 갈 정도로 추악하게 일그러지는 딸을 취급한 테마는 일찍이 없었다."★33)

에리카는 주체성이 결핍된 어머니와의 잘못된 동일시에 빠져 독립적인 자아를 발전시킬 수 없다. 어머니의 잘못된 욕망과 자신의 독립성을 희생하는 어머니의 경험을 에리카는 반복하는 셈이다. 어머니의 나르시시즘의 환상이나 대리만족, 강압적 교육방식은 에리카의 정체성의 혼란을 가져오며 진정한 여성성의 계발을 방해하고 오도한다. 그러나 철저한 통제와 강압이라는 교육방식을 동원한 어머니의 교육관을 그대로 답습하고 있는 에리카의 모습 역시 비정상적인 것이다. 여성적 주관성을 방해하는 요소를 심리분석적인 면에서 비판하고 있는 이 작품은 덧붙여 종래의 음악(하는 일)이 파행적 상업성과 폭력성을 갖게 되는 사회현상에 대해 고발하고자 한다. 작가는 음악(하는 일)의 폭력성과 악마성과 같은 병적인 현상에 대해 고발하고 이것이 자본주의의 산물임을 비판하기도 한다.

✳ 식민사회의 심리적 폐해

✳✳『풀잎은 노래한다』

탈식민주의와 페미니즘

작가 레싱(1919~)은 이란에서 태어나 서른 살이 되던 해 영국으로 돌아올 때까지 성장기를 주로 짐바브웨에서 보냈다. 제1차 세계대전에 참전해서 심한 상처를 입은 레싱의 아버지와 전쟁터에서 부상당한 아버지를 치료해 준 간호원 어머니 사이에서 자란 레싱은 정상적인 교육을 받을 기회도 있었지만 14살 때 학교를 그만두고, 혼자서 독서와 글쓰기에 전념했다. 작가는『풀잎은 노래한다』를 1950년에 발표함으로써 비평가들의 폭발적인 찬사와 함께 일약 정상에 올랐다. 서사적인 스케일을 가진 레싱의 작품들에는 다양하고 광범위한 소재들이 인간과 사회의 개선을 통한 이상사회 이념의 문제와 연결되어 있다. 주된 작품 소재들은 "빈곤노예문제, 계층 간의 갈등, 여성 문제 등을 비롯해서 남아프리카의 식민지 정책, 그리고 핵전쟁의 위협에 이르기까지 다양하다. 한때 사회주의 이데올로기에 심취했던 레싱은 독일 공산당원이었던 두 번째 남편과도 이혼하고 그 이름을 그대로 사용하고 있다."[★34]

도리스 레싱의 첫 번째 작품 『풀잎은 노래한다』(1950)는 강력한 실천력을 지닌 페미니스트 모델을 그리지는 않았지만 "페미니스트 모델의 반면 거울 역할을 하는 인물"[★35]을 그리고 있다. 주인공 메리는 자신의 성격과 소망을 분명히 파악하지 못한 채 가부장제 하에서 비주체적 삶을 살다 몰락하는 인물이다. 메리는 그러나 폭력에 의해 학대받거나 가부장제의 폭력에 의해 희생되거나 하는 모습이 아니라, 오히려 거꾸로 백인으로서의 오만과 허위의식에 의해 자신의 정체성을 상실하고 참담하게 죽어간다. 독자들은 그렇게 무지몽매하고 판단력을 상실하고 소아병에 시달리는 메리의 불행에 가슴 아파하고 그녀를 동정한다.

레싱의 페미니즘은 인간적인 휴머니즘의 반영이고 탈식민주의와 서로 만난다. "여성과 식민지는 모두 다 같이 가부장적, 유럽 중심적 남근 중심의 문화에서 부재, 비이성, 어두운 대륙, 열등한 남성으로 비유되어 왔고 마찬가지로 식민지도 어두운 영역에 위치한 타자로 존재해 왔던 것이다."[★36] 작품의 주인공 메리는 백인이고, 서술은 백인의 몰락에 중점이 있으며 흑인은 단지 이면에서 학대받고 억압받는 모습으로 그려진다. 여기에서 흑인은 작품의 주체가 되지 못한다. 이것은 백인의 작품에는 원주민이 주체로서 설정되기 어렵다는 스피박의 관점(식민주의 페미니즘)과 일치한다. 특히 상당한 주인공인 흑인 모세조차도 조명을 받지 못하고 그의 내면이 전혀 묘사되지 않는다. 식민지의 억압과 학대와 흑인 원주민의 불행은 백인의 불행을 촉발시키는 심리적 배경을 이루며 수동적으로 반사될 뿐이다. "여성특유의 감각으로 여성의 삶과 문제들을 사회의 다양한 문제 제기와 연결시켜 그리며, 가부장제 사회의 고정된 인식과 사회의 모든 고정관념을 비판하는 데에 이 작가의 암묵적 페미니즘의 주요 특성이 있다."[★37]

1972년 아프리카에 관한 소설집의 서문에서 밝힌 바와 같이 레싱은 "우리들이 상상적으로 '변화의 원형적인 적'으로서의 식민자로 행동하는 한, 우리들은 어디를 가든지 변화 없는 똑같은 일을 되풀이하게 되고 우리들이 살고 있는 세계에다 죽음의 패턴만을 강요하게 되는 운명에 놓이게 될 것"[★38]이라고 말한다. 대표작으로는 『풀잎은 노래한다』,『황금색 공책』이 있고, 그 외에 많은 작품들을 발표함으로써 여러 차례 노벨 문학상 후보에 오른 레싱은 2007년 드디어 노벨상을 수상했다.

줄거리와 중심 내용

터너 부인의 살인사건은 독자의 제보에 의해 알려졌다. 지역 주민들은 어쩌면 올 것이 왔다고 여기며 침묵하고 있었다. 왜냐하면 터너부인은 '나쁜 여자'였고, 아프리카에서 살고 있는 백인 부부들이 별로 평판이 좋지 못했기 때문이었다. 백인 부부인 리처드와 메리는 마을의 축제나 댄스파티에도 불참했고, 외부인과의 교제를 끊은 채 고립된 생활을 했다. 성냥갑만한 집에서 살면서 농작물을 재배하고 가축을 사육하면서 근근이 생계를 유지해나가고 있었다.

원주민들은 백인들의 농장과 가정 일을 도와주는 일꾼들이었다. 남편 리처드는 삼십년 넘게 어렵사리 농장을 유지하면서 어느 정도 일꾼들과 마찰 없이 지내온 셈인데, 도시에서 살다 늦게 시골로 시집오게 된 메리는 가난과 더위와 흑인들과의 마찰을 지긋지긋하게 생각하며 원주민들의 옆에만 있어도 숨이 막혔다. 백인들이 으레 그러하듯이 메리는 원주민들을 늘 무시하고 증오에 가까운 경멸과 차가움의 태도를 보였다. 자신의 양친도 남아프리카에서 태어나서 한 번도 가본 적이 없는 영국을 메리는 자신의 모국으로 생각하고 동경했다.

알코올 중독의 아버지와 가난에 찌들어서 힘들어하던 어머니가 돌아가시자 메리는 도시로 떠나와 버리고 아버지와는 소식도 단절했다. 도시에서 일자리를 얻어서 정착하며 자유롭게 살았던 메리는 국립학교 교육도 받았고, 비교적 문화인으로서 안락한 생활을 누렸다. '저질 소설'들을 많이 읽은 덕택에 많은 것들을 간접체험으로 알고 있었던 노처녀 메리는 주위사람들의 이상한 시선과 소문을 느꼈을 때, 한시라도 빨리 주위 사람들의 시선에서 벗어나기 위해서 그녀는 사랑도 없는 결혼을 하고 말았다. 삼십 살이 넘었을 때, 그것도 우연히 영화 보러 도시에 나갔다가 시골의 농장주 리처드 터너를 만나 서둘러서 결혼을 해버렸다.

남편 리처드는 농사일에 성공한 적이 거의 없었고, 리처드의 생활은 가난과 답답함과 폐쇄성을 면치 못했다. 나름대로 착하고 고루하기만 한 리처드는 부도덕해 보이는 담배농사 같은 일은 손대지도 않았다. 반면에 이웃에 사는 찰리 슬래터는 아프리카에 온지 20년이 지났으나 아직도 영국인 특유의 기질이 남아 있는 사나이로 사건의 처음부터 끝까지 약방의 감초처럼 등장한다. 슬래터는 성격이 거칠고 잔악하고 무모한 사나이다. 그는 채찍으로 일꾼들을 다루고, 대문위에 채찍을 걸어놓고 산다. '필요한 경우에는 살인을 해도 무방하다'라고 말하는 이 사내는 작달막한 체구에 팔뚝이 굵고 어깨가 딱 벌어진, 다소 교활하고 날카로운 인상의 사나이다. 나름대로 주체성이 강한 사람은 살아남듯이 슬래터는 살아남아 음흉하고 교활하게 이 사건을 반사해 주는 묘한 대비를 이룬다.

메리의 마음은 농사일과 가난, 그리고 무능한 남편에 대한 불만과 원주민 일꾼들에 대한 알 수 없는 경멸과 우월감으로 뒤엉켜 어찌할 수 없는 분노와 환멸에 빠져든다. 메리는 원주민들을 학대하고 남편 리처드를 무시하고 원망하기도 했고, 도시로 도망도 쳐보았다. 메리의 성격은 갈수록 날카로워지고 신경질적으로 변해 갔다. 메리의 집에서 일하던 하인은 그녀의 학대에 견디지 못해 항상 바뀌게 된다. 특히 리처드가 열병에 걸려 자리에 눕자 그녀의 학대와 경멸감은 극에 이른다.

이렇듯 불편한 환멸과 절망의 가정에 신비스럽고 우람한 체격의 하인 모세가 들어온다. 집안일을 꾸려주는 원주민 모세에게 메리는 많은 것을 맡기고 그에게 의지하기까지 한다. 몸과 마음이 다 약해지고 정신까지 무너져 버린 메리는 일꾼 모세가 없으면 안 될 지경이었다. 한때는 채찍으로 갈겨서 쫓아내었던 그 원주민 모세가 이제는 튼튼한 육체와 충성으로 보살펴 주기를 원할 정도로 그녀는 약해져 있었던 것이다.

메리와 모세의 미묘한 관계 속에 이지적인 영국 청년 마스턴이 등장한다. 메리는 때 묻지 않은 순수한 청년 마스턴이 어쩌면 자신을 구출해 줄지도 모른다는 막연한 희망을 갖게 된다. 마스턴은 은연중에 흑인 모세를 경계하게 되고, 메리는 모세를 내쫓아 버린다. 메리는 모세가 배반감과 복수심에서 자신을 죽일 것이라는 생각을 하면서 이제 자신의 죽음을 스스로 받아들인다. 메리를 살해한 모세는 집 근처에서 그녀의 시신을 사람들이 발견할 때가지 기다린다. 말라리아에 걸린 이후로 계속 고생하던 리처드도 결국에는 폐인이 되어 메리가 죽은 후 이웃에 사는 백인 슬래터의 손에 이끌려 병원으로 호송된다.

불행했던 과거의 덫, 정체성 부재

메리는 어린 시절 주정꾼 아버지와 가난과 싸움이 잦았던 가정에 대한 불행한 기억을 가지고 있었다. 메리는 자신이 원해서가 아니라 주변 사람들의 시선 때문에 결혼 속으로 도피했다. 가난한 농부 리처드는 이상적인 남편이 못되었고, 시골에서의 생활은 가난과 불화와 억압의 삶을 살았던 부모의 쓰라린 과거를 기억하게 했다. 그녀는 불행했던 과거의 기억으로부터 자신을 해방시킬 수 없었다. 백인(유럽인)들이 식민사회에 가했던 억압과 경멸과 학대의 모습은 메리의 가족사에 그대로 투영되어 있다. 그녀는 부모들의 세대가 생존하기 위해서 원주민들을 무조건 억압해야만 했던 과거를 무의식적으로 간직하고 있었다. 또한 하인 모세의 모습에서 메리는 과거의 어머니가 학대했던 아버지에 대한 증오와 그리움이 혼합된 모습을 보았다. 그녀는 모세에게서 지배의 감정과 친근감을 동시에 느꼈다. 그녀는 모세에게서 벗어나고 싶었다. 이곳에 온 지 몇 달 되지 않은, 현실적이고 이지적인 청년 마스턴은 메리에게 자신을 구출해 줄 수 있는 기사와도 같다. 그녀는 모세를 거부하게 되고, 모세는 그녀를 살해하고 복수한다.

"메리가 파멸하게 된 동기는 메리가 자라난 환경과 배경, 그리고 성격 및 그들의 삶의 패턴과 밀접한 관계가 있다. 메리는 지극히 현실적이고 활동적인 여자였지만, 과거 부모들의 궁핍하고 비참한 생활, 그리고 아버지에 대한 어머니의 경멸 등으로 인해 정서적인 발전이 차단된 인물이다."[★39] 그녀는 미래를 향한 자신의 삶과 정체성을 바로 세우지 못하고 과거의 덫에 걸려 비인간적인 행위를 하게 된다. 아이러니하게도 그녀는 죽음 직전에야 처음으로 어린 시절과 과거로부터의 독립, 홀로서기를 의식하게 된다. 사회의 요구에 따라 타자의 삶을 살 수밖에 없었던 메리가 과거로부터의 해방감, 자신의 정체성을 느끼는 순간인 것이다. 메리는 자신의 삶을 주도적으로 이끌어가지 못하고 정체성을 세우지 못한 것이다.

이 작품은 학대하고 억압하는 백인들의 자아상실의 패배감과 허위의식을 전면에 탁월하게 부각시킨다. 반면에 학대와 억압을 당한 원주민의 무언의 체념과 저항과 그들의 불행의식은 이면으로 물러나서 작품 전체를 반사시킨다. 이는 끝부분에 등장한 마스턴의 눈에 비친 백인 사회의 몰락의 모습에서 잘 알 수 있다. 마스턴은 "완전한 신경쇠약"[★40]에 빠져 허우적대는 메리의 영락을 한눈에 알아본다. 동시에 식민지의 백인사회에 오랫동안 정체되어 있는 비인간적 모습들의 파편을 알아챈다. 그는 흑인에 대한 차별과 냉대, 부모 세대의 고독과 불행, 그리고 메리부부의 칩거와 가난에 정체되어 있는 식민지 사회의 불행을 꿰뚫어 본다. 궁극적으로 자기정당성을 발견하지 못해 당당하지 못한 백인 사회의 정체성 부재에 근거한 백인의 불행을 감지한 것이다.

이해와 소통의 거부/백인들의 오만과 허위의식

이야기는 남아프리카의 어느 시골 마을에서 일어난 살인사건을 중심으로 전개되고 있다. 이 땅에 이주해 살고 있는 영국인들은 메리와 리차드를 "불쌍한 백인들"[★41]이라고 생각하고 싶진 않았지만, 그러나 그들 영국인들은 영락없이 불쌍했다. 레싱은 "자신이 그곳에서 겪은 식민지 사회의 경험을 하나의 은유 내지 거울로서 사용하여 창조적인 변화에 적응하지 못하는, 그리고 인습과 편견과 속 박 등으로 이루어진 불평등한 사회가 어떻게 붕괴하는가를 남아프리카에서 일어나는 흑백문제를 통해서 예리하게 파헤친다.˝★42) 오랫동안의 식민 생활에서도 결코 이해와 소통을 거부해 온 백인들의 오만함과 허위의식을 고발한다.

남편 리처드는 미지의 세계를 향해 몽상적인 꿈을 꾸는 사람이다. 어설프게 무모한 일만 시도하여 실패를 거듭하면서 그는 오직 돈을 버는 허황한 꿈에만 매달린다. 리처드는 메리와는 달리 흑인들을 온건하게 취급하지만, 근본적으로 그들과 마음의 합일을 차단해 버린다. 리처드는 식민 생활자의 허위의식으로 비유되는 몽상적인 꿈 때문에 파멸한다. 리처드 또한 백인으로서 흑인들을 냉담시하고 그들과 동등한 인격의 소통을 거부한다. 그래서 리처드와 메리는 그들의 오막살이에 칩거할 수밖에 없다.

식민지 사회에서 백인들은 흑인들을 멸시하고 학대함으로써 이해와 소통을 차단했다. 그들은 스스로 자존감을 상실하고 자신의 행위에 대한 합리성을 찾지 못했다. 이러한 백인사회의 허구적인 가치의식과 폐쇄적인 불화의 심리가 주인공 메리의 비극적 결말을 가져온다. 이 소설은 백인 주인공 메리가 가난에, 푸른 초원에, 신비스런 원주민의 매력에 적응하지 못하고, 그들과 소통하지 못하며 심리적으로 몰락해 가는 모습과 그 비극을 리얼리스틱한 문체로 그린다. 남아프리카 백인들의 심리적 몰락과 폐해를 전면에 대두시키고 흑인 원주민들의 고립과 압박과 고통은 이면에서 자연스레 우러나오는 방식으로 묘사한다.

메리는 죽음에 직면하여 잠시나마 식민지의 대지와 자연, 풀잎의 냄새, 숲의 바람소리와 자신과의 일치감을 느낀다. 백인으로서의 정체성이 무너지면서 원주민과의 합일을 경험하는 유일한 순간이다. 메리는 자신이 죽게 되면 지금 있는 이 집 또한 없어지게 될 것이라는 생각이 든다. 〈풀잎은 노래한다〉라는 제목이 암시하듯이 원주민들의 푸른 초원은 노래 부르며 빛과 생명력으로 무성한 숲을 이룰 것이라고, 백인들이 살았던 집은 없어져 버리고 그 위는 잡초만이 무성할 것이라고 메리는 생각한다.

이 집을 항상 미워해 왔으며 완전히 뒤덮어버릴 수 있는 때가 오기만을 호시 탐탐 노리면서 항상 집 주변을 에워싸고 있는 덤불숲이 그 역할을 맡을 것 같았다. (…중략…) 풍뎅이들은, 쥐 떼들은, 두꺼비들은 지붕과 가구와 벽 위를 마음 놓고 돌아다니면서 갉아버려 모든 것이 없어져 내릴 것이다. (…중략…) 잡초들은, 거기에 관목까지 가세하여 완전히 자기네들 세상을 만들어 버릴 것이며, 덩굴식물들은 베란다위로 올라가서 화분들을 밑으로 떨어뜨리게 되고, 나뭇가지가 깨진 유리창을 통해서 집 안으로 들어오고, 마침내 허망한 잔해를 남기며 벽이 붕괴되도록 만들어버릴 것이다.*43)

자유와 다문화의 시대

백인이 지배하는 아프리카는 이제 더 이상 지속하지 않는다. 마찬가지로 지금 세계 어디를 돌아보아도 식민지로 남아 있거나, 또는 백인 위주의 생활 방식이 해체되지 않은 곳은 없다. 지구상에서 서구 문명과는 전혀 다른 방식으로 살아가는 사람들과 그들의 세계에 대한 관심과 이해의 촉구는 20세기 초부터 일어나기 시작했다. 이제 오랜 전통의 서구 중심의 문화의식을 탈피하고 제3세계나 원주민들의 삶의 방식과 그 문화를 주시하기 시작했다. 바야흐로 자신만의 존재를 이성적 사유로 본 최고라고 인정하면서 타자를 무시하던 백인 중심의 시대는 물러가고 이제 타자와의 일치와 화해를 꿈꾸는 소통과 화합의 시기가 도래했다. 흑인들, 원주민들, 소수민족들의 다양한 삶의 형태들이 탐구되고 인정되기 시작한 것이다.

유대계 프랑스인, 인류학자 레비-스트로스(1908~2009, 10월 30일 사망)는 그의 저서 『슬픈 열대』(1950)에서 비판적 사유체계를 통해 서구사회의 오만과 잘못된 전통에 대해 비판한다. "균형과 연속성을 추구하는 서구인들의 과학적 논리와는 달리 원시인적 사고는 동식물의 세계를 민감하게 이해하고 우주적 조화를 구축하려는 감각을 지닌, 구체적이고 감지적이며 심미적인 논법을 사용한다. 인류에게는 하나의 역사만이 존재하는 것이 아니라 여러 개의 역사가 존재하고, 또 이들 각자의 역사는 철학자나 역사가가 부여하는 의미와는 상관없이 그들 자체의 의미와 가치를 지닌다고 본 것이다."[★44]

문명과 야만이라는 서구인의 이분법적 사고에 반대하여 레비-스트로스는 원주민들의 사회는 서구 사회와는 다른 종류의 사회일 뿐, 이 세상에 더 '우월한' 사회란 없다는 것이다. 그는 이 책에서 열대의 브라질 원주민들과 함께 생활하면서 느낀 생명력 넘치는 원시의 땅에 대한 동경과 연민, 그리고 비인간적인 현대문명에 대한 분노와 깊은 우수를 드러낸다. 『슬픈 열대』의 번역가는 이 책에 대한 긴 해설에서 다음과 같이 말하고 있다.

현재의 서구사회가 기술적으로는 이들 원주민 미개사회보다 더 우월할지 모르나, 그것이 정신적인 면에서는 어떤 의미에서 우열의 척도가 될 수 없다는 것이다. 나무뿌리나 거미, 또는 유충들을 먹기도 하고 벌거벗은 채로 생활하는 부족이라 할지라도 우리들 자신의 사회보다 훨씬 합리적으로, 그리고 만족스럽게 사회조직의 복잡한 문제들을 해결하기도 한다. 문화적 다양성을 인정하지 않으려는 서구사회의 폭군적 습관과 서구인들이 행동하는 것처럼 행동하지 않으려는 사회를 야만적이라고 경멸하는 것은 서구사회 그 자체가 하나의 부족적인 편견 또는 '민족적 우월감의 사상'의 태도를 나타내고 있을 뿐이다.★45)

지구상에 더 이상 식민지로 사는 나라는 거의 없을 것이다. 코소보도 2008년 2월 독립을 선언했다. 그러나 아직도 티베트의 독립문제는 유혈사태를 계속 유발하고 있고, 러시아와 그루지아의 영토분쟁, 쿠르드족 같은 소수민족들의 분리 독립문제와 영토분쟁 등, 지구상에 제국주의적 이익추구와 인도주의적 정의의 문제는 여전히 상충하고 있다. 이 땅에 민족적, 종교적 이념의 문제는 여전히 상충하고 있지만, 그래도 세계의 평화와 자유를 위한 인류의 노력 또한 여전히 지속되고 있다. 다원성의 시대에 서로 다른 다양한 삶의 형태와 방식들에 대한 이해와 화해를 위한 노력은 계속되고 있다.

2008년 미국 대선에 직면했을 때 레싱은 말했다. "만약에 오바마가 미국 대통령이 된다면, 암살당할지도 모른다." 또한 그 비슷한 테러의 위협은 오바마 당선 과정에서 수 없이 행해지기도 했다. 오바마 미국대통령의 취임식과 집무활동 등에도 항상 위협은 도사리고 있었다. 아직도 혼혈인 대통령의 탄생으로 인해 식민주의자들에게 가져다줄지도 모르는, 우월감과 오만과 권위의 상처가 야기시킬 수 있는 어떤 위기를 많은 사람들은 상상하고 또 두려워하곤 했다. 대통령 오바마의 연설대로 이 세상은 변화할 수 있고, 분리와 갈등을 넘어서 화합과 협력으로 나갈 수 있어야 할 것이다.

이제 우리나라에도 중국, 베트남, 필리핀, 캄보디아, 인도 등 아시아 곳곳에서 코리안 드림을 안고 이민 온 사람들이 많이 있다. 농촌 남자들의 40%가 외국인 여성과 결혼했다는 통계도 발표되었다 (2007). 우리 정부에서도 다문화 가정에 대한 우리 국민들의 이해를 증진시키고 외국인들에게 우리 문화에의 적응을 도와주는 프로그램을 많이 시행하고 있다. 그러나 우리 문화의 우수성과 일방적인 흡수만을 끌어내기보다는 우리 국민들의 이문화와 다문화에 대한 인식의 변화와 다문화 가정들의 적응과 융합을 도울 수 있는 다양한 프로그램을 병행해야 한다. 결코 우리 문화만이 우월하고 또 옳고, 다른 문화는 틀리다는 식의 편협함과 배타심을 조장해선 안될 일이다.

지구상에 화합과 소통의 평화로운 시대가 바야흐로 열리려 한다. 이념과 종교의 분쟁이 해소되고 전쟁도 사라지고, 다른 민족과 그들의 삶을 인정해 주고 소통하고자 하는 노력이 확대되고 있다. 이제 변화된 현대사회에서는 19~20세기적 식민사회의 억압과 학대와 분리 같은 폐해는 사라져가고 있지만, 점차 또 다른 양상의 폐해로 바뀌어 가고 있다. 즉 이문화의 충돌과 융화에 대한 논의가 이 시대의 새로운 담론으로 대두되어 있다. 문화와 역사와 인식의 면에서, 그리고 모든 생활의 제도와 양식의 면에서 우리는 틀림이 아니라 다름을 이해해야 한다.

✠ 〔신화탈출과 거대관념의 해체〕 미주

1) 크리스타 볼프, 김인순 옮김, 『메데아』, 도서출판 청양, 1997, 20~21쪽.
2) 위의 책, 125쪽.
3) 위의 책, 116쪽.
4) 위의 책, 126쪽.
5) 위의 책, 156쪽.
6) 위의 책, 158쪽.
7) 위의 책, 172쪽.
8) 위의 책, 225쪽.
9) 위의 책, 248쪽.
10) 위의 책, 248쪽.
11) 위의 책, 254쪽.
12) 위의 책, 261쪽.
13) 위의 책, 262쪽.
14) Christa Wolf, Medea, Stimmen, dtv, 2003, pp. 9~10.
15) 크리스타 볼프, 김인순 옮김, 『메데아』, 262쪽.
16) 위의 책, 『메데아』, 267~268쪽.
17) 만프레트 마이, 임호일 옮김, 『작품 중심의 독일문학사』, 동국대학교출판부, 2004, 223쪽.
18) 크리스타 볼프, 김인순 옮김, 『메데아』, 262쪽.
19) 만프레트 마이, 임호일 옮김, 『작품 중심의 독일문학사』, 227쪽.
20) Gisela Brinker-Gabler(Hrsg.), Deutsche Literatur von Frauen, C. H. Beck. München, 1988, p. 422.
21) 윤일권, 『그리스 로마 신화와 서양 문화』, 문예출판사, 2004, 287쪽.
22) Gisela Brinker-Gabler(Hrsg.), Deutsche Literatur von Frauen, p. 492.
23) Ibid., p. 492.
24) 이병애, 「엘프리데 옐리넥」, 동아일보, 2004 참조.
25) Gisela Brinker-Gabler(Hrsg.), Deutsche Literatur von Frauen, pp. 462~463.
26) 정정호 편, 『포스트모더니즘과 한국문학』, 도서출판 글, 1991, 131~132쪽.
27) 정인모 · 조현천, 「음악을 통해 본 포스트모던(신화해체)적 글쓰기」, 『독일언어문학』 제30집, 2005, 98~99쪽.
28) 엘프리데 옐리넥, 이병애 옮김, 『피아노 치는 여자』, 문학동네, 2004, 55쪽.
29) 위의 책, 56쪽.
30) Gisela Brinker-Gabler(Hrsg.), Deutsche Literatur von Frauen, p. 468.
31) 엘프리데 옐리넥, 이병애 옮김, 『피아노 치는 여자』, 43~45쪽.
32) 위의 책, 351~352쪽 참조.
33) Gisela Brinker-Gabler(Hrsg.), Deutsche Literatur von Frauen, p. 468.
34) 도리스 레싱, 이태동 옮김, 『풀잎은 노래한다』, 도서출판 벽호, 1998, 402~403쪽 참조.
35) 유제분, 『페미니즘의 경계와 여성문학 다시 읽기』, 서울대학교출판부, 2001, 12쪽.
36) 위의 책, 29쪽.

37) 위의 책, 21쪽 참조.

38) 도리스 레싱, 이태동 옮김, 『풀잎은 노래한다』, , 403쪽.

39) 위의 책, 407쪽.

40) 위의 책, 371쪽.

41) 위의 책, 17쪽.

42) 위의 책, 403쪽.

43) 위의 책, 288~289쪽.

44) 레비—스트로스, 박옥줄 옮김, 『슬픈열대』, 한길사, 2007, 92~93쪽 참조.

45) 위의 책, 86쪽.